Prefiero amarte

Noa Alférez nació en Berja, Almería, en 1976. Siempre le ha gustado la fotografía, la pintura y en definitiva todo lo que requiera algo de creatividad. Lectora incansable, disfruta de todo tipo de géneros, especialmente novela negra, suspense y romance, pero a la hora de crear se siente cómoda escribiendo novela romántica, especialmente romance histórico, aunque no descarta probar con otros géneros en algún momento. Se adentró en este mundo por casualidad y como un reto más que superar. Su primera novela salió a la venta en 2021, y desde entonces han llegado unas cuantas más, entre ellas la serie Greenwood, que ha tenido una acogida inmejorable por parte de las lectoras. Lo que comenzó como un hobby se ha convertido en una pasión, que espera que la acompañe siempre.

Prefiero amarte

Noa Alférez

rocabolsillo

Primera edición en Rocabolsillo: noviembre de 2024

Printed in Spain – Impreso en España

ISBN: 978-84-19498-26-7
Depósito legal: B-16.033-2024

Compuesto en Comptex & Ass., S.L.
Impreso en Black Print CPI Ibérica
Sant Andreu de la Barca (Barcelona)

RB 9 8 2 6 7

Para G.
Sí, quiero

Prólogo

Londres, 1864

La tarde se extinguía rápidamente, en parte por culpa de las gruesas nubes oscuras que se arremolinaban arrastradas por el viento, en parte por la neblina provocada por la incesante actividad de las chimeneas, que trataban de mitigar el frío en cada hogar de la zona noble de la ciudad.

Al ver el carruaje que se había detenido frente a su casa, Isabelle dejó su labor y pinchó la aguja en la tela para incorporarse y tener mejor visibilidad. Inmediatamente se puso de pie sin importarle que los hilos se enredaran, se alisó la falda y se pellizcó las mejillas para devolverles el color. Estaba a punto de acomodar los mechones de su pelo rebelde cuando volvió a asomarse para intentar ver a su prometido cuando se apeara del vehículo. Su tímida euforia se esfumó de golpe al ver cómo un caballero entrado en años ayudaba a bajar a una anciana sujetándola del brazo y se dirigían con paso lento a la casa situada en la acera de enfrente. Se sentó de nuevo, con el estómago aún encogido, y volvió a coger la costura, atenta a cualquier ruido que pudieran provocar los cascos de los caballos sobre el pavimento. Pasaron más carruajes, transcurrieron interminables minutos y ella continuó allí sentada, como en trance, con la vista perdida en la ventana que daba a la calle hasta que las imágenes se desdibujaron en sus ojos empañados por las lágrimas.

Cuando se hicieron difíciles de tolerar el frío de los pies y el entumecimiento causado por estar demasiado tiempo en la misma postura, Isabelle tomó aire con fuerza y miró a su alrededor, dándose cuenta de que las sombras se habían adueñado de la salita. De nuevo, su prometido había vuelto a ignorarla, olvidando que ella estaba esperándole como había hecho desde que tenía uso de razón. Ni siquiera se había tomado unos minutos para mandarle una nota con una excusa banal. Aunque puede que fuera mejor así.

Se deslizó las yemas de los dedos por los labios en un esfuerzo sobrehumano por encontrar la huella invisible de la boca del único hombre que la había besado en su vida, un hombre que no era su prometido, un hombre para el que no estaba predestinada. Ingenuamente había pensado que pagarle con la misma moneda le resultaría satisfactorio, pero nada más lejos de la realidad. La desolación seguía siendo la misma. Pero podía permitirse el lujo de abrazarse a esa minúscula esperanza durante unos momentos, puede que así pudiera deshacerse de la amargura que le suponía ser «la novia eterna».

1

Peter Taylor y Gerard Benjamin Morton estaban destinados a convertirse en amigos, a pesar de que Peter solo era el hijo de un comerciante carente de pedigrí y Gerard el heredero del duque de Kensington. Desde que se conocieron en el barco que los transportaba a la Península para plantarles cara a las tropas napoleónicas desde Portugal, bajo las órdenes de Wellington, ambos se habían vuelto inseparables. Su amistad se forjó en momentos duros en los que el hambre, el frío y la sombra de la muerte fortalecieron sus vínculos.

Una mañana enviaron a un grupo de soldados, en el que ambos estaban incluidos, a inspeccionar una zona montañosa, supuestamente tranquila, pero fueron atacados por algunos rezagados del batallón enemigo. Durante la escaramuza cayeron varios hombres, y el futuro duque resultó herido. Taylor no dudó en cargar con él a través del inhóspito terreno para ponerlo a buen recaudo, acto que sin duda le había salvado la vida.

Cuando volvieron a Inglaterra, Peter utilizó el dinero conseguido por su servicio y la herencia de su padre para ampliar las propiedades de la familia. Al igual que su progenitor, parecía estar dotado de un don especial para las finanzas, y eso, unido a un tesón y una voluntad incansables, hizo que poco a poco consiguiera afianzar varios negocios prósperos con los que poder vivir holgadamente e invertir en tierras. Gerard, en cambio, no tuvo que esforzarse demasiado para labrarse un futuro, le bastó con asumir lo que el destino tenía deparado para él: uno de los títulos de más enjundia del país, propiedades florecientes, casas de campo, tres mansiones en Londres, una finca en Escocia, una prometida bonita y dócil, y la tranquilidad de una vida donde todos los vientos le venían de cara.

Los dos amigos se habían prometido no perder el contacto y así lo hicieron. El joven duque no había dudado en introducir al avispado Peter en su círculo de amistades, dándole el mismo sitio y mucha más importancia que al resto. Jamás olvidaría que le había salvado la vida y no dudaría en saldar la deuda de honor que había contraído con él en cuanto lo necesitara. Los años pasaron y el duque vio felizmente cómo su familia aumentaba con el nacimiento de su primogénito, Sebastian, un niño inteligente y fuerte que observaba el mundo a su corta edad con la mirada serena de un adulto, y al que seguirían en años posteriores Philippa y Neil.

Taylor fue más reacio a buscar una compañera de viaje, más centrado en convertirse en alguien rico que en padre de familia, y tardó bastante más en casarse. El año en que nació Isabelle, su primera hija, la suerte le dio un revés por primera vez al siempre afortunado Peter Taylor. A un año de cosechas nefastas se unieron varias inversiones temerarias que solo originaron pérdidas, haciendo que el volumen de sus arcas bajara vertiginosamente. Kensington, al conocer su apurada situación, se apresuró a ofrecerle la cantidad necesaria para solventar las pérdidas. Pero el orgullo de Taylor le impedía aceptar la ayuda económica que le ofrecían. Después de muchas noches en vela intentando encontrar una solución, conversaciones, conjeturas, botellas de vino compartidas y decenas de confidencias, a Gerard se le ocurrió un trato inmejorable para que el orgullo de Peter no se viera dañado: un contrato matrimonial. Su hijo había cumplido los diez años y la hija de los Taylor apenas era un bebé de meses, pero la firma de un acuerdo matrimonial entre ellos aseguraba que, en caso de que Peter no pudiera abonarle todo el montante del préstamo, una unión entre las familias aseguraría que esos bienes pasarían de nuevo a los Kensington cuando se celebrara el matrimonio. Así pues, el destino de sus hijos quedó ligado para siempre por culpa de un momento puntual de necesidad económica y una gratitud desmedida.

Isabelle fue preparada para ser la futura duquesa y Taylor tuvo que aceptar que Kensington se hiciese cargo de la educación de su hija y le proporcionase los mejores profesores e institutrices. Saber que Isabelle Taylor sería en el futuro la duquesa de Kensington hizo que todas las puertas de las mejores casas de Londres se abrieran para ella y su familia sin titubear, a pesar de su ausencia de linaje. La tía de su futuro esposo, lady Balfour, actuó como madrina en su presentación en sociedad, consiguiendo que su presencia fuera deseada y despreciada a partes iguales. Sin duda, Isabelle sería una de las duquesas más poderosas cuando se casara con Kensington, pero por el momento, en cuanto ella les daba la espalda, todas las hienas de la aristocracia la miraban con desprecio, como la advenediza sin clase que era.

Desde que era apenas una niña que empezaba a soñar con hacerse mujer, Isabelle miraba con admiración al joven, diez años mayor que ella, convertido ya en un hombre. Y no era para menos. Sebastian tenía un porte envidiable y era más alto que la mayoría, con el pelo rubio y liso que le caía en mechones rebeldes sobre la frente y unos inquisitivos ojos verdes capaces de leer hasta el alma. Sin duda, era el príncipe de cuento con el que cualquier muchacha ingenua soñaría, y era suyo. Durante sus encuentros daban algún corto paseo por el campo seguidos de una chaperona, hablaban del tiempo o de cualquier otra nimiedad, nada profundo que les permitiera ahondar más en su intimidad, solo un burdo trámite que Sebastian soportaba estoicamente como una más de sus obligaciones. Porque eso era su futura esposa para él. Había aceptado aquella imposición como había aceptado el resto de las posesiones ligadas al título. Su padre había contraído una deuda de honor con Taylor, y él, como era su obligación, la acataría sin dudar ni cuestionarlo, lo cual no implicaba que tuviera ninguna prisa por hacerlo. Todos esos años había visitado a la chiquilla desgarbada que lo miraba con devoción, con sus enormes ojos azules y su pelo rebelde, intentando mantenerse frío y distante para que no albergara ningún tipo de ensoñación romántica respecto a él. Los duques no se enamoraban de las duquesas, no era necesario ni prudente. Su relación sería como tantas otras de la aristocracia, fría, impersonal, discreta y funcional. Engendraría unos cuantos hijos con los que asegurar su linaje, se verían lo necesario para resolver los asuntos pendientes, y el resto del tiempo él viviría su vida, y ella disfrutaría de las comodidades que le proporcionaría ser duquesa. En cuanto a los hijos, su pensamiento era diferente. Cuando llegaran, los querría cerca para educarlos y darles el mismo cariño y valores que tanto él como sus hermanos habían recibido de su progenitor.

Su futura esposa había sido instruida para no alborotar demasiado, mantenerse en una posición discreta y no interferir en sus asuntos. Y sobre todo, para no esperar nada de él. Con el paso de los años Isabelle había entendido que su novio prefería los paseos en silencio, breves y espaciados en el tiempo…, a decir verdad, cada vez más espaciados en el tiempo. Tan espaciados que, en los últimos cinco años, tras la muerte del padre de Isabelle, ni siquiera se había molestado en volver a invitarla a Southkent Cottage, la propiedad en el campo donde la familia pasaba la mayor parte del año. Tampoco había ido a visitarla a su casa. Tras el periodo de luto, sus encuentros se habían reducido a coincidir en alguna reunión en Londres en la que él se encargaba de asegurarse que la alta sociedad los viera como una feliz pareja, aunque nadie creyera tal cosa. Un beso en la mano y un par de palabras corteses en las raras ocasiones en las que los sentaban juntos a la mesa y, con suerte, un único baile.

Eso era todo hasta la siguiente temporada, ya que parecía que Sebastian no tenía ninguna prisa por llegar al altar. No ayudaba demasiado a ser aceptada por la sociedad que su prometido pareciera haberse olvidado por completo que debía casarse con ella, y que año tras año se convirtieran en el blanco de todas las habladurías de los salones y las páginas de chismes debido a la forma tan eficaz en que él la ignoraba. Isabelle lo sabía todo sobre su prometido, desde la historia de su familia hasta sus gustos literarios. Había aprendido cada minúsculo detalle sobre el admirable duque, pero lo que conocía del hombre, lo que sabía de Sebastian Morton no tenía nada digno de admirar. A sus oídos llegaban, intencionadamente o no, los rumores sobre las aventuras amorosas que el duque solía tener con las damas de moral disoluta, todas bellas y con clase, y no era ningún secreto que en los maliciosos corrillos y en las páginas de chismes la llamaban «la novia eterna». A sus veintitrés años hacía mucho tiempo que Isabelle había dejado de ser la chiquilla enamorada que esperaba ansiosa esas raras ocasiones en las que su prometido le hacía una de sus visitas protocolarias. Algo en su interior estaba cambiando, algo que la empujaba a salir de la telaraña que la envolvía desde que tenía uso de razón, aunque no sabía si tendría la suficiente fuerza para conseguirlo. Y mientras tanto, continuaba creciendo la expectación alrededor de la novia eterna y su esquivo duque.

2

Londres, mayo de 1864

A pesar de estar a finales de mayo, el incesante viento del norte hacía que la tarde fuera especialmente desapacible y fría. Isabelle Taylor se sacudió las gotas de lluvia que estaban empezando a traspasar su capa antes de llamar a la puerta de la mansión de Vivian Carpenter, su mejor amiga.

—La señorita Vivian la espera en el saloncito, señorita Taylor —informó el mayordomo.

Vivian, con el papel casi pegado a la punta de la nariz, se afanaba en intentar leer el contenido del periódico, tan concentrada que no notó que su amiga había entrado en la habitación.

—Tengo que recordar pedirle unos impertinentes a lady Balfour o acabarás manchándote la nariz de tinta —bromeó dejándose caer en la silla frente a su amiga.

Vivian dobló el periódico apresuradamente con una sonrisa culpable y se levantó para besar a Isabelle en la mejilla.

—No te he oído llegar. Dios mío, estás helada, Issy.

—Hace una tarde horrible. Necesito tomar algo reconfortante. Hoy es una de esas tardes en las que mataría por un buen chocolate caliente.

—Yo también. —Vivian sonrió, sintiendo que sus tripas se quejaban con un sonido poco elegante—. Mi madre se empeña en privarme de todo lo que me gusta. Dice que he vuelto a engordar y me ha prohibido comer dulces —se quejó con amargura. Su figura era demasiado robusta y su madre mantenía un férreo control sobre ella para que no siguiera aumentando de peso, al menos hasta que le hubiera echado el guante a un buen partido. Isabelle también tenía una figura más bien redondeada y tendencia a coger peso con facilidad, por lo que entendía perfectamente a su amiga.

—Lady Balfour también me ha lanzado alguna indirecta en ese sentido, dice que debo cuidarme para que no me salga papada antes de tiempo. Incluso me ha ordenado hacer gárgaras durante quince minutos por la mañana y antes de dormir. —Ambas se llevaron la mano a esa parte de la garganta de manera instintiva, estirando la barbilla, para comprobar el estado de sus cuellos—. Pero, puesto que mi ausente prometido no recuerda mi existencia, no entiendo por qué debo mantenerme como una delicada y fina flor por miedo a no gustarle. De hecho, la idea de su rechazo me resulta cada vez más atrayente.

Vivian suspiró y miró comprensiva a su amiga, mientras tocaba la campanilla para ordenar chocolate caliente y un par de porciones de pastel de mantequilla.

—Ojalá fuera como Clarice —suspiró Vivian mientras se servía un trozo más de pastel, recordando a la otra integrante del trío inseparable que formaban las tres muchachas—. Es tan perfecta, tan segura de sí misma, tan adecuada, tan guapa, y todo le sienta bien. Mi madre dice que el conde de Rutherford le pedirá matrimonio antes de que acabe la temporada.

—Me alegro por ella. Aunque él es poco sociable y demasiado remilgado. Espero que no resulte ser uno de esos maridos intransigentes y severos. Por cierto… —dijo Isabelle apurando su taza de chocolate—. No se me ha escapado que has escondido el periódico cuando he entrado, y supongo que estabas enfrascada, como siempre, en las páginas de chismes.

—¿En serio piensas eso? Deben de ser imaginaciones tuyas, no hay nada que esconder. Hablan de nuevo sobre «los enamorados Rhys». Comentan que su boda fue muy romántica y que se han marchado de luna de miel a América. Hay chicas muy afortunadas, lo que yo daría por que un hombre como ese se fijase en mí.

—No dudo de su amor, pero por lo que dicen ese hombre ha sido toda la vida un desalmado y apostó a que le robaría su virtud. Tu noción de romanticismo es bastante desafortunada, Vivi.

—Pero, Isabelle, eres incapaz de ver más allá de la superficie. Estaba terriblemente enamorado de ella, incluso dicen que la persiguió en globo y se lanzó desde las alturas para detener el tren en el que ella viajaba, y todo para declararle su amor —suspiró Vivian abrazando el periódico contra su pecho mientras Isabelle le lanzaba una cínica mirada con una ceja arqueada—. Es el hombre más guapo de Inglaterra, atento, atrevido y no le importa lo más mínimo que ella tenga esa horrible cicatriz en el rostro, aunque he de decir que a mí tampoco me importaría algo así. Su esposa es muy hermosa, pero aunque no lo fuera, lo importante es el corazón. Ojalá yo también encontrara un hombre que se enamorase de mi interior —terminó casi sin coger aliento.

—Eso seguro que es una exageración, el tren lo hubiera aplastado. Y por supuesto que encontrarás un hombre que te valore tarde o temprano. Pero no vas a confundirme con tu interminable discurso, no cambies de tema. Estoy segura de que de nuevo el periódico habla de Kensington.

—Bueno, en realidad puede ser cualquiera, ya sabes que en esa sección solo usan las iniciales. Hablan de un apuesto duque cuyo nombre empieza por K, y que anoche estuvo en la ópera acompañado de una bella baronesa viuda. Pero seguro que no es él, no debes preocuparte.

—Sí, por supuesto. Londres está repleto de duques con esa inicial que pasean con sus amantes con total descaro. El problema es que, a excepción de Kensington, el resto no puede calificarse precisamente de atractivos. Kingsley no tiene dientes, y Knightingdale no tiene ni pelo ni dientes y no sale de su mansión desde hace un lustro.

—No te desesperes, Isabelle. Lady Balfour le contó a mi madre que la duquesa viuda está presionando a su hijo para que asuma sus obligaciones y fije una fecha para la boda. —Vivian sonrió con tristeza y apretó su mano un instante, intentando reconfortarla.

—Pero, Vivi, no es tan sencillo. —Isabelle se retorció las manos con un nudo en el estómago—. Hace tiempo que perdí la ilusión, me siento humillada por su actitud. He dedicado mi vida a prepararme para ser lo que se espera de mí, lo que otros desean. Pero ¿y si yo ya no quiero seguir interpretando ese papel? Detesto a la persona que ellos quieren que sea.

—Podría ser peor. Tu prometido es rico, educado, joven y muy atractivo. Puede que simplemente estés nerviosa al ver que el momento de compartir tu vida con él se acerca.

—Durante mucho tiempo me sentí afortunada, pero ahora… Esa no es la vida que quiero. Me siento como si me fueran a sacrificar a los dioses. Me van a arrastrar al altar por el bien de mi familia sin importar mis deseos, e intuyo que los de Sebastian Morton tampoco. Ojalá fuera lo bastante valiente para negarme. —Isabelle sintió que sus ojos comenzaban a humedecerse peligrosamente y movió la cabeza como si así pudiera alejar de su mente todas las preocupaciones—. Pero no he venido a compadecerme de mí misma. Cuéntame, ¿cómo lleváis los preparativos del gran baile?

Vivi respiró hondo, ansiosa por cambiar de tema y poder animar un poco a su mejor amiga, y comenzó a exponerle atropelladamente los planes de la fiesta que celebrarían en su mansión en un par de semanas.

Cuando el reloj de pared dio las campanadas marcando la hora, sobresaltó a Isabelle, que se había quedado dormida en uno de los sofás de la fría salita. Era la una de la madrugada y su hermano Adam aún no había llegado, aunque últimamente cada vez era más habitual que volviera a casa casi al amanecer, chocando con los muebles que se encontraba por el pasillo. Había esperado que cumpliera su palabra y regresara pronto para hablar de los problemas que acuciaban a la familia, y sin embargo él había vuelto a las andadas.

Mientras su madre, Emily y Peter, sus hermanos menores, continuaban en el campo ajenos a todas sus preocupaciones, Isabelle asistía como testigo impotente al desastre que estaba por venir. El estado de salud del menor de los Taylor no era demasiado bueno, y los médicos le habían recomendado que no acudiera a la ciudad, ya que la enfermedad de sus pulmones requería de aire limpio y tranquilidad. Mientras tanto Philomena, la matriarca, disfrutaba tranquilamente de su posición privilegiada dentro de la nobleza rural, ansiando el momento en que su hijo mejorara y su hija se convirtiera en la flamante duquesa de Kensington para tomar posesión de su glorioso estatus dentro de la sociedad londinense.

La casa que habían alquilado cerca de Grosvenor Square, en la zona más prestigiosa de la ciudad, a pesar de no ser demasiado grande, era bastante difícil de mantener, y a Isabelle no se le escapaba que cada vez disponían de menos servicio y comodidades. Durante el último año había interrogado a Adam en varias ocasiones, pero no fue hasta que abrió una de las cartas de los acreedores apremiándoles a saldar sus deudas que se encaró con su hermano para que le dijera la verdad. Había intentado negar la mayor, pero cuando Isabelle le espetó que su madre pretendía enviar a su hermano pequeño a uno de los internados más prestigiosos y caros del país en cuanto se encontrase mejor de salud, Adam se desmoronó y le habló con franqueza.

El campo no estaba rindiendo como se esperaba, a las malas cosechas se habían unido las bajadas de precios y Adam había invertido a la desesperada el dinero familiar en un alocado proyecto que había resultado ser un fraude, una mina inaccesible que se caía a pedazos y en la que no quedaba nada que explotar. Totalmente desolado, el siguiente paso había sido pedir dinero a un prestamista de dudosa reputación, y cuando se vio imposibilitado para asumir las cuotas, había accedido a un trato inasumible en el que ponía la casa de campo de la familia, su hogar, como aval. El plazo dado por el prestamista se acercaba de forma inexorable y los intentos de conseguir fondos resultaban infructuosos. La espiral de destrucción que envolvía a Adam se hacía cada vez más oscura, y había comenzado una huida hacia delante que claramente no le llevaría a otra cosa que no fuera el infierno, arrastrando a su familia con él. El alcohol y el juego se habían convertido en sus compañeros habituales, pues esperaba un golpe de suerte certero que le ayudara a pagar sus deudas, solo que cada noche que pasaba, la soga se apretaba con más firmeza sobre su cuello.

Isabelle había tratado de convencer a Adam de que lo más sensato era informar a su madre del verdadero problema, pero su orgullo le impedía reconocer que su delicada situación no tenía vuelta atrás. Además, su madre insistiría en pedir ayuda a su prometido y aquella opción resultaba demasiado humillante.

Ningún establecimiento que se preciara le negaba el crédito a la futura familia del poderoso duque de Kensington, pero Isabelle había decidido que la austeridad era la única manera digna de salvar la precaria economía familiar. Esa temporada no había invertido ni un solo penique en ella misma. Las invitaciones a eventos donde la apariencia era lo más importante se sucedían, pero Isabelle había usado los mismos vestidos una y otra vez. Añadía y quitaba cintas, volantes, botones y complementos a sus vestidos tratando de que los ojos audaces de las matronas y cotillas no se percataran de la situación. Aunque ya se estaba cansando de simular una realidad que no era la suya, como se estaba cansando de todo lo que era su vida.

Lady Balfour pellizcó las mejillas de Isabelle para hacer que les volviera el color y le dedicó una mirada de arriba abajo para comprobar que su imagen resultaba tan perfecta e impoluta como se esperaba de ella. Su vestido verde aguamarina ribeteado en encaje color crema era más sencillo de lo que a la vieja matrona le hubiese gustado, pero en ese sentido Isabelle era intransigente y no consentía ropas adornadas en exceso o llenas de volúmenes imposibles que en nada favorecían a sus redondeadas curvas. Había accedido, eso sí, a usar las joyas que su prometido le había regalado aquella temporada, traídas por un empleado de la tienda y probablemente elegidas por cualquier otra persona excepto por Sebastian. Al menos, esta vez el detalle era de su agrado: un conjunto de pendientes y collar de perlas de varias vueltas con un cierre de platino y un rubí engarzado.

—No deberíamos haber usado polvos de arroz, ahora luces demasiado pálida —se quejó la anciana.

—Esta mañana casi me mata por tener la piel demasiado bronceada. —Isabelle pasó las manos por el estómago, aquellas malditas veladas la enfermaban y le provocaban náuseas, no le extrañaba que hubiera desaparecido el color de su cara.

La anciana la miró con el ceño fruncido.

—Hay que encontrar un término medio, querida. Para una dama es terriblemente ordinario tener la piel bronceada como si fuera una campesina, además del riesgo de que te salgan esas horribles pecas. Te ves obligada a usar maquillaje y luego pierdes el color, y el remedio acaba siendo peor que la enfermedad. —La mujer le dedicó una sonrisa amable al ver la tensión de su cara—. No te preocupes, estás preciosa de todas formas. Al duque se le caerá la baba cuando te vea.

El duque, su prometido, ese desconocido con quien se suponía que compartiría su vida tarde o temprano. Isabelle estuvo a punto de resoplar. No dudaba que él podría encontrarla bella, o al menos bonita, o simplemente agradable, si realmente se dignara a dirigirle una mirada alguna vez. Pero a veces pensaba que si se cruzaran en la calle rodeados de gente, él ni siquiera repararía en su presencia.

—He escuchado que mi sobrino tiene pensado celebrar las nupcias antes de que termine este año —dijo lady Balfour con tono de confidencia, como si fuera una indiscreción que la propia novia se enterase de ese hecho antes de que fuera anunciado a bombo y platillo.

Isabelle suspiró mientras se recogía las faldas para subir los escalones de la mansión de los Rochester, como si esa noticia no tuviera nada que ver con ella. A decir verdad, la había escuchado tantas veces en vano que ya parecía que ese suceso no pertenecía a su vida.

Al llegar al gran salón la invadió la misma sensación de intranquilidad que de costumbre, la inevitable certeza de estar fuera de lugar. Lady Rochester se acercó a saludarlas fingiendo simpatía, aunque era más que obvio que para ella Isabelle no era merecedora de llevarse al duque más atractivo y codiciado de Londres.

—Señorita Taylor, lady Balfour. Qué alegría verlas. El duque de Kensington aún no ha llegado. Me siento tan contenta de que su excelencia haya decidido honrarnos con su visita esta noche.

Sin duda, la ocasión lo merecía, la única velada de la temporada en la que el maravilloso duque haría acto de presencia para deleitar a los presentes sacando a bailar a su novia, una novia demasiado simple, demasiado anodina, carente de una belleza digna de mención o de una personalidad chispeante. Isabelle trató de fundirse con la exuberante vegetación que adornaba el salón de baile en enormes macetones, y estuvo a punto de conseguirlo. Solo Jackson Preston parecía haberle prestado la suficiente atención. Jackson rondaba la treintena, pero ya se había labrado cierto prestigio como médico. Sus métodos eran innovadores, por lo que algunos de los carcamales adinerados de Londres eran bastante escépticos con respecto a él, pero la paciencia y delicadeza con la que trataba a sus pacientes y, por qué no decirlo, su atractiva apariencia física, habían conseguido granjearle una gran fama entre las esposas de esos mismos caballeros, que cada vez con mayor frecuencia requerían sus servicios. Preston, segundo hijo de un baronet de la nobleza rural, había sido amigo de su hermano Adam cuando este aún era merecedor de ello, antes de que cayera en la espiral de vicios en la que se había convertido su vida. Había intentado ayudarle en más de una ocasión y le había salvado el pellejo en otras tantas. Había acabado, además, sirviendo de paño de lágrimas para Isabelle, que veía impotente la forma en la que su hermano destrozaba su futuro, arrastrando de paso la economía y el bienestar familiar.

—Señorita Taylor. Como siempre, eres un soplo de aire fresco entre tanta sonrisa impostada y rígido almidón. —La voz de Preston pareció acariciarle los oídos.

Sus ojos color avellana se clavaron en los de ella mientras besaba su mano enguantada, prolongando el contacto más de lo necesario. Un revoloteo de mariposas sacudió el estómago de Isabelle y consiguió que se ruborizara, haciéndola sentirse mucho más viva de lo que se había sentido desde hacía tiempo. Recordó esos mismos labios besándola suavemente, a escondidas, en un rincón oscuro en el pasillo de su casa. Su primer y único beso. Esa noche Adam había tenido una pelea tras una partida de cartas y había acudido a Preston para que le curara una brecha en la cabeza. Preston lo había llevado de vuelta a casa en mitad de la madrugada, ebrio y dolorido. Cuando se marchaba, no pudo evitar abrazar a una compungida Isabelle, que de nuevo era testigo de cómo su hermano añadía un nuevo peldaño a la escalera que lo conducía derecho al infierno. Lo había hecho sin pensar, tratando de que cesaran los temblores de su cuerpo, de consolar su llanto, y casi sin darse cuenta acabó acunando su cara entre las manos para besarla en los labios. Fue apenas un roce que duró unos pocos segundos, pero había sido la sensación más reconfortante que Isabelle había sentido en meses. Isabelle no estaba enamorada de él, pero se había aferrado al recuerdo del beso como si fuera la única tabla de salvación que pudiera alejarla de su insípida e insatisfactoria rutina. Otra vida era posible, pero ella era demasiado cobarde para intentar buscarla.

Fuera lo que fuera aquello, Preston no se planteaba que pudiera desembocar en nada serio, y mucho menos pensaba enfrentarse a Kensington, por lo que se limitaba a buscar esos escasos momentos en que podían compartir algunas palabras. Ambos disfrutaban secretamente el gentil roce de una mano en la espalda mientras le cedía el paso o la ayudaba a subir a su carruaje, o de una mirada furtiva que despertaba un cosquilleo en su estómago.

—Siempre tan adulador —susurró Isabelle bajando la mirada.

—No confundas la sinceridad con la adulación, bella princesa.

Ella se mordió el labio para disimular la sonrisa bobalicona que le surcó la cara. A Jackson le encantaba decirle cumplidos atrevidos mientras los demás miraban sin poder escucharlos. Isabelle abrió la boca para contestar, pero la frase murió en sus labios cuando la voz profunda y grave de un lacayo anunció en el salón al invitado más ilustre de la noche.

Su excelencia, Sebastian Morton, duque de Kensington y marqués de Ralstow, hizo su aparición, elegante, perfecto e intimidante como siempre, provocando que todas las cabezas y el murmullo de las conversaciones se dirigieran hacia su persona como una marea. De repente, fue como si las diferencias entre él y el resto de los mortales fueran más que evidentes. Su envergadura, su postura recta y perfecta, la templanza de sus andares, el magnetismo feroz que irradiaba... Muy a su pesar, Isabelle tuvo que reconocer que su prometido era tan bello como un animal salvaje, que, aunque domesticado, se mantenía alerta y a punto de atacar en cualquier momento. Pero ella no tenía fuerzas para convertirse en su presa esa noche, y menos para interpretar su absurdo papel como si fuera una marioneta triste. Aprovechando el revuelo que había provocado la entrada del gran duque, Isabelle se perdió entre los invitados disimuladamente hasta que consiguió salir del atestado salón. Ni siquiera Preston se había dado cuenta de que ella ya no estaba a su lado. Pidió su capa y solicitó a un lacayo que le transmitiera a lady Balfour un mensaje para informarla de que se había marchado porque no se encontraba bien. Solo cuando estuvo cobijada en el carruaje y este comenzó a alejarse de la ruidosa mansión, traqueteando sobre los húmedos adoquines, se atrevió al fin a respirar.

3

El lacayo dejó la bandeja de plata con una nota delante de lady Balfour, que se esforzó en terminar de saborear el té en lugar de dejarse llevar y abrir el sobre apresuradamente, como su instinto le pedía a gritos. Sonrió a su sobrino Sebastian mientras depositaba la taza con delicadeza sobre el platillo de porcelana blanca con dibujos azules, tratando de aparentar calma, a pesar de que los ojos del duque mostraban claramente su impaciencia. Pero, al fin y al cabo, ella era lo bastante mayor para no dejarse intimidar por un hombre al que prácticamente había visto nacer. Sebastian bufó frustrado.

—Tía Amelia, ¿piensas abrir esa nota de una vez o vas a seguir deleitándote con la merienda?

La mujer abrió el sobre con parsimonia y suspiró.

—Es de su hermano. Dice que esta mañana desayunó con Isabelle y no le pareció que estuviera enferma, y que aún no ha vuelto a casa. —Sebastian arqueó su arrogante ceja ducal, que en su anciana tía no tuvo ningún efecto intimidatorio—. ¿Quieres que vuelva a escribirle?

—No —contestó cortante—. ¿Es habitual ese comportamiento en ella? ¿Marcharse de las fiestas sin despedirse y no dar señales de vida en todo el día? Ni siquiera va acompañada de una doncella, es intolerable. ¿Para eso hemos invertido una fortuna en educarla como Dios manda?

—A decir verdad, no es muy normal. Siempre se comporta de la forma más conveniente. Supongo que estará en casa de alguna de sus amigas. Pasa todo el día con la hija de los Carpenter y la nieta de los Hamilton. Si tienes tanto interés en verla, puedo mandar recado y…

—No tengo ningún interés personal, más que la curiosidad lógica provocada por su comportamiento inapropiado.

—Tu falta de interés es bastante obvia a ojos de cualquiera —comentó lady Balfour sin perder su postura serena habitual.

—Si vas a darme una charla, no es necesario. Ya he tenido bastante con la carta que me ha enviado mi madre.

—Sebastian, sabes que te quiero como si fueras mi propio hijo y no sería sincera si no te dijera lo que pienso. Isabelle ha soportado estoicamente desde hace años los comentarios malintencionados, los cuchicheos y tu constante desatención. Pero algo está cambiando en ella, ya no es una niña, y creo que ha perdido la ilusión. Aunque estoy segura de que cuando llegue el momento, asumirá su papel a la perfección. Deberías mostrarte más atento con ella.

—¿Quieres decir que todo esto es un teatrillo para darme un toque de atención? —preguntó incrédulo y cada vez más enfadado. No iba a dejar que esa joven lo manejara a estas alturas con un comportamiento desafiante. La noche anterior había tenido que someterse a las preguntas de los invitados más indiscretos, extrañados por la prematura marcha de la joven, que no había compartido ni un segundo la codiciada compañía del duque. Se había sentido molesto y un tanto ridículo sin poder ofrecer una respuesta coherente, y no estaba dispuesto a que esa situación se repitiera.

—No lo creo. Al menos no de manera intencionada —contestó lady Balfour encogiéndose de hombros.

—Estoy decidido a que la fecha de la boda no se demore demasiado, pero si esa muchacha consentida piensa que con esta actitud va a conseguir algo, está equivocada. Aquí no estamos hablando de ilusiones ni cuentos de hadas, sino de un compromiso firmado por nuestras familias y que ambos tenemos que acatar.

—Tampoco ayuda demasiado que tu amiga la baronesa

Amanda Howard vaya esparciendo rumores como si fueran semillas de mala hierba. —El duque frunció el ceño, confundido—. Todo el mundo sabe que vuestra relación es muy estrecha y no te has molestado en disimularlo al acudir con ella a todas partes. Lady Carpenter me comentó algo que no me gustó. La baronesa ha insinuado que te estás planteando cancelar el compromiso. Por la forma en que lo cuenta, parece que quiere dar la impresión de que ella es el motivo.

—Eso no es cierto. Y lady Carpenter debería meterse en sus propios asuntos. Jamás deshonraría la memoria de mi padre de esa forma. Este matrimonio era su voluntad y yo me comprometí a cumplirla. Y lo haré.

Sebastian se levantó y besó a su tía en la mejilla a modo de despedida, ansioso por salir de allí. La relación con Amanda había sido bastante breve y había terminado con ella en cuanto vio el primer atisbo de la oscuridad que escondía su carácter. Amanda se había extralimitado al adjudicarse una posición en su vida que no tenía e intentar manipular las circunstancias. Se había confiado demasiado pensando que la gente no se atrevería a meterse en sus asuntos, pero su indiscreción se le había ido de las manos.

—Entonces, si todo sale según lo previsto, yo seré la única soltera del grupo —suspiró Vivian cogiendo otra galleta de canela.

—Deja ya de comer galletas, Vivi. Es la quinta, te van a sentar mal —la regañó Isabelle.

—Estoy en plena crisis, Issy. Al menos, déjame que coma. Mi madre me está matando de hambre —se excusó dedicándole una mirada ceñuda y terminó mostrando una habilidad extraordinaria para hacer un puchero a pesar de tener la boca llena.

—¿Y por qué estás en crisis esta vez? —preguntó Clarice Hamilton quitándole el trozo de galleta que le quedaba y dándole un buen mordisco.

—Vuestro destino está cada vez más cerca. Kensington fue ayer a buscar a Isabelle y si ella no hubiera huido, seguramente le habría hablado de la boda. Y mi madre dice que lord Rutherford pedirá tu mano antes de que acabe la temporada, Clarice.

—Le pidió permiso a mi abuela para visitarme, y supongo que cuando mi tío Maurice vuelva de Edimburgo, hará la propuesta oficialmente. Aunque aún son todo conjeturas, pueden pasar tantas cosas… —afirmó Clarice con una sonrisa no demasiado radiante, rogando para que los asuntos de su tío se dilataran todo lo posible y no tener que enfrentarse al futuro demasiado pronto.

Marcus Frederick Bowden, conde de Rutherford, había mostrado su interés por ella desde que empezó la temporada, y a pesar de que distaba bastante del hombre apasionado y rebelde con el que Clarice siempre había soñado, debía reconocer que era un buen partido. Era un joven apuesto y tranquilo, y aunque no se podía decir que fuera rico, tampoco pasaba apuros económicos. Clarice no terminaba de sentirse cómoda en su presencia dado su carácter serio e incluso taciturno, pero esperaba que con el tiempo pudieran complementarse bien.

—Pero explícame eso de que huiste, Isabelle. ¿En qué estabas pensando para darle plantón al duque? —preguntó Clarice intrigada.

—No sé qué me pasó. Lo vi llegar tan imponente, tan seguro de sí mismo, como si fuera el dueño del mundo, y me sentí tan pequeña que fui incapaz de enfrentarle. A veces tengo la impresión de que toda la aristocracia me mira como si el duque de Kensington fuera demasiado bueno para mí. Incluso él. Se acerca a compartir unos minutos conmigo y se supone que debo sentirme terriblemente honrada y bendecida por su presencia. Oh, sí. Gracias, Dios mío, por haber puesto en mi camino a ese dechado de virtudes, a ese ser bello y perfecto sin importarte que no lo merezca. Como agradecimiento, caminaré toda mi vida un paso por detrás de él y con la cabeza gacha para no molestarle. ¡Incluso me tiraré al suelo cuando haya un charco para que pueda pasar por encima de mí y sus benditos pies no toquen el barro! —Isabelle se dio cuenta de que estaba gritando demasiado fuerte cuando levantó la vista y se encontró con las miradas perplejas de sus amigas, poco acostumbradas a esa demostración de carácter, tan poco usual en ella. Carraspeó y se alisó las faldas en un gesto mecánico mientras recobraba la calma—. Disculpadme, me he dejado llevar.

—No te disculpes. Es normal que estés nerviosa. Apenas os veis una vez al año y el duque resulta bastante intimidante. Pero seguro que en cuanto paséis un poco de tiempo juntos, te sentirás más cómoda en su presencia. Él es quien tiene que sentirse honrado por estar con una mujer como tú —concluyó la siempre sensata Clarice apretándole la mano entre las suyas.

—Clarice tiene razón. Pronto las cosas serán más fluidas entre los dos y todo esto te parecerá una tontería. Antes de que te des cuenta, tu destino estará escrito y serás una mujer feliz. Solo espero que sigamos viéndonos cuando os convirtáis en la estirada duquesa de Kensington y la flamante condesa de Rutherford —bromeó Vivian con tono solemne. Las tres rieron, aunque en el fondo todas compartían el miedo a que el nuevo rumbo de sus vidas las alejara—. Es todo tan emocionante. Seguro que os esperan paseos románticos, miradas enamoradas, pedidas de mano… —suspiró con su expresión inocente habitual—. Y en cambio a mí nunca me pasa nada interesante.

—Todo llegará, Vivian —respondió Clarice dando un sorbo a su té.

—Eso espero, ojalá que al menos esta temporada consiga que me den mi primer beso. Ya tengo casi diecinueve años, como siga así me convertiré en una solterona. —Isabelle se sonrojó al recordar el beso secreto de Jackson, y se sorprendió al ver que Clarice también se sonrojaba y se ponía de pie para arreglar de forma innecesaria los cojines del sofá en un esfuerzo inútil de camuflar su azoramiento.

—¡Oh, Dios! Clarice, ¿hay algo que no nos hayas contado? —preguntó Isabelle centrando hábilmente la conversación en su amiga.

—¡¡Cuéntanoslo, maldita traidora!! —gritó Vivi, emocionada.

—Está bien —aceptó notando que le ardían las mejillas, consciente de que, por mucho que se resistiera, al final acabarían sonsacándole todo—. Fue hace unos días, salimos a pasear en carruaje. Al volver, lord Marcus me besó.

—¿Y qué tal fue?

—Agradable. Fue bastante breve en todo caso. Él es muy correcto, ya le conocéis.

Correcto, por no decir tan frío y distante como un témpano de hielo, pero prefirió guardarse esa opinión para sí misma.

—¿No hizo nada con… —Vivi no sabía cómo plantear la pregunta sin ser vulgar pero la curiosidad era más fuerte que ella—, con la lengua?

Sus dos amigas la miraron sorprendidas y escandalizadas. Desde luego, el breve beso que Isabelle había compartido con Preston no le había llevado a pensar que la lengua tuviera algún tipo de función en aquel acto.

—No me miréis así. Encontré a mi doncella muy entregada dejándose besar apasionadamente por el cochero de mi padre. Y de repente, cuando el beso parecía estar en su mejor momento, ella dio un respingo y le plantó un bofetón.

—¿Espiaste a tu doncella? —preguntó Isabelle sin poder contener la risa.

—Eso no es relevante. —Vivian agitó la mano quitándole importancia a ese hecho tan impropio de una señorita—. Lo importante es que le pregunté el porqué de su cambio de actitud y me confesó que el chico había intentado meterle la lengua en la boca.

Todas pusieron caras de asco y soltaron una tanda de risitas nerviosas.

—Si lord Rutherford lo hubiera intentado, le habría pateado la espinilla.

—Supongo que los caballeros no hacen ese tipo de cosas —opinó Isabelle, pensativa.

—Estoy segura de que la mayoría de los caballeros hacen

ese tipo de cosas, e incluso peores —afirmó Clarice en tono misterioso, como si dispusiera de una información que ellas no alcanzaban a imaginar.

—¿A qué te refieres? De todas formas, hagan lo que hagan nosotras estamos condenadas a no enterarnos de nada. Siempre suelen encontrar sus diversiones alejados de sus esposas. Al menos, eso dice mi madre —añadió Vivi cogiendo una galleta con disimulo.

—Eso no es así exactamente. Mi primo Nicholas me ha hablado de ciertos sitios… —Las dos amigas se inclinaron hacia delante en sus asientos con actitud conspiratoria para escuchar atentamente a Clarice y esta sonrió con gesto cómplice—. Son clubes privados donde solo se puede entrar con invitación o de la mano de un socio. En ese lugar los clientes son de clase alta y con un elevado nivel económico. Las damas van ataviadas con atrevidos vestidos y ocultan las caras detrás de antifaces para preservar su reputación. Hablo de damas como nosotras. Allí pueden beber, pero beber de verdad, y no el vino rebajado con agua que nos sirven a las solteras en los bailes. Pueden jugar a las cartas, coquetear, incluso fumar si les apetece.

—¿Fumar? Yo no quiero fumar, pero debe de ser increíble poder disfrutar de una velada sin que los demás te vigilen y te juzguen —contestó Isabelle.

—Eso es lo maravilloso de esos lugares, puedes divertirte sin miedo porque la gente no se fija en lo que hacen los demás. Además, con la máscara nadie sabe quién eres.

—Pero ¿ese tipo de locales no son peligrosos? Y si alguien intenta sobrepasarse… —preguntó Vivi entrecerrando los ojos color chocolate, de un tono casi idéntico al de su pelo.

—Nicholas dice que hay mucha seguridad para que eso no ocurra. No es un antro de mala muerte. La idea es que tanto las damas como los caballeros puedan divertirse haciendo las mismas cosas con total libertad y discreción.

Las tres amigas se miraron con una idea común cruzando sus mentes. Sería toda una aventura visitar una de esas fiestas, pero eran demasiado inexpertas y les faltaba arrojo para hacer algo así. ¿Verdad? Ninguna de las tres se atrevía a sugerirlo en voz alta hasta que Vivian, con su incontinencia verbal habitual, puso en palabras lo que se les pasaba por la cabeza.

—¿No sería fantástico poder acudir a uno de esos clubes? No tenemos que fumar ni emborracharnos…, pero ver lo que ocurre allí sería…

—¡Emocionante!

—¡Fascinante!

—¡Una verdadera aventura!

—Pero es arriesgado.

—Nicholas podría cuidar de nosotras.

Las tres soltaron todas las ideas que se les cruzaban por la cabeza intentando alzar la voz por encima de las demás. Al principio, las ocurrencias más alocadas y extravagantes salieron de sus mentes atropelladamente, mientras las tres se retorcían de risa.

—Nicholas nos matará cuando se lo pidamos.

—Nicholas ha estado enamorado de las tres en diferentes etapas de su vida, es incapaz de negarnos nada —sentenció Clarice.

—Es una locura.

—¡Hagámoslo!

Poco a poco el plan fue tomando forma, hasta que decidieron escribir una nota para citar a Nicholas Hamilton y usar las armas que fueran necesarias hasta que accediera a llevarlas a una de esas fiestas.

Sebastian odiaba los dramas innecesarios. Y más que eso, las lágrimas falsas y los absurdos teatrillos destinados a chantajearle, tanto económica como emocionalmente. Cuando empezó la relación con Amanda Howard, se sintió cautivado por su erotismo, su pasión desbordante e insaciable. Hasta que se dio cuenta de que todo eso no era más que una burda fachada destinada a tejer una tela de araña donde atraparle. No había conocido a tantas mujeres como se le atribuían, pero sí las suficientes para saber cuándo la pasión era incontenible y cuándo era fingida. Podría haber continuado con ella un tiempo si la baronesa se hubiera limitado a respetar el acuerdo que ella misma había propuesto. Él se hacía cargo de sus desorbitados gastos y ella le garantizaba la exclusividad en su cama mientras durase. Sin más pretensiones ni problemas. Desconocía cuándo y por qué Amanda había encauzado su vida hacia esos derroteros, pero estaba claro que su desbordante ambición acabaría arrastrándola a los infiernos. Nunca la había visto más radiante que la noche en la que tropezó con ella en lo que él creía que había sido un encuentro fortuito en el teatro. Pero al ver la enorme sonrisa de satisfacción de la baronesa al colgarse de su brazo y el brillo sibilino de sus ojos, había comprendido que no era algo casual. Estaba marcando su territorio, tratando de forzar las cosas, gritándole al mundo que ella era la amante de Sebastian Morton y que estaba dispuesta a pisotear a quien hiciera falta para mantenerse a su lado. Esa misma noche había roto con ella, pero parecía que la baronesa no se había dado por aludida, pensando que el duque volvería en cuanto se le pasara el enfado. Sebastian había pensado que podría dominar la situación, pero es difícil manejar a quien no tiene nada que perder, y Amanda entraba dentro de esa categoría.

Hubiera podido sentir piedad por su llanto si por un instante hubiese creído que albergaba algún tipo de sentimiento. Pero ella solo codiciaba cosas materiales. Dinero, joyas, estatus... Su bella mirada compungida y suplicante se transformó en una llamarada de ira cuando comprendió, esa vez sí, que no había marcha atrás, que había perdido a Kensington como antes había perdido al conde de Hardwick, con quien había compartido el lecho hasta que decidió casarse con una tierna debutante. Siempre los mismos pasos. Hombres deseosos de una bella mujer ardiente que, sin embargo, la abandonaban para casarse con otra, a todas luces menos valiosa, menos hermosa, menos sofisticada que ella. Era incapaz de asimilar que quizá su falta de corazón y su exceso de avaricia pudieran inclinar la balanza en su contra.

—Todos sois iguales. —Masticó las palabras con odio—. Os falta hombría para manteneros junto a una mujer como yo.

—Piensa lo que quieras. Tú misma definiste los términos de esta relación: nada de afectos. Creí que la última vez que nos vimos te había dejado bastante claro que habíamos terminado. Y sin embargo, ahora intentas destruir mi compromiso insinuando que hay algo serio entre nosotros.

Amanda soltó una carcajada cínica en respuesta.

—Tú eres el primero que quiere romper ese compromiso. Pensé que te hacía un favor, ya que tú no tienes lo que hay que tener para romper con ella. No deseas atarte a esa ingenua sin sangre en las venas. No es mujer para ti.

—Amanda, sabes que tengo una deuda de honor con su familia. Aun así, no es de tu incumbencia, no te he dado permiso para que te metas en esa parcela privada de mi vida. Te has extralimitado, has mentido y me has puesto en una situación comprometida, y eso es imperdonable. —Sebastian sabía que el único que se había colocado en esa situación era él mismo, pero no lo reconocería ante ella.

—Esa es la palabra adecuada, querido. Deudas —escupió como si el resto de la frase no le interesase en absoluto—. Eso es lo único que vas a encontrar si te unes a esa familia. Tu futuro cuñado te chupará hasta la última gota de sangre como si fuera una sanguijuela. Eso es lo que los Taylor anhelan de ti. Y como un idiota se lo darás. Tu nombre, tu honor, tu fortuna. ¿Y qué te dan ellos a ti? Una muchacha sin gracia ni belleza y, por lo que aparenta, con poca inteligencia. Piénsalo bien, Sebastian. Aún estás a tiempo de revertir este desastre. Marchémonos juntos y olvidémonos de las obligaciones —concluyó con voz lastimera intentando engatusarlo.

Durante unos segundos Sebastian no dijo nada, limitándose a observarla sin mostrar ninguna emoción.

—Por si no fui lo bastante claro, te lo repito. Se acabó, Amanda. La decisión está tomada.

—¿Eso es todo? ¿Me despachas como si fuera una vulgar ramera del puerto? —gritó indignada. Ya había vivido esta situación antes y, aunque sabía cuál sería el desenlace, no pudo evitar resistirse a aceptarlo—. Te lavas las manos sin importarte qué va a ser de mí.

El duque la miró durante unos segundos sin entender su dramatismo hasta que cayó en la cuenta de lo que Amanda estaba reprochándole. Entre su círculo, lo normal era proveer a las amantes de una cantidad lo bastante generosa para que pudieran mantenerse un tiempo hasta que encontrasen un nuevo camino, cuando la relación se rompía. Había quedado como un tacaño.

—No tienes que preocuparte por eso. Supongo que la asignación que te dejó tu esposo es suficiente para mantenerte, pero no te dejaré en la estacada. Espero que eso te ayude a sobrellevar el disgusto que esto te supone.

La baronesa se arrodilló y se abrazó a una de las botas de Sebastian, en un último intento de hacerle sentir culpable, para convencerle de la existencia de un amor que estaba muy lejos de sentir. Cuando levantó la mirada, se encontró con los ojos claros e inescrutables del duque, e inmediatamente lo soltó avergonzada.

Sebastian salió a la calle con una sensación de náuseas revolviéndole el estómago. Sabía que relacionarse con esa mujer ambiciosa y sin escrúpulos había sido un error desde el principio y, aun así, se había dejado llevar por su belleza y la promesa de unos cuantos ratos de diversión sin complicaciones. Se subió a su carruaje sin poder quitarse de la cabeza todas las palabras que Amanda le había espetado sobre su prometida y su familia. Quizá había llegado el momento de empezar a poner las cosas en orden.

4

—No puedo entender por qué no se me ha informado de esto antes, Milton —se quejó Sebastian ante el enorme dosier sobre Adam Taylor que tenía en la mesa de su despacho. El contable carraspeó, visiblemente incómodo. Milton era bastante más joven que los contables que solían administrar las vastas fortunas como la de los Kensington, pero era trabajador, eficiente y listo como un zorro, por lo que Sebastian confiaba ciegamente en él.

—Excelencia, le recuerdo que hace algo más de un año le informé sobre la pésima situación financiera de los Taylor y de las nefastas actuaciones de su futuro cuñado.

—¿Nefastas? Eso es un eufemismo bastante leve, ¿no le parece? Esto es un puñetero desastre, el caos absoluto. No sé si quiero conocer el resto.

—Yo creo que sí debería. Sobre todo, porque de lo contrario dentro de poco me volverá a recriminar que no le haya informado, excelencia. La situación es mucho peor de lo que yo mismo pensaba. —El joven carraspeó a la espera de su decisión y Sebastian le hizo un gesto impaciente con la mano instándolo a continuar—. Las arcas de su futura familia política están vacías. Como sabe, el campo no ha reportado demasiadas ganancias en los últimos años. El señor Taylor quiso revertir esa falta de beneficios, alentado por una necesidad de igualar la buena mano de sus ancestros para los negocios. Solo así puede explicarse que gastara los ahorros de la familia en una mina de plata en Carltonshire.

—¿Hay plata en Carltonshire? —preguntó Sebastian enarcando las cejas.

—Evidentemente no. De lo contrario, no estaríamos teniendo esta conversación. Lo estafaron. Le hicieron creer que habían descubierto plata en la zona y que el dueño de las tierras lo ignoraba. Quien fuera lo bastante listo para explotar las minas se haría rico y a su cuñado le entró la prisa por invertir. Un falso chivatazo en una noche de borrachera que el inocente Taylor se tragó. Pagó por una finca con una antigua mina de carbón en desuso una cantidad absurdamente elevada, creyendo que había engañado al propietario. Después de unos meses fue más que evidente que de allí solo sacaría piedras y bichos, y para entonces los timadores habían desaparecido.

—No puedo evitar pensar que lo merecía, quiso aprovecharse de un pobre hombre y resultó ser el timado.

Milton asintió con la cabeza y le tendió otro papel.

—Las deudas comenzaron a acumularse, y no se le ocurrió nada mejor que pedir dinero a un interés desorbitado a Dirty Drake, el prestamista más peligroso y con peor fama de los bajos fondos. Un error de principiante.

—Nunca entenderé cómo la gente sigue cayendo en las redes de ese tipo. ¿Acaso no saben que es un asesino y un usurero?

—La desesperación, supongo. Como era de esperar, Taylor no ha podido hacer frente a los pagos y ha puesto la casa familiar y una parte de las tierras como aval. Si la situación no mejora en pocos meses, los Taylor se quedarán en la calle. —Sebastian se pasó las manos por el pelo y suspiró incrédulo—. Adam Taylor está sumido en una espiral autodestructiva y pasa las noches bebiendo y jugando, esperando un golpe de suerte que arregle su situación. Mientras tanto, sigue acumulando impagos. Ya debe cuatro meses de alquiler de la casa londinense en la que actualmente vive con su hermana, y al poco servicio que mantienen hace meses que no se le paga.

—¿La familia lo sabe?

—A juzgar por el nivel de vida de la señora Taylor, puede

que no. En cambio, su prometida parece mantener un comportamiento más austero. Lleva más de un año sin pisar una tienda y me ha sorprendido saber que todos los regalos valiosos que recibe de su parte son guardados en la caja fuerte de lady Balfour.

—Supongo que no se fía de su propio hermano. Bien, para empezar, encárguese del alquiler pendiente y pague a los trabajadores. Esa gente también tendrá familia a la que mantener. ¿Qué sugiere respecto al resto?

—Dirty Drake no es un banco, es un delincuente y no querrá negociar. La casa y las tierras son mucho más valiosas que la deuda en sí. Creo que la única solución sería vender antes de que él se lo apropie y pagarle lo que se le debe. Con suerte, puede que les quede algo para empezar de cero, y si no, al menos habrán salvado el pellejo. —El joven se ruborizó al tomar conciencia del lenguaje tan coloquial que había usado con el duque y se disculpó, aunque Sebastian le restó importancia. Prefería la gente que le hablaba como a una persona normal en lugar de orinarse en los pantalones ante su sola presencia.

—Estoy de acuerdo, aunque en estas cuestiones el orgullo hace difícil llegar a un entendimiento. Seguro que la solución no les parecerá demasiado digna. Busca a Adam Taylor. Quiero verlo —ordenó, dando por finalizada la reunión.

Sebastian no había esperado encontrarse ese maremágnum de problemas nada más volver a Londres. Había pasado un mes visitando sus propiedades en el campo, y solo esperaba un poco de normalidad y distracción. Pero nada más llegar, su madre le había enviado una carta presionándole para que se desposara de una vez, Amanda lo había puesto contra las cuerdas y había descubierto que la familia de Isabelle estaba a punto de quedar en la indigencia. Suspiró y se dirigió a su habitación para darse un baño. Había pensado quedarse en casa y disfrutar de una noche tranquila, pero el cuerpo le pedía a gritos tomarse un par de copas y olvidarse de todo.

Aunque Nicholas se había mostrado reticente, y también espantado, ante la idea de acudir al club con las tres amigas, el despliegue de sonrisas y melosos pestañeos de su bella prima Clarice habían acabado convenciéndolo. Sin duda, era la más atractiva de las tres y aunque era demasiado seria para coquetear, poseía un encanto innato que nunca explotaba. Vivian había rescatado del baúl de su madre varias máscaras que se habían usado para los bailes de disfraces a los que asistían todos los años. Las extendió delante de ella sobre la mesa de su salita y las miró pensativa.

—Esta es perfecta para ti —dijo tendiéndole a Clarice un antifaz adornado con plumas de pavo real—. Combinará muy bien con tu pelo cobrizo. Yo me quedaré con la máscara de color marfil ribeteada con perlas. Isabelle, ¿cuál prefieres tú?

—No sé. No importa. De todas formas, no nos van a ver la cara y creo que no hay nada que pueda realzar el color apagado de mi pelo. Si pudiera, me pondría un saco en la cabeza, porque estoy empezando a pensar que esto es una locura. ¿Estáis seguras de que deberíamos ir?

—No digas tonterías. Tu pelo es precioso y fuerte. Y claro que debemos ir —la contradijo Clarice.

—Mi pelo es demasiado tosco y su color es indefinible, ni castaño ni rubio ni caoba. Pero de todas formas, mi aspecto no me importa, dame la que quieras —se quejó tendiendo la mano con desgana. Vivian le entregó un antifaz forrado en satén dorado con cristales que imitaban el color del rubí en los bordes.

—Perfecto. Y tu pelo es del color del bronce. Además, el brillo de la tela resaltará tus ojos azules —concluyó Vivian con una sonrisa de satisfacción ante su elección.

Isabelle se lo probó aparentando desinterés. Aunque siempre fingía que su físico no le importaba lo más mínimo, la realidad era que la torturaba reconocer que su aspecto era demasiado normal, carente de algún rasgo que destacase sobre los demás. Desde la adolescencia se había esforzado en transformarse en la dama refinada y delicada que todos esperaban, pero de poco habían servido las interminables horas que su madre la obligaba a pasar con el pelo empapado en tisanas de manzanilla para que brillara a la luz del sol, ni los aceites con leche de almendras con los que le embadurnaba la cara y los hombros tratando de aclararle la piel y borrarle las pecas de la nariz. Para colmo, el cuerpo de Isabelle era rotundo y fuerte como un roble, y no un delicado junco que se mece con el más liviano soplo de aire. Era consciente, al menos eso pensaba ella, de que su prometido no la consideraba atractiva, por lo que su descontento había crecido con el tiempo y, en una especie de acto de rebeldía, intentar gustarle había dejado de ser su prioridad. Recordaba los primeros años de total dedicación por su parte en los que cada alabanza de sus institutrices o sus profesores de protocolo la hacían sonreír henchida de orgullo, porque no había nada que ansiara más que ser la mujer perfecta que el «perfecto» Sebastian esperaba. Aunque en el fondo era consciente de que todo lo que aprendía solo contribuía a crear la cáscara falsa que recubría su verdadera personalidad, y que ni siquiera eso sería suficiente para alcanzar la excelencia que se esperaba de ella. Había relegado a un rincón toda la rebeldía propia de su edad, había apagado su carácter natural y su impulsividad. Dejó de pasar las tardes pescando con Adam o buscando nidos de pájaros para contar los huevos y vigilar el nacimiento de los nuevos polluelos en primavera. Se resistió a jugar a las cartas con su padre y su hermano por las noches, cuando su madre y sus hermanos pequeños se iban a dormir, su pasatiempo preferido. Eso era, sin duda, lo que más le había costado. Recordaba a su padre, con su poblado bigote castaño temblando de la risa cuando le pillaban haciendo trampas, aunque al final siempre se resignaba a las ridículas pruebas que tenía que llevar a cabo cuando perdía. Seguía sonriendo al recordar al serio señor Taylor paseando por casa dos días enteros con el pomposo sombrero que su esposa usaba los domingos para ir a misa. Pero todo cambió para ella cuando su padre falleció repentinamente. Isabelle ni siquiera había podido despedirse de él. Un día estaba allí y al siguiente, ya solo quedaba su recuerdo y una lápida blanca a la que ir a llorarle. Ya no escucharía más su voz sermoneándola, ni contándole sus batallitas de la guerra, ni dándole un punto de vista carente de dramatismo a todas aquellas cosas que a ella le parecían tan apocalípticas. Después de su pérdida, Isabelle había empezado a entender que quizá fuera inútil esforzarse en ser algo que no era, pero su padre ya no estaba allí para darle su visión franca y sensata de las cosas. Aun así, seguía esperando el momento en que Sebastian clavara al fin su mirada en ella y se diera cuenta de que en realidad eran dos almas gemelas que se complementaban a la perfección, y no solo dos personas destinadas a estar juntas por obligación. Pero ese momento no llegaba y ella se estaba cansando de esperar.

—Ahora tenemos que pensar un nombre en clave —dijo Vivi sacándola de sus pensamientos.

—¿Por qué? Yo no pienso hablar con nadie —sentenció Clarice al tiempo que negaba vehementemente con la cabeza.

—Mira, Vivi, es mejor que no te hagas demasiadas ilusiones. Solo vamos a entrar, echaremos un vistazo tratando de pasar desapercibidas y nos marcharemos. Saciaremos nuestra curiosidad e intentaremos no meternos en líos o lady Balfour me matará —advirtió Isabelle, con tono severo.

—Lo entiendo, pero debemos estar preparadas. ¿Y si alguien nos pregunta? No podemos quedarnos calladas como tontas y mucho menos decir nuestro verdadero nombre. Quizá deberíamos pensar en un apodo misterioso. Atenea, por ejemplo —dijo Vivian haciendo que Isabelle riera. Si quería un nombre falso, quién era ella para negárselo.

A Isabelle no le costó trabajo librarse de la nula vigilancia de su hermano, y Clarice hizo lo propio aprovechando que su abuela se había tomado la medicación para las jaquecas que la dejaba profundamente dormida. Pero Vivian, a pesar de que en principio parecía la más entusiasmada con la idea de trasgredir las normas, envió una nota a última hora para avisar a sus amigas de que no acudiría a la cita por miedo a ser descubierta.

El carruaje de Nicholas se detuvo, y tanto Clarice como Isabelle se asomaron a las ventanillas con curiosidad. Estaban frente a un callejón que daba a la parte de atrás de un edificio de ladrillo rojo, del cual entraban y salían discretos carruajes. Nicholas las miró ceñudo y volvió a formularles la pregunta por enésima vez, con el fatídico presentimiento de que cualquier cosa podía salir mal.

—¿Estáis seguras de esto? —Ambas asintieron, aunque parecían dos pajarillos asustados cobijados sobre una rama durante una tormenta—. De acuerdo. Pero recordad todo lo que hemos hablado. No debéis quitaros las máscaras bajo ningún concepto, intentad hablar lo menos posible y ni se os ocurra ir a ningún lugar apartado con nadie. Voy a intentar no perderos de vista, pero habrá mucha gente y… muchas distracciones. Si esto ocurre, nos veremos a medianoche junto a la salida. —Ellas volvieron a asentir y Nicholas las imitó sintiendo que su nerviosismo aumentaba, sin entender cómo se había dejado convencer para llevar a cabo una locura como esa.

La puerta del carruaje se abrió y una ráfaga de aire frío provocó un estremecimiento en Isabelle, que a medida que se acercaba al club veía cómo su confianza mermaba. Nunca había sido una persona decidida, puede que en parte fuera por el tesón con el que le habían inculcado que una duquesa debe ser discreta, apocada, serena… Eufemismos con los que darle a entender que no debía dar su opinión, ni contrariar a su esposo, ni mostrar que tenía pensamientos o inquietudes propias que no tuvieran que ver con lo que el ducado le exigía. En definitiva, ser madre y esposa, una figura recatada que no llamase demasiado la atención y no fuera en absoluto problemática. Todas estas directrices habían conseguido mermar la confianza que tenía en sí misma hasta el punto de que, durante mucho tiempo, había sido incapaz de dar un paso sin pedir opinión y luchar una ardua batalla consigo misma. Por eso la escapada de esta noche era tan importante para ella, aunque tuviese que apoyarse en los Hamilton para hacerlo.

—Nick, ¿y tu máscara? —preguntó Clarice al ver que bajaba del carruaje a cara descubierta.

—¿Bromeas? Muy al contrario que vosotras, para mí es un orgullo tener un pase para el club Dark. Lo que quiero es que todo el mundo me vea. Además, los hombres no las necesitamos.

—Por supuesto, desde Eva y la manzana nosotras somos las depositarias de todo el escarnio del universo —se quejó Isabelle con ironía mientras un guarda enorme abría la estrecha puerta para franquearles el paso.

Caminaron detrás de Nicholas, conteniendo las ganas de agarrarse de la mano y salir corriendo en dirección contraria por un pasillo iluminado con una luz tenue hasta llegar a una entrada con dos enormes hojas de madera, donde un hombre igual de grande que el anterior les abrió la puerta sin apenas mirarlos. Sus ojos se habían acostumbrado a la penumbra, y la excesiva iluminación del salón hizo que parpadearan para adaptarse a la brillante luz. En un acto reflejo, Isabelle se llevó los dedos a la máscara para asegurarse de que continuaba allí. Clarice le apretó la mano y la miró con una sonrisa, emocionada por el bullicio y el ambiente festivo que las rodeaba. Las mujeres vestían modelos mucho más atrevidos que los que solían verse en los salones, con colores chillones y escotes de vértigo, y eso hizo que la futura duquesa se sintiese un poco mejor. Clarice la había obligado a ponerse uno de sus vestidos, que amenazaba con cortarle la respiración, ya que le quedaba demasiado estrecho. La prenda, de un llamativo color coral, se ajustaba a su cuerpo marcando cada curva y realzaba su escote hasta rozar el límite de la indecencia, haciendo que sus pechos resaltaran, redondos y perfectos, enmarcados por un ribete de encaje de color crema.

Se colocaron en un lateral junto a una columna para poder observar la mayor parte del salón, y muy pronto la certeza de que eran invisibles para los demás las hizo relajarse. Nicholas, junto a ellas, hablaba animadamente con una rubia despampanante que no dejaba de sonreírle, teniendo que inclinarse sobre ella para hacerse oír por encima de la estridente música. Dondequiera que mirasen, las damas hablaban con actitud distendida con los caballeros, bailaban demasiado cerca unos de otros y reían de manera desinhibida. Poco a poco se dejaron atrapar por el ambiente de relajada euforia que parecía envolverlo todo. Un atractivo pelirrojo le pidió un baile a Clarice y, aunque al principio se negó, accedió con una risita cuando el joven le dijo algo atrevido al oído. Nicholas observó ceñudo cómo su prima se dirigía hacia la atestada pista de baile, pero mientras se limitasen a bailar, no podía objetar nada.

—Voy a por unas bebidas, hace mucho calor. Espérame aquí, Isabelle. Vuelvo enseguida.

Isabelle palideció cuando vio cómo Nicholas giraba sobre sus talones y se perdía entre la gente sin darle tiempo a objetar nada. Estuvo a punto de entrar en pánico al verse rodeada de desconocidos, aunque la verdad era que nadie parecía estar prestándole atención. Ojalá Nicholas volviera pronto, ya que estaba realmente sedienta. Pensó con ironía que, a pesar de lo diferente que era aquel lugar de un salón respetable, la historia vivida en cada uno de sus bailes volvía a repetirse. De nuevo, le tocaba esperar y limitarse a observar cómo el resto se divertía. Sintió una mirada fija sobre ella y su vista se desvió hacia la escalera que conducía a los palcos privados. Un hombre alto y moreno la observaba fijamente mientras daba un sorbo con lentitud a su copa. Era uno de los pocos caballeros que llevaba antifaz, una máscara blanca que le cubría hasta más abajo de los pómulos, por lo que resultaba imposible identificarle. Su vestimenta de gala, íntegramente negra, le daba un aspecto un tanto siniestro, pero su atractivo era innegable. Su estómago se encogió ante la certeza de que ese hombre podría haberla reconocido, ya que había algo en sus maneras y su postura que le resultaba tremendamente familiar, pero su cerebro se negaba a casar la imagen que tenía delante con la que su mente le devolvía. Uno de los lacayos se acercó para comentarle algo al oído y el hombre se alejó escaleras arriba, perdiéndose en la oscuridad, con lo que Isabelle pudo al fin respirar de nuevo con tranquilidad.

—Olvídalo, muchacha —dijo una mujer a su lado adivinando la dirección de su mirada. Estaba tan cerca que el olor acre de la bebida en su aliento estuvo a punto de hacerla retroceder—. El Jefe no es una presa fácil, no está a tu alcance.

—¿El Jefe?

—El dueño y señor de todo lo que ves, y de lo que no ves.

La mujer soltó una carcajada y siguió su camino hacia la pista a trompicones dejando a Isabelle pensativa, pero el incesante movimiento a su alrededor la hizo olvidar el comentario. Cada vez se aproximaba más gente a la pista de baile y el ambiente estaba empezando a resultar opresivo. Isabelle miró a su alrededor; Clarice seguía bailando y riendo con el pelirrojo en el otro extremo con un evidente coqueteo, y Nicholas no volvía con las bebidas. Sentía la boca seca, la gente la empujaba al pasar, el calor resultaba agobiante con aquel vestido endemoniadamente estrecho, y el ruido estridente estaba empezando a hacer que le zumbaran los oídos. Se disponía a rodear la pista para llegar hasta Clarice cuando un enorme cuerpo se interpuso en su camino. Un caballero desconocido se inclinó sobre ella para hablarle al oído y pedirle un baile, pero su excesiva cercanía la intimidó y se alejó de él con rapidez dando varios pasos hacia atrás. De pronto, se vio atrapada entre el grupo de clientes que se dirigían a la pista y los que salían de ella. Un hombre le sonrió, la sujetó de la mano haciendo que girase sobre sí misma y después la soltó bruscamente para seguir su camino. Una dama soltó una carcajada ebria demasiado cerca de su cara al pasar junto a ella. Isabelle se sobresaltó y giró, chocando con un caballero que caminaba en dirección contraria. Dio un paso hacia atrás y un codo se clavó en sus costillas, con o sin intención, dejándola unos segundos sin aire y completamente aturdida. Solo veía cuerpos, telas llamativas, caras enmascaradas acercándose a la suya, sonrisas pintadas de rojo, chalecos de colores brillantes y ningún espacio por donde escapar de aquella situación asfixiante. Tuvo la desagradable sensación de que no podía dirigir sus propios pasos, y casi sin darse cuenta se vio arrastrada por la gente que la rodeaba. Sintió ganas de gritar y cuando pensaba que se desmayaría en cualquier momento, un hueco se abrió entre la multitud de manera providencial. Avanzó hacia allí rápidamente sintiéndose liberada y agradeció la corriente de aire fresco procedente de uno de los pasillos. Sin pensar en nada más, dio varios pasos hasta que la algarabía del baile quedó tras ella.

Dos lacayos ataviados con una llamativa librea flanqueaban un pasillo que, en comparación con el ambiente del salón, parecía un remanso de paz. La iluminación era menos intensa, el suelo estaba cubierto por una estrecha alfombra de color granate y las paredes estaban forradas de tela del mismo tono, pero con un rico brocado dorado.

—¿Se encuentra usted bien, señora? —preguntó uno de los sirvientes. Isabelle se abanicó con fuerza mientras recuperaba el ritmo de la respiración, y asintió dándole las gracias—. ¿Viene usted a la ronda? Pase, por favor, está a punto de empezar.

—Sí —afirmó, sorprendiéndose a sí misma. No supo muy bien por qué, pero fuese lo que fuese la ronda le pareció mucho más apetecible que volver a sumergirse en aquella marea de gente eufórica, sudorosa y estridente que acababa de dejar atrás.

5

El lacayo acompañó a Isabelle hasta el final del pasillo. Descorrió una gruesa cortina de terciopelo que servía de entrada a una enorme sala profusamente iluminada, instándola a pasar al interior, pero antes de que ella pudiera mirar a su alrededor, un caballero de cabello plateado apareció en su campo de visión.

—Oh, justo la jugadora que nos faltaba. No sabía que nuestra contrincante sería tan bella. —El hombre besó gentilmente su mano y, tras dedicarle una mirada apreciativa, la condujo hasta una mesa cercana.

Isabelle tragó saliva, dispuesta a avisarle de que ella no era la dama a la que estaban esperando, pero parecía haber perdido la capacidad del habla. La estancia estaba llena de clientes, en su mayoría hombres, dispuestos alrededor de mesas cubiertas por tapetes verdes en las que se jugaba a las cartas y a los dados, aunque otros permanecían de pie charlando o simplemente observando cómo transcurrían las partidas. Solo unas pocas damas paseaban por la habitación, y se podían contar con los dedos de una mano cuántas se atrevían a participar en los juegos. El ambiente era animado, pero mucho más tranquilo que el alboroto ensordecedor de fuera.

—Habíamos pensado comenzar nuestra primera ronda con una mano de bridge. ¿Le apetece?

Aunque esta vez no estuviera envuelta por la multitud, Isabelle tuvo de nuevo la desagradable sensación de no poder controlar la dirección de sus pasos. Antes de que pudiera reaccionar, el caballero de pelo gris ya había retirado la silla frente a ella para que se sentara y ella, como una autómata sin voluntad, había aceptado el asiento.

—Discúlpeme, soy Anthony Paltrow. Su nombre es…

Isabelle tuvo que morderse el labio para no sucumbir a los modales exquisitos del tal señor Paltrow y decirle su verdadero nombre. Recordó la fantástica idea de Vivian de fraguarse una identidad falsa, y antes de que su cerebro tuviera tiempo de procesar nada mínimamente lógico, su boca habló por sí misma.

—Atenea. —Creyó que el caballero se sorprendería ante su exótico nombre o se echaría a reír ante tal derroche de creatividad, pero cayó en la cuenta de que en un ambiente así no sería de extrañar que las damas se inventasen una nueva identidad—. Discúlpeme, señor Paltrow. El bridge no se me da demasiado bien. Es la primera vez que vengo.

—Lo imaginé. No hubiera olvidado a una jugadora tan hermosa y encantadora como usted. A pesar de su máscara, soy capaz de ver unos ojos bellos, inteligentes y misteriosos detrás. —Paltrow suspiró y tomó asiento a su izquierda mientras un crupier preparaba las cartas bajo la atenta mirada de Isabelle, que se sentía como un pez que acabaran de sacar del agua y hubieran lanzado directamente sobre las brasas. Estaba tan aturdida y sucedían tantas cosas a la vez a su alrededor que apenas era capaz de digerir y asimilarlo todo.

—¿Qué le parece el blackjack?

Al fin algo que le resultaba conocido. Había jugado cientos de veces al veintiuno, como su padre lo llamaba, y se le daba bastante bien.

—Sí, sería fantástico —dijo con la primera sonrisa sincera desde que había entrado en el local. Podría jugar una de esas rondas sin problemas y después le pediría al amable lacayo de la puerta que la acompañase a la salida. Una pequeña aventura con la que ella y sus amigas se reirían a lo grande, sin mayores consecuencias. Otro caballero sentado a su lado la saludó con amabilidad mientras el empleado les refrescaba las reglas del juego.

—Se jugará con cincuenta y dos cartas, el as tiene un valor de once; las figuras, diez… —Su voz monótona y desapasionada indicaba que había repetido el mismo discurso infinidad de veces y que estaba acostumbrado a que en la mayoría de ellas la gente no le prestara demasiada atención—. Se reparten dos cartas bocarriba al inicio… —Isabelle estuvo a punto de bostezar ante la interminable letanía—. El ganador de la ronda será quien consiga acercarse más a los veintiún puntos sin pasarse. En la primera ronda, la apuesta es de cien libras. En la segunda, doscientas; en la tercera…

Durante años las clases de protocolo le habían grabado a fuego la necesidad de que una duquesa se mantuviese impasible, ocultando en la medida de lo posible cualquier reacción humana fuese cual fuese la situación. Solo eso la salvó de descolgar la mandíbula por la sorpresa ante lo elevado de las apuestas y escapar de allí llevada por el pánico. Un lacayo se acercó a la mesa con una bandejita de plata y le entregó a cada uno de los jugadores un montoncito de fichas de madera pintada de diversos colores brillantes. Su hermano le había comentado que en algunos clubes, por seguridad, los jugadores cambiaban el dinero por fichas con un valor asignado y luego recogían las ganancias al salir. Pero aun así no pudo evitar sorprenderse. No había imaginado que adentrarse en ese mundo fuera tan sencillo. A excepción de un pequeño detalle: ella no llevaba ni un solo penique encima. Abrió el pequeño bolsito de mano que colgaba de su muñeca y con un fingido mohín de disgusto se dispuso a salir de allí dignamente.

—Discúlpeme, señor Paltrow. Me temo que le pedí a mi acompañante que llevase mi dinero y lo perdí de vista hace un rato. Iré a buscarle y volveré en…

La frase murió en sus labios cuando el cuarto jugador se sentó en la silla que quedaba libre, llenándolo todo con su imponente presencia.

—Paltrow, deja de coquetear con lady Atenea y juguemos de una vez. —Los interrumpió el duque de Kensington con expresión seria, aunque no disimuló el tono burlón de su voz.

El caballero soltó una carcajada, divertido.

—La dama tiene un inconveniente y me temo que tendremos que esperar, Kensington.

Sebastian, que había estado pendiente de la conversación, cogió una torre de fichas de color rojo de la bandeja que el lacayo había depositado a su lado y la colocó junto a la mano enguantada de Isabelle, que se había quedado rígida frente al tapete de paño verde musgo.

—Juguemos. Ya me lo devolverá cuando encuentre a su acompañante o cuando nos desplume a todos, señora.

De todos los lugares, de todos los hombres posibles, su destino se burlaba de ella sentando a su prometido justo en su misma mesa. Debería haber presentido que algún desastre de ese estilo le sucedería. Los latidos de su corazón eran tan ensordecedores que durante un interminable minuto no escuchó nada más. El empleado del club se dispuso a repartir las cartas mientras ella musitaba un, casi inaudible, gracias. Isabelle aceptó una copa de champán frío de uno de los lacayos y se la bebió casi de un trago, sin ser del todo consciente de lo que hacía. El muchacho volvió a rellenarle la copa y se marchó hacia otra mesa. Sebastian colocó sus fichas ordenadas escrupulosamente en filas perfectas y su prometida recordó entre la bruma de su aturdimiento que era un maniático de la simetría y el orden. Estuvo a punto de reír al pensar qué diría cuando se diese cuenta de que su futura esposa estaba sentada frente a él, sola, con un aspecto bastante alejado del recato que se esperaba de ella y dispuesta a jugar a las cartas en un club escandaloso lleno de desconocidos. Eso se alejaba bastante del orden natural que regía su vida. A decir verdad, aquello amenazaba con convertirse en un verdadero desastre, un caos absoluto.

Isabelle estaba atrapada sin saber cuál de todas las decisiones posibles resultaba peor que la anterior. Puede que fuera efecto del champán o simplemente sus nervios alterados, pero la sensación sofocante que le subía por el pecho la hizo coger su abanico y darse aire con brío, consiguiendo de forma indeseada que las miradas de sus acompañantes cayeran en su exuberante escote. Fue un verdadero fiasco darse cuenta de que Sebastian no solo no encontraba atractiva a su casta y simple prometida, sino que la sugerente Atenea tampoco parecía atraer su atención lo más mínimo. Kensington estaba totalmente concentrado en el movimiento de las cartas que se iban posicionando sobre el tapete, como si el resto del mundo y la gente que le rodeaba carecieran de importancia. Deslizó, pensativo, la yema de su dedo índice por el borde del vaso de cristal, e Isabelle siguió el movimiento como si estuviese hipnotizada, imaginando cómo sería sentir sus dedos en una caricia igual de lenta sobre la mejilla o sobre cualquier otra parte. Se sonrojó avergonzada por el rumbo que estaba tomando su mente y se sintió aún más mortificada al levantar la vista y ver los ojos de Sebastian clavados en ella, como si pudiera leer sus pensamientos.

Carraspeó nerviosa pensando que quizá la habría reconocido al fin, pero un instante después el duque apuraba su copa de un trago y volvía a concentrar toda su atención en sus naipes, y ella volvía a recuperar el ritmo normal de la respiración, desilusionada de una manera absurda. Isabelle miró las dos cartas que tenía descubiertas ante ella y parpadeó como si no supiera qué demonios estaban haciendo allí. Probablemente eran dos intrusas sobre aquel tapete, igual que ella. Debería sentirse aliviada de que el duque no la hubiese reconocido. Al fin y al cabo, la última persona que Sebastian esperaría encontrar allí era ella, y el antifaz dejaba muy poca piel de su rostro al descubierto. Pero la decepción aguijoneaba su ya maltrecho amor propio. Se concentró, al fin, en lo que tenía entre manos, que no era otra cosa que terminar esa partida, hablar lo menos posible en el proceso y salir de allí cuanto antes sin llamar la atención. Las conversaciones alrededor eran lo bastante altas como para amortiguar su propia voz, e intentó usar la cadencia lenta y sofisticada que había escuchado en algunas de las damas más experimentadas en las pocas ocasiones en las que tuvo que hablar.

La postura de su prometido era relajada, casi indolente, pero aun así solo un necio hubiera podido pensar que Sebastian Morton era inofensivo o que se tomaba aquel juego como una simple distracción. Había nacido para ganar, y actuaba con el convencimiento de que nadie le arrebataría la victoria en ningún ámbito de su vida. La primera ronda de cartas, en la que Sebastian fue el ganador, Isabelle estuvo tan distraída que apenas pudo concentrarse en el juego, así que se plantó en cuanto tuvo ocasión. Pero cuando intentó excusarse y marcharse, sus compañeros de tapete le rogaron que esperase un poco más, ya que las normas no escritas de cortesía en aquel club dictaban que al menos hasta la tercera ronda no podía dejar el juego. Todos excepto Sebastian, que se limitó a dedicarle una rápida mirada mientras apuraba otra copa de licor. Resignada, y convencida de que su disfraz era lo bastante bueno para preservar su anonimato, se concentró en la partida y aplicó todas las enseñanzas de su padre y Adam. Se dejó atrapar por el juego, calculando mentalmente las posibilidades según las cartas de sus oponentes, plantándose cuando su mano no era lo bastante alta y atreviéndose a doblar la apuesta cuando veía la inseguridad en los gestos y pequeños tics del resto de los jugadores. En cambio, Sebastian solo parecía mirar los naipes como si pudiera ver a través de su superficie el número que escondían, aunque aquella noche no parecía que la suerte le sonriera demasiado. El montoncito de monedas del duque había bajado a la mitad y el de los otros dos jugadores mermaba a una velocidad pasmosa, mientras que el de ella aumentaba considerablemente. Pensó en su hermano Adam y en cómo se enfadaba cuando ella le ganaba. Pero a diferencia de él, Isabelle no jugaba para obtener un beneficio económico. Su única motivación era divertirse y demostrar que podía hacerlo, que ganar no era solo cosa de hombres.

—Santo Dios, la diosa fortuna no solo le ha otorgado hermosura, también ha derramado su buena suerte sobre usted, bella Atenea. Me temo que, si me vuelve a ganar, mi orgullo se verá resentido de manera irremediable —dijo Paltrow con una sonrisa afable, lo cual indicaba que sus arcas debían de estar bastante repletas a juzgar por la poca preocupación que mostraba ante la cantidad perdida. Todo lo contrario que el otro caballero, que hacía rato que sudaba copiosamente y giraba mecánicamente una moneda entre sus dedos crispados.

—Vamos, barón. Todos sabemos que su orgullo quedó pisoteado en el fango cuando su última amante se fugó con su cochero y con su oro —le provocó Kensington dando un trago a la nueva copa que le trajo un lacayo—. No creo que un par de manos de blackjack igualen eso. —El hombre abrió los ojos como platos ante la impertinencia.

Isabelle, que nunca hubiese esperado semejante comentario del estirado y recto duque, estuvo tentada a mediar para apaciguar el ambiente. Pero entonces Paltrow prorrumpió en una sonora carcajada.

—Eres un cabrón, Kensington. Pero te quiero de todas formas —bromeó Paltrow dando una palmadita amistosa en la cara de un sonriente Sebastian con total familiaridad—. Disculpe mi terrible vocabulario, lady Atenea. Este tipo saca lo peor de mí.

Isabelle estuvo tentada de decirle que ella se sentía exactamente igual con respecto al duque cuando el ruido de un vaso al romperse y un alboroto en una de las mesas del fondo acaparó todas las miradas. Dos jugadores se cogían por las solapas de sus chaquetas, gritándose improperios y echándose en cara quién era más tramposo de los dos, mientras los caballeros que los rodeaban discutían entre sí posicionándose de una u otra parte. Kensington se puso de pie para dirigirse hacia ellos con intención de mediar e Isabelle, en un reflejo estúpido, apoyó la mano en su antebrazo intentando detenerle. Sebastian se detuvo instantáneamente ante el leve contacto y la miró entre sorprendido e irritado. Isabelle retiró la mano de inmediato, como si hubiese acercado demasiado la palma a la llama de una vela para probar cuánto tiempo se puede aguantar su calor. Fueron solo unos segundos, pero la calidez parecía arder aún bajo la tela de su guante. Dos hombres enormes entraron en la sala deteniendo como por arte de magia el altercado. La alta figura del que habían llamado el Jefe se acercó hasta la mesa para imponer su propio orden, y los clientes que habían protagonizado la disputa se disculparon y se estrecharon las manos en señal de buena fe, intimidados por su mera presencia. Isabelle pareció encogerse sobre sí misma cuando el Jefe llegó hasta su mesa y, tras saludar impecablemente a los presentes, les informó que la casa invitaba a una ronda. Se acercó a Sebastian con familiaridad para decirle algo que solo él pudo oír y ambos sonrieron. Antes de alejarse volvió a mirar a Isabelle, y tras dedicarle una leve inclinación de cabeza se marchó. La voz de Sebastian demasiado cerca de su cuello la hizo sobresaltarse.

—El Jefe me ha sugerido que la saque de aquí. El ambiente está un poco caldeado, hay algunos clientes que están empezando a acusar el exceso de alcohol y no creo que eso sea lo más conveniente para alguien que no está acostumbrado a este tipo de sitios.

—¿Tanto se nota? —se atrevió a preguntar mirándolo a los ojos, temiendo que los nervios la hicieran delatarse. Por un momento tuvo miedo de que la hubiera descubierto, pero su actitud tranquila implicaba que no sabía que la misteriosa Atenea que le había dado una paliza al blackjack era su modosita e insulsa prometida.

Puede que entonces todo fuesen imaginaciones suyas producidas por su recelo y sus propios nervios y que el Jefe tampoco la hubiese reconocido. Estaba tan sumida en sus pensamientos que no se dio cuenta de que estaba caminando guiada por Sebastian hacia la salida, hasta que se encontró en el pasillo.

—Espere. No me he despedido de…

—No se preocupe. —La interrumpió Sebastian impaciente, conduciéndola hasta un corredor que se abría hacia la derecha y que no había visto al llegar—. Seguro que lo entienden.

Llegaron a una puerta de madera oscura donde un lacayo esperaba diligentemente.

—Tráiganos champán, por favor —ordenó Sebastian.

—¡No! —dijo Isabelle más fuerte de lo deseado llevada por el nerviosismo—. Es que… no suelo beber. ¿Podría traerme algo sin alcohol? ¿Limonada, tal vez? —Ya estaba lo bastante aturdida por culpa de las dos copas que había tomado mientras jugaba, y sobre todo por la intimidante presencia de su novio, que estaba provocándole escalofríos. Se había metido en la boca del lobo al dejarse arrastrar hasta allí, a solas, y necesitaba mantener sus sentidos alerta para salir indemne de aquella locura en la que se estaba convirtiendo la noche. El lacayo titubeó sorprendido.

—Lo siento, señora. No tenemos limonada —informó el sirviente mirándola como si le acabara de pedir un elefante de color verde.

—Seguro que hay algo que pueda traerle a la dama —ordenó el duque con tono cortante, y el lacayo se cuadró inmediatamente.

—¿Ponche, quizá, excelencia? —El muchacho, que parecía estar ahogándose dentro de su propia chaqueta, suspiró aliviado al ver que el imponente Kensington asentía.

—Olvida el champán, entonces. Para mí trae whisky.

El lacayo se marchó apresuradamente mientras Isabelle observaba la lujosa habitación. Desde fuera el edificio parecía bastante discreto, y jamás hubiese imaginado que pudiera albergar tanta ostentosidad. La sala privada no era demasiado grande, y puede que por ese motivo resultara tan acogedora a pesar de los excesivos adornos dorados, la tela roja que forraba las paredes, la profusión de cojines de suntuosas telas que adornaban los sillones y la luz demasiado tenue. Todo emanaba peligro allí dentro, y si no estuviera tan abrumada por los sucesos de la noche, habría huido despavorida. Isabelle abría y cerraba el abanico rítmicamente fijándose en cada detalle, hasta que la voz de Sebastian la sacó de sus pensamientos.

—¿Está nerviosa?

Se limitó a asentir y en ese momento se dio cuenta de que Sebastian empezaba a acusar el efecto de la bebida. Sus ojos estaban enrojecidos, parecía estar haciendo un esfuerzo por conseguir enfocarla bien, y su voz sonaba más pastosa de lo habitual. Unos golpes en la puerta los interrumpieron. El lacayo volvió y dejó sobre una de las mesas una botella de whisky, una jarra de ponche y varios vasos, y se marchó con una reverencia tan profunda que Isabelle creyó que daría con la frente en el suelo.

—No debería estar aquí —dijo con la voz convertida en un susurro mientras miraba fijamente la puerta de madera oscura que acababa de cerrarse.

Pocas veces una mujer conseguía intrigar a Sebastian lo suficiente como para dedicarle más de un pensamiento, pero la actitud de esta dama lo había conseguido. Había salido de su casa con la intención de olvidar, al menos unas horas, todos sus problemas y jugar unas partidas de cartas sonaba apetecible. Al llegar a la mesa había observado a su viejo amigo Paltrow ejerciendo de anfitrión con una joven que claramente parecía un pajarito que se había caído del nido antes de aprender a volar. Al principio había bufado, pensando que tendría que aguantar una partida lenta, constantemente interrumpida por las dudas de una principiante insegura, aunque el poder contemplar el cuerpo seductor que tenía delante bien valía pasar ese pequeño suplicio. Su sorpresa fue notable al comprobar que, tras esa apariencia despistada, había una mente despierta y muchas horas de práctica. Le había costado sobremanera apartar la vista de aquella Atenea de labios sugerentes, que se humedecía tímidamente con la lengua mientras pensaba la jugada. O de su enloquecedor escote, que subía tentador cuando tomaba aire a la espera de que los demás destaparan sus cartas. El alcohol estaba haciendo que a su cerebro le costara trabajar con fluidez, y a pesar de que le resultaba extrañamente familiar, no conseguía enfocar el recuerdo que su mente quería rescatar. Puede que simplemente le recordara a alguien. Estaba empezando a dolerle la cabeza, y ya le costaba bastante trabajo mantenerse erguido después de beberse media botella de whisky, como para realizar un esfuerzo extra buscando parecidos razonables. Cuando su amigo y dueño del club le sugirió que la dama estaría mejor alejada de la multitud de jugadores cada vez más enardecidos, Sebastian no dudó en llevarla a un lugar más íntimo. Había despertado su curiosidad, y también su deseo.

—Dígame, Atenea. Usted me intriga y admito que no es

habitual. ¿Cuál es su secreto? ¿Qué esconde bajo su antifaz?

—No entiendo qué quiere decir —contestó con voz trémula mientras se dirigía disimuladamente a la parte de la habitación donde la luz era más tenue.

—Ha dicho que era la primera vez que venía. Y sin embargo ha jugado tan hábilmente como un profesional. Ha vaciado nuestros bolsillos con mucha maestría.

—Bueno, en realidad el suyo no. He jugado con su dinero y se lo voy a devolver. —Isabelle se llevó una mano a la boca al recordar que había dejado las fichas sobre la mesa en su apresurada salida—. He dejado su dinero sobre la mesa.

—No se preocupe. Un empleado lo ha recogido para añadirlo a mi cuenta. Si me dice dónde enviarlas, mañana mismo tendrá sus ganancias.

—No es necesario. No juego por dinero.

—Pero se lo ha ganado.

—No quiero su dinero —insistió molesta.

Sebastian la miró intrigado, sacó una ficha roja con los bordes dorados de su bolsillo con el número diez grabado y la colocó sobre la palma de la mano de Isabelle.

—Entonces al menos guarde esto como recuerdo. Como talismán. Para que siempre recuerde que si puede vencer al duque de Kensington, puede vencer a cualquiera. Al menos eso dicen por ahí. —Hizo un ademán burlón con la mano como si estuviera hastiado de que todos alabaran su superioridad y a Isabelle le resultó tan arrogante que tuvo que contenerse para no resoplar de manera poco elegante. Se tomó unos segundos para modular su voz y no meter la pata antes de responder.

—Si insiste… Aunque creo que no hay diferencia entre vencerle a usted o a cualquier otro. Solo se necesita sentido común y una pizca de suerte.

Sebastian la miró intrigado y se acercó más a ella.

—Pues parecía muy emocionada cada vez que tenía una mano mejor que la mía. —Levantó la mano y acarició con los nudillos el lugar donde terminaba su máscara y comenzaba la piel de su mejilla.

—Solo lo hacía por el placer de la victoria —contestó ella conteniendo el impulso de apartarse de su contacto, que parecía quemarla.

—Placer. Hay cosas mucho más placenteras que vencerme en un estúpido juego de naipes —susurró Sebastian enredando sus dedos en un rizo que se había escapado de su recogido.

—Puede que para mí no —le cortó dando un paso atrás para alejarse de él, pero de nuevo Sebastian acortó la distancia entre ellos.

—Entonces es que no sabe nada de la vida. Pero supongo que, si usted ha disfrutado tan perversamente humillándome delante de una baraja de cartas y de nuestros compañeros de mesa, debería compensarme de alguna manera.

No podía creer que Sebastian Morton estuviese tratando de seducirla. Y tampoco podía creer que la sensación fuese tan placentera y tentadora. El pulso de Isabelle latía desbocado y no sabría decir si lo hacía por la cercanía de Sebastian, por el calor que desprendía su cuerpo o por su voz, tan sugerente a pesar de su evidente estado de embriaguez. O puede que simplemente el calor que le subía por el pecho se debiera a una furia que amenazaba con descontrolarse. Ese hombre, su prometido, quien se suponía debería estar pensando en casarse con ella, estaba tratando de seducir a una desconocida en una sala perversa de un club más perverso aún.

—No es apropiado que estemos aquí —dijo casi para sí misma con la voz convertida en un susurro ronco y los nervios a flor de piel.

—Creo que es la primera vez que alguien se preocupa por lo que resulta apropiado en este lugar —se burló el duque con una carcajada.

—Será mejor que me marche, ni siquiera nos conocemos.

—Eso es lo que pretendo remediar, Atenea. Un nombre muy original, por cierto. Esa es la compensación que exijo. Quiero ver su rostro, quiero saber a quién pertenece el cuerpo que lleva volviéndome loco toda la noche.

Isabelle jadeó completamente anonadada y dio un paso

atrás cuando Sebastian volvió a acercarse a ella, esta vez con intención de soltar la cinta de su antifaz.

—¡No! Compórtese como un caballero, lord Kensington. Deje que me vaya, venir aquí con usted ha sido un error. —Isabelle se alejó, cada vez más tensa, ya que su nerviosismo estaba haciendo que le costara disimular su tono de voz.

—Tranquilícese, por supuesto que me comportaré como un caballero. Pero no me gustaría que nuestro encuentro acabara así, ni siquiera sé si volveremos a vernos alguna vez.

—Esto es Londres, excelencia. Me temo que será inevitable.

—Espere. —La detuvo sujetándola de la mano—. No puede negarme al menos un beso de buenas noches —susurró pegándola a su cuerpo y hundiendo la nariz en el cabello de Isabelle. Su olor a limpio y a algo más exótico, vainilla quizá, terminó de romper la última minúscula gota de cordura que quedaba en su cerebro.

Isabelle cerró los ojos y por un momento estuvo a punto de dejarse vencer por la tentación que suponía tenerlo cerca y entregado por primera vez en su vida, ansiando convertirse, aunque solo fuera un instante, en la misteriosa Atenea, capaz de seducir al inaccesible duque de Kensington. Su proximidad la aturdía y el deseo de perderse en su abrazo, de probar sus labios al fin, sentir que ya no era invisible para él, amenazó con doblegarla. La boca de Sebastian comenzó a deslizarse por su cuello provocando un estremecimiento en todo su cuerpo. Sus labios subieron hasta su mejilla en una caricia lenta hasta llegar al mentón, como si estuviera dándole tiempo a rechazarlo.

Dios mío, él la deseaba, había reconocido que su cuerpo le volvía loco. Pero aquella revelación no era más que la prueba fehaciente de que Isabelle no era nadie para él. Solo ansiaba besarla porque pensaba que era una desconocida. Sebastian Morton acababa de mostrarle claramente que él siempre sería el duque que consigue todo lo que se propone y ella la ridícula e insignificante novia eterna. Reaccionó cuando sintió el aliento cálido de Sebastian sobre su boca y trató de apartarlo con un suave empujón, pero los brazos de él alrededor de su cintura le impidieron alejarse.

—No voy a darle un beso de buenas noches, duque.

—Tiene razón, es demasiado pronto para despedirnos.

Puede que fuera el alcohol, el magnetismo que irradiaba el cuerpo sugerente de aquella mujer, el morbo de no conocer su rostro, o puede que fuera una mezcla de todo. Pero Sebastian se vio incapaz de resistirse al deseo de probar su boca. Isabelle se quedó paralizada al sentir los labios de su prometido sobre los suyos, atrapándolos con movimientos suaves y sugerentes. Apenas pudo devolverle el beso, impactada por la sensación vertiginosa que su contacto provocaba en todo su cuerpo. Se separó de él con brusquedad y se llevó instintivamente la mano a la máscara para asegurarse de que seguía allí. Sin volver a mirarlo, echó a correr hacia la puerta, desesperada por alejarse del hombre que gobernaba su vida, imponiéndose incluso en ese momento en el que ella no era más que una mujer sin rostro.

Sebastian la alcanzó antes de que llegara a la salida y la sujetó del brazo intentando detenerla, sintiéndose como un miserable por haber forzado la situación. Solo pretendía disculparse, no podía permitir que se marchase pensando que era un hombre despreciable carente de valores. Pero ella no estaba dispuesta a permanecer allí ni un minuto más. Se sentía totalmente decepcionada y humillada, y ahora más que nunca estaba decidida a alejarse de ese hombre despótico y sin escrúpulos que no sentía el más mínimo respeto por ella. De un fuerte tirón, se libró de su agarre.

—Lo siento, no debí besarla. Le ruego que…

Sin pensar en las consecuencias de lo que hacía, Isabelle cogió la jarra de ponche que permanecía intacta sobre la mesa y lanzó el contenido sobre un perplejo Sebastian, que no se esperaba en absoluto el ataque. Huyó de la habitación mientras el flamante duque de Kensington buscaba a tientas su pañuelo para limpiar el brebaje que se escurría por su cara y su pulcra vestimenta.

—Maldita víbora —masculló limpiándose los ojos, que apenas podía abrir—. Casi me deja ciego.

Cuando al fin pudo ver con claridad, se encontró a un atónito lacayo que lo miraba sin saber muy bien qué hacer desde la puerta abierta por la que había huido la misteriosa Atenea. Más furioso de lo que recordaba haber estado jamás se dirigió hacia la salida, pero se paró en seco cuando algo brillante en el suelo llamó su atención. Inspeccionó el pequeño objeto en la palma de su mano durante unos instantes, un sencillo pendiente de oro con un rubí engarzado. Ya tenía una pequeña pista con la que seguir el rastro de aquella misteriosa e irritante mujer.

6

Isabelle se pasó por enésima vez las manos por la tela de la falda tratando de eliminar las persistentes arrugas de la gastada prenda. Releyó en silencio los diplomas de letras inclinadas y rodeadas de filigranas y observó los escasos pero elegantes muebles de la sala de espera del doctor Preston. Apenas unas pocas sillas, una estantería con un ruidoso reloj dorado y una mesita con una maceta que se estaba poniendo mustia. Alguien debería regar esa planta.

Escuchó unas voces en el pasillo, una de ellas la de Jackson, que daba las últimas instrucciones al enfermo que acababa de atender mientras le acompañaba a la salida. Después le llegó el murmullo de una conversación amortiguada por la distancia. Sin duda era su anciana ama de llaves anunciándola, una mujer con tantos años como la casa donde vivían, y que no ocultó su cara de disgusto al ver llegar a Isabelle sin la compañía de una chaperona o una doncella. La conversación cesó y unos apresurados pasos resonaron al acercarse por el pasillo. La cara sonriente de Jackson apareció en la puerta, y a Isabelle le pareció que había valido la pena esperar media hora allí sentada para ser recibida de esa manera.

—Me ha sorprendido tu visita —dijo el doctor sujetando las manos de ella entre las suyas. Su semblante se ensombreció un poco por la duda—. Es una visita, ¿verdad? ¿Te encuentras bien?

—Sí, no te preocupes. Es solo que no sé nada de ti desde hace días y me preguntaba si te apetecería dar un paseo conmigo.

Él miró hacia el pasillo para asegurarse de que el ama de llaves no los vigilaba y depositó un rápido beso en su mejilla, haciendo que se sonrojara.

Durante los últimos días, Isabelle había anhelado una visita de Preston que le sirviera de distracción y le hiciera olvidar todos aquellos problemas que le robaban el sueño. En especial, después de haber recibido una escueta nota del duque informándola de que en los próximos días le haría una visita. «En los próximos días…» podía ser esa misma semana o la primavera siguiente, no especificaba cuándo. Tampoco importaba. Él daba por supuesto que ella se mantendría expectante e ilusionada junto a su ventana, esperando verlo aparecer. Sin embargo, Isabelle había arrugado el papel al tiempo que daba una patada en el suelo con frustración, después había roto la hoja en minúsculos pedacitos y, para terminar, los había echado al fuego de la chimenea. Pero nada de eso había aliviado su enfado. No podía dejar de repetir en su memoria, en un bucle interminable, cada minuto, cada escena vivida con el duque de Kensington. Había deslizado una y otra vez la yema de sus dedos con suavidad sobre su boca intentando borrar la huella que había dejado el breve beso de Sebastian, un beso que ella no deseaba revivir, o al menos eso se empeñaba en pensar. Su boca parecía haberla marcado a fuego, como si los labios de él aún estuvieran sobre los suyos. Su inexperiencia le había impedido evitar ese momento y eso la atormentaba. Pero la torturaba más aún haber sentido esa sensación de vértigo, ese deseo ardiente que tanto le había costado dominar. Se decía a sí misma que esa emoción se debía a los sucesos de aquella noche, a la excitación de haberse colado en el club, a la euforia de la victoria, a la sensación de impunidad que le brindaba su anonimato, ser otra persona. En el fondo era consciente de que Sebastian removía algo muy profundo en ella, y eso solo conseguía que su resentimiento fuera más fuerte. No debería sentirse tan afectada por lo que había ocurrido; al fin y al cabo, solo había que abrir uno de esos folletines de sociedad para enterarse de que su prometido no era precisamente un novio abnegado y leal. Pero constatarlo por sí misma era un verdadero mazazo para su autoestima. Ser ella la depositaria de sus atenciones era además una hiriente burla del destino, que solo la llevaba a estar más furiosa consigo misma que con él. Al menos había algo que compensaba todo lo demás; había conseguido vencer, aunque fuera un instante, sus miedos e inseguridades, se había colado en un club de dudosa reputación y había desplumado a su prometido jugando a las cartas. Había mantenido la compostura el tiempo suficiente para que Sebastian no descubriese su identidad. Y en cuanto a sus besos…, rechazarlo y, especialmente, vaciarle la jarra de ponche sobre su ilustre cabeza había sido fabuloso. Ni en sus mejores sueños la tímida Isabelle hubiese sido capaz de hacer algo semejante, y no podía más que sentirse satisfecha por ese paso.

Estaba tan ensimismada en sus pensamientos que no se dio cuenta de que llevaban bastante tiempo caminando en un pesado silencio.

—Los hombres de Kensington están haciendo preguntas sobre Adam —habló Jackson al fin—. ¿Lo sabías?

La pregunta sonó como un latigazo entre ellos, desagradable pero inevitable. Enfilaron el pasillo central del parque, que a esas horas de la tarde ya se estaba quedando vacío, y ella suspiró profundamente disfrutando de la sensación de falsa libertad. Preston pensaba que ya no iba a contestar cuando su voz sonó más suave de lo que había esperado.

—Supongo que es cuestión de tiempo que eso salga a la luz. Estoy un poco cansada de tratar de evitar lo inevitable. Es como querer retener el agua con las manos.

—Pero ¿qué crees que ocurrirá cuando el duque sepa la situación tan desastrosa a la que os está conduciendo tu hermano? Lo que no entiendo es por qué no te ha preguntado a ti directamente, esperaba que un hombre como el duque fuera más directo.

—Para eso tendría que dignarse a hablar conmigo. Además, supongo que así nos demuestra hasta dónde llega su poder y lo infructuosos que son nuestros esfuerzos por ocultarnos de él. Sinceramente, espero que cuando lo sepa todo, rompa el compromiso.

Jackson se detuvo en seco y la miró con una expresión indefinible en la cara. A pesar de lo trascendental de tal afirmación, Isabelle estaba tranquila. Jamás se había atrevido a expresar ese deseo en voz alta. Él parecía confuso, como si no esperara una reacción por su parte o pensara que solo pretendía desahogarse. A pesar de lo que fuera que había entre ellos, ninguno de los dos se había planteado que aquello pasara de una amistad especial, un cariño y una admiración mutuos. Preston la consideraba una gran mujer y sabía que el idiota de Kensington no la merecía. No podía obviar el cariño que sentía por ella y lo bien que se sentía a su lado, pero era solo eso, cariño. No se atrevía a pensar qué estaría dispuesto a hacer en el improbable caso de que Isabelle fuera libre, y le aterraba imaginar que su vida, que comenzaba a caminar por una prometedora senda, se viera trastocada al interponerse en los planes del todopoderoso duque de Kensington.

—No dejes que la ofuscación domine tus pasos, Isabelle. Entiendo tu frustración, pero si Kensington rompiera el compromiso, la situación para ti y tu familia no sería sencilla.

—Mi familia. Si no fuera por ellos, yo misma mandaría todo al traste. No es justo que tenga que ser yo quien se sacrifique por el bienestar de los demás. ¿Acaso ellos piensan en mí?

Preston sonrió, comprensivo, y apretó la mano de Isabelle, que descansaba sobre su antebrazo. Ella le devolvió la sonrisa con tristeza, sorprendida por haber sido capaz de verbalizar sus pensamientos en voz alta.

—Creo que nadie piensa que casarse con un duque joven, rico y con la apariencia física de Kensington sea precisamente un sacrificio.

—Para mí sí lo es. Nadie me ha dado opción de elegir sobre mi propio futuro, pero disfrutan de sus consecuencias. Adam actúa de manera descerebrada, sin preocuparse de solucionar los problemas. ¿Y sabes por qué? Porque en el fondo sabe que otro vendrá a solucionarlos por él. Y mi madre… lleva años saboreando las mieles del éxito antes siquiera de que yo sea la duquesa. —La palabra provocó un nudo en su garganta difícil de tragar—. Aspira a ser la reina de los salones de Londres y a que mis hermanos consigan matrimonios igual de ventajosos que el mío, y por supuesto llevarse todo el mérito. Pero soy yo quien tendrá que vivir día tras día con un hombre que no siente nada por mí, que me humilla incluso antes de casarnos con sus constantes infidelidades.

—No debes hacer caso a las habladurías. Kensington no es un santo y es cierto que…, bueno, que ha tenido algunas amigas cercanas. Pero estoy seguro de que hay más leyenda que realidad en todo lo que se dice de él. Se le atribuyen aventuras constantemente, pero la mayor parte del tiempo ni siquiera está en Londres, por lo que sería imposible que…

—¿Te estás poniendo de su parte?

—No, querida. Nunca. Solo pretendo que no veas tu inevitable futuro de manera tan poco halagüeña.

—Mi futuro. Ese no es el futuro que quiero, Jackson. ¿Qué crees que ocurrirá cuando ese matrimonio sea una realidad? Me enviará a alguna de sus propiedades para que no interfiera en su vida, es obvio que Sebastian no me quiere a su lado. ¿Por qué tengo que conformarme con eso? ¿Y si pudiera elegir? ¿Y si prefiero amar de verdad a un hombre sencillo elegido por mí en lugar de vivir una vida solitaria llena de lujos innecesarios?

Ambos se miraron a los ojos unos instantes. En la mirada de Isabelle había una pregunta clara que Jackson no sabía contestar. Una vida con una mujer como Isabelle podría ser el sueño de cualquiera, pero no era el suyo. No era lo bastante valiente para enfrentarse al duque, y estaba seguro de que ella solo veía en él un camino alternativo a una perspectiva que no la satisfacía en lo más mínimo. Le acarició con suavidad la mejilla y ella inclinó el rostro hacia su mano.

—Decidas lo que decidas yo estaré ahí, Isabelle.

Era una frase tan bonita como vacía, y no se esforzó en detallarle hasta dónde llegaría su apoyo. De todas formas, era poco probable que ella pudiera salir como si tal cosa de la telaraña que se extendía a su alrededor.

Sebastian apuró la copa mientras observaba por la ventana de su despacho el ajetreo de la gente y los carruajes que iban y venían con la vista perdida. Hablar con Adam Taylor le había dejado una sensación desagradable en el estómago. Nunca había sido amigo de Adam, a pesar de que se conocían desde hacía años y de que en un futuro serían parientes. Aun así, pensaba que se podía esperar algo mejor de él. El hombre con el que se había citado en su despacho era una persona con el espíritu destruido, que se había dejado aplastar por una enorme bola de nieve que él mismo había creado. En cuanto Sebastian comenzó a hacerle preguntas, Adam pareció derrumbarse sobre sí mismo, como una marioneta a la que de repente le cortan los hilos. Había reconocido el turbio asunto de la mina y las deudas que se acumulaban una tras otra sin ningún control. Cuando Sebastian le interrogó sobre sus planes para solucionarlo, simplemente guardó silencio, agachó la cabeza y tuvo la sensación de que estaba a punto de echarse a llorar. El asunto no era en absoluto simple, y siguiendo el consejo de Milton, le había propuesto hablar con sus acreedores para tranquilizarlos y abandonar la ciudad un tiempo hasta que hubieran encontrado la mejor forma de resolverlo todo. Adam se mostró totalmente sumiso y dispuesto a acatar lo que fuera que Kensington hubiese decidido, excepto el hecho de abandonar Londres. Esgrimió argumentos inverosímiles a cuenta del honor y su, a esas alturas inexistente, respetabilidad, y cuando ya estaba a punto de suplicar se le ocurrió insinuar que no podía dejar a su hermana Isabelle sola en la ciudad o su reputación se vería perjudicada.

Sebastian, que había intentado ser paciente durante toda la reunión, tuvo que contenerse para no estrangularlo. Poco le importaba el bienestar de su hermana cuando cada noche la dejaba sola en casa hasta el amanecer, mientras se emborrachaba y apostaba lo poco que le quedaba en los bolsillos.

Por culpa de la maldita deuda de honor contraída por su difunto padre con los Taylor, Sebastian no solo tenía que casarse con una mujer que él no había elegido, alguien impuesto a la fuerza desde que tenía uso de razón, sino que ahora tenía que sacar las castañas del fuego a un jugador, borracho e inútil, y cargar con los gastos de una madre de familia cuyas ínfulas de grandeza le impedían ver que estaba viviendo muy por encima de sus posibilidades. No podía permitir que se quedasen en la calle, no solo por Isabelle, sino por el escándalo que aquello provocaría. Pero realmente en esos momentos no sabía por dónde empezar.

—¿No es un poco temprano para empezar a beber?

Sebastian se giró hacia la voz profunda de su amigo el Jefe, que, tan impecablemente vestido como de costumbre, lo observaba desde la puerta.

—Eso lo dices porque no has tenido una tarde tan edificante como la mía —dijo el duque con ironía haciéndole un gesto para que tomara asiento—. ¿Quieres una copa?

—No, gracias. Esta noche va a ser movida en el club y me gusta tener todos los sentidos alerta.

—¿Y a qué debo el honor de que el Jefe visite mi humilde morada?

—Sé que hay varios asuntos que te preocupan y venía por si necesitabas un par de oídos extras.

—Gracias, amigo. La verdad es que necesito algo más que eso —suspiró dejándose caer vencido en su sillón de piel. Le puso al día sobre la conversación que acababa de mantener con su futuro cuñado y de la delicada situación que atravesaban los Taylor, pero no pareció sorprendido—. Hay algo raro en todo esto. Cualquiera con dos dedos de frente aceptaría que marcharse de Londres es lo más sensato, pero Adam está decidido a no hacerlo —concluyó Sebastian, pensativo.

—Quizá pueda ayudarte con eso. Dirty Drake no solo tiene a su disposición a todo un séquito de matones con el que atemorizar a cualquier incauto. Siempre ha presumido de rodearse de mujeres jóvenes y hermosas, hasta que se cansa de ellas y se las cede a alguno de sus hombres o las vende a algún prostíbulo. Actualmente su amante es una pobre muchacha a quien su padre se jugó en una partida de cartas.

—Qué atrocidad. Me cuesta pensar que ese tipo de cosas sigan ocurriendo en una ciudad aparentemente civilizada.

—Lo es, sin duda. Por lo que dicen por ahí, Adam parece estar muy interesado en la chica.

—Es más insensato de lo que yo pensaba —se lamentó Sebastian.

—Sí, pero no le culpo. La muchacha no lo está pasando precisamente bien. Por lo que me ha dicho mi informador, Adam la ayudó después de que Drake le diera una paliza. Por suerte para él, el tipo estaba demasiado borracho para recordar nada al día siguiente, o lo hubiera arrojado hecho cachitos al Támesis. Parece ser que Adam se ha encaprichado de ella.

—Debe de haber perdido el juicio para moverse por esos ambientes. —Sebastian se pasó la mano por el pelo desordenándolo—. No solo le debe una suma desorbitada a ese tipejo, sino que encima pretende jugársela robándole a su mujer. Tu informador…

—Tranquilo. Le he dicho que vigile a Adam y que actúe si la cosa se complica. Será su angelito de la guarda, pero no puede hacer magia. Hay que sacar a tu cuñado de ahí antes de que las cosas se pongan realmente feas.

—Gracias. No sé cómo podré agradecértelo.

—Tranquilo, Sebastian. Ya se me ocurrirá alguna manera de cobrarme el favor. Y te garantizo que no será barata —bromeó arrancándole una carcajada al duque.

—Nunca lo es. Por cierto. Quería preguntarte algo sobre la otra noche, cuando estuve en el Dark.

—Si vas a interrogarme sobre lo que pasa en mi club, creo que aceptaré esa copa. —Sonrió el Jefe desabrochándose la chaqueta y arrellanándose cómodamente en el sillón. Ya intuía sobre qué tema quería hablar Sebastian, y estaba dispuesto a saborear el momento de torturar un poco a su amigo.

Sebastian sirvió un par de copas y se tomó su tiempo antes de preguntar, tratando de aparentar que el asunto no le intrigaba demasiado.

—La mujer que jugó en mi mesa. La del antifaz dorado y el

vestido rojo. Me sugeriste que la llevara a un sitio más tranquilo, ya que la noche estaba empezando a ponerse complicada.

—Y tú, como el respetable caballero que eres, obedeciste y la llevaste a una de las salas privadas. —El Jefe asintió con una sonrisa de suficiencia.

—¿Dónde demonios querías que la llevara?

—Tranquilo, me parece bien, yo habría hecho lo mismo. Protegerla de la depravación que la rodeaba con mi inmensa honorabilidad —se burló.

—La conoces, ¿verdad?

Su amigo asintió y dio un largo trago a su copa evitando contestar. Por supuesto que la conocía. Al igual que Sebastian, el Jefe pertenecía a la nobleza, por lo que alternaba los salones de más enjundia y los bailes de mayor prestigio con los bajos fondos de Londres. Y desde que fundó el Dark se había dado cuenta de que, con frecuencia, encontraba a los mismos personajes en uno y otro lado. Su club era un lugar selecto al que solo se podía acudir con invitación. La comida, la bebida y el ambiente eran tan refinados como en la casa más respetable de la alta sociedad. Pero se prescindía de las rígidas normas que marcaba la etiqueta, y a menudo el decoro se olvidaba en pos de la diversión. Las damas se desinhibían en el único lugar donde nadie las juzgaría, reían, bailaban, bebían y coqueteaban con quien les apetecía. Sus salas privadas ofrecían a los socios de más prestigio un remanso de tranquilidad en el que disfrutar de una velada íntima o jugar alguna partida alejados de los ojos de los demás, rodeados de lujos y comodidades. Además, en sus salones las apuestas eran totalmente desorbitadas, pero siempre supervisadas para que no hubiera ningún tipo de disputa, por lo que los caballeros más pudientes acudían con total confianza para ser desplumados.

El Dark se comunicaba con el Red, otro club en el que los placeres obtenidos eran mucho más carnales, fundado por el hermano del Jefe. El Jefe conocía a todo el mundo y sabía todo lo que se cocía en Londres, tanto en las cloacas de la ciudad como en los deslumbrantes bailes, pero muy pocos conocían su verdadera identidad. Con los años había desarrollado la habilidad de reconocer a la gente de un solo vistazo, por muy elaborada que fuese su máscara. Aunque no tuvo que ser un lince para descubrir la identidad de las cohibidas acompañantes de Nicholas Hamilton aquella noche.

La belleza sencilla pero deslumbrante de Clarice Hamilton y su forma de andar segura eran imposibles de disimular a pesar de la abundancia de plumas de pavo real que trataban de ocultar su cara. A quien resultó más sorprendente reconocer fue a Isabelle Taylor, siempre discreta y un poco anodina, que parecía una auténtica diosa, voluptuosa y exuberante, con aquel vestido escotado. Resultó inmensamente divertido observar cómo Sebastian se sentaba a la mesa frente a su prometida sin reconocerla, aunque había que admitir que tenía las facultades bastante mermadas por el whisky. Había que decir a su favor que por su imaginación no pasaba en absoluto la idea de encontrarse a Isabelle en un lugar como aquel, y que en los últimos años apenas la había visto tres veces y no habían cruzado más que un par de palabras.

—Dime quién es —pidió Sebastian sin más preámbulos.

—¿Por qué tanto interés?

—Curiosidad. Me intriga saber la identidad de una mujer que parecía estar totalmente fuera de lugar, pero que fue capaz de ganar a las cartas con esa soltura, sin dejarse intimidar. Debe de tener una posición económica acomodada, ya que no quiso saber nada sobre las ganancias. Y me pareció que era demasiado joven para estar hastiada de la vida y buscar nuevas experiencias en un club como ese.

Pero lo que más le intrigaba, y no se atrevía a reconocer, era la forma en la que había reaccionado a su beso. Cuando Sebastian la abrazó y comenzó a besar su cuello, parecía no poder evitar sentirse atraída por él y, en el momento en que la boca de él tocó la suya, apenas le devolvió el beso, pero no porque no lo deseara. Más bien parecía que carecía de experiencia, algo que se escapaba a la lógica viendo su actitud desenvuelta. La tal Atenea en sí misma era una pura contradicción.

—¿No será que quieres pasarle la factura del carísimo traje que te echó a perder? —se burló su amigo sin poder contener una carcajada ante la cara de sorpresa de Sebastian.

—Se supone que una de las ventajas de tu club es la discreción. No hagas que me pase al Red.

—Por supuesto que velamos por la discreción. Este asuntillo quedará entre el lacayo que me lo contó y yo. Admito que me sorprendió que te vaciara la ponchera encima. Menudo carácter.

—En parte ese es uno de los motivos por los que quiero encontrarla. Me debe una disculpa.

—Sí. Seguro que es por eso. En fin, Sebastian, eres un hombre a punto de casarse. No deberías ir por ahí olfateando el rastro de mujeres misteriosas.

—Eso es cierto. Supongo que es hora de sentar la cabeza, y ya sabes que creo en la fidelidad matrimonial. Por eso me urge saber quién es la dama, pero no por los motivos que piensas. Créeme, después de lo que me ha pasado con Amanda, no me apetece demasiado meterme en ese tipo de jardines.

—No creo que tu prometida viera esto con buenos ojos, sea cual sea el motivo. No te diré quién es la dama, dejaré que te diviertas descubriéndolo tú solito. Disfruta de la caza. Y acepta un consejo: céntrate en Isabelle Taylor. —El Jefe sonrió ampliamente. Acababa de darle a Sebastian la respuesta que buscaba de manera encubierta, y estaba deseando que descubriera la verdad para poder reírse a sus anchas de su torpeza.

Sebastian asintió. Sabía que tenía razón y debía aceptar el hecho de que Isabelle sería la mujer con la que compartiría su vida.

—Espero que tú también sigas tus propios consejos, Jefe.

—Lo haré, descuida. No pienso esperar tanto como tú para casarme. Por cierto, hay algo más por lo que he venido a verte. Un asunto menos agradable. —El semblante del Jefe se volvió serio. No había querido tratar ese tema hasta el final, ya que sabía que el ánimo de Sebastian cambiaría radicalmente cuando lo supiera—. Amanda Howard ya ha encontrado a su siguiente víctima.

—Bueno, la verdad es que es un alivio que se haya olvidado de mí tan pronto. Aunque compadezco al pobre infeliz que haya…

—Se trata de tu hermano Neil.

Sebastian se quedó petrificado. Su hermano era siete años menor que él, y a pesar de tener una buena relación nunca habían compartido secretos y confidencias. Al duque le sacaba de quicio su inmadurez y sus continuas meteduras de pata, pero esta vez era distinto. Aunque Neil sabía perfectamente que Amanda no era de fiar, el asunto no tenía buena pinta.

—Hermanos. Dios los ha creado con la única finalidad de martirizarnos.

—Dímelo a mí —contestó el Jefe con una sonrisa burlona.

7

La fiesta de los Carpenter, como cada año, era uno de los eventos más populares de la temporada al que todo el mundo quería asistir. Los carruajes formaban una interminable fila a lo largo de la calle mientras sus ilustres invitados esperaban pacientemente su turno para ser recibidos.

Vivian, que había conseguido librarse de la tediosa labor de recibir a los invitados, llamó a uno de los lacayos y, tras elegir varios canapés de la bandeja, los colocó en el plato de porcelana que sujetaba Isabelle. Se habían posicionado en una discreta mesa junto a la puerta que daba a los jardines, semiocultas por unas columnas y un frondoso macetón más alto que ellas, un sitio tranquilo donde poder cotillear y no perder ni un detalle de lo que ocurría alrededor.

—Estoy hambrienta. He estado todo el día tan nerviosa con los preparativos que apenas he comido nada. ¿Quieres un poco de ponche?

—No, gracias —contestó Isabelle tratando de no reír al recordar el líquido espeso resbalando por la cara perpleja de Sebastian y arruinando su impecable traje de noche. Desde ese momento ya no podría mirar la pringosa bebida con los mismos ojos—. Mira, Clarice ya ha llegado —dijo haciéndole una seña con la mano a su amiga para que se incorporase a su improvisada reunión.

—Y también su abuela. —Vivian compuso una falsa sonrisa hasta que la mujer se alejó de su nieta y continuó avanzando hacia el interior de la mansión, después de dedicarles a las dos amigas una mirada de censura—. ¿Puede saberse qué le hemos hecho a esa arpía para caerle tan mal?

Isabelle se encogió de hombros; la antipatía de la señora Hamilton era lo último que le preocupaba en esos momentos. No pudo evitar sentir un poco de envidia al ver acercarse a Clarice. Tan deslumbrante como siempre, con su fino vestido blanco con adornos de color azul claro, parecía un delicado ángel recién caído del cielo. Por su parte, Vivian llevaba un vestido en tono melocotón, probablemente elegido por su madre, y un tanto recargado para su gusto, pero que aun así le favorecía por la innegable calidad de la tela y las hábiles manos de su costurera. Isabelle, en cambio, había optado por un cómodo vestido color malva de hacía dos temporadas, que ni el ramillete de florecillas de tela engarzado en su escote ni el fajín de terciopelo pudieron mejorar. Su corte era demasiado simple, no hacía nada por mejorar su figura y la tela caía sin gracia sobre sus formas rotundas, pero como ella pretendía no llamar demasiado la atención, le había parecido perfecto para la ocasión. Había elegido de nuevo los pendientes y el collar de perlas, ya que la noche del club había perdido uno de los pendientes de rubí que el duque, o más bien su asistente, le había enviado en Navidad el año anterior. Posiblemente se le habría caído cuando se vio envuelta en el tumulto de la pista de baile, pero prefirió no pensar demasiado en ello.

—Y ahora que por fin estamos las tres… ¿A qué esperáis para contármelo todo? ¿Cómo os fue en el club? Quiero todos los detalles, por escabrosos que sean. De hecho, cuanto más escabrosos mejor —inquirió Vivian ansiosa.

—Si querías detalles, deberías haber venido, pequeña traidora —la molestó Isabelle haciéndose la interesante.

—No deberíamos contarte nada, Issy tiene razón —añadió Clarice.

—Oh, vamos. Prometo que la próxima vez no os dejaré tiradas —rogó Vivi muriéndose de la curiosidad—. Pero la situación no era propicia, seguro que mis padres me hubieran pillado.

—¿Próxima vez? No habrá próxima vez. Fue algo temerario, y yo no pienso pisar más ese sitio —sentenció Isabelle mordiendo con rabia un canapé de salmón.

—Oh, Vivi, fue realmente emocionante. Te habría encantado. La gente allí parecía tan alegre… —comenzó a relatar Clarice con los ojos brillantes y un toque de emoción en la voz, algo poco común en ella, que siempre lucía una actitud bastante comedida.

—Puede que fuera por las ingentes cantidades de alcohol que se servían por doquier —añadió Isabelle con cinismo intentando bajar a sus amigas de la nube.

—No seas aguafiestas, Issy —se quejó Vivi.

—Me pasé toda la noche bailando, pero no con el encorsetamiento de aquí. Todo era más… fluido. Conocí a un joven guapísimo, y también a un caballero menos guapo pero muy divertido. Aunque apuesto que mi noche no fue tan emocionante como la de Isabelle. Ella sí que hizo cosas realmente transgresoras.

Isabelle tosió intentando no atragantarse con lo que quedaba de canapé, al recordar la parte de la velada que no le había contado ni les contaría jamás, la parte en la que estuvo a solas con su prometido.

—Está bien, lo reconozco. Fue realmente increíble. Hay una sala donde se juega a las cartas y a los dados, y lo mejor de todo es que las mujeres también pueden hacerlo. Participé en una de esas rondas. —Isabelle comenzó a contagiarse del entusiasmo que veía en los ojos de sus amigas mientras relataba lo que había ocurrido—. Las apuestas son tan elevadas que un hombre podría perder todo su patrimonio si…

—¡Ve al grano! —la interrumpió Clarice—. Lo mejor de todo no fue que jugara a las cartas. Lo mejor fue que desplumó al mismísimo duque de Kensington.

Vivian abrió la boca totalmente alucinada, con los ojos saliéndose de las órbitas, y sus amigas no pudieron evitar una carcajada.

—Pero, tranquila, el antifaz me cubría lo suficiente y no me reconoció.

—Deberíamos haber previsto que un hombre tan disoluto como tu prometido estaría en un sitio como ese —reflexionó Vivian, valorando los posibles riesgos que deberían tener en cuenta en futuras incursiones.

—Supongo que sí. Por eso no quiero volver a tentar a la suerte.

—Pues yo me muero de ganas de volver —suspiró Clarice.

—Lo que está claro es que, en ese sentido, Clarice está fuera de peligro. A esas horas su futuro novio seguro que estaba metido en la cama leyendo la Biblia —bromeó Vivi.

—¿Qué hay de malo en ser un hombre decente? —lo defendió Isabelle—. Ojalá Sebastian se dedicara más a rezar y menos a pecar.

—Vivi, eres una exagerada —se quejó Clarice.

—No lo soy. Rutherford es estirado, serio, soso, hosco, insulso, y lo peor es que es un arrogante. Seguro que es de esa clase de hombres que te corrige constantemente, te regaña si te ríes demasiado alto, que siempre te recuerda que cojas la bufanda, aunque haga calor…, y apuesto a que comprueba veinte veces las ventanas antes de irse a dormir para que ninguna corriente de aire se atreva a adentrarse en su morada. Clarice, te lo digo desde el cariño, te vas a aburrir mortalmente con él.

—Comprobar las ventanas. Eso es una tara imperdonable —se burló Isabelle con ironía.

—Lord Rutherford es un hombre recto, pero no es tan puritano ni tan seco como insinúas. Es joven y seguro que… —Clarice no encontró defensa alguna para su discreto pretendiente, cuando ella era de la misma opinión. Había asumido que si llegaban a casarse, su vida no iba a ser precisamente un jolgorio constante.

—Sí, seguro que adivino a qué se debe su rectitud y el motivo por el que cierra bien las ventanas. Rutherford tiene miedo de resfriarse, estornudar y clavarse en el trasero el palo que lleva atado a la espalda —sentenció Vivian.

La repentina palidez de Isabelle, que había dejado de sonreír, alertó a Vivian, que estaba de espaldas a la puerta. Por el rabillo del ojo pudo ver una alta figura oscura justo a su lado, y no le hizo falta girarse para intuir que el intruso era lord Rutherford.

—Buenas noches, señoritas —saludó con su tono más glacial. Todas parecieron enmudecer y sonrojarse a la vez, y en el improbable caso de que el conde no hubiese escuchado la conversación, le habría quedado claro por su actitud que hablaban de él antes de que llegase—. Señorita Hamilton, venía a preguntarle si querría acompañarme durante la cena.

—Por supuesto, milord. —Clarice se levantó como si hubieran accionado un resorte. No es que sintiera un especial aprecio por el caballero todavía, pero lo que menos pretendía era ofenderle. Estaba convencida de que, a pesar de su seriedad, era un buen hombre y que con el tiempo podía llegar a apreciarlo sinceramente. Clarice se cogió de su brazo para dirigirse al comedor, y Rutherford consiguió despedirse de sus amigas con una impecable reverencia tras lanzarle una dura mirada a Vivian.

—Seguro que no nos ha escuchado, ¿verdad? —preguntó en un susurro que a esas alturas resultaba innecesario. Isabelle puso los ojos en blanco.

—Si te vas a quedar más tranquila, te diré que no. Pero creo que ha escuchado lo del trasero. Luego no te quejes si no te invitan a su boda.

—Seré su dama de honor, o de lo contrario haré todo lo que esté en mi mano para impedirla —bromeó.

A pesar de lo incómodo de la situación, ambas estallaron en carcajadas y, cogidas del brazo, enfilaron el camino hacia el gran comedor donde se serviría la cena. Dado el gran número de invitados, se habían colocado diversas mesas redondas en el lujoso comedor de los Carpenter, que se había adornado con especial esmero. Las mesas lucían sus mejores mantelerías de lino, y habían sido dispuestos suntuosos candelabros de plata con filigranas labradas y jarrones bajos con lirios blancos. Vivian, refunfuñando, dejó a Isabelle en compañía de un perfumado y repeinado Nicholas Hamilton para dirigirse a la mesa principal, donde se sentaría la familia y los invitados más ilustres. Isabelle vio a lady Balfour paseándose entre la gente alargando el cuello como un pollito que busca a su madre, con toda probabilidad tratando de localizarla. Al fin, llegó hasta ella y de un tirón poco sutil la separó de Nicholas.

—¿Dónde diantres estabas? Llevo un buen rato buscándote, niña. —Lady Balfour venció la tentación de pellizcarle las mejillas para darles un poco de color mientras escrutaba con poco disimulo su aspecto—. Debí insistir en enviarte a una de mis doncellas. ¡Ese recogido! Dios santo, parece que te lo ha hecho un gato enfadado. Y este vestido es… —La matrona emitió algo parecido a un gruñido mientras Isabelle solo pudo parpadear, sorprendida por la dura crítica—. Tienes suerte de ser tan bonita, porque este vestido es demasiado simple hasta para asistir a misa. En fin, ya no hay remedio.

—¿Remedio? ¿A qué se refiere?

—Él está aquí.

Antes de que Isabelle pudiera reaccionar, la voz grave de Sebastian Morton justo a su lado le hizo dar un respingo y girarse hacia él con la misma cara de quien ve un fantasma.

—Señorita Taylor, me alegra ver que esta noche se encuentra usted bien —saludó lanzando una pequeña pulla por el plantón del baile anterior a pesar de sus impecables modales mientras se inclinaba para besar su mano enguantada.

El tacto de los dedos de él sobre su mano, que pareció durar una eternidad, sus ojos demasiado inteligentes fijos en ella y sus labios, sobre todo sus labios, a los que asomaba una leve sonrisa, la hicieron recordar el impacto que sintió al recibir su beso. El suelo pareció moverse bajo sus pies, como si estuviese caminando sobre arenas movedizas. Pero solo había mármol firme bajo sus zapatillas de satén, mientras ella permanecía allí pasmada, como si fuese idiota.

—Gracias por su preocupación, excelencia —consiguió decir al fin con un hilo de voz mientras bajaba los ojos, incapaz de sostener su mirada, y la de las docenas de ojos que los observaban en aquel momento.

Odiaba sentirse tan insegura frente a él, pero tenía la impresión de que en cualquier momento alguien gritaría que ella no lo merecía, que era muy poca cosa, que las deudas de su familia los ahogaban y que Kensington sería un idiota si se hacía cargo de todo. O lo que era peor, que Sebastian se diera cuenta de que ella era Atenea, una impostora que jugaba a las cartas y arrojaba jarras de ponche a traición.

Había miles de razones para no querer estar allí, para desear volverse invisible y poder escabullirse hacia algún lugar donde nadie la conociera. Pero había una que destacaba sobre todas las demás. Por irracional que resultase, y a pesar de todo, Isabelle ansiaba ser aceptada por Sebastian, por el hombre al que la habían encadenado antes siquiera de tener uso de razón, y se odiaba por ello. Tras varias frases de distante cortesía, el anfitrión los interrumpió de forma providencial para saludar con efusividad al duque y conducirle hasta la mesa principal, donde, debido a su rango, ocuparía su sitio de honor junto al anfitrión. Solo en ese momento Isabelle se atrevió a respirar con normalidad, aunque apenas probó bocado durante la cena. Nicholas, sentado a su lado, intentaba que formara parte de la animada conversación, pero Isabelle se sentía observada y no solo por los curiosos invitados que la rodeaban.

Su prometida había madurado, no cabía ninguna duda. Sebastian intentaba prestar atención a la aburrida cháchara de lord Carpenter, pero le resultaba imposible dejar de mirar hacia la mesa donde se encontraba Isabelle. A pesar del horrendo vestido pasado de moda y usado más veces de las que podía imaginar, y del discreto peinado que parecía querer deshacerse en cualquier momento, no podía negar que había ganado en atractivo con los años. Su cuerpo se había transformado en un deseable mar de curvas tentadoras, y su rostro parecía más sereno y atractivo. Pero se seguía sintiendo molesto ante la actitud que mostraba con él, tan insegura y esquiva como siempre. Le gustaba la gente franca y directa, y en Isabelle solo encontraba sonrisas trémulas y miradas bajas. Aunque era consciente de que la mayor parte de la culpa era suya, ya que a estas alturas y por sus constantes ausencias no eran más que dos extraños.

Desde pequeño, Sebastian había aceptado sus obligaciones sin cuestionarlas. Había sido educado para ello. Era mucho más maduro que los niños de su edad, su actitud era mucho más formal, y su madre solía bromear diciendo que ya era duque antes de nacer. A los diez años Sebastian todavía usaba pantalones cortos, se divertía buscando madrigueras, probando su puntería con el tirachinas apuntando a los nudos de las cortezas de los árboles o, en los días en los que se sentía más osado, disparando a algún avispero, y podía pasar horas y horas volando cometas en el prado. Pero tuvo que digerir, sin entender lo que significaba, que aquel ser que emitía un alegre gorjeo envuelto en una manta de lana blanca y lazos rosados sería su futura esposa. Recordaba perfectamente cómo se había acercado hasta ella, mientras los mayores no miraban, durante una de sus primeras visitas. La pequeña Isabelle con la carita sonrosada y sus enormes ojos azules se esforzaba por sacar sus pequeñas manos arrugadas de la manta que la envolvía. Sebastian, llevado por la curiosidad, había acercado sus dedos lentamente para tocarla, pero en el último momento se retiró y se marchó corriendo de allí, como si en lugar de un dulce bebé estuviera provocando a un animal peligroso. Durante muchos años no le dio importancia al hecho de tener su futuro limitado por los designios de otros, sin ser muy consciente de lo que aquello significaba. De adolescente, cuando creyó encapricharse por primera vez de la hermana de uno de sus amigos, sintió una rabia intensa hacia esa niña ridícula que se esforzaba por sonreírle cuando le obligaban a visitarla. Cuando maduró un poco, entendió que no tenía sentido sentir rabia por algo que era inevitable, pero no encontró en su interior ni un resquicio de amabilidad hacia Isabelle. Sabía que era absurdo culparla de un pacto en el que estaba tan prisionera como él, así que decidió asumirlo y no preocuparse demasiado por el desenlace que sabía que tarde o temprano llegaría. Le habían enseñado a ser un hombre de honor, y tendría que estar muerto para incumplir una promesa hecha a su padre, y aquel matrimonio lo era. Pero esa unión era como una de esas cosas que siempre se postergaban para el día siguiente, y el otro, aunque supiera que nadie le iba a librar de hacerlo. Y en ese momento, Sebastian fue consciente de que el mañana ya había llegado.

Tras la cena, Sebastian acompañó a Isabelle hasta el salón de baile con la esperanza de que eso aliviara un poco la tensión entre ellos. Aunque probablemente hubiese sido más sencillo si lady Balfour y Vivian Carpenter no caminaran pegadas a ellos como si fueran sus sombras, y desde luego tampoco ayudaba demasiado que, a cada paso que daban, una nube de invitados los detuviese para saludar al codiciado duque y a su novia eterna.

Isabelle suspiró. Todas aquellas damas que ahora parecían querer besarle los pies y fingían ser sus amigas del alma eran las mismas que la miraban con desdén cuando el duque no andaba cerca, que era casi la totalidad del tiempo. Si había algo que odiaba era la hipocresía, y delante de sus ojos se desplegaba a raudales. Cada vez que un nuevo invitado se acercaba a saludarlos, pavoneándose de una amistad que no existía, orgullosos de ver en primera fila el raro espectáculo que suponía el duque con su novia cogida de su brazo, se sentía enfermar. Levantó la vista hacia el atractivo rostro de Sebastian, aprovechando que estaba atrapado en un saludo que estaba durando más de lo necesario, y bufó disimuladamente. Sería mucho más fácil odiarle si no fuese tan diabólicamente guapo. Escuchó su voz profunda repetir una y otra vez las mismas respuestas cordiales a las mismas preguntas estúpidas, sin inmutarse, sin dejar entrever ni un solo segundo su hartazgo. Era un auténtico maestro. Era auténticamente falso. Y a ella la habían educado durante años para que también lo fuera, pero en realidad no le apetecía lo más mínimo desempeñar su papel. Puesto que el verdadero protagonista era Kensington, dejó que fuese él quien llevase todo el peso de las conversaciones y se limitó a observarle. A pesar de los cientos de velas que lo iluminaban todo, de las caras de los que se acercaban, ella solo podía verlo a él. Aunque la música empezaba a sonar y las conversaciones eran cada vez más altas, ella solo podía escuchar su voz. Solo era consciente del magnetismo de Sebastian. Su prometido se inclinó para escuchar lo que una dama le decía y sus labios se curvaron en una seductora sonrisa. No importaba que la dama tuviese al menos ochenta años, esa sonrisa debería ser solo para ella. Pero Sebastian no le había sonreído así nunca. A Atenea, en cambio, sí. A Atenea la había deseado y la había apretado contra su cuerpo para sentir su calor. A la misteriosa Atenea la había besado. La furia comenzó a instalarse en su estómago subiendo a una velocidad vertiginosa hacia su cerebro hasta que en su cabeza no hubo espacio para otra cosa que no fuera su rabia contra Atenea, contra Amanda Howard y contra todas aquellas que alguna vez estuvieron entre sus brazos.

Los invitados comenzaron a dispersarse dejándoles un poco de espacio y Sebastian pareció soltar con lentitud el aire de sus pulmones, relajando un poco su postura. Los músicos se prepararon para iniciar un vals y con la mayor gentileza del mundo, Sebastian Morton, el atractivo, deseado y poderoso duque de Kensington, tendió su mano enguantada a la vista de todos hacia su prometida, pidiéndole con exquisito gusto que le concediera un baile. Con seguridad más de una debutante desfalleció de envidia en ese momento, pero Isabelle se limitó a mirar durante unos segundos interminables la mano extendida hacia ella.

Cualquier otro hombre con menos templanza hubiese palidecido ante su tardanza en reaccionar, pero el duque estaba hecho de otra pasta. Isabelle apartó al fin la vista de la mano de su prometido, para clavar en sus ojos una mirada furiosa.

—No. —Eran solo dos letras, pero suficientemente tajantes como para dejar en ridículo a un hombre. Sebastian apretó la mandíbula en un gesto de ira contenida que no pasó inadvertido para los que se encontraban más cerca.

Cerró la mano y estaba a punto de bajarla cuando Vivian, intentando arreglar la situación, pasó a la acción.

—Excelencia, Isabelle me estaba diciendo hace un momento que se encontraba un tanto indispuesta y no podría bailar.

—La salud de la señorita Taylor deja bastante que desear, en ese caso, o quizá sea alérgica a los bailes —dijo cortante sin alejar la mirada iracunda de su prometida, que había cuadrado los hombros y lo miraba desafiante.

—Yo en cambio estoy sana como una manzana y me encantaría bailar en su lugar —añadió Vivi, aun sabiendo que si semejante descaro llegaba a oídos de su madre la castigaría de por vida. Pero Isabelle bien merecía ese sacrificio.

—¿Ve, excelencia? Ha sido fácil solventar el pequeño contratiempo y continuar la velada sin mí. Aunque no le resultará extraño; al fin y al cabo, es lo que hace siempre —le provocó Isabelle con una serenidad desconocida hasta para ella misma.

Los murmullos escandalizados se expandieron como la pólvora entre los que habían visto, oído o imaginado el descarado desplante de la novia eterna a su apuesto y caballeroso prometido, y mientras lady Balfour pedía su frasco de sales, Vivi arrastraba al duque hasta la pista e Isabelle se marchaba como una orgullosa reina del baile.

8

Habían pasado dos días desde el baile de los Carpenter, y el mal humor de Sebastian no había disminuido ni un ápice. Para colmo, esa mañana casi se le indigesta el desayuno al ver el periódico. No era precisamente aficionado a las páginas de sociedad, mucho menos a las de ese periódico en concreto, en el que más que una crónica lo que se publicaba era una sangría, en la que se destrozaba con deleite a cualquiera que se saliera mínimamente de la norma. Cuando el fiel Milton le sugirió que echase un vistazo, estuvo a punto de escupir fuego por la boca. Su indignación crecía a medida que leía en voz alta cada párrafo.

—«... *pero sin duda lo más memorable de la noche no fue el fascinante y enorme tocado de plumas de lady T., que esperemos no se atreva a usar para una reunión campestre, ni la nariz excesivamente roja de su marido, ni el pequeño percance de lord B. cuando su recién estrenado bisoñé quiso escapar de él y fue a parar al regazo de cierta dama, como si fuese un amoroso gatito lanoso. Sin duda, el momento álgido llegó de manos del siempre codiciado duque de K. Su excelencia, que se prodiga tan poco en estas suntuosas veladas, hizo su estelar aparición para deleite de los allí presentes. De todos, excepto de su prometida. La susodicha, a pesar de que no suele pasar demasiado tiempo con su duque, según dicen las malas lenguas, no parece echarlo de menos en absoluto. Muy al contrario, parece echarle de más. Solo así se explicaría que la señorita T.*

dejase compuesto y sin baile (y con cara de trucha fuera del agua, todo hay que decirlo) al duque, cuando quiso invitarla a ejecutar un vals. Me cuentan que hubo desmayos, risitas mal disimuladas y alguna que otra dama que se ofreció gustosa a tomar el lugar de la novia eterna, que por lo que parece se ha cansado de ser tanto una cosa como la otra».

Con el periódico aún arrugado en la mano, Sebastian golpeó enérgicamente la aldaba de la puerta hasta que el sorprendido mayordomo de los Taylor abrió con cara de pocos amigos, molesto ante tal insistencia tan de mañana. El sirviente se deshizo en reverencias al reconocer al hombre que pagaba su sueldo y que desde hacía unos pocos días había añadido un pequeño plus por informarle de las idas y venidas de su prometida y su hermano.

—Excelencia, el señor Adam…

—Estará durmiendo la borrachera, supongo. No he venido a verle a él. ¿Dónde está Isabelle? —preguntó con brusquedad.

—Ella se levantó hace rato, pero él… —El hombre pareció titubear, y Sebastian adivinó que no le parecía correcto que la visitara a solas, cuando su hermano no estaba con sus facultades en estado óptimo.

—Señor Pilks, no voy a saltarme ninguna norma de decoro con la dama que, por cierto, es mi prometida desde hace más de veinte años. ¿Dónde está?

—Estoy aquí. —Isabelle apareció por el pasillo con el semblante serio, aunque supo disimular bastante bien la conmoción que le supuso encontrar al duque plantado en el recibidor de su casa con un elegante traje de montar de color gris oscuro y sus brillantes botas de piel, que hacían que sus piernas parecieran interminables. En cambio, su atuendo podía pasar perfectamente por el de una sirvienta, con una falda azul oscuro y una sencilla camisa blanca con los puños y el cuello de encaje. Se maldijo por haberse dejado dominar por la desgana y no haberse molestado en recogerse el pelo, que tendía a ondularse y a adquirir un volumen leonino, lo que era cualquier cosa menos elegante. Pero lo que a ella le pareció un aspecto reprochable, a

Sebastian le produjo el efecto contrario. De nuevo tuvo la sensación de que en ella había florecido una mujer diferente a la que había conocido, y él se la había perdido con su actitud indiferente. Lejos de los recargamientos y excesiva sofisticación a la que estaba acostumbrado, Isabelle resultaba arrebatadoramente hermosa por su sencillez y su frescura. Con un gesto de la mano, le indicó que la siguiera a la sala y se giró sobre sus talones sorprendida cuando escuchó que Sebastian cerraba la puerta con llave, algo totalmente fuera de lugar por muy prometidos que estuvieran.

—Y bien, excelencia. ¿Qué cataclismo le trae hasta aquí y le hace aporrear mi puerta de manera tan sutil? ¿Ha estallado una guerra? ¿Un incendio, tal vez?

—Puede que ambas cosas. —Al menos así se sentía, beligerante y a punto de arder de indignación. Le mostró el periódico, que llevaba doblado por la página de la que eran protagonistas—. ¿Ha leído esta bazofia?

Isabelle cruzó las manos tranquilamente a la altura de su regazo y suspiró como si no le diera la mayor importancia, aunque por dentro los nervios atenazaban su estómago. Benditas institutrices, que le habían enseñado a controlar sus emociones.

—Sí, lo he leído. Aunque estoy francamente sorprendida, no lo imaginaba aficionado a ese tipo de lectura.

—No estoy de humor para jueguecitos, Isabelle. Desde que estoy aquí me ha hecho dos desplantes seguidos, y no pienso ser el hazmerreír de las páginas de chismes.

—Es que… —El duque la silenció con un simple aspaviento de su mano. Ese era su poder: su arrogancia, su superioridad, su presencia bastaba para imponer su voluntad. Isabelle estuvo segura de que podía cambiar la dirección de las mareas con un solo movimiento de los dedos.

—Ahórrese el esfuerzo, no pretenda hacernos pasar por tontos a ambos. No me creo que el otro día se encontrara súbitamente indispuesta, y no trate de inventar una nueva enfermedad que le impidiera bailar conmigo anoche.

—Iba a decirle que, simplemente, no me apetecía —admitió Isabelle con total descaro.

—No le apetecía —repitió totalmente anonadado por su recién descubierta desfachatez. En su cuadriculada cabeza no tenía cabida la idea de que su sumisa y abnegada prometida lo dejara en ridículo por cuestiones de apetencia. Aunque había que reconocer que realmente era casi una desconocida para él, y en los pocos minutos que llevaban de conversación habían intercambiado más frases que en los últimos cinco años—. Hay muchas cosas que a mí tampoco me apetece hacer y, sin embargo, las hago.

—¿Como bailar con su prometida una vez al año, por ejemplo? ¿Va a decirme que acudió a ese baile por un irresistible deseo de compartir conmigo un vals? Lo hizo solo para guardar las apariencias, pero le diré un secreto: eso ya no funciona. Todos saben de su indiferencia hacia mí, y me alegro mucho de que haya sentido en sus carnes lo que yo he sentido mil veces —dijo señalando el periódico, dejando poco a poco que la frustración que sentía aflorara a la superficie.

—Yo no la he humillado conscientemente jamás.

—¿Cree que hacerlo de manera inconsciente es menos malo? —preguntó incrédula.

—Isabelle, entiendo que esté ofuscada, pero no voy a tolerar que algo así vuelva a pasar.

—Pues entonces deje de intentar fingir que es el prometido ideal. No es necesario que me saque a bailar cuando claramente no desea hacerlo, ni que me envíe regalos que usted no ha escogido, ni siquiera es necesario que finja que le agrado. Si quiere ignorarme, hágalo con todas las consecuencias, pero no me trate como si fuera idiota.

Sebastian arrojó el periódico sobre uno de los sillones con gesto furioso sin poder creer que la actitud de su novia fuera esa.

—¿A qué se debe todo esto? ¿Es una especie de escarmiento? ¿Va a presionarme para obtener lo que desea? Porque si es así… —El duque dio dos pasos hacia ella acorralándola contra la enorme mesa, intimidándola con su estatura—. El vestido pasado de moda, la actitud afligida y sumisa primero, y el desplante después… O me está castigando o pretende hacerse la víctima. No es necesario armar ningún teatrillo para llamar mi atención, sus deseos se cumplirán y nos casaremos pronto.

Isabelle jadeó indignada y tuvo que morderse la lengua para no decirle que lo último que deseaba en el mundo era casarse con él. No podía dejarse llevar por la ofuscación, debía mantenerse serena y conseguir que aquel noviazgo se anulara de manera que su familia no resultara perjudicada. Sus padres habían firmado un contrato matrimonial a raíz de un préstamo económico y, por ironías del destino, los Taylor volvían a encontrarse en el mismo punto de partida. Debía jugar sus cartas bien y no dejarse llevar por la ira que le provocaba aquel asno arrogante.

—Lo que insinúa no puede estar más lejos de la realidad, y, aunque le parezca mentira, no todo el mundo gira a su alrededor. Además, mi vestuario no es su problema.

—Sí que lo es. De hecho, he dado instrucciones a mi tía para que la lleve a alguna modista. Una futura duquesa debe vestir acorde a su posición.

—No pienso aceptar tal cosa —se negó con obstinación.

—Sí, sí lo va a aceptar. Aunque tenga que arrastrarla personalmente hasta allí. Y si lo que tanto la enfurece es mi indiferencia, le aviso de que eso va a cambiar. De hecho, estaré tan presente en su vida que no sabrá dónde acaba usted y dónde empiezo yo. Dentro de tres días iremos juntos a cenar a casa de lady Duncan, espero que haya adquirido algún vestido para entonces.

—¿Quién se cree que es, lord Kensington? —preguntó airada, inclinándose hacia delante con actitud peleona. De veras que estaba intentando contenerse, pero es que ese maldito hombre la estaba sacando de sus casillas.

—Su prometido. El hombre con el que va a pasar el resto de su vida. ¿Acaso no lo recuerda? —preguntó con tono burlón al ver como Isabelle apretaba compulsivamente la tela de su falda entre las manos, tratando de contener su enfado.

—De forma vaga, la verdad —respondió con la voz cargada de cinismo.

—En tal caso, me obliga usted a buscar un remedio para incentivar su memoria.

Antes de que ella pudiese reaccionar, Kensington la cogió por la cintura y la besó. En un primer momento, ella solo pensó en resistirse, pero Sebastian enterró la mano en su pelo suelto para evitar que se alejara, de una manera tan suave que ella fue consciente de que si realmente hubiese querido detenerlo, lo habría hecho sin el más mínimo esfuerzo. Ojalá hubiese sido un beso desagradable o brusco, entonces hubiese sido más fácil para Isabelle encontrar las fuerzas para alejarse. Pero su prometido paseó su boca sobre la suya con suavidad, con una sensualidad a la que le fue imposible resistirse. Isabelle se sintió perdida y entregada, saboreando sus labios y disfrutando de la manera sutil en la que su lengua se deslizaba buscando la suya. Sin ser muy consciente de lo que hacía, se aferró a las solapas de la chaqueta mientras notaba las manos del duque en la espalda, pegándola más a su cuerpo. Cuando Sebastian interrumpió el beso, parecía casi tan aturdido como ella, pero tras un segundo de indecisión, le acarició la mejilla en un gesto dulce a modo de despedida y se giró para marcharse.

—Espero que ahora no olvide lo que le he dicho —dijo con una sonrisa perversa antes de abrir la puerta y salir.

Isabelle se apoyó en la mesa que tenía a su espalda como si con ese beso le hubiera robado todas las fuerzas. Sus labios parecían arder, sus piernas se habían vuelto de gelatina y toda la piel de su cuerpo había reaccionado a su contacto, como si sus labios y sus dedos la hubieran tocado por todas partes, marcándola con fuego. Aquello no se había parecido en nada al beso que le había dado en el club, en este beso había algo más intenso que no era capaz de definir con palabras. Y desde luego, comparado con el de Sebastian, el dulce roce que había recibido de Preston resultaba inofensivo y un tanto ingenuo. Soltó una maldición impropia de una dama y dio una patada en el suelo totalmente frustrada. Si quería librarse del yugo de Kensington, no tenía tiempo que perder, o corría el riesgo de acabar a sus pies, concretamente bajo la suela de su bota, pisoteada y enamorada de una manera absurda.

El ambiente en la taberna a esas horas de la noche ya se había vuelto lo bastante turbio como para que nadie se fijara demasiado en su presencia. El tono de las conversaciones era cada vez más alto, el calor comenzaba a resultar agobiante y el olor a sudor y a cerveza agria le instaba a salir corriendo de allí. En una de las mesas en las que se jugaba a los dados alguien dio un puñetazo sobre la madera haciendo que Adam, en un perpetuo estado de alerta, se sobresaltara, pero se oyó un coro de carcajadas ebrias y la partida siguió su curso. Adam apuró la jarra y la dejó en el gastado mostrador junto con una moneda. Las prostitutas se paseaban entre las mesas con todo su muestrario de fingidas sonrisas y zalamerías, sentándose en el regazo de todo aquel que pareciera falto de cariño y, sobre todo, que tuviera unos peniques en el bolsillo.

Solo había una mujer que no se molestaba en sonreír. Jennifer permanecía sentada junto a Dirty Drake, su hombre, su dueño, tratando de mantenerse ajena a lo que pasaba a su alrededor. Con el tiempo había aprendido a abstraerse, a mantener la mente en blanco tratando de pensar en otra cosa, en otro lugar, en otra vida más amable que aquel infierno en el que le había tocado vivir. A veces, mientras Drake la obligaba a compartir su lecho, trataba de pensar en cualquier otro hombre. Excepto en Adam, no quería ensuciar su imagen fingiendo que era él quien le hacía esas cosas horribles en lugar de Drake. El hijo del herrero de Deanwater, el pueblo en el que creció, que quiso ser su novio desde que eran unos críos, o uno de los tenderos que siempre le regalaba un chocolate cuando iba a comprar telas. Cualquiera de ellos hubiera sido un marido aceptable. Pero ella no tuvo tiempo de elegir. Su padre un día la metió en su carruaje con una pequeña bolsa de viaje y algunas pertenencias. La dejó en aquel callejón pestilente sin ni siquiera volverse para despedirse, posiblemente doblegado por la vergüenza de tener que entregar a su hija como pago de una deuda de juego. En un principio iba a ser una prostituta más, pero en cuanto Dirty Drake le echó el ojo, decidió quedársela como compañera. Ese era el valor que se les otorgaba a las mujeres en aquel infierno, el de un objeto con el que poder negociar. Aunque su destino era duro, podía sentirse afortunada, ya que estar a merced de cualquier depravado que hubiese podido pagar su precio hubiera sido mucho más terrible. Dirty Drake no era desagradable físicamente, se bañaba con regularidad, no tendría más de cuarenta y tantos años y no dejaba que ningún otro hombre la tocara. Jennifer nunca imaginó que esos serían los baremos con los que acabaría midiendo al hombre al que se entregaría, pero a veces la vida daba giros inesperados. Lo malo era que en cuanto se resistía o se mostraba rebelde, la aplacaba a base de golpes. Por suerte estaba cada vez más alcoholizado y requería de su compañía con menos frecuencia, aunque eso también contribuía a que su carácter se agriara y se volviera más impredecible y violento.

Jenn dio un respingo casi imperceptible cuando Drake apoyó la mano con brusquedad en su muslo, un gesto posesivo que pretendía demostrar a los demás que él era el dueño de la mujer más hermosa del lugar. Adam apretó la mandíbula desde la distancia conteniendo la sensación de asco y de algo mucho más intenso que le corroía por dentro. Solo había que mirar una vez a Jennifer para entender que ella no pertenecía a aquel lugar. A pesar de su ropa ordinaria y demasiado provocativa, no podía deshacerse del aire angelical que la envolvía. Su pelo rubio era tan claro que parecía casi blanco a la luz de las velas, sus ojos azules aún conservaban su inocencia a pesar de la depravación que la rodeaba, y la expresión de su cara seguía pareciendo milagrosamente serena y dulce. Desde su mesa, situada en el fondo de la sala sobre una tarima más elevada que el resto del local, hacía rato que había divisado a Adam, pero nada en sus gestos la delataba. Drake volvió a olvidar que su amante estaba a su lado, enfrascado en una acalorada discusión con los hombres que se sentaban a la mesa, hombres que probablemente estuviesen tratando de renegociar una deuda a juzgar por su actitud. Jenn aprovechó el momento para decirle que tenía que irse un instante al tocador, por llamar de alguna manera aquel sitio pestilente donde las empleadas hacían sus necesidades y se aseaban como podían, y él, demasiado ocupado para escucharla, le hizo un gesto con la mano sin prestarle demasiada atención. Cuando hablaba de dinero, no importaba que el techo se cayera sobre su cabeza, no había nada más importante que eso. Jennifer se levantó con calma, esquivó varias mesas y se dirigió por un estrecho pasillo hacia la parte de atrás del local que daba a las habitaciones privadas. Una de las chicas que se cruzó con ella le entregó disimuladamente un chal. Avanzó por la oscuridad deteniéndose a cada momento para asegurarse de que nadie la seguía y se cubrió la cabeza con el pañuelo que le habían prestado. En lugar de subir por la escalera abrió a tientas una pequeña puerta camuflada en la pared, una salida de emergencia que ya nadie usaba. Adam, que había salido hacia el callejón trasero en cuanto la vio levantarse de la silla, ya la esperaba ansioso, oculto entre las sombras. Jenn tuvo que ahogar un grito de sorpresa cuando Adam le sujetó la mano y la arrastró de un tirón hasta uno de los portales del edificio de enfrente. Antes de que ella pudiera reaccionar, la besó tan apasionadamente que Jenn tuvo que apartarse entre risas para poder respirar de nuevo.

—Caramba, señor Taylor. Creo que se alegra mucho de verme —se burló mientras lo miraba con adoración.

—¿Te extraña? No hago otra cosa en todo el día más que pensar en este momento. —Volvió a besarla, pero cuando se separó de ella su semblante se había ensombrecido un poco—. Jenn, Jenn, Jenn… Me pasaría horas diciendo tu nombre.

—Adam, por favor. No debiste venir. Drake ya no quiere que le des ese adelanto que prometiste ni piensa darte un tiempo de gracia. He oído decir que está ansioso por demostrar que nadie juega con él, y que en cuanto se cumpla el plazo echará a tu familia a la calle. Al ser el cuñado de un duque, quiere usarte como ejemplo para que todos le teman.

—Por desgracia, el duque se ha enterado de esto y está intentando buscar una solución —se lamentó Adam acariciándole la mejilla—. Me siento humillado por no haber sido yo quien lo haya arreglado. Si hubiera tenido un poco más de tiempo…

—El resultado hubiese sido el mismo. Drake es un cerdo despiadado. No tiene compasión por nadie.

—Por eso es preciso que salgas de aquí. Marchémonos, yo te protegeré, Jennifer. Te amo demasiado para seguir permitiendo que vivas así.

—Y yo también te amo, Adam. Y precisamente por eso no puedo irme contigo. ¿A dónde iríamos? ¿Cuánto tiempo crees que tardaría en darnos caza y matarnos? Nunca perdona a los traidores y suele ser extremadamente cruel con ellos para que nadie lo intente de nuevo. No me arriesgaré a que sufras ningún daño por mí.

—¿Sabes lo que siento cada vez que tengo que marcharme sabiendo que te quedas aquí en sus manos? Apenas duermo, ni como, solo puedo beber hasta quedarme exhausto para poder borrar de mi mente la preocupación. No puedo deshacerme del desasosiego hasta que vuelvo a la noche siguiente y veo que estás bien.

Las lágrimas corrieron por la blanca y perfecta mejilla de Jennifer, y a Adam se le rompió un poco más el corazón.

—Ojalá no me amaras.

—No digas eso, eres lo que me mantiene vivo. Te doy mi palabra de que te sacaré de aquí —le prometió intentando no caer en la desesperación.

—Si me voy, matará a mi padre, Adam.

—¿Y acaso ese bastardo no se lo merece? —preguntó con los dientes apretados conteniendo la furia—. Estás aquí por su culpa, maldición.

—Tú sabes lo fácil que es perderlo todo. No puedo perdonarle, pero tampoco podría vivir si le hicieran daño por mi culpa. No lo juzgues, por favor. —Su voz sonó ahogada y Adam volvió a maravillarse de que su alma siguiese albergando tanta bondad a pesar de lo que había sufrido.

—Será mejor que vuelvas dentro. —Volvió a besarla y la observó desde el portal mientras se marchaba, hasta que ella se perdió por la estrecha puerta que conducía a su infierno particular.

Como cada vez que se veían, se estremecía con un sentimiento agridulce. Por un lado, cada segundo con Jennifer merecía el riesgo que suponía, pero por otro, dejarla allí sin poder ofrecerle protección le partía el alma. Debía sacarla de allí, pero ella tenía razón. ¿A dónde podían ir sin una moneda en el bolsillo? ¿Cómo cuidaría de ella si no era capaz de proteger a su propia familia? Adam tenía demasiados frentes abiertos, demasiados problemas, y era consciente de que cada paso en falso solo serviría para destrozar a la gente que amaba.

9

La señora White miró con ojo crítico su creación y, por si acaso, añadió otra horquilla al moño alto que le estaba haciendo a Isabelle.

—Ayyy... —se quejó al notar que de nuevo le pinchaba el cuero cabelludo—. En serio, creo que el dolor de cabeza me durará semanas.

—Puede criticarme si no le gusta mi forma de rellenar el pavo, o si el pastel de zanahoria no está lo bastante dulce, señorita. Pero absténgase de hacerlo porque su delicadeza no acepte un ligero tirón de pelo o una horquilla apretada. Soy cocinera, y mañana el pan debe estar amasado y la mantequilla cuajada bien temprano. Ya debería estar en mi catre y no aquí, escuchando sus quejas.

Isabelle suspiró. La mujer tenía razón, aunque fuese un poco cascarrabias. Desde que había tenido que prescindir de la doncella que la atendía mientras estaba en la ciudad, ella misma procuraba arreglarse lo mejor posible, pero a veces no le quedaba más remedio que recurrir a la cocinera para que la ayudase. Miró con detenimiento el peinado, un recogido alto del que los bucles ondulados a base de tenacillas caían con gracia hasta su nuca.

—La verdad es que hoy has hecho un gran trabajo.

—Pues venga. Póngase de pie para que le meta ese estupendo vestido por la cabeza. El estirado de su prometido está a punto de llegar.

Isabelle sabía que debería amonestarla, nadie permitía que los sirvientes se pronunciasen en esos términos, pero no podía permitirse perder el poco servicio que le quedaba. Además, cómo iba a hacerlo si ella era de la misma opinión. Fue hasta la cama y apretó el vestido contra su pecho para ver el efecto del tejido de color azul real sobre su piel. Había sido una suerte, sin duda, haber conseguido ese vestido en tan poco tiempo. Según madame Claire, una de las modistas más cotizadas de la ciudad y que, según sus clientas, era capaz de obrar magia, la prenda había sido un encargo hecho por la esposa de un comerciante. Debido al fallecimiento de un familiar cercano y con un largo periodo de luto por delante, la mujer había anulado el pedido, pero la modista había decidido continuar adelante con su creación y esperar a que llegara la clienta ideal para él. La improvisada doncella se lo quitó de las manos al ver su indecisión, ansiosa por acabar la jornada laboral y meterse en su acogedora cama. Se subió al banco de madera que usaba para tal fin y la instó a alzar los brazos para ponérselo.

—Está preciosa —dijo la señora White con admiración al ver cómo se ajustaba la prenda a su cuerpo.

Isabelle llevaba tiempo sin usar algo tan magnífico y le sorprendía que solo hubiesen hecho falta algunos arreglillos para que le sentase como un guante. El escote, en forma de corazón, enmarcaba sus pechos de forma perfecta, y la manga de tul del mismo color caía dejando gran parte de sus hombros al descubierto. Alrededor del escote y cerca del bajo de la falda, un intrincado bordado de hilo de plata y cristales atraía la luz y la reflejaba dándole un aspecto casi mágico. Tras verse una última vez en el espejo, Isabelle cogió el abanico y el chal y se dispuso a bajar las escaleras. Se detuvo antes de llegar hasta ellas al ver a Sebastian hablando con Adam en el recibidor. En un gesto infantil, se dio la vuelta y corrió a esconderse en una esquina. Le sorprendió encontrarlo allí, puesto que todavía era temprano. Se asomó con discreción para intentar observar la escena, pero uno de los pilares le impedía ver con claridad a su hermano y hablaban demasiado bajo como para escuchar la conversación.

Su vista, sin querer, se desviaba continuamente hacia Sebastian, que estaba magnífico con su traje de noche. Llevaba los guantes en la mano y se apoyaba de manera relajada en la balaustrada de madera, e incluso así no perdía ni un ápice de su elegancia natural.

De repente, su mente la llevó de vuelta el recuerdo de una soleada mañana de febrero en la que también vigilaba a Sebastian desde detrás de una columna, en las escaleras de su casa del campo. Era domingo, y su familia le había permitido faltar a la iglesia, ya que su prometido le había enviado una nota informándola de que iría a visitarla. Su vieja niñera actuaría de carabina durante la visita hasta que ellos volvieran, pero la mujer dormitaba en una butaca al sol, y nadie había tenido el tino de ir a despertarla para avisarla de que su excelencia ya había llegado. Isabelle se apretó el estómago con la mano intentando contener el nerviosismo, pero le resultaba imposible. Él estaba allí, había ido a felicitarla por su dieciséis cumpleaños y, sin duda, ese sería el día más especial de su vida. Dos días antes había llegado desde Londres una cajita con un magnífico juego de escritura, acompañado por una carta del duque de Kensington deseándole lo mejor para su gran día. Se había echado en la cama riendo, dejándose llevar por la euforia y se había acercado la carta una y otra vez intentando captar un retazo del aroma del hombre del que estaba enamorada. Porque lo estaba, lo amaba y pronto sería su esposa. Después de releer la breve misiva hasta correr el riesgo de desgastarla, la había guardado en el libro donde conservaba las otras notas que él le había enviado, junto con algunas flores prensadas de los ramos que recibía. Nadie diría al verlo que Sebastian Morton fuera un romántico, pero esa era la realidad y solo ella la sabía. Volvió a asomarse desde detrás de la columna para ver su fabuloso porte, enfundado en un traje de montar color beige y unas botas marrones, y tras revisar que su vestido de mañana preferido estuviese perfecto, bajó las escaleras con una sonrisa radiante. Una sonrisa que fue correspondida por otra un tanto menos luminosa que la suya y que, al recordarla en el presente a través del filtro de los años, no había sido más que un simple gesto de forzada cortesía. Habían salido a pasear por el jardín, donde a pesar del día soleado, el aire traía el frío del norte. Pero a ella no le importaba tiritar un poco si él la veía bonita.

—¿Y cuándo ha llegado usted desde Londres, su gracia? —había preguntado tras llevar más tiempo del que se consideraba lógico hablando sobre las inclemencias meteorológicas.

—¿De Londres? Llevo más de un mes en el campo; había que acometer unas reformas y decidí que así las supervisaría mejor. Por suerte, ya han terminado.

Isabelle se sorprendió. Eso no cuadraba en absoluto. Su regalo había llegado desde la ciudad esa misma semana. Aunque Sebastian era un hombre ordenado y meticuloso. Puede que hubiera dejado todo organizado para que le fuera enviado antes de trasladarse al campo.

—Para un hombre como usted, acostumbrado a la actividad de la ciudad, debe de ser un poco aburrido pasar tanto tiempo rodeado de la tranquilidad de la naturaleza.

—En realidad, no. Uno de mis primos vive muy cerca de aquí, en una finca a las afueras del pueblo. Suelo venir de vez en cuando a pasar unos días con él. Precisamente he estado alojado allí. Mi madre sugirió que sería buena idea pasar a hacerle una visita a usted antes de volver a Londres.

Isabelle se tensó, y, aunque quiso sonreír, sus músculos solo pudieron formar una mueca antinatural.

—Es una suerte que haya coincidido la visita a su primo con mi cumpleaños, ¿verdad? —Se atrevió a indagar, aunque su intuición le dijo que lo que iba a descubrir iba a romper sus ilusiones.

Sebastian parpadeó, pero a su favor había que decir que ni siquiera trató de inventar una excusa o una mentira piadosa. Ojalá se hubiese callado, ojalá ella no hubiese preguntado.

—Lo siento, ¿es su cumpleaños? No lo sabía, permítame que la felicite. Soy muy despistado para esas cosas; de haberlo sabido no habría venido con las manos vacías.

Isabelle, que había sido educada para ello, se tragó durante los quince minutos que duró la visita las lágrimas, la decepción y la sensación de rabia contra sí misma por haber sido una auténtica ilusa. Cuando Sebastian se marchó y estuvo de nuevo a solas en su cuarto, buscó las notas que guardaba como un tesoro y las comparó entre sí. La letra era muy parecida, una caligrafía normal y corriente, letras inclinadas que podían ser de cualquiera, excepto de Sebastian. Después de eso nunca intentó saber quién las había enviado con cada regalo, su secretario, su administrador, el joyero…, pero no tenía duda de que Sebastian no había sido. Tenía suficiente dinero para que alguien se ocupase de esas nimiedades con eficacia. Arrojó las notas al fuego y nunca más volvió a conservar ninguna.

Pero de eso ya había pasado mucho tiempo y la niña soñadora casi había desaparecido. Su realidad era diferente. Se tragó el nudo de su garganta y deslizó las manos sobre la tela fría y suave del vestido de noche y, sin pensarlo dos veces, volvió a su habitación. Abrió el armario y comenzó a buscar entre los viejos vestidos de diario ante la perpleja mirada de su cocinera, que aún estaba ordenando su habitación. La mujer comenzó a maldecir y a acordarse de todos los ancestros de Satanás al ver que Isabelle comenzaba a tirar de las horquillas deshaciendo su peinado en cuestión de segundos.

—Vamos, señora White. Ayúdeme a quitarme esta cosa —dijo tirando sin miramientos del magnífico vestido azul—. Su gracia está esperando.

La cocinera la miró como si hubiera perdido el juicio y a regañadientes la ayudó a desvestirse y a colocarse el horrible vestido que había sacado del armario.

—¿Está segura de que las horquillas no le han dañado el cerebro? Porque de lo contrario no puedo entender cómo en un minuto ha perdido la cabeza. ¿En serio va a acompañar al duque con este vestido? Es el que usa para trabajar en el jardín y le recuerdo que ni siquiera los pájaros se acercan cuando lo lleva puesto.

—Magnífico —dijo cepillándose el pelo con brío para deshacer los preciosos bucles que la sirvienta había moldeado—. Ese es justo el efecto deseado, espantar a un pajarraco.

Isabelle tomó aire antes de comenzar a bajar las escaleras. Los dos hombres interrumpieron la conversación al notar su presencia, pero la expresión en sus rostros fue bastante distinta.

—Hermana, estás… ¿Estás… lista? —preguntó Adam perplejo al verla llegar con el horrendo vestido.

Kensington, en cambio, no habló y se limitó a observarla con los ojos entrecerrados para después dedicarle una mirada bastante elocuente a su futuro cuñado, que con una excusa rápida salió por la puerta principal. Isabelle tragó saliva mientras él la examinaba de la cabeza a los pies. La prenda elegida era realmente un engendro en lo que a costura se refería, un intento único y fatídico de su madre de adentrarse en el mundo de la confección. Había escogido la tela más barata que había podido encontrar por si el resultado no era óptimo y sin duda había sido un acierto. Era de un color marrón tierra muy poco favorecedor, y a pesar de las innumerables veces que su madre lo cosió y lo descosió, había sido imposible que se le ajustara a su propio cuerpo, por lo que acabó dándoselo a Isabelle, un poco más entrada en carnes, para que se lo pusiera cuando no tuviera visitas. Aun así, le quedaba excesivamente ancho en la zona del pecho, formando una especie de pliegue horrible. El escote, que pretendía ser alto, se quedaba en un punto intermedio, como en mitad de ninguna parte, con lo que no favorecía en absoluto. Para colmo, en un delirante intento de ser elegante, había añadido unos apliques de cordón negro con botones de inspiración militar en la cintura y una cola en la parte trasera que no era más que un trozo de tela más larga que el resto y que caía desde la cintura sin ninguna gracia.

—¿Nos vamos? —preguntó intentando romper el tenso momento, planteándose si valía la pena pasearse con aquella cosa puesta con tal de fastidiar a Sebastian. No estaba dispuesta a deshacerse en agradecimientos por haberse ofrecido a renovar su vestuario ni a comportarse como la novia perfecta y abnegada, ansiosa por complacerle solo porque hubiera decidido pasearse con ella colgada de su brazo. Tenía dignidad, y no iba a desfallecer como una boba porque el duque se hubiese dignado a premiarla con unas migajas de su atención.

—¿A dónde? —preguntó Sebastian con sequedad.

—A casa de lady Duncan, por supuesto.

—Después de usted —contestó el duque con un tono de voz deliberadamente lento, haciéndole un gesto con la mano para que empezara a caminar.

Isabelle suspiró y avanzó hacia la puerta, aunque no se fiaba en absoluto de la falta de respuesta de Sebastian. Puede que estuviese equivocada y en realidad ella le importase tan poco que ni siquiera le molestase que acudiera a un evento vestida como un espantapájaros. Sebastian alargó la pierna cuando ella pasó a su lado, hasta que su lustroso zapato pisó la informe tela que pretendía ser la cola de la falda, haciendo que Isabelle se detuviera en seco al escuchar el sonido de la tela al rasgarse. Se volvió hacia él con la boca abierta llevándose la mano instintivamente al lugar donde la tela se había descosido. Si por un momento pensó que era un accidente, la sonrisa de suficiencia de su prometido le demostró que había sido completamente intencionado.

—Qué pena, ¿verdad? Ahora tendrá que usar uno de los que sé que ha comprado y que le han traído esta misma tarde —dijo Sebastian con ironía.

—Ni pensarlo. Si me da unos minutos, yo misma lo arreglaré —se negó, obstinada.

—Si me da unos minutos, yo mismo lo quemaré.

Isabelle estuvo a punto de retroceder cuando él se acercó, limitando su campo de visión al cuello de su impoluta camisa blanca y la piel bronceada de su garganta. Su olor a jabón de afeitar y a perfume llegó hasta ella y estuvo a punto de aspirar con fuerza para embeberse de su fragancia, pero por suerte se contuvo.

—La tela se ve un poco gastada —continuó, observando su atuendo. Ella parpadeó al escuchar su comentario y volvió a la realidad, que no era otra que una provocación que no tenía pinta de terminar bien—. Exactamente en este punto.

Los dedos de Sebastian se deslizaron por debajo de la tela que cubría su clavícula y el leve contacto pareció subir la temperatura de la habitación. De un tirón seco, consiguió que la costura se rasgara hasta el hombro, e Isabelle jadeó indignada mientras sujetaba la tela para impedir que su ropa interior quedase al descubierto. Sebastian se colocó detrás de ella y le habló tan cerca del oído que ella se estremeció al notar la calidez de su aliento sobre la piel.

—Como yo lo veo, tenemos varias opciones. Puedo seguir arrancándole el vestido poco a poco, lo cual sería un verdadero placer. O puede subir y ponerse algo decente. Y no intente ninguna treta o subiré yo mismo, y no tengo demasiado claro si será para vestirla o para todo lo contrario.

—Eres…, eres…, un esnob, un prepotente y ¡un tirano! —gritó Isabelle encolerizada por su desfachatez.

—Me alegra ver que ya hemos pasado al siguiente nivel y empezamos a tutearnos. Es un alivio, la verdad. Ahora cámbiate, no hagamos esperar a nuestra anfitriona. Por cierto —añadió con tono divertido—, me encanta cómo te queda el pelo suelto.

Sebastian sonrió mientras observaba a su enfurecida novia sentada frente a él en el carruaje. Tal y como había sospechado, Isabelle se había recogido el pelo en un sencillo y apretado moño bajo, del que ninguna hebra de cabello osaría escapar, solo para llevarle la contraria. Estaba verdaderamente hermosa con aquel vestido que hacía brillar sus ojos de manera increíble, o puede que fuera la furia lo que los hacía brillar así. Daba igual. Fuera cual fuera el motivo, Sebastian estaba empezando a divertirse bastante provocándola y descubriendo ese carácter incendiario que escondía de manera tan eficaz. Le gustaban los retos, e Isabelle se había convertido en uno. Era imperdonable que la hubiera desatendido durante tanto tiempo, pero ya no veía con tanto recelo la idea de convertirla en su esposa cuanto antes. Más aún cuando el buen nombre de la familia de Isabelle estaba a punto de quedar en entredicho y se hacía necesario que él actuara antes del desastre.

La mansión de lady Margaret Duncan era lujosa en exceso, pero aunque algunos adornos y parte del mobiliario fuesen demasiado recargados, en conjunto todo parecía adquirir sentido y armonía. Se podía decir que era la casa perfecta para su dueña y viceversa. Isabelle conocía a lady Margaret, ya que era prima lejana de lady Balfour y con cierta frecuencia coincidían en algunas reuniones. Le parecía una mujer encantadora con un carácter arrollador, y solo por eso, y no por la absurda amenaza de Sebastian, había accedido a cambiarse de vestido en lugar de atrincherarse en su habitación. Como había vaticinado el duque en el carruaje, fueron los últimos en llegar, lo que hizo que todas las miradas se clavaran en ellos con expectación. Por suerte, el número de invitados no era muy elevado, apenas una docena de personas bastante cercanas, entre ellos Andrew y Marian Greenwood, los condes de Hardwick. El conde era bastante estirado, pero su esposa, una pelirroja con fama de rebelde, parecía una mujer a la que valía la pena conocer.

—Isabelle, está usted preciosa.

—Gracias, condesa. —dijo ruborizándose mientras la saludaba con una reverencia.

—Llámeme Marian, por favor. Venga, le presentaré a los invitados, aunque creo que los conocerá a casi todos. Perdone que actúe como anfitriona, pero tal y como podrá observar mi tía Margaret ha monopolizado a mi marido y a su prometido.

Isabelle avanzó hasta que se acercaron al resto y su sonrisa no pudo ser más radiante al comprobar que entre ellos estaba Jackson Preston.

—Jac… Doctor Preston. No esperaba verle aquí.

—Para mí también es una sorpresa. Mi madre insistió en que la acompañara. — Jackson besó su mano enguantada, completamente impresionado por su belleza.

—¿Se conocen? —preguntó Marian entrando en la conversación—. El doctor se ha convertido en parte imprescindible de nuestro día a día. Es un genio con los niños. Hace poco mi hijo se rompió el brazo al caerse del caballo, y con trece años se cree todo un hombretón y no quería ponerse el cabestrillo. Fue el doctor Preston quien le convenció sin esfuerzo.

Isabelle sonrió sin poder evitar sentirse orgullosa del buen hacer de su amigo.

—¿Ha dicho que su hijo tiene… trece años? Parece usted muy joven, disculpe mi indiscreción —apuntó Isabelle sorprendida.

—Andrew y yo los adoptamos a él y a su hermana al poco tiempo de casarnos. Fue el mejor regalo que pudo hacerme, desde luego. Aparte de mis otros dos hijos, claro, aunque en esos yo he puesto la mayor parte del trabajo. —Ambas rieron; era muy fácil relajarse con aquella mujer tan magnética, y no le extrañaba en absoluto que el conde estuviera tan enamorado de ella como se decía por ahí—. Por cierto, mi tía me ha dicho que pronto fijarán la fecha de la boda.

Isabelle hubiese deseado que se la tragase la tierra en ese momento, sobre todo por la mal disimulada cara de incomodidad de Preston, que no quería formar parte de semejante conversación. Por suerte, en ese momento, un lacayo abrió las puertas del comedor anunciando que ya podían tomar asiento, por lo que pudo abstenerse de contestar. Durante la cena estuvo tan abstraída por la presencia de Preston y Kensington en la misma mesa que apenas participó en las conversaciones que la rodeaban, y el tiempo se le pasó volando. Sebastian estuvo pendiente de ella todo el tiempo, procurando que se sintiera cómoda, hasta que una vez terminó la cena los caballeros lo acapararon, junto al conde de Hardwick, para hablar de negocios.

Isabelle se reunió junto al piano con lady Marian y con Preston, y aunque la condesa no solía tocar en público, se animó a interpretar una breve pieza sencilla.

—Vamos, Isabelle —la instó Preston—. Tu hermano me dijo que no se te daba mal tocar.

—No, por favor. Solo toco de manera pasable aquellas melodías que he ensayado mil veces, y después de la demostración de lady Marian me da una vergüenza horrible.

Ambos siguieron insistiendo y a Isabelle no le quedó más remedio que sentarse en la banqueta alargada, pero cuando examinó las partituras vio que no había ninguna de las que solía tocar. Estaba a punto de levantarse cuando Jackson le quitó los papeles de la mano para echar una ojeada.

—Mira. Esta es fácil. Hagamos una cosa, toquémosla juntos, así si te equivocas no sabrán a quién culpar.

Isabelle no pudo evitar que se le escapara una carcajada y se desplazó en su asiento para dejarle sitio a Jackson. Sabía que estaban dando una imagen de excesiva familiaridad, pero sin duda ese era el paso que debía dar para conseguir sus planes.

«Bastará con su mera presencia distinguida para adornar cualquier salón, sin necesidad de mostrarse demasiado involucrada o cercana en las relaciones con los demás. Una dama, especialmente una de tan alto rango, no debe ser efusiva, ni eufórica ni emotiva», eso le había dicho una y otra vez uno de sus profesores de protocolo. Pero ella no quería ser un florero con una postura perfecta y unos ademanes elegantes, con la única función de engalanar una estancia. Esa no era la vida que quería. Se preguntó qué pensaría si la viera tocando el piano con Preston, bromeando y tratándose con tanta naturalidad delante de los ojos de todos. En especial de los de su propio prometido.

Durante años había fingido asimilar todas aquellas enseñanzas y se había comprometido a aplicarlas a rajatabla en el futuro, pero detestaba aquella pantomima. No le gustaba ser distante e inaccesible, odiaba no poder dar su opinión, y no toleraba ser una carga indeseada para su prometido. Sebastian tenía que saberlo. Solo de esa forma se daría cuenta del error que iban a cometer y podría anular aquel inminente desastre. Esa era la única solución posible. Demostrarle que ella había aprendido a la perfección cómo desempeñar el papel de duquesa, pero que no estaba dispuesta a anularse a sí misma para complacerle, y mucho menos olvidar todos aquellos años de indiferencia que tanto le habían dolido.

Desde el otro extremo de la estancia el duque de Kensington observaba la escena, totalmente ajeno a la conversación que tenía lugar a su alrededor.

—Me temo que nuestro querido doctor ha encandilado a nuestras mujeres, Kensington —bromeó el conde de Hardwick, lo bastante bajo para que nadie más que él lo oyera, ante la mirada poco amigable que Sebastian dirigía hacia el piano—. ¿Crees que deberíamos ir a rescatarlas?

—Será mejor que no. No sería muy educado manchar la alfombra de lady Duncan con la sangre de ese pelele.

Pelele o no, en esos momentos las sonrisas y miradas de Isabelle estaban íntegramente dedicadas a él, y eso estaba empezando a sacarle de quicio.

10

Sebastian echó a un lado la copa que aún tenía a medias y se levantó de la silla intentando no tambalearse demasiado. Le hizo una señal al Jefe con la cabeza para indicarle que se marchaba y este le respondió desde el otro extremo de la sala del Dark con un gesto de la mano. Durante el trayecto hacia la puerta tuvo que deshacerse por segunda vez esa noche de una exuberante pelirroja que se le insinuaba cada vez que tenía ocasión, pero esta vez debió de ser algo más cortante de lo habitual porque la sonrisa pintarrajeada de la mujer perdió intensidad antes de alejarse. No estaba de humor para soportar a nadie esa noche, ni para esforzarse en mantener las formas. No podía deshacerse de la desagradable sensación que lo había aguijoneado desde que había tenido que soportar estoicamente la excesiva complicidad entre su novia y el maldito doctor Preston. Si lo que Isabelle pretendía era desestabilizarle, lo estaba consiguiendo con maestría, y ella era consciente de ello, a juzgar por el mutismo que se había instalado entre ambos en el viaje de vuelta a casa. Había sido difícil resistir el impulso de besarla cuando se despidieron, pero ella había subido los escalones de su casa con tantas prisas que estuvo a punto de tropezar con el ruedo de la falda, y Sebastian prefirió no forzar la situación. Aunque lo había deseado, y de qué manera...

Pero esa noche la actitud de Isabelle no era lo único que lo había llevado al límite. La breve entrevista con Adam Taylor en el recibidor de su casa mientras esperaba a que Isabelle bajara le había puesto de muy mal humor. Había intentado tenerle al tanto de los progresos que estaba haciendo en cuanto a su problema económico y la posibilidad de vender una de las fincas por un precio bastante razonable, pero el muchacho parecía tener la cabeza en otra parte y se limitaba a asentir y a dejar que Sebastian fuese el que tomara las decisiones más peliagudas, como si él no fuera el responsable de ese desastre. Sebastian era un hombre serio, que asumía su responsabilidad desde que era un niño, y no pensaba arreglar el asunto sin la implicación del propio Adam o sabía que corría el riesgo de volver a encontrarse con una situación similar a los pocos meses.

El duque había pagado de sus propios fondos la mayor parte de las deudas pequeñas de su cuñado con el fin de centrarse en lo verdaderamente importante, que los Taylor no perdieran su hogar y su sustento. Aun así, la cantidad no era precisamente despreciable. Pero no era solo cuestión de dinero. A ojos de los demás, Sebastian era un privilegiado, pero él no podía verlo de la misma manera. Llevaba demasiado tiempo cargando con el peso del mundo sobre sus espaldas. Se sentía preso de su posición y sus obligaciones y estaba cansado de que los demás dieran por hecho que él siempre estaría allí para solucionarlo todo, como una gallina que protege a sus polluelos.

Estaba a punto de ponerse bastante serio con Adam cuando su prometida apareció con aquel vestido realmente espantoso, y no le hizo falta pensar demasiado para darse cuenta de que solo lo hacía para provocarle. Por lo visto a Isabelle no le gustaba que nadie le dijese lo que tenía que hacer, y era una agradable sorpresa constatar que ella tenía todo el carácter que a su hermano le faltaba. A pesar de la prenda amorfa y del color indefinible, las mejillas sonrojadas de Isabelle, su actitud altiva y su pelo suelto y salvaje le habían parecido fabulosos. Era una auténtica pena que se hubiese rendido tan pronto y accediese a cambiarse de ropa, ya que habría sido un verdadero deleite seguir arrancándole el vestido allí mismo o dejarse llevar por la tentación de arrastrarla a cualquier otra parte y besarla hasta hacerle perder el sentido. Pero, sin duda, el cambio fue bienvenido. Isabelle había bajado las escaleras vestida con la elegancia y la majestuosidad de una reina. Con la barbilla alta y sin dignarse a mirarlo a la cara, había esperado impasible a que él le colocara una fina capa sobre los hombros. Y fue una suerte que lo hiciera, porque Sebastian dudaba mucho haber podido disimular la expresión embobada de su cara. Estaba simplemente preciosa. Tardó más de lo necesario en colocarle la prenda, disfrutando de la imagen de la piel de su nuca, de los hombros perfectos y de la pequeña porción de su espalda que quedaba al descubierto. Tuvo que hacer un esfuerzo para no sucumbir y morder su carne para lamerla después, aunque horas más tarde, en la soledad del carruaje, se arrepintiera de no haberlo hecho.

Cerró los ojos, apoyó la cabeza en el asiento y sintió como se mareaba por el exceso de alcohol. No sabía en qué momento había empezado a sentir esa atracción por ella, pero estaba seguro de que, si se hubiera molestado en acercarse a su prometida en los últimos años, la hubiese descubierto mucho antes. Isabelle había cambiado, lo cual era lógico porque se había convertido en una mujer. Ya no era aquella chiquilla que pretendía llamar su atención, consiguiendo todo lo contrario.

Recordaba las visitas de su infancia a la casa de los Taylor como un verdadero castigo, y si no hubiese sido tan contenido, se habría dejado llevar por la frustración y habría pataleado y destrozado los muebles cada vez que su padre se lo ordenaba. No debería haberle impuesto sus obligaciones a una edad tan temprana. A pesar de que era un niño responsable, no supo digerir que su vida había cambiado cuando con once años lo montaron en el carruaje acompañado de su padre y su abogado para llevarlo a la casa de los Taylor. Sebastian solo quería jugar. El lago se había congelado por fin, y sus primos y sus amigos se habían ido a patinar. Sin embargo, Sebastian, que llevaba esperando ese momento desde que empezó el frío, tuvo que tragarse la rabieta, ponerse el traje de los domingos y demostrar que sus lecciones estaban dando sus frutos. Por más que lo intentó fue incapaz de dejar de fruncir el ceño, con los hombros encorvados hacia delante en aquel rígido sofá, mientras todos se congregaban alrededor de aquel bebé. Aquella niña no sabía hacer nada interesante, aparte de tirar de los lazos de su chaquetita de lana para metérselos en la boca y balbucear en su propio idioma, pero todo el mundo insistía en preguntarle qué le parecía.

—¿Verdad que es bonita, Sebastian? Vuestros hijos sin duda tendrán unos ojos preciosos —había dicho con poco tino una anciana a la que no conocía y que se mecía en una butaca sin quitarle los ojos de encima.

Hijos. ¡Santo Dios! Todavía hoy le seguía pareciendo una aberración que alguien tratara ese tema con un crío asustado, que en lo único en lo que podía pensar era en jugar con la peonza que llevaba escondida en el bolsillo de la chaqueta. Alguien con menos tino aún decidió que era buena idea que cogiera en brazos a la pequeña, que ni siquiera sabía andar. Completamente rígido y aterrorizado por si la niña se caía al suelo, Sebastian sintió que sus brazos se entumecían debido a los nervios. La pequeña debió de percibir la tensión porque se puso a llorar y a retorcerse de manera implacable, hasta que su madre se la quitó de los brazos para consolarla. Desde entonces, se había ido fraguando en su interior una especie de secreta aversión hacia ese destino en el que él no tenía ni voz ni voto. Con el tiempo ese sentimiento había ido creciendo, a medida que iba madurando, y la chiquilla escuálida comenzaba a intentar agradarle, probablemente por orden de sus mayores.

A lo largo de los años, como por obra y gracia del destino, cada vez que Sebastian tenía algún plan en mente, su padre decidía que era un buen momento para visitar a los Taylor. En muchas ocasiones estuvo tentado a revelarse ante las severas imposiciones que le hacían sentirse como una marioneta en manos del ducado. Pero su progenitor era un hombre justo y noble y no podía defraudarle. Sebastian podía divertirse y disfrutar con sus amigos, pero sin perder de vista sus obligaciones, y el viejo duque se encargaba de dejárselo bien claro en interminables conversaciones destinadas a apaciguar su rebeldía de adolescente.

—Hijo, sé que el camino hacia el ducado es severo y a menudo intransigente. No espero que lo entiendas aún. Pero mira a tu alrededor. Somos una familia feliz. Tú y tus hermanos tenéis por delante un futuro prometedor. Tu madre es una mujer maravillosa y yo hago lo que está en mi mano para que seáis felices. ¿Y sabes por qué eso es así? Porque Peter Taylor se jugó el trasero para sacarme de una zanja, mientras mi pierna chorreaba sangre, cuando nadie más lo hizo. Si él no me hubiera salvado de los franceses, yo no hubiera vuelto de la guerra. Tú no habrías nacido. ¿Lo entiendes? Nuestra vida es posible gracias a los Taylor. Y sé que no viviré lo suficiente para agradecerle todos estos años que he podido disfrutar junto a vosotros. Cuando yo muera, la responsabilidad de su bienestar recaerá en ti, Sebastian, y espero que no me defraudes.

A pesar de que había dado su palabra y de que en el fondo entendía sus razones, eso no hacía que cumplir con su obligación fuera más sencillo. En pleno apogeo juvenil encontraba atractivas a las mujeres delgadas, a las rellenitas, a las morenas y a las pelirrojas… En fin, a cualquiera que pudiera darle un poco de cariño. Se le hacía imposible ver en aquella cría sin formas, con esos enormes ojos azules demasiado separados entre sí y esa voz irritante, a una futura mujer atractiva con la que compartir el resto de su vida. Tampoco ayudaba que Isabelle se quedase embobada mirándolo, como si fuese el mismo dios Apolo, lo que hacía que deseara irse de su casa antes siquiera de haber llegado a la rutinaria visita.

Se sentía frustrado, decepcionado con su porvenir y atado de pies y manos, y despreciaba profundamente la idea de tener que someterse y tomar por esposa a una persona que ni siquiera le caía bien. Pero estaba condenado sin solución. Por eso, cuando su padre falleció, se centró por completo en los asuntos del ducado con tanto ahínco que siempre encontraba la excusa perfecta para no ir a ver a su novia. No lo hacía con ánimo de ofender a Isabelle, pero el tiempo había ido pasando y las visitas eran cada vez más espaciadas, al no haber nadie con la suficiente autoridad para imponérselas. Poco a poco Sebastian se centró en su vida, sus negocios, su rutina, y aplacó su mala conciencia diciéndose a sí mismo que tarde o temprano cumpliría su promesa y acataría el contrato matrimonial, que, por suerte para él, no tenía fecha de caducidad.

Durante los últimos años se habían visto tan pocas veces que se habían convertido prácticamente en dos desconocidos, pero la actitud cada vez más silenciosa y esquiva de Isabelle le indicaba que ella tampoco estaba ansiosa por cumplir con su obligación, por lo que decidió dejarla tranquila para que viviera su vida hasta que llegase el inevitable momento de su boda. Pero el reloj ahora jugaba en contra de los dos. Las presiones por parte de su madre, la duquesa viuda, eran casi feroces, y no podía culparla.

Había permanecido tan ajeno a esa realidad y a su futuro con Isabelle que no había prestado atención a las murmuraciones sobre el poco interés que mostraba en su prometida, sin darse cuenta de que para ella la situación sería bastante más delicada que para él. Se había equivocado y había llegado el momento de revertir todo el daño que había causado con su desidia. Era hora de cumplir su obligación y darle a Isabelle el trato digno que merecía, pero no había esperado encontrarse con una fierecilla insolente a la que controlar. Y la verdad es que la idea resultaba apasionante.

11

La invitación de los Greenwood no tardó en llegar y esa misma semana lady Marian le mandó una nota pidiéndole que los acompañara en su palco para asistir a la ópera. Lady Balfour y lady Duncan también asistirían, e Isabelle no dudó ni por un momento en aceptar la invitación. Eligió un vestido de escote cuadrado en un tono verde aguamarina y, para no torturar demasiado a su cocinera, se peinó ella misma con un sencillo recogido y la mayor parte del pelo cayendo en una cascada de rizos sobre la espalda. Durante el trayecto habían observado más gente en la calle de lo habitual a esas horas, pequeños grupos de personas que parecían hablar entre ellos y observaban con suspicacia cómo pasaban los carruajes. Isabelle tuvo un mal presentimiento, pues a pesar de la distancia podía notar el ambiente enrarecido, aunque no quiso preocupar a las dos ancianas, que permanecían distraídas con su incesante cháchara.

El teatro era un recinto de nueva construcción, bastante más pequeño que el resto de los teatros de la zona más noble de la ciudad, aunque igual de lujoso. Estaba consiguiendo atraer un número importante de espectadores de la aristocracia más esnob, con espectáculos nuevos y de gran calidad, y preferiblemente que no se hubiesen representado antes en Londres. De hecho, se rumoreaba que habían hecho una considerable inversión al contratar a una de las compañías que había triunfado el año anterior en París.

Los condes saludaron a Isabelle y a las dos ancianas con familiaridad cuando las recibieron en su palco. Lady Marian parecía encantada con el lugar, pero su esposo Andrew se veía algo tenso y no dejaba de mirar a su alrededor como si estuviera buscando algo que no encajase. Antes de que llegaran a tomar asiento, la cortina del palco volvió a abrirse y el duque de Kensington apareció, impecable como siempre, aunque con el rostro bastante serio. Isabelle fue plenamente consciente de que se había ruborizado hasta la raíz del cabello, e incluso había titubeado un poco. No esperaba que el duque también acudiera esa noche, pero debería haber deducido que, siendo amigo de los condes, estaría incluido en la invitación. Tras saludarla brevemente y con más sequedad de la habitual, Kensington se centró directamente en hablar con Andrew. Marian intentó entablar conversación con las damas, pero a pesar de que no eran íntimas amigas, para Isabelle fue obvio por la tensión de sus gestos que tenía puestos los cinco sentidos en la conversación de los caballeros. Sin borrar la sonrisa de su rostro se dirigió a su esposo.

—Andrew, cariño. ¿Todo bien? —Hardwick miró al duque, que se limitó a encogerse de hombros y a hacerle una señal con la mano para que hablara.

—Esta mañana ha habido un accidente en una de las fábricas —comenzó a relatar Andrew.

—¿En las nuestras? —preguntó la condesa visiblemente preocupada.

—No, por suerte nosotros no hemos tenido ningún percance de consideración hasta ahora y ponemos todo de nuestra parte para que así sea. En la fábrica de los Welsch. Una máquina que no había sido revisada ha fallado y se ha producido un pequeño incendio.

—Un chico está grave y otro ha fallecido, no era más que un niño —concluyó el duque con semblante serio—. El ambiente está un poco tenso en las calles.

—Eso me ha parecido cuando veníamos hacia aquí. He visto mucha más gente de lo habitual y me ha resultado extraño —apuntó Isabelle y Kensington asintió.

—El problema es que existen grupos de agitadores que aprovechan este tipo de desgraciados sucesos para alentar a los demás y provocar altercados.

—¿Con qué fin? —preguntó Marian apretando la mano de su marido en un acto espontáneo.

—Hay muchos fines. Políticos, económicos… e incluso hay gente a la que simplemente le gusta la violencia y aprovecha la desgracia ajena para promoverla —explicó el duque.

Andrew no consentía que se explotara a sus trabajadores, ni a los de sus fábricas ni a los de su finca ni a su servicio personal, y había sido defensor en el Parlamento, al igual que Sebastian, de cualquier ley que pudiera favorecer un trato justo para los obreros. Sentía un desprecio infinito hacia todo aquel que se enriquecía sin mesura a costa del sudor, la salud y hasta la vida de los demás.

—Quizá no ha sido buena idea venir esta noche, cariño. Pero no esperaba que ocurriera esto; por lo que me habían dicho, la policía estaba vigilando para que el asunto no se fuera de las manos. A Sebastian le han llegado algunos rumores preocupantes, la gente está en pie de guerra y puede haber altercados.

—¿Creéis que sería buena idea marcharnos? —preguntó lady Balfour preocupada.

—Sería lo mejor. El dueño del teatro pertenece a la familia propietaria de las fábricas —aconsejó Kensington observando a su tía, que palidecía por momentos.

No se habían percatado de que ya pasaban cinco minutos de la hora de comienzo de la función y sin embargo las luces seguían encendidas y el telón en su lugar. Un murmullo de intranquilidad se extendía entre los espectadores del patio de butacas, mientras empleados del teatro comenzaban a acercarse para hablar con ellos. Un lacayo abrió la cortina de su palco con la cara desencajada por la preocupación y tras una inclinación de cabeza se dirigió directamente al conde de Hardwick. Como habían intuido, los alborotadores habían conseguido su objetivo y habían dirigido a una multitud indignada hacia varios puntos de la ciudad, entre los que se encontraban la gran mansión familiar de los Welsch en Beckley Square, la fábrica y el teatro. La policía había establecido un cordón de protección en la puerta principal, donde a estas alturas ya se congregaba un gran número de indignados que portaban antorchas y palos y gritaban consignas contra las clases altas. El lacayo les informó de que estaban comenzando a evacuar a los asistentes por las salidas laterales y los condujo junto con otros cuatro caballeros a través de una empinada escalera que daba a un callejón. Todos mantenían un silencio sepulcral, solo interrumpido por los sollozos de lady Balfour, que se aferraba al brazo de lady Duncan, presa del nerviosismo. Sebastian e Isabelle eran los últimos de la comitiva. El duque, con una mano firmemente en su cintura, no la soltó en ningún momento, y aunque fuera ilógico, ese simple gesto bastaba para que Isabelle sintiera que nada podría hacerle daño.

Cuando llegaron a la salida se incrementaron los gritos y abucheos de más de una veintena de manifestantes, que esperaban en un extremo del callejón agitando sus faroles y antorchas. A pesar de la tensión y el dolor que reflejaban sus caras no parecían violentos, y apenas dos policías y un par de empleados del teatro bastaban para mantenerlo todo bajo control. Los cuatro caballeros que los precedían corrieron hasta el carruaje que los esperaba sin mirar atrás y la gente comenzó a gritar más enfurecida, provocando que uno de los policías se pusiera nervioso y empleara la porra contra varios de ellos. El carruaje de los Hardwick llegó y decidieron que las dos ancianas viajaran con ellos para no hacerlas esperar. Sebastian se ocuparía de cuidar de su prometida. Pero la tensión hizo mella en lady Balfour, y, antes de montar en el carruaje, sufrió un pequeño desmayo. Sebastian, que permanecía con Isabelle esperando en la salida del teatro, soltó una maldición entre dientes y acudió a ayudar a introducir a su anciana tía en el vehículo, advirtiéndole antes a Isabelle que permaneciera donde estaba, acompañada por el lacayo.

El ambiente era opresivo, y aunque no era probable que llegasen a atacarles, permanecer allí aguantando los gritos y los insultos resultaba inquietante. La policía intentó hacerles retroceder, pero comenzaron a empujarse entre ellos y hubo un momento en que la tensión se adueñó del estrecho callejón. De pronto Isabelle se percató de que un niño de unos seis o siete años se había quedado atrás, apartado de los mayores, y permanecía llorando y asustado apoyado en una de las paredes del callejón sin saber muy bien cuál era su lugar. Miró hacia el carruaje y vio que Sebastian todavía estaba ayudando a las damas a montar en el vehículo con las aparatosas faldas y el nerviosismo jugando en su contra, y durante un momento de duda no supo si debía acercarse. Pero se trataba solo de un niño aterrorizado por la furia de los mayores, que había escapado de la protección de sus padres, mientras la policía continuaba intentando replegarlos. Se acercó despacio tratando de no llamar demasiado la atención y se agachó para ponerse al mismo nivel del niño, que dio un respingo al notar una mano sobre su brazo.

—¿Estás bien? —Trató de consolarlo acariciándole la mejilla con delicadeza y se estremeció al ver que temblaba—. Tranquilo, no te va a pasar nada. Buscaremos a tu familia, ¿de acuerdo?

—Quítale las manos de encima a mi hijo, ¡zorra! —El grito la pilló por sorpresa. Una mujer se acercó hasta ellos furiosa, esquivando a uno de los policías, que no pudo hacer nada para retenerla por temor a que todo se descontrolara. Apartó al muchacho de forma brusca, empujando de paso a Isabelle, que perdió el equilibrio y acabó tirada en el suelo sobre el barro del callejón. El escuálido cuerpo del niño, asustado y nervioso, comenzó a sacudirse con un llanto aún más profundo mientras su madre lo pegaba a su delantal.

—Solo quería saber si estaba bien… —susurró Isabelle con apenas un hilo de voz encogida sobre sí misma, mientras la mujer le gritaba improperios e insultos y levantaba la mano como si pretendiera agredirla.

De repente, la mujer dejó de gritar y se limitó a mirarla con un profundo asco. Sebastian llegó hasta ellas intentando controlarse, pues sabía que en una situación así un gesto brusco podría desencadenar el desastre, a pesar de que lo único que le pedían sus instintos era alejar a su prometida de allí cuanto antes. Se agachó para asegurarse de que Isabelle estaba bien y la cogió de la cintura para ayudarla a ponerse de pie.

—Tranquila, Isabelle. Quiero que retrocedas despacio y te quedes junto al lacayo. ¿De acuerdo? —susurró con voz calmada junto a su oído. Isabelle cerró los ojos y suspiró de alivio, mientras él dirigía su atención a la mujer—. Señora, la joven no pretendía hacerle daño a su hijo, todo lo contrario.

—Eso decís todos los ricachones, que no queréis hacernos daño, pero solo sois basura. ¡Sanguijuelas! —gritó.

—No queremos problemas. Ocúpese del niño, por favor. Está asustado. —La voz de Sebastian era tan suave que podría haber hipnotizado a una serpiente, y la mujer comenzó a retroceder intimidada por él.

—Escoria —sentenció escupiendo al suelo antes de perderse entre el grupo, que no dejaba de gritar, arrastrando a su hijo con ella.

Sebastian miró de soslayo a Isabelle para asegurarse de que le había obedecido, y con una seña le indicó al lacayo que la acompañara hasta su carruaje, que acababa de ocupar el lugar que había dejado el vehículo de los Hardwick. Con paso tranquilo, se acercó hasta el débil cordón de protección que formaba la policía. Isabelle trató de resistirse, no quería dejarle solo ante aquellos hombres impredecibles, pero quedarse allí o montar una escena podría complicar todavía más las cosas. Al instante, los gritos parecieron incrementarse hasta que uno de los hombres de la primera fila levantó el brazo y los hizo callar. Desde donde Isabelle se encontraba, lo único que podía ver era cómo todos parecían mirar a Sebastian sobrecogidos por su autoritaria presencia, mientras él se limitaba a asentir a lo que le relataba el hombre que les había hecho callar. Durante lo que parecieron unos minutos interminables, Isabelle intentó sin éxito entender lo que estaba pasando. Su prometido conversaba con ese hombre, que retorcía la gorra entre las manos y gesticulaba bastante afectado. Al fin Sebastian le tendió la mano, que se estrecharon con energía, aunque con el semblante apenado, y con un gesto brusco el hombre pareció secarse las lágrimas. Poco a poco los manifestantes se fueron dispersando y al fin Kensington se dirigió hasta el carruaje, que emprendió la marcha en cuanto él se subió.

—¿Estás bien? ¿Te ha hecho daño? —preguntó él, cogiéndola del mentón para que lo mirara a los ojos. Su semblante reflejaba una expresión preocupada.

—Sí, no ha sido nada. Estoy bien —le tranquilizó. Pero en realidad no estaba bien, su corazón aún latía como si estuviera a punto de escaparse de su pecho, pero no por los gritos que esa mujer le había proferido, sino por la imagen de Sebastian enfrentándose a toda esa gente enfurecida. No se había dado cuenta de la tensión que atenazaba sus músculos hasta que Sebastian estuvo de vuelta en el carruaje, sano y salvo—. ¿Qué ha ocurrido? ¿Quién era ese hombre con el que hablabas?

Sebastian suspiró profundamente intentando librarse de la sensación desagradable que se aferraba a su pecho. El accidente, ese pobre chico que había perdido la vida demasiado pronto, el sufrimiento, la desesperación y la rabia de esas familias. Él jamás había vivido algo así de doloroso, pero no resultaba difícil ponerse en su lugar y entender sus acciones. Pero no era eso lo único que le había afectado. Ver a Isabelle expuesta y recibiendo unos insultos que no se merecía le había revuelto el estómago y se sentía culpable por no haber podido evitarlo.

—Ese hombre es el tío del muchacho herido en el accidente. Solo quieren ser escuchados y necesitan justicia. Como ya te he dicho, el problema no es que ellos exijan sus derechos o expresen su indignación. El problema son los violentos que se infiltran entre ellos, que prenden la mecha aprovechando la frustración y el dolor ajeno.

—Pobre familia.

Sebastian asintió y siguió hablando con la vista perdida en la ventana, como si estuviera solo en el vehículo.

—Debe de ser muy duro perder a un hijo, y más aún presenciar un final tan atroz y no poder hacer nada por evitarlo.

Los padres y uno de los hermanos del chico que ha fallecido también trabajan en la fábrica. Están destrozados.

—No quiero ni imaginar lo que tienen que estar sufriendo. ¿Cómo has conseguido que se tranquilicen?

—Escuchándolos. Ellos también tienen necesidades, pero a menudo nadie les presta atención.

Isabelle lo miró sorprendida; sin duda no esperaba ver ningún rastro de humanidad en alguien tan despótico y, a primera vista, tan alejado de aquella gente, pero parecía realmente consternado por lo ocurrido.

—Nadie puede reparar la pérdida que han sufrido, pero les he dado mi palabra de que apoyaré y promoveré en el Parlamento cualquier ley que regule la seguridad de los trabajadores. Se han hecho algunos avances, pero todavía queda muchísimo trabajo por delante, y el principal problema es conseguir que los dueños de las fábricas apliquen cada nueva norma. Me he comprometido a conseguirle un nuevo empleo a la familia, no debe de ser demasiado agradable ir cada día a trabajar al lugar donde has visto morir a tu hijo.

—No esperaba que… que te implicaras tanto —dijo en un susurro tan bajo que dudó que él la hubiera oído. Sebastian apartó la vista de la ventana para clavarla en ella.

—Mi padre siempre me inculcó que, ante todo, un hombre debe ser justo y magnánimo. Que seas un privilegiado no te exime de hacer todo lo que puedas por los que no tienen tanta suerte, todo lo contrario. No he hecho nada memorable, solo los he escuchado y les he presentado mis respetos.

—Es más de lo que la mayoría haría —admitió Isabelle sin poder deshacerse del todo de la sorpresa que eso le provocaba.

—Es irónico. Después de tantos años somos prácticamente dos desconocidos —dijo Sebastian inclinándose hacia delante y cogiendo la mano de Isabelle entre las suyas.

No era irónico. Era triste, era doloroso y era injusto. Isabelle abrió la boca para darle la razón, para echarle en cara que todo era por su culpa o para restregarle que eso ya no le importaba en absoluto. Pero mientras sentía cómo él trazaba lentos círculos con los pulgares en el dorso de su mano provocándole una deliciosa corriente, su mente no podía pensar en otra cosa que en aquellos brillantes ojos verdes clavándose en los suyos, en su boca y en las ganas acuciantes de que volviera a besarla. El carruaje se detuvo con un ligero vaivén, rompiendo aquel extraño momento, y el lacayo que acompañaba al cochero se apresuró a abrir la puerta del vehículo. En ese momento Isabelle se dio cuenta de la impresionante fachada de piedra blanca que tenía delante. Estaban en Kensington House.

12

Isabelle miró a Sebastian con la pregunta escrita en la cara y él se limitó a encogerse de hombros.

—Aún hay grupos de exaltados por ahí, y algunos son peligrosos. No voy a arriesgarme a cruzar la ciudad contigo en estas circunstancias.

—Pero…

—No, Isabelle. No hay peros —la interrumpió levantando la mano sin dar lugar a réplica—. De todas formas, dudo que alguien te espere en casa. Tu hermano no llegará hasta el amanecer, mandaré a alguien para dejarle un aviso.

Sabía que debería negarse, y odiaba que decidiera por ella, pero esa noche se sentía confusa y agotada. Y puede que incluso un poco vulnerable. Su vida siempre había sido tranquila, nadie la había insultado ni gritado de manera tan cruenta como aquella mujer, ni había temido por su seguridad. Ver a Sebastian exponerse de esa manera al acercarse a los manifestantes había acabado con sus nervios, y se sentía tan aturdida que no encontraba fuerzas para rebatir sus palabras. Solo pudo dejarse conducir por el duque hasta una de las habitaciones, la que pertenecía a su hermana Philippa.

Lady Philippa tenía buen gusto y se notaba en cada rincón de su habitación. Las paredes estaban cubiertas por papel de delicado color salmón, a juego con el alegre estampado floral de las cortinas y los cojines. El dosel y la colcha estaban confeccionadas en tela de tonos verdes, y observándolo todo en conjunto uno tenía la sensación de haber robado un trozo de primavera. En aquella estancia reinaba la vitalidad y la alegría, aunque no estaba muy segura de si la vida de su dueña podría calificarse de esa forma, al menos en lo que se refería a los últimos años. Aunque conservara el título de cortesía de lady por ser hija de un duque, su apellido de casada no tenía nada que ver con la nobleza. Isabelle no la había tratado demasiado y, a pesar de ser casi de la misma edad, sus vidas habían sido muy distintas. Philippa había sido presentada en sociedad a los diecisiete años y antes de que la temporada acabase se anunció de manera apresurada su compromiso con uno de los libertinos de peor reputación del momento, quince años mayor que ella. Sobrino de una familia de nobles empobrecidos, guapo como el mismo diablo y probablemente igual de maligno que él, el señor Cromwell no tuvo que esforzarse demasiado para engatusar a una niña inocente, que cayó rendida ante su palabrería. Ese mismo verano se celebró una boda sencilla, muy alejada de lo que se esperaba de la heredera de los Kensington. A principios del año siguiente dio a luz a unos preciosos mellizos, niño y niña, y un par de meses después su esposo fallecía en un accidente doméstico que levantó muchas suspicacias. Parecía que la hermana de Sebastian había tenido mucha prisa por empezar a vivir y había quemado la mecha demasiado pronto.

Isabelle se miró al espejo y arrugó la nariz al ver cómo le quedaba el camisón que había tomado prestado a lady Philippa. Era bastante alta y tenía el mismo cuerpo esbelto de todos los Morton, por lo que la prenda apenas le cerraba, así que se ajustó una delicada bata a juego en un gesto de pudor a pesar de estar sola en la habitación.

Unos suaves golpes en la puerta la hicieron levantarse de un respingo del asiento del tocador. Sebastian apareció en el umbral en mangas de camisa, sin perder ni un mínimo de su elegancia habitual. Dios, ¿por qué tenía que ser tan atractivo? En comparación, Isabelle se sentía en desventaja, con el pelo encrespado a pesar de haberse pasado el cepillo infinidad de veces y el camisón cortándole la respiración.

—Solo venía a ver cómo estabas. Siento que no hubiera ninguna doncella para atenderte, pero cuando mi hermana y mi madre se van al campo, se llevan a su servicio personal.

—No te preocupes, el ama de llaves ha sido muy amable. Espero que a tu hermana no le moleste que haya tenido que usar sus cosas.

—Seguro que no. —Sebastian acortó la distancia que los separaba en un par de pasos sin darse ninguna prisa. Apartó un bucle que rozaba la mejilla de Isabelle y se lo pasó por detrás de la oreja, rozándola de manera tan suave que incluso ella dudó si había sido real o solo había imaginado su contacto.

Instintivamente dio un paso atrás para poner algo más de espacio entre ellos. Había pasado un mal rato, aunque no había tenido mayores consecuencias. Pero no podía dejar de imaginarse el dolor de esas familias, la injusticia que atacaba siempre a los más débiles, y todo eso hacía que sus sentimientos estuviesen a flor de piel. La tentación de dejarse consolar por la seguridad que emanaba del duque era demasiado apetecible, pero no tenía intención de mostrarse débil e insegura. No ante él.

—¿Estás mejor?

—Estoy bien, es solo que no he sabido reaccionar. Pero en realidad…

Sebastian sonrió.

—No tienes que sentirte mal por haberte asustado. No era una situación sencilla.

—No tenía miedo, es solo que no me esperaba algo así —insistió testaruda, negándose a reconocer que había estado aterrorizada ante la idea de que él pudiese sufrir algún daño.

—Pues qué suerte, porque yo sí he pasado miedo —reconoció con una media sonrisa. Isabelle parpadeó sorprendida, y por un momento no supo si estaba hablando en serio—. No me mires así. Claro que estaba asustado. Dos ancianas en estado de pánico, un par de aristócratas estirados y dos damas hermosas y terriblemente respondonas. Éramos el blanco perfecto.

La carcajada espontánea de Isabelle le hizo sonreír de nuevo.

—No esperaba que alguien como tú reconociera algo así —dijo sin pensar.

—Alguien como yo... —repitió Sebastian casi para sí mismo—. ¿Crees que soy menos hombre por reconocer que algo me asusta? Todos tenemos debilidades, y el miedo a menudo es el mejor mecanismo de defensa que existe.

Sebastian se había acercado de nuevo sin darse cuenta, como si su cuerpo se moviera por voluntad propia, y deslizó el dorso de su mano en una suave caricia por la mejilla de Isabelle.

—Será mejor que te deje descansar. —Antes de que ella fuese consciente de lo que iba a pasar, le depositó un suave beso en los labios que terminó igual de rápido que había empezado. El ruido de la puerta al cerrarse tras él la sacó del aturdimiento en el que ese roce la había sumido.

El ama de llaves volvió a la mañana siguiente para ayudar a Isabelle a vestirse y después le indicó dónde se servía el desayuno. Sebastian estaba en su despacho y no se reuniría con ella. No quiso analizar si la sensación que la había aguijoneado al saberlo era realmente desilusión, pero prefirió enmascararlo con un ataque de indignación por haber sido ignorada de nuevo. Encontró un chal de encaje de color crema y se lo colocó para disimular un poco el escote del vestido, demasiado atrevido para lucirlo de mañana, y el resultado fue bastante aceptable. Acarició la tela mientras pensaba de nuevo en su futura cuñada. Las pocas veces que Isabelle coincidió con Philippa no tuvo la impresión de que fuera una mujer feliz, a pesar de haber conseguido aparentemente lo que deseaba. Su rostro siempre estaba serio y al echar la vista atrás, recordó que ni siquiera el día de su boda la vio sonreír.

Isabelle no quería ser ese tipo de mujer, solitaria y amargada, una mujer que, por alguna razón que ella desconocía, había acabado siendo una sombra huidiza que vivía alejada de todo y de todos. Una mujer resignada a su destino. No podía ceder solo porque hubiese encontrado un poco de humanidad en el duque, no podía dejarse arrastrar por la añoranza de todos esos besos que nunca había recibido. Ella quería ser feliz, tener poder de decisión sobre su vida, y si llegaba el momento de casarse, quería sonreír de manera radiante para que todos fueran testigos de su dicha. ¡Qué demonios!, quería reír a carcajadas y girar con los brazos extendidos, descalza sobre la hierba fresca, ante la mirada enamorada de su esposo. Y seguro que esa no era la actitud que el magnífico Kensington esperaba de su duquesa.

Bajó las escaleras con la determinación de quien tiene poco que perder y todo que ganar, concretamente la libertad para decidir sobre su futuro. Ese momento era tan bueno como cualquier otro para exponerle al duque de Kensington lo que opinaba de aquel maldito contrato matrimonial que los amarraba a ambos contra su voluntad. Esa noche había descubierto en Sebastian una arista de su carácter que desconocía; puede que dentro de él también hubiera una parte comprensiva y razonable que entendiera lo injusto que era todo aquello, que pudiera ver que ella había esperado demasiado tiempo y sus ilusiones se habían marchitado. No quería seguir siendo la novia eterna, no podía permitirse continuar sufriendo por él. Nadie podía empezar una vida en común usando como cimientos la obligación y la desilusión.

Se dirigió hacia el despacho del duque y se detuvo con el puño en alto durante unos segundos antes de golpear la madera de la enorme puerta. Mientras esperaba pensó que nunca había visto una puerta tan alta e imponente como aquella, pero probablemente todo en Kensington House era tan grande y notable como su dueño. Se llenó los pulmones de aire una, dos, tres veces, intentando encontrar el aplomo necesario para acometer la mayor empresa de su vida: cambiar su destino.

Sebastian odiaba ser interrumpido mientras trabajaba, especialmente cuando estaba reunido, y miró con cara de circunstancias a Milton, su administrador, antes de dar permiso a quien fuera que osara interrumpirlo. Su cara se suavizó un poco al ver a Isabelle en el umbral, pero aun así su tono sonó algo brusco al dirigirse a ella.

—¿Necesitas algo, Isabelle? —Ambos hombres se levantaron cuando la vieron entrar y Milton hizo una torpe reverencia.

—No sabía que estaba reunido, excelencia. —A Sebastian le chirrió que volviera a usar el tono formal, pero supuso que era por la presencia de su empleado—. Necesitaba hablar con usted unos minutos.

Al verlo tan imponente en un espacio donde él era el único dueño y señor, Isabelle tuvo la imperiosa necesidad de acabar con aquello cuanto antes. Le había costado demasiado reunir el valor para plantearle lo que pensaba, y en su cabeza ya había armado mentalmente su pequeño discurso. No estaba dispuesta a marcharse y volver a esperar una oportunidad propicia para ello, que bien podía no llegar nunca.

—Ya casi estamos terminando, puedes esperarme en el salón o…

—No puedo esperar… —le interrumpió ansiosa y un tanto cortante. Ahora que había reunido las fuerzas y la determinación necesarias, no quería arriesgarse a flaquear.

—¿No he sido lo bastante claro? —preguntó enarcando una ceja. Si hubiera estado solo, la insolente prisa de Isabelle le habría resultado divertida, pero delante de Milton no podía dejarse manejar de esa manera.

—Se lo ruego. Serán solo unos minutos y después podrá seguir con su reunión. Quiero volver a casa cuanto antes —insistió ella con tozudez.

Sebastian se reclinó en su sillón y la miró con los ojos entrecerrados. Si había algo que no soportaba era la gente caprichosa que exigía salirse con la suya sin atenerse a razones lógicas, y no le iba a dar el gusto de dejar su reunión a medias solo porque ella no quisiera esperar unos minutos.

—Espera afuera —ordenó con un gesto autoritario, mientras Milton se encogía sobre sí mismo, fingiendo leer unos papeles para mantenerse ajeno al tenso intercambio de la pareja.

Isabelle maldijo entre dientes, algo que ambos hombres se esforzaron en ignorar, y salió cerrando la puerta con más fuerza de la necesaria. Sabía que no había actuado como lo haría una dama discreta, ni siquiera como ella solía hacerlo, pero ese era un motivo más para que Sebastian la escuchara. Se había cansado de ser discreta. Dio varios pasos para buscar alguna sala, pero estaba tan ofuscada que decidió esperarle allí mismo, en el pasillo. El muy patán la había echado de su despacho y en esos momentos eso servía para reafirmar más aún su decisión. Se detuvo delante de una mesita dorada situada en el corredor. Sobre ella tres caballos tallados elevaban sus patas al cielo, como si estuvieran rebelándose contra todo, dispuestos sobre la superficie lacada con total simetría, en una orientación perfecta y ordenados en una escala de mayor a menor. Sebastian y su casi enfermiza manía por el orden.

Dos de los caballos eran de cristal tallado, realmente impresionantes. Pero a Isabelle le llamó la atención el más pequeño de todos, de madera pintada y algo desgastado por el uso, y que comparado con los otros parecía el juguete de un niño. Pasó los dedos sobre su superficie y en un pequeño gesto de maldad infantil, los cambió de posición, desordenándolos. Dio un respingo cuando la puerta del despacho se abrió de golpe y Sebastian apareció bastante airado, dirigiéndose a ella a grandes zancadas. Por lo visto, la curiosidad o el enfado habían hecho que al final dejara la reunión inacabada.

—¿Puede saberse qué es tan urgente para dejarme en evidencia delante de uno de mis empleados?

—Tenemos que hablar. —Fue la escueta respuesta, ignorando su enfado.

—Eso ya lo has dicho, pero vas a portarte como la joven educada que se supone que eres y vas a esperar a que termine la reunión. Dile al ama de llaves que te lleve unas galletitas para mantenerte entretenida mientras tanto.

—No me trates como si fuera una niña. —Isabelle jadeó indignada y dio una patada en el suelo.

—Pues esa es justo la imagen que acabas de dar, la de una niña consentida y caprichosa exigiendo un poco de atención —la provocó Sebastian cruzando los brazos sobre el pecho y conteniéndose para no sonreír. Le resultaba tan adorable como irritante esa faceta provocadora e insolente que estaba descubriendo en ella.

—Cómo te atreves, maldito arrogante.

—De qué quieres hablar, Isabelle. Mi administrador me está esperando y, créeme, su tiempo no me resulta precisamente barato.

—¿Sabes qué? Es sobre algo de vital importancia, pero si quieres saberlo tendrás que ser tú quien venga a buscarme —contestó dándole la razón y comportándose como una niña enfurruñada.

—Me mata la curiosidad —repuso sarcástico—. Espera a que termine y podrás aclararme con todo lujo de detalles a qué se deben tus prisas.

Sebastian era consciente de que le sería imposible retomar el trabajo y concentrarse en algo que no fuera ella, que su mente se perdería en las mil y una cosas que Isabelle podría decirle y en el millón de cosas que él quería hacerle, pero no daría su brazo a torcer. Así que simplemente se dio la vuelta para volver a su despacho, no sin antes ordenar meticulosamente las figuras que Isabelle había desordenado. Isabelle estuvo tentada a hacerle algún gesto burlón mientras se alejaba, pero por suerte no lo hizo, ya que en ese momento él giró sobre sus talones y acortó la distancia que los separaba. Sin previo aviso enterró las manos en su pelo y atrapó sus labios en un apasionado beso que la dejó sin respiración. Su lengua buscó la suya con fiereza y ella solo tuvo voluntad para devolverle cada movimiento, cada roce, cada pequeño mordisco. Sebastian deslizó la lengua sobre su boca dibujando su contorno y sonrió al sentir que ella dejaba escapar el aire en un suspiro atormentado. Quería más, y él se lo daría encantado en ese mismo momento y durante el resto de su vida.

—Volveré pronto —susurró contra su boca. Tras depositar un beso cariñoso en la punta de su nariz se marchó con una sonrisa malévola, lo cual contribuyó a que el enfado de Isabelle creciera todavía más, aunque no estaba segura de si el depositario de su ira era Sebastian o ella misma por su maldita debilidad. Si ese arrogante pensaba que estaría allí esperando a que dispusiera de un minuto que dedicarle, estaba equivocado. De nuevo, ella era la última en la larga lista de quehaceres diarios. De nuevo, a la novia eterna le tocaba esperar. Bufó frustrada.

—Bien, Sebastian, si me ignoras, te pagaré con la misma moneda —se dijo a sí misma mientras se dirigía hacia la salida, no sin antes desordenar la posición de los caballos de cristal con una sonrisa perversa.

13

Ten la seguridad de que no podré dormir con tranquilidad hasta que sepa de qué querías hablar conmigo, pero debo ir a Southkent Cottage urgentemente. Hablaremos a mi vuelta. S.

—Hablaremos a mi vuelta…, hablaremos a mi vuelta… —se repitió Isabelle imitando el tono sarcástico del duque. Porque si de algo estaba segura al recordar cómo la miró desde su impresionante altura antes de decirle que esperase como si fuera una cría, es que había mantenido esa misma mirada socarrona mientras escribía.

Había leído la nota al menos cuatro veces y cada vez se ponía más furiosa. Al menos, había tenido la decencia de escribirle para anunciarle que se marchaba, cosa totalmente inusual, ya que normalmente ella no tenía ni idea de sus andanzas. Aunque hubiese sido mucho mejor recibida una rápida visita. Trató de contar mentalmente cuánto tiempo necesitaba para acabar con aquello. Contó hasta diez. Habría necesitado la mitad de tiempo para decirle que no quería volver a verle y se habría quitado al fin el problema de encima. Y así podría concentrarse en lo que le importaba. Ayudar a su familia a salir del atolladero en el que Adam los había metido, y después dedicar el tiempo necesario a averiguar qué quería hacer con el resto de su vida.

Sacó del bolsillo de su falda la ficha del Dark que el duque le había regalado a Atenea y que, no sabía por qué, la acompañaba desde entonces. La giró entre sus dedos y estuvo a punto de dejarla caer sobresaltada cuando el mayordomo entró al salón para decirle que tenía visita. La guardó con rapidez en el cajoncito del pequeño escritorio en el que estaba sentada y tras carraspear y atusarse el pelo, se volvió al fin para mirar al mayordomo.

—¿Una visita? ¿De quién se trata?

La cara sonriente de lady Balfour apareció en el umbral antes de que el mayordomo tuviera tiempo de anunciarla, lo que sorpendió a Isabelle, ya que no esperaba que la mujer se presentase allí.

—Querida niña… —Lady Balfour se acercó hasta ella con las manos extendidas y le dio un rápido abrazo—. Me alegro mucho de que el desafortunado incidente de la otra noche no llegara a mayores. Hasta que mi sobrino no me mandó recado diciéndome que estabais a salvo, no pude pegar ojo.

—Sí, creo que todos estábamos muy nerviosos.

—Pero eso ya pasó. —Lady Balfour hizo un gesto con la mano para alejar los pensamientos negativos—. He venido a traerte una noticia, y creo que te va a encantar.

—Seguro que las noticias son mejor recibidas con un té caliente entre las manos. Iré a avisar a la cocinera. Hoy la mayor parte del servicio tiene el día libre —mintió descaradamente. En casa el único servicio del que disponía era el mayordomo y la cocinera. Y la señora White moriría antes de acudir a la llamada de la campanilla. Su reino era la cocina y había que sobornarla para que realizara el resto de las labores. Pero se habían adaptado bien a las circunstancias y gracias al esfuerzo de Isabelle, la casa funcionaba de manera adecuada.

—Señora White —susurró Isabelle adentrándose en la cocina, donde la malhumorada mujer dedicaba todos sus esfuerzos a preparar la masa para una empanada de verduras. Ese día no tocaba carne, con su situación económica era impensable permitírsela a diario—. Dígame que hay algunas galletas para la visita.

—Sí, quedan tres. —Señaló un platito tapado con una servilleta—. Si es que se las puede llamar galletas. Solo es masa de harina, agua y un poco de azúcar. Pero con el dinero que me dan, no puedo hacer otra cosa. Nada de nueces, canela y todas esas fruslerías que los ricos les añaden. Son galletas de pobre. Si te las comes y bebes mucha agua, te llenan el buche. Esa es su función —sentenció golpeando la masa con brío contra la maltrecha mesa de la cocina haciendo que Isabelle diera un respingo.

—¿Solo tres? Bueno, mejor eso que nada. Espero que no quiera repetir.

—No están tan buenas como para eso, señorita Taylor —dijo la mujer sin apartar la vista de su masa.

—Es usted única levantando la moral —se quejó con sarcasmo mientras preparaba ella misma el té con la mayor rapidez posible.

—Entonces, cuénteme, lady Balfour. Qué noticias son esas que me trae —preguntó Isabelle componiendo su mejor sonrisa mientras depositaba la bandeja en la mesita frente a la mujer.

Tras echar tres terrones de azúcar a su té, lady Balfour atacó el platito de pastas y procedió a darle un bocado a la primera galleta, que pareció convertirse en una bola correosa en su boca, ya que tuvo que dar un buen trago a su bebida para que pasara, aun a riesgo de desintegrarse la lengua con el líquido ardiente.

—Verás, he recibido una carta de Southkent Cottage.

Isabelle dio un sorbo a su taza para disimular la poca ilusión que le hacía esa información.

—Y te preguntarás qué dice la carta —continuó ante la falta de respuesta de Isabelle y se comió el resto de la galleta.

Por lo visto, la emoción de un buen cotilleo había despertado el apetito de lady Balfour, e Isabelle comenzó a pensar en la vergüenza tan intensa que sentiría si debiera decirle que no tenía nada más que ofrecerle.

—Me lo pregunto, sí —concedió sin mucho énfasis.

—Como sabes, no es una novedad que me escriba con la

madre de Sebastian. Mi sobrina y yo mantenemos correspondencia con regularidad —continuó y cogió una segunda galleta.

—Claro. —Isabelle la escuchaba atentamente, pero sus ojos no podían desviarse del plato de galletitas, donde una solitaria pasta sobrevivía como un oasis en medio del desierto.

—Pues esta vez el motivo de su misiva es invitarnos a pasar una semana en su residencia del campo. —Detuvo su discurso para terminar la insípida galleta y engullirla con un nuevo sorbo de té—. A ti y a mí.

—Bueno, usted es de la familia, puede ir siempre que lo desee —señaló Issy sin terminar de contagiarse de la emoción que la buena mujer trataba de transmitirle.

Los dedos de lady Balfour bailaron un segundo sobre el plato, como si fuese una mosca decidiendo dónde posarse a pesar de que no tenía demasiadas opciones, y atacó la última galleta.

—Claro, y tú también, niña. Será una reunión íntima, unos cuantos días para disfrutar juntos y fortalecer los lazos familiares. Nos iremos pasado mañana. Pero quédate tranquila, podremos volver a Londres para asistir a los últimos eventos de la temporada.

Lady Balfour miró el último trocito de galleta que le quedaba en la mano, tan pequeño que apenas podía sostenerlo entre las yemas de los dedos sin que se desmoronara, e Isabelle suspiró, rezando para que no soltara ningún elogio que la pusiera en el compromiso de tener que ofrecerle más. La mujer dejó el minúsculo trocito en el plato.

—Estoy llena. —Sonrió mientras rumiaba insistentemente para deshacerse de los restos de galleta que se negaban a abandonar su dentadura. Puede que los dulces de la señora White no fueran delicados, ni siquiera se podía decir de ellos que estuviesen buenos. Pero nadie podía negarles el honor de ser resistentes, tanto que estaba tentada de usarlos para reparar el escalón suelto de la escalera principal—. ¿Y sabes qué es lo mejor, niña? ¡Que no estaremos solas! Tu familia también estará allí. Será una reunión entrañable.

—¿Mi familia? —preguntó Isabelle con la sonrisa más falsa que había compuesto jamás.

—Sebastian también estará, su madre le mandó una carta para citarlo. De hecho, creo que ya se trasladó hasta allí. Será una manera magnífica de resolver todos los asuntos pendientes, no sé cómo no se le ocurrió antes organizar algo así.

Por más que lady Balfour se esforzara en contagiarle su optimismo, no conseguía que la tímida mueca de su cara se convirtiese en una sonrisa y se lamentó de no haber esperado en casa de Kensington a que terminara la reunión para hablar con él. No había que ser demasiado despierto para averiguar el porqué de aquella repentina llamada. Las dos familias y los prometidos juntos de manera «entrañable». Justo en ese momento. Lo que la duquesa viuda pretendía era más que obvio, y la razón era que hasta el campo también llegaban los periódicos y los chismes. Elegir una fecha definitiva para la boda, volver a la ciudad antes de que la temporada terminase para dar tiempo a que la noticia se extendiera y acallar al fin todos los rumores sobre ellos. Era una encerrona en toda regla. No podía negarse, no había ninguna razón que esgrimir para ello. Iría al campo y trataría de darle la vuelta a la situación en su beneficio. Allí al fin tendría tiempo suficiente para aclarar la situación con Sebastian.

Ya casi anochecía cuando llegaron a Southkent dos días después. A pesar de no ser un trayecto demasiado largo, a Isabelle se le había hecho eterno, ya que habían tenido que parar en incontables ocasiones para que lady Balfour estirara las piernas, pues a su edad sus huesos no eran los de antes. Traspasaron la verja de hierro que daba la bienvenida a la mansión de los Kensington y, como siempre le ocurría, Isabelle volvió a sentirse impresionada por la magnificencia del lugar. Los esperaba un camino de algo menos de una milla cuidado, bordeado por tejos y robles centenarios, y en la zona más cercana a la casa, setos hechos de cedro y boj, y cipreses podados en perfectas figuras geométricas al más puro estilo de jardinería francesa. A Isabelle siempre le había encantado el contraste entre los árboles oscuros, la hierba de color verde brillante y los parterres de flores multicolores, pero esta vez su ánimo no le permitió disfrutarlo.

La tarde anterior había vuelto a ver a Jackson, pero había estado demasiado tensa pensando en el viaje para mostrarse participativa en la conversación mientras paseaban por el parque. Había estado tan sumida en sus pensamientos que cuando Jackson había intentado besarla en el carruaje de vuelta a casa, se había apartado de manera brusca, sobresaltada por su cercanía. No sabía explicar por qué le había sido imposible aceptar el más mínimo contacto por su parte, hasta había llegado a molestarle que Preston se mostrase excesivamente atento con ella. Después de meditarlo durante las horas que duró el viaje, en compañía de los sonoros ronquidos de lady Balfour, había llegado a la conclusión de que la culpa era del duque. No era lo mismo dejarse querer cuando su prometido era solo el vago recuerdo de alguien que no se involucraba en su vida que ahora que Sebastian estaba tan presente. Porque, le gustase o no, Sebastian era una realidad tangible y su cabeza estaba totalmente llena de él.

La duquesa viuda las había recibido de manera afable, con un abrazo y un beso en la mejilla, y las había acompañado hasta sus habitaciones como la más atenta de las anfitrionas. Lady Pamela Morton había sido sin duda una verdadera belleza en su juventud, y sus hijos habían heredado de ella sus ojos claros y su cuerpo esbelto, y aunque las canas habían opacado el brillo de su pelo rubio, seguía manteniendo su atractivo. No solo poseía hermosura, sino el equilibrio perfecto entre elegancia, majestuosidad y naturalidad. En definitiva, solo había que mirarla para ver que era la indicada para el título que ostentaba, mientras que Isabelle se sentía anodina y poco refinada a su lado.

No le sorprendió que su madre hubiese decidido no acudir a Southkent Cottage hasta el día siguiente. Philomena Taylor consideraba que acudir como un perrito ansioso a la llamada de un noble era dejar clara su inferioridad en la escala social, y creía mucho más digno hacerse un poco de rogar, como si en realidad no estuviera desesperada por dormir unas cuantas noches bajo el techo de los Kensington.

—Es una pena que tu hermano Adam haya declinado la invitación, Isabelle —lamentó la duquesa viuda mientras entraban cogidas del brazo en el comedor donde iba a servirse la cena, un par de horas después de su llegada—. Me hubiera gustado tratar en su presencia algunos temas importantes para todos.

—Mi hermano me pidió que le transmitiera sus disculpas. El asunto que le retenía en Londres era de vital importancia.

—No te preocupes, mi hijo Neil también me dijo que no sabía si podría acudir. Son jóvenes y…

—Sí, y los dos tienen un elevado sentido del deber. Todos lo sabemos. —La voz sarcástica de Sebastian a sus espaldas hizo que ambas se volviesen.

A Isabelle le habría encantado no sentir aquel molesto pellizco en el estómago al verlo acercarse con ese aire mitad sombrío, mitad burlón y tan irritantemente atractivo como siempre. Su pelo rubio no estaba peinado tan formal como cuando estaba en la ciudad y caía con ligereza sobre su frente haciéndole parecer más joven. De pronto, volvió a sentirse como aquella adolescente enamorada, ansiosa por una de sus misteriosas e infrecuentes sonrisas. Pero no lo era, ya no era aquella muchacha inocente y algo estúpida.

—Isabelle… —El beso en el dorso de la mano la sacó de sus pensamientos—. Espero que todo esté a tu gusto. Si necesitas cualquier cosa, no dudes en hacérmelo saber.

Claro que necesitaba cosas, muchas cosas, en concreto un montón de kilómetros de distancia entre ellos.

—¿Y la tía Amelia? —preguntó la duquesa interrumpiendo la corriente que parecía fluir entre ellos. Sebastian apartó al fin los ojos de su prometida para mirar a su madre.

—Acabo de acompañarla hasta su habitación. Está agotada del viaje y no se unirá a nosotros.

—Bien. En ese caso será una cena íntima, lo cual me parece

perfecto, ya que es justo con vosotros dos con quien tengo que hablar. Menos ceremonia y más franqueza.

Sebastian miró a Isabelle con una expresión de fingido pánico mientras su madre se dirigía hacia la mesa, y ella se mordió el labio para que no se le escapara una risita.

—Soy duquesa desde hace tanto tiempo que ya no recuerdo cómo era antes de eso. Y te diré, querida, que no siempre es fácil. —Apenas habían metido la cuchara en la sopa cuando lady Pamela comenzó su poco sutil avance—. Tampoco lo es ser duque. Pero todo se aprende con el tiempo. A ser esposos, también. Y reconozco que quizá cometiera un error al no tomar cartas en el asunto antes.

—¿Es necesario, madre? —preguntó Sebastian soltando los cubiertos, visiblemente molesto, y dio un buen trago a su copa de vino.

—Siempre te he dejado tomar tus propias decisiones, nunca te he cuestionado, hijo. Pero a juzgar por el resultado… Sí, es necesario —le amonestó su madre sin importar que no estuvieran solos.

—Ya ha quedado claro, no hace falta avasallar a nuestra invitada cuando apenas acaba de llegar.

—Pero es que ella no es una invitada, Sebastian. Será la dueña de esta casa, y no vamos a mantenerla al margen de esta conversación.

Sebastian miró a su madre con el ceño fruncido sabiendo que no había modo humano ni divino de refrenarla cuando se obstinaba de esa manera. Y lo sabía porque había heredado ese rasgo de ella.

—La franqueza es algo que admiro y practico a partes iguales, así que iré al grano. —La duquesa dejó los cubiertos con suavidad y se pasó la servilleta de manera delicada por los labios para borrar un rastro inexistente de sopa—. Hace mucho tiempo que debería haberse celebrado vuestra boda, y soy consciente de que posponerla de esta manera ha dado lugar a ciertos malentendidos. Pero no te preocupes, Isabelle, sé que tú no eres la responsable de esa tardanza. —Isabelle miró sorprendida a

Sebastian, que parecía querer estrangular a su progenitora, la cual no estaba dispuesta a guardarse ni una sola palabra de las que quería decir—. El motivo de citaros aquí no es otro que ese. La boda no se postergará más, y si vosotros no ponéis una fecha, Philomena y yo lo haremos.

La cuchara de Isabelle hacía rato que se había quedado a medio camino entre el plato y su boca, completamente desorientada ante la contundente declaración de intenciones de la duquesa viuda. Si dependía de su madre elegir la fecha de la boda, podía dar por sentado que no tardaría ni una semana en lucir un anillo en el dedo.

—Madre, creo que te estás excediendo —intervino Sebastian intentando controlar la situación—. Esto ya lo hemos comentado, y te pedí que me dejaras hablar a solas con Isabelle. Hace muchos años que no soy un niño de pantalones cortos al que puedas mandar, y esto está resultando humillante para ambos. Te prometí no posponerlo más, pero nosotros decidiremos cuándo y dónde nos casaremos, y si queréis que contemos con vuestra opinión, deberéis respetarnos.

Isabelle carraspeó, lo que atrajo las miradas de madre e hijo, que parecían estar inmersos en una disputa privada.

—Espero que no se ofenda por lo que voy a decir, pero creo que lord Sebastian tiene razón, excelencia. Me gustaría que nosotros tuviéramos la posibilidad de mantener una conversación antes de decidir. —En estos momentos, posicionarse del lado de Sebastian era la única opción que tenía para no sentirse acorralada, aun a riesgo de granjearse la enemistad de su madre. Tenía que ganar tiempo e intentar convencerlo de que aquella boda era una locura antes de que todo se complicara.

—Habéis tenido más de veinte años para ello —contestó la duquesa sin inmutarse mientras Isabelle la contemplaba anonadada.

—Isabelle y yo tendremos la última palabra. —Sebastian se levantó de la silla y soltó con brusquedad la servilleta sobre la mesa—. Y ahora, si me disculpáis, he perdido el apetito.

—Hijo, ni se te ocurra… —Pero la advertencia de la duquesa se quedó en el aire, ya que en un par de zancadas Kensington ya había salido del comedor.

A pesar de la comodidad de la habitación que le habían asignado, Isabelle apenas pegó ojo en toda la noche. La estancia estaba en silencio y apenas entraba una pequeña franja de luz de luna por la estrecha abertura de la cortina. Estaba sumida en una especie de duermevela en la que sus pensamientos no la dejaban entregarse a un descanso profundo, mezclándose con retazos de sueños. Su sábana se deslizó suavemente llevada por la fuerza de unas manos invisibles hasta que el aire frío de la noche refrescó su piel. No necesitó abrir los ojos para saber que la presencia que se acercaba furtivamente hasta ella era Sebastian. Podía olerlo, podía sentirlo en cada poro de su piel a pesar de ser un sueño. Sus manos acariciaron su cuerpo con suavidad y ella no pudo evitar retorcerse bajo su contacto, ardiendo de necesidad. Sabía que no era real, él no estaba allí, no la juzgaría ni la miraría con sus inquisitivos ojos verdes llenos de suficiencia. Podía disfrutar libremente de sus dedos apretándole los pechos, de aquella lengua que jugaba con la suya sin temer las consecuencias. Ojalá aquella fantasía no terminara nunca, ojalá pudiera simplemente sentir sin tener que pensar en daños pasados y consecuencias futuras. Poco a poco la consciencia la arrastró de nuevo a la realidad de su cama vacía, y aunque agradeció que aquello solo hubiese sido fruto de su imaginación, su cuerpo aún mantenía el ardor de unos labios que le arrancaban suspiros de placer, y el persistente aroma de Sebastian lo inundaba todo.

14

Isabelle probó suerte pellizcándose las mejillas para intentar mejorar su aspecto, pero ese truco no era muy útil para disimular sus ojos cansados. Suspiró, resignada, y se dispuso a afrontar el primer día en la mansión de los Kensington. Su madre y su hermana harían acto de presencia a lo largo del día y, aunque adoraba a Emily, soportar a la matriarca de los Taylor afanándose en impresionar a sus anfitriones era más de lo que Isabelle podía soportar después de una noche como la que había pasado. Se había levantado temprano para desayunar con la esperanza de no encontrar a nadie en el comedor, pero parecía que los Kensington eran muy madrugadores. La duquesa viuda, sentada en la mesa donde se servía un impresionante desayuno, la recibió con una radiante sonrisa, como si la noche anterior no hubiesen vivido la cena más tensa de su vida.

—He decidido daros el tiempo que mi hijo y tú habéis solicitado —soltó sin rodeos en cuanto Isabelle tomó asiento, mientras untaba una tostada con parsimonia—. Aunque espero que no os demoréis demasiado.

—No se preocupe, su gracia. Intentaré hablar con el duque cuanto antes, yo también quiero zanjar este asunto. —Lo que no se imaginaba nadie todavía era que su idea de zanjar distaba mucho de lo que el resto esperaba.

—Me alegra oír eso, niña. Mi hijo odia que le digan lo que tiene que hacer, pero pienso seguir dándole mi opinión hasta que llegue el día en que lo haga su esposa.

Isabelle sonrió con timidez y sus ojos se desviaron hacia la ventana, concretamente hacia la alta figura que cruzaba el patio con paso firme. La duquesa siguió la dirección de su mirada y sonrió al ver a su hijo.

—Deberías visitar el invernadero. Es una verdadera maravilla —sugirió con una sonrisa.

—Eso haré, gracias por la sugerencia, excelencia.

Sin duda, un vigoroso paseo al aire libre era lo que Isabelle necesitaba para ordenar sus ideas y había que reconocer que la parte de la finca que rodeaba la casa había mejorado bastante desde su última visita. Los setos estaban cuidados de manera exquisita; los caminos, bordeados por macizos de flores de todos los colores posibles, y los prados eran de un color verde tan brillante y limpio que invitaban a tumbarse sobre ellos y rodar sobre sí misma como si fuera una niña pequeña. Al final de uno de los caminos de tierra la sorprendió una enorme construcción de hierro y cristal. Ese no era el invernadero desvencijado que había visitado una vez hacía años y decidió echar un vistazo. El ambiente en su interior era cálido, quizá demasiado, pero se respiraba tanta paz que no le importó. Todo estaba extremadamente limpio, los caminos delimitados de manera perfecta y las plantas lustrosas y exuberantes, como si ni una sola de sus hojas se atreviera a marchitarse. La combinación de colores era armoniosa y la mezcla de aromas dulces y fragantes invitaba a seguir avanzando. Los pelargonios viraban de los rosas más intensos a los blancos más puros, rivalizando con las níveas azucenas en un fascinante contraste con un macizo de hortensias de color azulado. En uno de los pasillos se habían plantado flores tan exóticas que Isabelle solo las había visto en algunas ilustraciones de las revistas sobre botánica que habían caído en su poder, y otras tan extravagantes que no las conocía. En lo que parecía ser el centro del invernadero, peces naranjas y dorados poblaban un pequeño estanque bordeado por ladrillos de loza esmaltada, e Isabelle se quedó como hipnotizada mirando sus movimientos circulares.

—No te los aconsejo para desayunar. —Isabelle se dio la vuelta al oír la voz del duque a sus espaldas.

—Gracias, ya he desayunado en compañía de tu madre —contestó, intentando que no le afectara el recuerdo del sueño de la noche anterior, pero no pudo evitar sonrojarse. Sobre todo al ver a Sebastian con una indumentaria muy diferente a la habitual. En lugar de sus elegantes y ceñidos trajes a medida, normalmente oscuros, el duque había optado por un pantalón de color crema, una camisa de mangas holgadas y unas botas altas de piel marrón que se veían desgastadas por el uso. Debía de haberse desprendido de la chaqueta que llevaba al salir de la casa, y lo entendía, ya que el calor en el interior estaba empezando a resultar sofocante. Además, no llevaba pañuelo y los botones superiores de la camisa dejaban al descubierto una buena cuña de la piel dorada de su pecho.

—Excelencia, ¿quiere que me encargue de los frutales? —preguntó un viejo jardinero tras saludar a Isabelle con una reverencia.

—No será necesario, yo lo haré más tarde —contestó el duque—. Ven, te enseñaré el resto del invernadero.

Isabelle siguió a Sebastian por los cuidados pasillos mientras él le daba una improvisada lección de botánica, recitaba un listado completo de nombres comunes y otros en latín y una pequeña descripción de los ejemplares más curiosos que había conseguido cultivar. De todas las cosas que había imaginado que Sebastian haría en su tiempo libre, la botánica y la jardinería no se le habían pasado ni remotamente por la imaginación. Su colección de orquídeas la había dejado impresionada, pero lo que verdaderamente parecía motivar a Sebastian era la parcela de árboles frutales que había dejado para el final.

—Supongo que la afición te viene de tu madre, siempre ha presumido de tener un jardín espectacular —comentó Isabelle acariciando levemente las hojas de un árbol al pasar.

—En realidad, mi madre disfruta viendo el trabajo del jardinero o contemplando un hermoso ramo en un jarrón desde su sillón favorito. A mí me gusta sembrar las semillas, verlas crecer, hacer los injertos y esperar a ver si resulta una nueva variedad. Y, sobre todo, podar los árboles para que sus ramas crezcan con la orientación más conveniente. En los frutales es muy importante para que la producción sea óptima.

—Por supuesto. El gran Kensington no puede conformarse con doblegar a los hombres con su influencia, también quiere dominar la naturaleza dictando la dirección en la que debe crecer. ¿Sabes lo pedante que resulta eso? —bromeó.

Él la miró durante unos instantes y soltó una pequeña carcajada.

—Nunca lo había visto así, la verdad —contestó mientras pelaba una naranja que acababa de coger de una rama alta. Sebastian arrojó la cáscara en un cubo metálico destinado a las hojas y ramas secas y se acercó de nuevo hasta ella—. Simplemente me gusta hacer las cosas bien. Esta variedad de naranjo viene de la Península, del sur. Me costó un esfuerzo notable conseguir que diera fruto.

—¿Qué tiene de especial?

—Eso, precisamente. Que me resultó muy difícil. Y que es una variedad exquisita. Su fruto es dulce pero no empalagoso. Con un pequeño toque ácido. Justo como debe ser.

Los ojos de Isabelle se quedaron fijos en sus dedos, que separaban con cuidado los gajos, y estuvo a punto de relamerse, ansiosa por saborear la fruta. Sebastian acercó la porción de naranja a la boca de Isabelle, sin llegar a rozarla, inclinándose hacia ella hasta obligarla a retroceder un paso.

—Es tan deliciosa, tan apetecible... —Por un momento ella olvidó que estaban hablando de comida y en lugar de mirar la naranja se quedó enganchada al movimiento de sus labios mientras hablaba—. Es jugosa, refrescante, capaz de saciar la sed más intensa. Pero el problema es que después de probarla, siempre vas a querer un poco más.

Tragó saliva y rezó para que él no hubiese notado el gesto involuntario.

—¿Quieres probar, Isabelle? —susurró acercándose y ella no fue consciente de que había asentido hasta que Sebastian dobló el gajo entre sus dedos, haciendo que la pulpa se abriera y el jugo cayera sobre su boca.

Entreabrió los labios para saborear el néctar sin apartar los ojos de la mirada de Sebastian, que se había vuelto más oscura. En un acto reflejo deslizó la lengua por el labio inferior para atrapar una última gota perdida. Con una especie de gruñido, Sebastian dejó caer la fruta y la arrastró hasta ocultarla tras unos setos antes de atrapar su boca en un beso salvaje que ella no se vio capaz de rechazar. Isabelle sabía a naranja, a dulzura, pero había algo más, algo atrayente e intenso que Sebastian no había sido capaz de resistir. Isabelle sabía a verdad, a pureza. Interrumpió el beso de manera brusca cuando sintió la mano de su prometida bajando por su cuello hasta perderse debajo de la tela de su camisa entreabierta, dirigiéndose tentadora hasta su hombro y su pecho. Isabelle trató de recuperar la compostura y, a pesar de su respiración agitada, consiguió articular una frase coherente:

—Tenemos una conversación pendiente, duque.

—Bien, pero aquí no. Demos un paseo.

Ambos agradecieron la brisa que refrescó sus ánimos al salir del edificio de cristal y avanzaron unos minutos en silencio hasta que los caminos perdieron su forma y los parterres perfectos dieron paso a helechos, campanillas blancas y flores silvestres.

—¿De qué quieres hablar? Supongo que será de nuestra futura boda, parece ser el tema de conversación estrella últimamente —preguntó Sebastian, que estaba empezando a impacientarse. Sentía curiosidad por saber qué era eso tan importante que quería decirle, pero a la vez tenía un mal presentimiento que le empujaba a pensar que lo que iba a escuchar no iba a gustarle.

—Cuando nuestras familias firmaron el contrato matrimonial, ninguno de los dos tenía voz en esto. —Isabelle se detuvo debajo de un enorme enebro y se retorció las manos intentando ordenar las ideas, mientras Sebastian la observaba intrigado—. Sobre todo yo, por razones obvias. Es injusto, absurdo y obsoleto. Es un yugo que nos ha sometido desde que éramos unos críos, una condena que ninguno de los dos merecía. Nuestros padres no pensaban con claridad cuando decidieron este acuerdo.

Sebastian se limitó a cruzar los brazos sobre el pecho y a mirarla impasible mientras ella se explicaba. Isabelle esperó a que él interviniera o le diera la razón en algún punto, pero ante su silencio decidió continuar con su exposición.

—Tu padre actuó de buena fe, y soy consciente de que su agradecimiento ayudó a mi familia en sus peores momentos. También agradezco toda esa instrucción que he recibido, todas las clases y la labor de los profesores que me enseñaron a comportarme como se esperaba de mí. —Volvió a esperar unos segundos, pero Sebastian no estaba dispuesto a cooperar, ya que empezaba a intuir a dónde quería llegar Isabelle—. En definitiva, me han enseñado a ser una duquesa. Pero… yo no soy una duquesa.

—Aún no.

Alabado sea Dios, todavía podía hablar.

—Lo que quiero decir es que yo no soy esa duquesa, la que Kensington necesita. Ese no es el destino que yo he buscado, no es la vida que quiero, y desde luego no soy la persona que tú quieres que sea.

—Pues para no ser esa duquesa, te pareces bastante a la actual. Te atreves a pensar por mí, igual que mi madre, es fantástico.

—Ambos sabemos que esto es una locura, Sebastian. No quiero pasarme la vida actuando como se espera de mí y no quiero vivir una vida que no me pertenece.

—Yo tampoco, pero los privilegios conllevan sus pequeños sacrificios —admitió él con expresión severa. Sin duda, había escuchado esa maldita frase más veces en su vida de las que podía recordar.

—¡No! No quiero esos privilegios y no quiero casarme contigo. Y no finjas que tú sí quieres hacerlo. Simplemente te has resignado a ello. Pero imagina tu vida sin mí. Podrás elegir a la mujer con la que quieras compartir tu futuro, alguien con quien tengas cosas en común o… alguien poco molesto a quien puedas olvidar en alguna propiedad alejada de ti. En serio, no me importa. Lo único que quiero es que lleguemos a un acuerdo. Podemos arreglar esto de manera civilizada, seguro que encontramos una solución.

—¿Solución? ¿Has perdido el juicio? —Sebastian parpadeó perplejo ante la determinación con la que ella exponía lo que pensaba. Se sorprendió al darse cuenta de que estaba realmente asustado, pero no podía reconocerlo.

—Creo que nunca he estado más cuerda.

—Esto va mucho más allá de nosotros dos. Es un contrato que implica a mucha más gente, a nuestras familias, y por si no lo sabes, si hiciéramos lo que estás sugiriendo, los más perjudicados seríais los Taylor.

—Soy consciente y por ello deberías estar de acuerdo. Lo que te pido es que busquemos otra salida, podrías quedarte las tierras y arrendárnoslas a nosotros. Adam y yo podríamos trabajar o…

—No tienes ni idea de lo que estás diciendo. —La interrumpió, cada vez más enfadado.

—Sé que nuestra situación económica es algo delicada en estos momentos. Pero no es responsabilidad de los Kensington cargar con ello. No me casaré contigo por motivos económicos y desde luego no voy a ser rehén de las malas decisiones de los demás.

—«Algo delicada» es quedarse bastante corto.

—No me importa, Sebastian. No quiero casarme contigo.

La cara, hasta ese momento impasible de Sebastian, se volvió de piedra y apretó la mandíbula de forma amenazadora.

—Le di mi palabra a mi padre de que cumpliría con mi deber, que te convertiría en mi esposa y velaría por el bienestar de tu familia. Peter Taylor le salvó la vida, y si no lo hubiera hecho, mi familia no existiría. Así que ese contrato matrimonial no se romperá por un absurdo capricho tuyo —sentenció el duque sin ninguna intención de replantearse su decisión.

—No es ningún capricho. Si querías velar por mi bienestar, debiste tenerlo en cuenta antes de ningunearme, ignorarme y dejarme en ridículo al serme infiel con total descaro. ¿De veras crees que quiero casarme con un hombre que me trata de esa manera? ¿Eso es lo que me espera el resto de mi vida? He sido la novia eterna desde que tengo uso de razón, no pienso ser la duquesa ignorada.

—De acuerdo, sé que no me he comportado de manera justa contigo. A mí también me impusieron un destino que me costó mucho tiempo asimilar y he intentado vivir sin el peso de ese compromiso hasta ahora. Por un absurdo sentimiento de rebeldía me negué a afrontarlo como debería haber hecho. No me siento orgulloso de mi proceder y lo lamento. Te pido perdón por ello. Pero no te conocía, ahora todo es diferente. Esa conducta no se repetirá, te doy mi palabra de que...

—¿No me estás escuchando? No quiero tus disculpas, Sebastian. Quiero mi libertad.

—Me temo que tendrás que reconsiderarlo, porque no voy a romper este compromiso.

—No vas a atarme a ti a la fuerza. —Isabelle gruñó frustrada y golpeó el suelo con su bota.

—Ya estás atada a mí, Isabelle.

—Pues, por tu bien, vas a romper esa atadura. Pienso comportarme como me apetezca y te advierto que mi verdadera naturaleza no te va a gustar.

—¿Me estás amenazando? —preguntó Sebastian con un deje burlón.

—Advirtiendo, solamente.

A pesar de que Isabelle había compuesto su cara más amenazadora, la única respuesta que consiguió por parte de él fue una carcajada sarcástica.

—Sin mi consentimiento, ese contrato no se romperá. Supongo que harías bien en pensar una fecha o nuestras madres disfrutarán de lo lindo casándonos mañana mismo. —Sebastian giró sobre los talones y enfiló el camino de vuelta a la mansión confundido, enfadado e intrigado a partes iguales.

Esperaría ansioso el siguiente paso de su prometida, que, completamente iracunda, se había quedado en el bosque soltando unas poco elegantes maldiciones al aire mientras él se alejaba.

15

—No es mi intención perjudicaros, Emily. Y tu futuro me preocupa especialmente, pero no quiero casarme con él —confesó Isabelle bajando la mirada a su regazo, aunque sin duda bastante aliviada por haber compartido su inquietud con su hermana. Llevaban toda la tarde refugiadas en su habitación compartiendo confidencias y al fin se había atrevido a confesar lo que la mantenía en vilo.

—Me has dejado un poco sorprendida, eso es todo. —Su hermana pequeña parpadeó incrédula sin entender nada. Puede que fuera joven e inexperta, pero era muy observadora y siempre había tenido la impresión de que Isabelle sentía admiración por el duque—. Había dado por sentado que querrías ser duquesa, aunque no debes preocuparte por eso. Debes pensar en ti y en lo que te haga feliz. Pero lo que no entiendo es cómo has tomado una decisión tan tajante. Dios santo, Isabelle, ¿has mirado bien a Sebastian? La última vez que lo vi era demasiado niña para fijarme en esas cosas, pero casi me desmayo cuando me ha recibido esta tarde. Es el hombre más atractivo y elegante que he visto jamás, a pesar de su aspecto un poco severo.

—Eso es porque no has conocido muchos hombres aún. Cuando seas presentada en sociedad, verás que el duque no es el tipo de hombre que le conviene a ninguna mujer. Aunque después de que rompamos el compromiso, puede que tu entrada en el circuito matrimonial no sea tan brillante como mamá espera.

—No tiene importancia. En realidad, no pienso hacerle caso a mamá en ese sentido. Tengo una idea bastante clara sobre el hombre que quiero —le contó sin darle demasiada importancia al asunto.

—Eso es imposible. Ni siquiera has salido del pueblo más que un par de veces —dijo Isabelle, sorprendida, con una sonrisa.

—Y no me ha hecho falta salir. Últimamente he estado ayudando en la parroquia, enseñando a leer a los niños con menos recursos. ¿Recuerdas al señor Jeremy? —preguntó Emily mordiéndose el labio nerviosa y un poco sonrojada.

—¿El maestro del pueblo? Por el amor de Dios, ese hombre tiene edad para ser tu abuelo. Si se ha aprovechado de ti, iré y le arrancaré… las entrañas. —Emily rio a carcajadas al ver que su hermana se ponía de pie completamente fuera de sí.

—Me refería a su sobrino, en realidad. Es de tu edad. Cuando su tío se jubile, se hará cargo de la escuela. Sé que es él el hombre con el que pasaré el resto de mi vida. Es tan dulce…

—Mamá se volverá loca cuando sepa que ninguna de las dos cumple sus expectativas. Si estás segura, yo te apoyaré en todo, pero, por favor, no te precipites, Emily. Eres muy joven e inexperta y me da miedo que confundas tus sentimientos.

—No voy a precipitarme, y cumpliré el deseo de mamá de presentarme en sociedad. Pero después de eso volveré junto a Jeremy y, si es necesario, nos fugaremos. ¿Te imaginas? Una huida romántica por la carretera del norte hacia Gretna Green, con mamá y una manada de sabuesos siguiendo nuestro rastro.

Ambas estallaron en carcajadas al imaginar a su madre en bata y con el gorro de dormir persiguiéndolos en mitad de la noche para salvar su honor.

—Tú tampoco deberías precipitarte, Issy. —Emily apretó su mano en un gesto de comprensión y complicidad—. Ese duque se ha portado como un verdadero cretino, y no sé si se merece que aceptes sus disculpas. Pero no dejes que la rabia te ciegue. Si sientes algo por él, quizá debas averiguar si realmente está arrepentido antes de mandarlo todo al traste.

—¿Y de qué sirve que se arrepienta?

—Puede que también se redima. Muchos hombres de su posición viven su soltería de manera desmelenada y, sin embargo, se vuelven esposos fieles y entregados en cuanto juran sus votos.

—Y otros tantos se buscan una amante en cuanto termina la ceremonia. ¿Y cómo sabes tú tanto de estos temas, Emily Rose Taylor?

—Ni te imaginas las cosas que las señoras casadas cuentan mientras toman el té en las reuniones de la parroquia. Soy una chica discreta, a menudo se olvidan de mi presencia.

—Me alegra que estés aquí, te he echado mucho de menos. Y será mejor que bajemos, probablemente ya estén todos esperándonos para la cena.

Emily la miró un poco confundida.

—Pero… ¿tu doncella no va a venir? —preguntó mirando su pelo suelto y algo salvaje, muy poco apropiado para una cena en casa de los duques. Aunque no era un evento formal, lo habitual era mantener una imagen elegante y no el aspecto de acabar de pelearse con un gato arisco.

—No tengo doncella.

—Llamaré a la mía —sugirió levantándose de un salto de la cama donde estaba sentada.

—No es necesario, Emily. Me gusta llevar el pelo así, y si al duque no le gusta, ya sabe lo que tiene que hacer.

La guerra había empezado y, aunque no fuera una gran batalla, Isabelle pensaba reducir al enemigo con pequeños golpes de efecto que minasen su paciencia.

Cuando entraron al comedor, Isabelle se sorprendió al comprobar que tanto Neil como Philippa habían decidido acudir a la llamada de su madre para homenajear a las invitadas y estrechar los volubles lazos que los unían. Le sorprendió reencontrarse con Philippa después de tanto tiempo y comprobar que se había convertido en una copia casi perfecta de su madre, igual de bella, igual de esbelta y elegante, y tan fría y distante como Sebastian. Desde que enviudó, se había trasladado con sus mellizos a vivir a una casa de dos plantas dentro de la finca, a solo unos minutos de distancia de la mansión familiar, pero con la intimidad y autonomía que necesitaba para superar el duelo. Puede que fuera por el aislamiento que ella misma se había impuesto, en el que solo se veía con la familia y amigos más cercanos, pero Isabelle notó que a Philippa le costaba mantener la mirada.

Neil, en cambio, le recordaba al Adam de hacía unos años, un joven impetuoso y algo bocazas que gustaba de ser el centro de atención de las reuniones y trataba de meter un chascarrillo gracioso en cada conversación. Tras saludar a los hermanos del duque, Isabelle se atrevió a mirar al fin hacia el extremo de la sala, donde su madre, lady Balfour y la duquesa viuda habían estado hablando animadamente con Sebastian hasta que la habían visto aparecer. Emily, a su lado, carraspeó incómoda, pero Isabelle se limitó a apartarse el pelo que colgaba libre sobre su hombro con un gesto airado de la mano. Se acercó hasta ellas con un desparpajo inaudito en ella, y pudo percibir la palidez de su madre y cómo su labio inferior temblaba un poco. Philomena era muy estricta con su aspecto físico y siempre les había inculcado la necesidad de vestir según las normas, escritas o no, en cada momento para poder estar a la altura de las circunstancias. Todos lucían impecables, perfectamente peinados y acicalados. En cambio, ella había optado por el vestido color malva que había usado en la fiesta de los Carpenter, pero había eliminado las flores de tela y el fajín que lo adornaban. Evitó mirar a Sebastian a los ojos, pero notó perfectamente su brillo furioso sobre ella.

Sebastian había encargado y pagado un buen número de vestidos y complementos a la altura de una duquesa y ella aparecía ataviada con una prenda sosa y gastada y con el pelo hecho un desastre. Y no es que a él le preocupase demasiado, pero sabía que ese tipo de cosas no agradarían a su madre y a la señora Taylor, que sí les daban importancia a las apariencias. Lady Pamela salió al fin de su estupor y, tras aceptar el brazo de su hijo, inició la comitiva hacia la mesa. En cuanto les dieron la espalda, los dedos de Philomena Taylor se clavaron en los brazos de su hija como garras, cogiéndola desprevenida.

—Issy, dime que hay una razón de peso para que aparezcas aquí como una harapienta y con el pelo convertido en un nido de urracas. Si lo que quieres es matarme de un disgusto, lo estás consiguiendo poco a poco.

Por suerte, Neil apareció para ofrecer el brazo galantemente a la mujer y acompañarla hasta la mesa, librando a su hija de responder. Pero nadie podía librarla de las miradas asesinas que su madre le dirigió durante toda la cena ni de las expresiones de desconcierto mal disimulado de su futura suegra y lady Balfour. Tampoco pudo desprenderse de los ojos insondables de Sebastian, que apenas probó bocado, sin apartar la vista de ella ni un solo momento. Cuando, al llegar el segundo plato, se atrevió finalmente a mirar hacia su silla, se sorprendió al comprobar que en su cara no había furia como había pensado, sino una especie de desafío. El muy cretino parecía estar divirtiéndose con todo aquello. Puede que en realidad no pudiera calificarse como diversión, pero sí como un cínico entretenimiento.

Sebastian tenía claro que su intención era sacarle de sus casillas y, de paso, demostrarle que no era adecuada para ser duquesa. Ahora estaba empezando a entender su actitud y sus desplantes anteriores. Lo que no podía comprender era por qué se enrocaba en aquella postura cuando estaba bastante claro que no le resultaba indiferente. Se había sorprendido de la fuerza con la que el deseo había acudido a él cuando la había besado, pero le había sorprendido aún más ver cómo ella había reaccionado a su contacto. La noche anterior había cedido a la tentación de acercarse hasta el cuarto de Isabelle, aunque su única intención era la de pedirle disculpas por su reacción abrupta durante la cena. Al pasar frente a su habitación, había visto una cuña de luz a través de la rendija de la puerta. Una vez que entró en la estancia se dio cuenta de lo alocado de su idea y de lo intempestivo de la hora, pues había perdido la noción del tiempo leyendo en su despacho. Se acercó hasta la mesilla y apagó la vela que había quedado encendida; estaba a punto de marcharse cuando Isabelle gimió en mitad del sueño y se movió inquieta, despojándose de la sábana que la cubría. Se quedó paralizado, temiendo que cualquier ruido la despertara y se alterase al encontrarle allí plantado junto a su cama, pero entonces de sus labios salió su nombre convertido en un susurro.

Se acercó para asegurarse de que estaba dormida. En ese momento, ella volvió a pronunciar su nombre y, en contra de sus propios principios, se atrevió a depositar un suave beso sobre sus labios. Isabelle, aún sumergida en los brazos del sueño, se abrazó a su cuello, pegándolo a su cuerpo, entregándose a aquel contacto enloquecedor, y por un momento el buen juicio amenazó con abandonarle por completo. Debía comportarse como un hombre con un mínimo de decencia y marcharse de su cuarto enseguida. No sin esfuerzo se separó de ella y, tras comprobar que sus ojos continuaban cerrados, se marchó apresuradamente a su habitación, dispuesto a pasar en soledad lo que prometía ser una noche infernal por culpa de su deseo insatisfecho. Siempre solía mantener el control sobre sus instintos con bastante facilidad, pero Isabelle empezaba a ser un enigma que estaba deseando descifrar.

Al pensar en eso, la imagen indeseada de otra mujer misteriosa acudió con rapidez a su cabeza. Una mujer que, a pesar de no haberle dejado precisamente un buen sabor de boca, le había intrigado sobremanera. La misteriosa Atenea. Desechó el recuerdo de su mente. Bastante tenía entre manos tratando de controlar la rebelión que había iniciado su prometida como para preocuparse en desvelar la identidad de una desconocida, que encima le había humillado al vaciarle una ponchera en la cara.

El posicionamiento de Isabelle era bastante claro y, aunque a ojos de los demás lo pareciera, aquello no era casual. El vestido era cualquier cosa menos favorecedor y agradeció hondamente haber destrozado aquel engendro de color marrón o se temía que hubiera sido el elegido para torturar sus pupilas esa noche. Su pelo estaba suelto y sin ningún tipo de adorno, y su aspecto salvaje le decía que no se había peinado en todo el día.

Aun así, su cara se veía igual de bella y radiante. Y eso también era sorprendente, porque nunca la había encontrado hermosa; puede que bonita, pero poco más. Aunque desde luego que nunca había percibido ese magnetismo animal en ella que le incendiaba hasta el punto de haberla besado de manera desesperada en el invernadero. La culpa de todo era suya y tenía que asumirlo. Se había portado como un imbécil y ahora tendría que esforzarse bastante para recuperar el terreno que había perdido, si es que todavía tenía alguna posibilidad. Puede que precisamente fuera su indiferencia lo que había provocado que la verdadera Isabelle floreciera.

—Sebastian, hijo. ¿Has oído lo que he dicho?

—Discúlpame, madre. Estaba distraído —contestó Sebastian un poco avergonzado.

—Decía que la señora Taylor y yo nos preguntamos si habéis comenzado a barajar alguna fecha —continuó mientras cortaba una pequeña porción de carne de su plato.

—Sí, madre. Hemos hablado, pero todavía no nos hemos puesto de acuerdo. —La mirada de Sebastian se desvió automáticamente hacia Isabelle, que había palidecido. Durante unos instantes en el comedor solo se escuchó el ruido de los cubiertos sobre los platos de fina porcelana.

—Discúlpeme, lord Kensington, pero pienso que no debe ser demasiado difícil elegir un día —intervino la señora Taylor. A diferencia de su hija, se había puesto de un brillante color granate, que se intensificó cuando los ojos del duque se clavaron en ella con frialdad.

—Ambos tenemos claro que no será antes del otoño, no hay motivo para precipitarse. Puede que nos decantemos por la Navidad.

—¿Navidad? Pero... después de tantos años no hay motivo para demorarse tanto —insistió Philomena con un hilo de voz.

—A Isabelle le gusta la Navidad. Con un poco de suerte, puede que nieve y ya sabéis lo hermosa que se pone la finca cuando nieva. —El tono de Sebastian estaba cargado de ironía, pero nadie se atrevió a llevarle la contraria—. Imagínenselo.

Una hermosa novia con un vestido blanco, todo adornado con flores blancas, el suelo convertido en una interminable alfombra blanca. No digan que no les resulta encantador.

—Y pálido —murmuró Isabelle antes de dar un sorbo a su copa, intentando no ilusionarse con lo cautivadora que le resultaba la idea. Eso no sucedería jamás y tenía que agradecer a Sebastian que hubiera mentido para darle margen de arreglar aquello, en lugar de darles carta blanca a sus madres para dictar sentencia. Pero aquello solo acababa de empezar y su cinismo indicaba que no la había tomado en serio. No tenía apenas hambre y estaba demasiado sumida en sus pensamientos como para participar en la conversación. Un lacayo colocó delante de su nariz el postre, que olía deliciosamente bien y estimuló su apetito.

—Qué postre tan curioso, duquesa —apuntó Philomena dando pequeños toquecitos a una de las bolitas de masa cubierta de chocolate caliente de su plato.

—Es un postre francés, mi cocinera es de allí. Se llama *profiter...*, no sé qué... Bueno, en realidad tiene un nombre endiablado, pero está delicioso. Está hecho de una masa rellena de crema.

—Jamás lo había probado, pero tiene aspecto de ser exquisito —la alabó la señora Taylor.

—Lo es. Por lo visto tiene bastante historia detrás, y hace cientos de años Catalina de Médici lo introdujo en la corte francesa cuando se casó con Enrique II de Francia.

—Qué interesante, estoy ansiosa por probarlo entonces.

Isabelle estuvo a punto de poner los ojos en blanco, ya que estaba segura de que su madre no tenía ni idea de quién era esa Catalina ni mucho menos su esposo. Pero siempre que se encontraba en una situación similar zanjaba el asunto con un «qué interesante» o «qué curioso», una coletilla que la ayudaba a salir de cualquier situación. Miró su postre y luego observó cómo ambas damas luchaban por cortar la pasta sin que se les resbalara del plato. Isabelle trató de clavar el cuchillo en la bolita, pero esta se desplazó por culpa del chocolate que la cubría y el tenedor chocó contra la porcelana con un ruidito molesto. Levantó la vista para encontrarse con la sonrisa de Sebastian, que se limitaba a apurar con lentitud el vino de su copa tras haber declinado tomar el postre. Decidió provocarle un poco más, ansiando borrar la sonrisa sardónica de su cara. Se fijó en la delicadeza con la que sus madres trataban de partir en dos la bolita dulce y cómo Philippa había dado cuenta de una porción sin mancharse ni lo más mínimo los labios de chocolate. Su hermana y Neil, aunque con menos destreza, también disfrutaban del postre mientras charlaban animadamente. Sin pensarlo demasiado, cogió una de las bolitas embadurnadas de chocolate con dos dedos y se la llevó a la boca, chupándose después el pulgar para eliminar y saborear a la vez cualquier resto del líquido dulce. La conversación en la mesa se detuvo como si hubiera ocurrido un cataclismo y, en ese momento, Isabelle se dio cuenta de lo absurdo que era el mundo que la rodeaba. Todo eran apariencias, protocolos y costumbres inservibles. Una futura duquesa comiendo con los dedos, qué tremenda ordinariez, ¿verdad?

—Issy, cariño… —dijo su madre casi sin voz y sin saber si era oportuno amonestarla o no.

—¿Qué? No sé cómo se las apañaba la tal Catalina, pero estos pequeños demonios son difíciles de atrapar.

—Podrías haber usado la cu… la cu… la cuchara, hija.

—Pero así están más buenos, madre —se justificó con una sonrisa tan angelical como falsa.

Tanto su hermana como Philippa la miraron, intentando contener una risita inoportuna ante su falta total de ceremonia, hasta que Neil atrajo la atención de todos al dar una fuerte palmada en la mesa y prorrumpir en una sonora carcajada.

—Santo Dios, y yo que creía que iba a ser una cena aburrida —reconoció el joven con más sinceridad de la necesaria.

—¡Neil! —gritó la duquesa con voz aguda al ver que su díscolo hijo menor imitaba a Isabelle y cogía una bolita de masa con los dedos para llevársela a la boca.

—Vamos, madre. Por fin alguien hace algo sensato y práctico en esta mesa rigurosa. Isabelle tiene razón, estas condenadas cosas son más resbaladizas que una nutria. Y, al fin y al cabo, estamos en familia, ¿no? —dijo después de tragarse el postre y le guiñó un ojo a su futura cuñada con complicidad.

Isabelle le sonrió, aunque su sorprendente apoyo le había quitado un poco de efecto a su actuación, pero no pudo más que sentirse satisfecha al ver la cara sorprendida de Sebastian, mientras ella se llevaba a la boca otro *profiterocomosellame* cubierto de exquisito chocolate.

16

El día había amanecido soleado y cálido, y el sonido de los pájaros llegaba hasta la ventana de la habitación de Isabelle, donde se respiraba verdadera paz. Qué lástima que en cuanto abrió la puerta de su cuarto para bajar a desayunar, el ambiente cambiase como si una enorme nube oscura se hubiese posado sobre su cabeza.

Unas voces masculinas discutían acaloradamente en una de las salas del piso superior y se filtraban por la puerta, que había quedado entreabierta. Isabelle se detuvo cerca de la sala sin afán de cotillear, pero sí sorprendida al reconocer la voz de Sebastian y la de su hermano Neil bastante alterados.

—Ya está bien, no voy a consentir que me impongas tu voluntad. A mí no me apabullan tus títulos relucientes, hermano.

—Maldición, Neil. No estoy imponiéndote nada. ¡Solo quiero que abras los ojos de una puta vez! —vociferó Sebastian perdiendo los nervios.

—Lo veo todo con bastante claridad. No soportas que sea yo quien haya conseguido sus atenciones.

La carcajada seca de Sebastian resonó en la habitación.

—Eres un necio. Sé que ahora tu inflamado ego te impide ver más allá. Solo espero que cuando ella te destroce la vida, no vengas aquí llorando como un bebé para que yo te saque las castañas del fuego.

—No te preocupes por mí, Sebastian. Creo que ya has causado bastante daño a la familia con tu afán por arreglar nuestras vidas, así que conofórmate con arreglar la tuya y déjame en paz.

Durante unos segundos, un tenso silencio pareció caer sobre ellos como una losa hasta que Neil volvió a hablar mientras salía al pasillo. Isabelle se pegó a la pared en un absurdo intento de mimetizarse con ella, aunque no fue necesario porque Neil continuó su marcha hacia el otro lado del pasillo.

—A la mierda todos. ¡Me vuelvo a Londres! —gritó antes de cerrar de un portazo la puerta de su habitación.

Dudó si debía ir a preguntarle a Sebastian cómo se encontraba, pero no se veía con ánimo de reconocer que los había escuchado discutir, así que optó por bajar las escaleras lo más rápido que pudo. Estaba intrigada por lo poco que había oído y una sensación desagradable se asentó en su estómago. Frenó en seco antes de entrar al comedor, donde con seguridad un suculento y fragante desayuno ya estaría esperándola, al escuchar la voz lastimera de su madre quejándose. Philomena no era precisamente una mujer madrugadora, y estaba segura de que su comportamiento de la noche anterior era lo que la había arrancado de la cama esa mañana a primera hora.

—No sé qué decirle, lady Pamela. Me he esforzado por hacer de ella una dama, su comportamiento de anoche es inaudito. Apenas he podido dormir del disgusto. —Un exagerado sollozo acompañó su queja.

—No debe disgustarse; al fin y al cabo, estábamos en familia. A mí, en cambio, lo que me preocupó no fue su pequeña e inofensiva relajación del protocolo, que incluso me resultó simpática. Lo que de verdad me inquieta es que después de tanto tiempo no demuestren ningún interés por la boda y la demoren tantos meses. Sinceramente, no hay necesidad.

—A mí también me inquieta, excelencia, pero dudo que pueda convencer a Issy de que cambie de idea. ¿Cree que el duque será más razonable?

—No lo sé. Mi hijo es bastante hermético, pero tendré que intentarlo.

Isabelle odiaba cotillear, pero ese día parecía que el destino había confabulado para empujarla a ello. No quiso tentar más la suerte y, como no estaba de humor para soportar una charla lacrimógena y victimista por parte de su madre, decidió prescindir del desayuno. Dar un paseo sería lo mejor, y quizá pudiera asaltar el invernadero de Sebastian para conseguir alguna fruta.

Estaba a punto de alcanzar la puerta cuando la cantarina risa de lady Balfour llegó hasta ella desde el extremo del pasillo. Santo Dios, aquella casa estaba más concurrida que el centro de Londres, mientras que ella solo quería un poquito de tranquilidad. Antes de que lady Balfour tuviera oportunidad de interceptarla, Isabelle regresó sobre sus pasos para escapar por una de las salas que comunicaba con el jardín. Tampoco necesitaba una de sus reprimendas encubiertas, aderezadas con su visión excesivamente optimista sobre su futuro con Sebastian.

Respiró en cuanto llegó al exterior y la brisa fresca y limpia de la mañana acarició su cara. Unas voces infantiles y unas alegres risas llegaron hasta ella. Sobre el césped que lindaba con el patio, un niño y una niña volaban una cometa gritándose instrucciones el uno al otro. No tendrían más de cinco años, y el pelo rubio y el cuerpo espigado le indicaron que se trataba de los mellizos de Philippa. Un golpe de aire acercó la cometa peligrosamente a la zona próxima a los árboles y la niña le gritó exasperada a su hermano para que corrigiera la dirección.

—Si ha venido aquí buscando tranquilidad, ya le garantizo que no la va a encontrar.

La voz de lady Philippa le llegó desde su derecha y se dio la vuelta sobresaltada. Estaba sentada en una mesita de forja, oculta parcialmente por un enrejado cubierto de hiedra, y desde ahí vigilaba a sus retoños mientras tomaba un té.

—Buenos días, lady Philippa. No la había visto.

—Siéntese. ¿Le apetece un té? —le ofreció indicándole el asiento junto a ella.

Isabelle pensó en declinar la oferta y continuar en su búsqueda de la tranquilidad, pero su tono era tan relajado y firme que la convenció sin decir nada más. Aceptó la silla que le ofreció y observó cómo la hermana del duque le servía en absoluto silencio una taza de humeante té y una porción de bizcocho. No era un silencio incómodo, sino todo lo contrario: Philippa Cromwell transmitía serenidad, aunque puede que en el fondo su actitud calmada solo fuese resignación.

—Supongo que si no está en el comedor del desayuno, es porque no le apetecía sufrir los envites de dos madres ansiosas por planear una boda tan temprano.

—¿Tan obvio resulta?

Philippa le sonrió y su belleza le resultó aún más deslumbrante.

—Cualquiera que llevase tanto tiempo comprometido como mi hermano y usted estaría ansioso por poner la fecha cuanto antes. Y me dio la impresión de que ninguno de los dos sentía el menor deseo de tratar el tema. Sebastian es bastante contundente cuando no quiere que nadie le moleste. —Isabelle se metió una buena porción de bizcocho en la boca para evitar contestar—. No se preocupe, no me gusta inmiscuirme en los asuntos de los demás, Isabelle.

—Ojalá supiera qué contestarle, lady Philippa. —La rubia la miró intrigada unos segundos, pero inmediatamente volvió a dirigir la mirada hacia sus hijos, sumiéndose de nuevo en un silencio sosegado.

—Niños, ¡no os peleéis! —alzó la voz para amonestar a los mellizos, que estaban discutiendo de nuevo, aunque la expresión de su cara no varió ni un ápice. Suspiró resignada—. Normalmente son bastante tranquilos, pero en cuanto llegan aquí, su ánimo parece inflamarse. Creo que mi hermano los mima demasiado y ellos se aprovechan de la situación.

Isabelle la miró intrigada sin saber a quién de sus dos hermanos se refería. Desde luego, Neil parecía demasiado concentrado en sus propios asuntos personales como para ocuparse de ellos y Sebastian… Sebastian era Sebastian, y no se lo imaginaba consintiendo a dos niños rebeldes.

—Así que aprovechando la mínima oportunidad para ponerme verde, hermanita. —Como si lo hubiera convocado con el pensamiento, el duque apareció tras haber recuperado la calma, al menos en apariencia, después de la discusión con su hermano.

Puede que fuese su costumbre de no llevar pañuelo o de usar una vestimenta más informal mientras estaba en el campo, pero a Isabelle le parecía un hombre totalmente diferente al que se había encontrado hasta ese momento tanto en Londres como en las tensas visitas que le había hecho en su casa durante años.

—Solo constato la realidad. Y ya que estás aquí, te lo volveré a repetir: los consientes demasiado. No quiero que le compres esos ponis, Seb. Los niños no hacen más que insistirme con eso.

—Por Dios, Pippa. Si al menos me dieras una razón lógica para ello…

—Son muy pequeños —le cortó su hermana con contundencia.

—Están en la edad perfecta para tener un poni. Si se parecen a nosotros, pronto darán un estirón. Si esperamos mucho más, cuando se monten en ellos, les arrastrarán los pies.

—Curioso. Ellos me argumentaron lo mismo. ¿Por qué será? —contestó sarcástica, sin alterarse lo más mínimo.

—Porque es un razonamiento lógico, por qué va a ser. Imagínate lo feliz que hubieses sido a su edad con un poni maravilloso con las crines llenas de lacitos rosas.

Isabelle disimuló su sonrisa dando un sorbito de su taza; Philippa se veía tan firme en su decisión que dudaba que ni siquiera alguien como el duque pudiera hacerla cambiar de opinión.

—Pero nuestro padre tuvo el buen juicio de no obsequiarme con él. Los convertirás en un par de caprichosos.

—A ver. Isabelle es imparcial en este asunto. ¿Qué me dices? ¿Crees que cinco años es una edad descabellada para tener un poni?

Isabelle parpadeó al ser introducida a traición en la conversación, pero siendo sincera estaba de acuerdo con Sebastian.

Esos niños ya habían perdido demasiado siendo tan pequeños, y aunque un caballo o cualquier otro regalo no llenaría el vacío dejado por su padre, entendía que Sebastian intentara volcarse con ellos y proporcionarles todo lo que pudiera hacerlos un poco más felices.

—La verdad es que… estoy de acuerdo con Sebastian. —Las palabras pasaron por su garganta con dificultad, como si darle la razón, aunque fuera en una nimiedad así, le costara horrores—. Creo que es una edad razonable, y siempre puede ser usted quien limite las horas o los días en los que podrán disfrutar de ellos. Incluso podrían comenzar a adquirir una pequeña responsabilidad al ocuparse de cuidarlos, peinarlos y limpiar sus establos. O considerarlos un premio si se portan bien. Mi padre siempre nos inculcó que las cosas más preciadas requerían esfuerzo y entrega.

Levantó la vista y la mirada de Sebastian clavada en ella la inquietó. El duque, por su parte, se mordió la lengua para no apostillar que el hermano de Isabelle parecía haber estado ausente el día que su progenitor les dio esa lección.

—Dos contra uno, hermana. Isabelle ha dado unos argumentos irreprochables. Además, Edward y Angie apenas se relacionan con nadie. Estoy seguro de que les vendrá bien una distracción extra.

—Está bien, me lo pensaré —zanjó Philippa sin ganas de seguir discutiendo, y menos cuando estaba en minoría.

—Gracias por la ayuda, ya es más de lo que he conseguido en dos meses. — Sebastian se acercó a Isabelle sin apartar los ojos de los de ella y besó su mano con gesto burlón—. Y ahora, si me disculpáis, tengo que solucionar una crisis.

Cruzó el patio a grandes zancadas hasta donde se encontraban los niños tratando de desenredar sin éxito la cometa, que se había convertido en un revoltijo de cuerdas y papel. En cuanto llegó, los gritos y el malhumor cesaron, y los mellizos comenzaron a colaborar entre risas y miradas de devoción hacia su tío.

—Qué puedo hacer, le adoran. Y él a ellos. Al final siempre acaban saliéndose con la suya —suspiró Philippa mirando de soslayo a Isabelle con una sonrisa—. Supongo que sabe que en nuestra familia los partos de mellizos son bastante comunes. Puede que en su caso tengan la misma suerte y entonces llegará mi turno de vengarme y consentirles todos los caprichos para que le vuelvan loco. —Isabelle carraspeó sin saber si estaba hablando en serio o no—. Creo que haré acto de presencia en el comedor o mi madre no me perdonará mi descortesía. ¿Me acompaña? —preguntó esperando que Isabelle rechazara la oferta y se quedara allí con Sebastian. Estaba segura de que aquellos dos necesitaban pasar tiempo juntos.

—No, gracias. Creo que reanudaré el paseo. —Antes casi de que Philippa entrara en la casa, Isabelle ya se había escabullido con la esperanza de que Sebastian, que seguía enfrascado reparando la cometa, no se diera cuenta.

Hacía años desde su última visita a Southkent Cottage y, aunque siempre le había parecido majestuoso, ahora lo veía más espléndido que nunca. Dondequiera que mirara veía un rincón digno de plasmarse en un lienzo. A lo largo del camino que se alejaba de la mansión para adentrarse en el bosque se encontró con rocallas adornadas por macizos de flores, cenadores, columnas y arcadas de piedra cubiertas de hiedra, pero lo que más la fascinó fue una cúpula de forja al final del camino completamente cubierta de glicinias. Cuando pasó bajo ella, no pudo evitar girar sobre sí misma fascinada por el brillante color morado de las flores colgantes, y sintió que aquel pasadizo la conducía a un lugar mágico. Al salir no había magia, pero sí un hermoso paisaje: un claro cubierto de hierba verde donde las libélulas y las abejas zumbaban incesantes entre las flores silvestres a la orilla de un lago atravesado por un pequeño puente de piedra. No se dio cuenta de que su respiración estaba agitada por la briosa caminata hasta que se detuvo debajo de uno de los árboles junto a la orilla. El día era caluroso y a pesar de que había optado por uno de los vestidos de mañana que el duque había encargado para ella, estaba sudando. No quería dar su brazo a torcer, pero la tela era ligera, el corte cómodo y sus vestidos estaban empezando a quedarle demasiado apretados. Miró a su alrededor para asegurarse de que no había nadie y se quitó los zapatos. Tras unos momentos de duda se deshizo rápidamente de las medias y suspiró de alivio al sentir la hierba fresca en la planta de los pies. Le encantaba andar descalza, sobre todo por el campo, sentir la tierra o la hierba húmeda en contacto con su piel. Se remangó las faldas y, con cuidado de no resbalar, se adentró en el lago y se sumergió hasta los tobillos. Después se sentó en la orilla y echó la cabeza hacia atrás, disfrutando de la manera en la que el aire movía los mechones de su pelo suelto refrescándola después de la caminata, y cerró los ojos con el tibio cosquilleo del sol tostando sus mejillas. Lady Balfour y su madre gritarían como si estuviesen poseídas al verla, pero estaba tan a gusto que no le importaba lo más mínimo. Había perdido la noción del tiempo cuando una voz a sus espaldas la hizo sobresaltarse.

—Siempre he encontrado este lugar especialmente relajante. —Isabelle abrió los ojos un tanto deslumbrada por el sol para ver a Sebastian con su expresión de suficiencia habitual observándola desde su extraordinaria altura. En un acto reflejo, encogió los pies desnudos para tratar de ocultarlos bajo su falda—. ¿Puedo sentarme?

—Son tus tierras, puedes sentarte donde te plazca —le cortó con sequedad.

—No recuerdo si alguna vez estuviste en el lago en tus anteriores visitas. —Ignoró su tono y se sentó a su lado.

—Creo que no, al menos no lo recuerdo, aunque la verdad es que hace mucho tiempo desde mi última visita y todo parece haber cambiado bastante.

—Espero que a mejor. Mi madre solo se ocupa de los jardines delanteros, que son los más vistosos, y cuando mi padre vivía solo le preocupaba que en los bosques hubiese caza suficiente. El puente se estaba cayendo a pedazos y Sophie se hubiese disgustado mucho al verlo en ese estado —dijo señalando con la cabeza la estructura de piedra.

—¿Quién es Sophie?

—Mi tatarabuela. —Sebastian sonrió mientras lanzaba

piedrecitas sobre la superficie cristalina—. Su esposo estaba realmente embobado con ella, le concedía todos sus deseos. La bella, caprichosa e insensata Sophie quería aprender a nadar y le dijo al duque que hasta que no aprendiera no le daría hijos. Y al hombre no le quedó más remedio que construir este lago a marchas forzadas, a saber cuánto tiempo tardaría. Lo llamó el Capricho de Sophie.

—Si estás aquí, supongo que al final ella aprendió a nadar. —Sonrió y lo miró con los ojos entrecerrados por el sol.

—No lo sé, el caso es que tuvieron diez hijos. —Sebastian soltó una carcajada al ver la cara de espanto de Isabelle.

—Dios mío. Debió de ser difícil elegir nombre para todos, siendo una familia tan prolífica —bromeó.

—Supongo que a partir del sexto o séptimo se les terminó la originalidad y los familiares a los que homenajear, y se decantaron por ponerles el nombre según la onomástica del día que nacieron. Tuvo varios embarazos de mellizos. En mi familia es muy común, así que es de esperar que si te convenzo para que te cases conmigo, tengamos los hijos de dos en dos.

—Es la segunda vez que escucho eso hoy, y aún no es ni mediodía. —Visiblemente incómoda, se levantó de golpe y el semblante de Sebastian se volvió serio—. Harías bien en aceptar lo que dije en cuanto a anular este compromiso, Sebastian —añadió limpiándose la hierba de la falda.

—¿Por qué?

—Porque tarde o temprano te darás cuenta de que tengo razón y yo no soy la persona adecuada para ser duquesa. Para qué postergarlo más.

Sebastian suspiró, tratando de contener su exasperación.

—Y aparte de tu gusto por los vestidos horribles, comerte el postre con las manos y andar descalza por el campo, según tú, ¿qué otras imperdonables costumbres de plebeya posees que yo no sea capaz de tolerar? —preguntó con sarcasmo mientras apoyaba la espalda contra el árbol con las manos cruzadas detrás de la nuca.

—Pues… muchas, muchísimas. —La pregunta la había pillado de sorpresa y realmente no sabía qué contestar—. Son tantas que con seguridad vomitarías del asco que te producirían.

—Lo dudo. —Sebastian arqueó una ceja y la miró de la cabeza a los pies—. Pero inténtalo, dime una.

Isabelle miró a su alrededor pensando en algo que una duquesa nunca haría. La caprichosa Sophie quería aprender a nadar, pero seguro que lo hizo bien pertrechada de capas y capas de ropa que la ocultasen de las miradas indeseadas.

—Me gusta nadar, como a Sophie. Pero… sin ropa, obviamente. —Sonrió satisfecha al ver la cara sorprendida del duque—. Una duquesa jamás haría eso. Pero en cambio alguien como yo no dudaría en avergonzarte actuando de manera totalmente desinhibida. —Asintió con la cabeza de manera enérgica para darle más fuerza a su afirmación.

—¿Y a qué esperas? —la provocó con una mirada de fingida indiferencia.

—¿Cómo dices?

—Hace un día magnífico para nadar. Si tu afirmación fuera cierta, ya estarías dentro del agua.

—¿Crees que miento? —preguntó indignada golpeando el suelo con uno de sus pies desnudos.

—Sí, descaradamente. Dudo que seas tan atrevida, la verdad —se reafirmó Sebastian sin variar ni un ápice su postura relajada.

—¿Tu madre se ha bañado alguna vez en el lago?

—Jamás —admitió Sebastian, ansioso por ver si realmente ella se atrevería a hacer algo semejante solo por llevar la razón.

Isabelle sabía que se estaba metiendo en la boca del lobo, pero si el duque quería descaro, lo tendría, aunque el sonrojo de sus mejillas no desapareciera en varios años. Con movimientos bruscos comenzó a desabotonarse los botones delanteros del corpiño mientras Sebastian se mordía el interior de la mejilla para no sonreír.

—Una cosa es bañarse y otra muy distinta ofrecerte un espectáculo. ¿Podrías ser un caballero y no mirar? —preguntó enfurruñada.

—Por supuesto, pero no es necesario que lo hagas. Si quieres fingir que eres así de intrépida, me basta con tu palabra. Que me lo crea o no es otra cosa —la provocó mientras bajaba el sombrero hasta taparse los ojos con él para volver a su relajada postura inicial.

Ella masculló una protesta entre dientes, consciente de que la estaba pinchando a propósito, pero aun así se deshizo rápidamente del vestido y del corsé. Aunque él no estuviese mirándola, se sentía totalmente expuesta en mitad del campo y vestida solo con la camisola, y se introdujo de golpe en el lago. En cuanto el agua helada tocó su piel se quedó sin respiración y soltó una maldición que provocó una risita sardónica del duque. Se giró para mirarlo con cara de pocos amigos. Sebastian se puso de pie y la observó en silencio durante unos segundos interminables. Lanzó el sombrero sobre la ropa de Isabelle y, muy despacio, comenzó a desabrocharse el chaleco mientras ella lo observaba totalmente petrificada, y no precisamente por la temperatura del agua.

—¿Qué… qué demonios estás…? —tartamudeó con los labios temblando por el frío.

—Se me olvidó decirte que, en parte, el agua viene de la canalización de un manantial subterráneo y está realmente fría durante casi todo el año. Pero aquí afuera el calor está empezando a volverse insoportable. —Sonrió con malicia.

Sus botas acabaron sobre la hierba, e Isabelle abrió los ojos como platos cuando vio que se deshacía del chaleco y se bajaba los tirantes de los pantalones.

—Solo voy a darme un baño, no a ofrecerte un espectáculo, querida.

Avergonzada y furiosa, le dio la espalda abrazándose a sí misma en un intento inútil de aplacar el frío. Su nerviosismo parecía haber bloqueado su cerebro y le impidió contestarle como se merecía por cretino y prepotente. Miró al cielo y se maldijo por haber sido tan estúpida y haber caído de aquella manera en una provocación que solo había servido para que él se divirtiera a su costa. El ruido del agua le indicó que Sebastian se había lanzado al lago, y cerró los ojos con fuerza, temerosa de lo que pudiera encontrar al abrirlos.

Después de dar varias brazadas, Sebastian se colocó de pie delante de ella, con el agua cubriéndole apenas hasta la cintura. Isabelle abrió solo un ojo con precaución para encontrarse delante de sus narices el impresionante torso desnudo de su prometido y los volvió a cerrar rápidamente. Tardaría mucho tiempo en olvidar la forma en la que el agua resbalaba sobre su pecho, entre el vello castaño claro, y la manera en la que el sol arrancaba reflejos dorados a su piel mojada.

—Tranquila, me he dejado los pantalones puestos. —Isabelle abrió los ojos de golpe al notar la risa en su voz.

—Esto no es decoroso, Sebastian.

—¿Para una plebeya o para una duquesa? —preguntó con sorna.

—Para ninguna de las dos.

—Estás temblando. —Sebastian le pasó las manos por la cintura para acercarla a él y, a pesar del agua helada y la camisola que se le pegaba a la piel, Isabelle sintió que su contacto la quemaba—. No sé de qué tienes miedo, pero te aseguro que cuando seas duquesa, nada te impedirá actuar como te dé la gana. Podrás bañarte en el lago, en el mar o en la fuente del jardín. Puede que te llamen la duquesa loca, pero qué importa. Sabes cuál es tu papel, te han educado para ello, y, al fin y al cabo, esto es un trabajo como otro cualquiera.

Isabelle intentó alejarse, pero las piedras del fondo estaban resbaladizas y estuvo a punto de perder el equilibrio. Sebastian afianzó su agarre y ella, en un acto reflejo, se aferró a sus brazos.

—No. No lo hagas más difícil, por favor —susurró desviando la mirada para no seguir contemplando su piel desnuda.

—Entiendo que sientas rencor por lo que ha pasado, sin duda me lo merezco. Te daré tiempo para que puedas perdonarme, pero…

—¿Tiempo? ¿Hasta Navidad? ¿Ese es el tiempo que crees que necesito para olvidar que eres un sinvergüenza? —preguntó enfadada, aunque el castañeteo de sus dientes le restó fuerza a sus palabras.

—No puedo cambiar lo que he hecho, lo único que puedo hacer es darte mi palabra de que no voy a repetir mis errores.

Los ojos de Sebastian parecían arder a la luz del sol tras su encendida declaración de intenciones mientras su mirada se clavaba en la tela húmeda de la camisola de Isabelle, que se pegaba a su cuerpo sin dejar nada a la imaginación. Le apartó un largo mechón de pelo húmedo que se empeñaba en pegarse a su mejilla y la acarició con el pulgar. En un acto involuntario, ella inclinó la cabeza hacia la caricia y se dio cuenta de lo desesperada que estaba por un gesto de cariño, por un poco de amor. Sebastian se acercó más a ella y le rozó el cuello con la nariz en un gesto tierno. Su aliento cálido y su cuerpo caliente eran bienvenidos en contraste con el frío del agua que los rodeaba. Era muy fácil dejarse llevar, muy apetecible, casi imperioso. Una de sus manos se deslizó en una caricia urgente por su espalda y la otra se hundió en su pelo en un gesto posesivo mientras la respiración de ambos comenzaba a acelerarse.

Isabelle no tenía armas suficientes para manejar lo que él le hacía sentir. Había amado a ese hombre durante demasiado tiempo para poder pasar página sin más. Su inexperiencia tampoco la ayudaba demasiado. No sabía cómo lidiar con el deseo, con las ansias de su cuerpo y con las ganas incontenibles de sentir sus besos, de conocer cada centímetro de él. Cada roce, por pequeño que fuese, la cercanía de su piel desnuda, su olor, todo en Sebastian la arrastraba y la hacía plantearse si tenía sentido resistirse a su destino. Pero Isabelle no podía fiarse de él. Sabía que su interés por ella solo se debía a que quería convencerla de que estaba equivocada. En cuanto ella dijera que sí, el duque de Kensington volvería a ser aquel hombre frío y distante que la ignoraba. Ella volvería a ser la novia que esperaba eternamente junto a la ventana mientras ansiaba unas migajas de su atención. Por mucho que lo hubiera visto preocuparse por los demás o jugar de manera tan tierna con sus sobrinos, no podía quitarse de la cabeza las palabras de Neil: «Lo veo todo con bastante claridad. No soportas que sea yo quien haya conseguido sus atenciones».

Apenas había tenido tiempo de pensar en lo que había escuchado, pero estaba segura de que discutían por una mujer. Ella se alojaba con su familia bajo su techo y él discutía con su hermano por las atenciones de otra. Su decisión de alejarse del duque era la acertada, estaba segura, y debía hacerlo cuanto antes. El dolor antiguo y la decepción se revolvieron en su interior para empañarlo todo. Antes de que su cerebro fuera capaz de procesarlas, las palabras escaparon de su boca y causaron el mismo impacto que una bofetada.

—Estoy enamorada de otro hombre.

17

El tiempo parecía haberse detenido, y el duque seguía sin moverse ni un solo músculo, tan inmóvil que Isabelle temió que hubiese dejado de respirar. Levantó la cabeza y se separó apenas unos milímetros para mirarla a los ojos. Su expresión confusa resultaba casi cómica, siempre y cuando uno no se fijara en el músculo que latía tenso en su mandíbula.

—Si es una broma, no tiene ninguna gracia, Isabelle.

—No es ninguna broma. Es cierto. —Resultaba curioso, pero en ese momento el concepto de enamoramiento era un ente abstracto, y la figura de Jackson Preston no tenía cabida en su cabeza. Sin duda, la palabra «amor» no podía definir en absoluto lo que Jackson despertaba en ella, pero no era el momento para entrar en ese tipo de análisis.

—Y ahora me dirás que es un amor correspondido —se burló Sebastian.

—Por supuesto que sí.

—Pues te aseguro que no has hecho muy buena elección. —Sebastian la sujetó con más fuerza y la acercó tanto a él que Isabelle pensó que la besaría en cualquier momento, pero se limitó a taladrarla con la mirada antes de soltarla—. Un hombre de verdad no te dejaría en esta situación. Un hombre de verdad habría intentado buscar una solución decente en lugar de mantenerse oculto tras tus faldas.

—¿Qué insinúas? Me trata con mucho más respeto que tú.

—No insinúo, afirmo —sentenció él intentando que la ira

no se reflejase en su voz—. En caso de que exista, no creo que tenga ninguna intención seria contigo.

—¿Crees que me lo estoy inventando? —La ofuscación hizo que Isabelle se olvidara de su escasa indumentaria y salió del agua completamente furiosa, ofreciéndole a su prometido una espectacular visión de su cuerpo cubierto solamente por la tela transparente de la camisola que se pegaba a ella como una segunda piel.

—¿Por qué iba a creer otra cosa? Con seguridad este será un nuevo capítulo del teatrillo que estás montando para librarte de nuestro acuerdo por pura cabezonería —replicó tratando de mirarla solo y exclusivamente a la cara, lo cual no estaba resultándole nada fácil. Con su actitud beligerante y su cuerpo y su cabello mojados, Isabelle parecía una hermosa nereida, pero en lugar de obsequiarle con un dulce canto parecía dispuesta a clavarle un tridente en el trasero a quien osara llevarle la contraria.

Isabelle se agachó para coger su ropa y comenzó a vestirse sin disimular su enfado.

—Tu vanidad no te permite pensar que pueda preferir a otro hombre antes que a ti. Pero así es. Y para que lo sepas, él fue quien me dio mi primer beso, y no tú. Y fue maravilloso.

Sebastian se tragó el puñal que le había lanzado para no darle la satisfacción de verlo afectado por eso.

—Pues me reitero en la idea de que has elegido bastante mal —insistió, e Isabelle lo miró confundida—. Es más que evidente tu inexperiencia en cuanto a besos se refiere. Y me surge la duda de si ese hombre no ha mostrado demasiado interés en enseñarte o si tienes una falta de maestría innata para ello.

El jadeo indignado de su, por ahora, prometida estuvo a punto de hacerlo reír. Le encantaba verla así de furiosa, le estaba bien empleado por provocarle de esa forma.

—Kensington, eres un auténtico…, eres un… impertinente —le lanzó con los dientes apretados, tragándose un insulto peor—. Lo único que ocurre es que esa persona no aprovecha cualquier oportunidad para dejarse llevar por la lascivia, como haces tú.

—Pues en ese caso, además de cobarde, debe de ser bastante aburrido. Al menos, ¿me concederías el honor de decirme su nombre? —Estaba ansioso por conocerlo y arrancarle las tripas antes de que acabara el día, pero dudaba que ella le diera el gusto.

—Ni lo sueñes. Pero no desesperes, puede que te mande una invitación para nuestra boda, te sentaré en los primeros bancos para que no pierdas detalle, excelencia.

Isabelle hubiese querido hacer una retirada triunfal, pero las mangas de su vestido se enredaron cuando intentó metérselo por la cabeza, la tela se pegó a la camisola empapada y, durante unos segundos interminables, luchó de una manera un tanto absurda con las prendas hasta que consiguió que todo estuviera en su lugar. Aquel forcejeo le dio tiempo a Sebastian a salir del agua. La visión del cuerpo espectacular del duque demasiado cerca del suyo y su mirada iracunda la dejó sin aliento. Solo llevaba puestos los pantalones, que con el agua se habían adherido a su cuerpo y le resaltaban los músculos de las piernas y le marcaban descaradamente el miembro. Solo en ese momento se dio cuenta de que su propia ropa interior blanca habría resultado incluso mucho más reveladora y sintió que se sonrojaba de la cabeza a los pies.

—Vaya, vaya. Así que no eres más que una pequeña hipócrita. Me echas en cara que he tenido alguna que otra aventura, mientras tú te «enamoras» de alguien tan cobarde que ni siquiera tiene las agallas de hablar conmigo para decirme que te ama y, en definitiva, de demostrarte que es digno de estar contigo.

—No le insultes. Al menos él tiene intenciones honorables. —Se vio en la obligación de defenderle, aunque realmente no estaba segura de que su «enamorado» tuviera esa o cualquier otra intención.

—¿Acaso yo no? —preguntó soltando una carcajada de incredulidad—. En ese caso estamos empatados, ambos queremos llevarte al altar, la diferencia es que yo tengo un contrato legítimo firmado por tu padre y todas las propiedades de tu familia a mi merced. Qué se le va a hacer, me gusta jugar con ventaja.

—Serías un ser realmente mezquino si aprovecharas esa ventaja. A pesar de ese contrato, no eres mi dueño.

—Aún no.

Isabelle gruñó y se marchó a grandes zancadas, con las medias y los zapatos en la mano, intentando no clavarse las piedras del camino en los pies descalzos. Sebastian la observó con una mezcla explosiva de sentimientos en su interior mientras se alejaba. Aunque no quisiera creerlo, no era descabellado pensar que Isabelle hubiera conocido a otro hombre que la hubiese conquistado, pero su forma de reaccionar cuando él se acercaba le decía que no podía ser verdad. Al menos, no del todo. Había respondido a sus besos de manera apasionada e impulsiva. A pesar de que solo lo había dicho para molestarla, tenía el suficiente bagaje para reconocer su falta de experiencia, aunque no por ello sus escasos encuentros habían dejado de parecerle fascinantes. Muy al contrario, le había sorprendido por la capacidad de encender su deseo. Además, estaba el hecho incontestable de que cuando se había acercado a besarla en su habitación, ella había pronunciado su nombre entre sueños. Lo deseaba a él y no a su supuesto enamorado, si es que existía en realidad. Odiaba haber reaccionado de esa manera tan despótica e irracional con ella, desde luego no consideraba que convertirla en su esposa implicara ser su dueño y señor como en la época medieval; de hecho, admiraba su fuerza de carácter y su capacidad de decisión. Era algo totalmente contradictorio que ni él mismo entendía, pero no podía negar que había nacido en él un instinto de posesión y protección hacia Isabelle Taylor, desconocido hasta entonces.

Sebastian esperaba que su ausencia durante la cena no fuera acogida por su madre como un agravio hacia sus invitados, pero no se sentía de humor para sentarse a una mesa donde la tensión podía cortarse con un cuchillo. Neil había cumplido su amenaza de regresar a Londres, y Philippa, poco dada a socializar, había cogido a sus mellizos esa misma tarde para volver a su hogar. Miró a su alrededor, estudiando las caras sonrojadas por el efecto del vino y del excesivo calor del interior de la posada, y le pareció que el tiempo allí se había detenido. Las mismas gentes año tras año, las cabezas menos pobladas, las barrigas un poco más orondas, pero la misma rutina, al fin y al cabo. Su compañero de mesa, su primo Archie, estaba a punto de babear mientras miraba a la hija de la posadera que les acababa de servir una nueva jarra de cerveza, una joven exuberante que le dedicó su mejor sonrisa antes de marcharse.

—Si yo fuera joven… —suspiró teatralmente y se echó a reír.

—Eres joven, maldito idiota —bufó Sebastian—. Y felizmente casado, aleja tus sucias fantasías de esa pobre muchacha.

—Cuando estés casado, ya me contarás. Me gusta cenar venado, pero si tomo todos los días el mismo venado con la misma salsa y cocinado de la misma forma, al final acabaré aborreciéndolo. Prefiero intercalarlo con una perdiz de pechuga jugosa de vez en cuando.

Sebastian puso los ojos en blanco.

—Lo siento, Archie, pero no puedo verlo así. Puede que haya sido un poco idiota durante mi juventud, no lo niego, pero cuando me case todo será distinto. Mi padre me inculcó lo importante que es la lealtad y el respeto a la familia. El matrimonio debe ser el pilar en el que se apoye tu vida, no un obstáculo tras el que esconderse.

—En el fondo eres un romántico, primo, pero eso lo dices porque no tienes que soportar a mi mujer.

—Salud. Por esa santa esposa tuya y por lo que le ha tocado aguantar —brindó Sebastian compadeciéndose de la esposa de su primo.

Había que reconocer que Archie resultaba divertido, aunque fuese un idiota. Se habían marchado los últimos de la posada, y al final le dolía el estómago de tanto reír, y la cabeza le zumbaba por el exceso de cerveza. Puede que esa noche el estado etílico de su primo no le hubiese permitido llevarse a algún sitio más íntimo a la posadera, pero a juzgar por su actitud, más pronto que tarde conseguiría su objetivo. Sebastian tuvo que aferrarse a la barandilla de la escalera de mármol de la mansión para reunir las fuerzas y el equilibrio necesarios para subir hasta el primer piso. Era una verdadera tentación que para llegar hasta su alcoba tuviera que pasar por delante de la habitación de Isabelle. Apoyó la frente en la madera y durante unos segundos su mano se detuvo con un gesto torpe sobre la manivela de la puerta de su prometida, pero no estaba en condiciones para una visita discreta. Aunque desde luego ese era el tipo de cosas que precipitaban que los casamientos se celebraran con urgencia, sabía que de producirse, Isabelle lo odiaría por ello. Isabelle. No había podido quitársela de la cabeza en todo el día. Su imagen saliendo del agua se había adherido a su consciencia tan pertinazmente como la camisola húmeda se había pegado a su cuerpo. Dudaba que, si lograba casarse con Isabelle (y estaba más que seguro de que sería así), pudiese en algún momento llegar a cansarse de ella. Isabelle no era en absoluto la muchacha tímida e insulsa que él se había forjado en su imaginación. Isabelle era un volcán a punto de estallar y no solo en el sentido carnal de la palabra. Su cuerpo voluptuoso exudaba pasión por cada poro, eso era más que evidente, pero su carácter era igual de apasionado, y eso sí que lo había dejado noqueado e intrigado. La mayoría de la gente con la que trataba a diario se sentía con frecuencia intimidada por él, y sin embargo ella era capaz de enfrentarle y soltarle a la cara que amaba a otro cuando segundos antes había temblado entre sus brazos, ansiando un beso. Porque si algo tenía claro es que ella ansiaba ese beso tanto como él. No era vanidad, ni nada por el estilo, pero sospechaba que en realidad ese amor secreto no existía, y era una desfachatez más para conseguir salirse con la suya y romper el compromiso. Pero estaba claro que ninguna mujer se deshace de deseo en los brazos de un hombre cuando desfallece de amor por otro. Sabía que se merecía ese escarmiento, la había menospreciado durante demasiado tiempo, aunque no lo hubiera hecho de manera consciente. Tendría que esforzarse para hacerla recapacitar, para convencerla de que no volvería a comportarse como un cretino. Sebastian Morton siempre conseguía lo que se proponía: Isabelle era su destino y sería su esposa.

La ausencia de Sebastian debería ser un alivio para Isabelle, debería sentirse mucho más tranquila sin su persistente mirada y su sonrisa cínica, pero a su pesar no dejaba de preguntarse dónde se habría metido. No lo había visto desde que lo dejó en el Capricho de Sophie, ni durante la cena, ni en el desayuno, ni en la visita al invernadero organizada por las damas, ni tampoco durante el almuerzo, a pesar de que la mansión se había convertido en un bullir de parientes que vivían por los alrededores y habían acudido a visitar a los Kensington o a lady Balfour, o para conseguir información suficiente para cotillear sobre la eterna novia.

Sebastian parecía haber desaparecido y eso la intrigaba, pero moriría antes de preguntar por él. Mientras las damas mayores descansaban después de comer, Isabelle decidió aprovechar para dar un largo paseo, al que se le unieron las desconcertantes mellizas, Lila y Celeste, primas lejanas de los Morton, que no daban demasiada conversación, pero adornaban cada comentario que hacía con un coro de risitas enervantes. Isabelle las miró al ver que se detenían en mitad del camino de tierra y juntaban sus cabezas para cuchichear al oído, costumbre que a ella le alteraba los nervios, y volvían a soltar esa irritante risita. Se tensaron al ver que Isabelle las miraba con una ceja arqueada y las pálidas caras redondas se ensombrecieron un poco. No se parecían en nada a los Morton. Sus cuerpos no eran precisamente espigados, el pelo era negro como las alas de un cuervo y los ojos, pequeños y oscuros como los de un roedor, resultaban bastante inquietantes. A pesar de que ya tendrían doce o trece años, su ropa y su actitud seguían siendo bastante aniñados.

—Perdonad la indiscreción, pero me encantaría saber qué es eso que os hace tanta gracia —inquirió Isabelle, conteniendo su malestar lo mejor que pudo.

Las dos mellizas se miraron unos segundos, como si pudieran leerse la mente.

—¿Has estado alguna vez en el laberinto? —preguntó una de las dos, pero Isabelle no sabía cuál, ya que le resultaba difícil distinguirlas y tampoco tenía mucho interés en hacerlo.

—Lo he visto alguna vez, pero nunca he estado dentro —admitió mientras seguía caminando por el sendero.

—¿Te gustaría verlo? Tiene un montón de rincones secretos —sugirió la otra melliza con aire misterioso.

El laberinto siempre había sido la joya de los jardines de Southkent. Cuando era niña, se había mostrado reticente a entrar por miedo a perderse, ya que era realmente enorme. Su planta era casi tan grande como la superficie de la mansión y estaba formada por altos tejos pulcramente podados. Su diseño era intrincado, y los Kensington enseñaban a sus pequeños, en cuanto tenían edad suficiente, el truco para poder salir y evitar disgustos. Alguien le contó una vez que Neil se escondió allí de pequeño sin decirle nada a nadie y, agotado de dar vueltas, se quedó dormido en un rincón. Pasaron horas hasta que lo encontraron y su padre estuvo a punto de destrozar el laberinto con sus propias manos llevado por la desesperación hasta que dio con él. Pero lo verdaderamente atrayente del laberinto eran sus rincones ocultos. Ella nunca los había visto, pero decían que donde menos lo esperabas podías encontrar una escultura maravillosa, un banco de piedra en el que leer con total privacidad, una fuente cantarina o un remanso de paz donde tener una cita clandestina. No tenía ninguna duda de que Sebastian habría cuidado del laberinto con el mismo mimo que el resto de los jardines de la propiedad y le picó la curiosidad.

—Me encantaría verlo —accedió, aunque era evidente que esas dos crías estaban tramando algo.

Las dos mellizas se miraron y se taparon la boca con las manos ocultando una risita en un gesto casi idéntico, sin disimular que para ellas era un triunfo haberla convencido, y la condujeron a través de uno de los senderos hasta que llegaron a una enorme explanada donde se extendía la misteriosa estructura. El camino hasta la entrada estaba hecho con cantos rodados en distintos tonos, que iban del gris oscuro al blanco, formando intrincados dibujos circulares que llegaban hasta una puerta de hierro forjado que permanecía siempre invitadoramente abierta. En cuanto se adentraron en él, la sensación de intimidad y misterio la sorprendió. El ambiente era mucho más fresco que en el exterior; la luz, debido a la altura de las paredes, era más tenue y aspiró con fuerza disfrutando de la fresca fragancia de los árboles. Las mellizas la condujeron por varios pasillos y giraron a izquierda y derecha hasta que Isabelle, fascinada por el juego de luces y sombras que se filtraban entre los tejos, perdió la orientación.

—Vamos a jugar a algo —sugirió una de las mellizas.

—Sí, juguemos al escondite —añadió la otra.

—¿No somos un poco mayores para jugar a esto? —La sonrisa se esfumó por un momento de sus caras redondas. Isabelle no tenía un pelo de tonta y sabía perfectamente la intención de las niñas, pero últimamente estaba empezando a cogerle el gusto a disfrutar de la naturaleza en soledad, le ayudaba a aclarar sus embrollados pensamientos, y si de paso se deshacía de la enervante risita de ambas, mejor que mejor.

—Pero esa es la gracia de un laberinto —insistió de nuevo la melliza.

—Está bien, tenéis razón. Yo llevaré la cuenta y vosotras os escondéis, ¿de acuerdo? —concedió Isabelle con una sonrisa falsa.

—Sí. Cuenta hasta veinticinco en voz alta y después comienzas a buscarnos.

Isabelle suspiró hastiada y aliviada a partes iguales, al ver que antes casi de empezar a contar Lili y Celeste se cogían de la mano y echaban a correr entre risas. Cuando llegó a cinco dejó de contar, ya que era más que obvio que ambas se alejaban a toda carrera por los pasillos del laberinto. A los pocos segundos, el chirrido de la verja a lo lejos le indicó que además se habían permitido el lujo de dejarla encerrada.

Comenzó a caminar entre las paredes verdes, mirando al

cielo de vez en cuando para ver cómo las nubecillas blancas recorrían el espacio azul llevadas por el viento. Volvía una y otra vez sobre sus pasos al encontrar un callejón sin salida y de pronto imaginó que era una princesa víctima de un hechizo y que nadie la encontraría jamás, solo el príncipe de sus sueños. Se rio de sí misma por aquel pensamiento cursi e infantil, y acarició con reverencia una preciosa estatua de mármol blanco, una mujer que estiraba uno de sus brazos como si estuviera recogiendo el agua de lluvia con la palma de la mano. Continuó el paseo, sin prisas. Descubrió un banco de piedra con un precioso mosaico de teselas en tonos azules que imitaba las olas del mar, y después de un rato le fascinó encontrar una mesa cuya superficie había sido transformada con losas de cerámica en un enorme tablero de ajedrez. Las figuras, talladas en piedra, estaban dispuestas sobre ella como si alguien hubiese dejado una partida inacabada y olvidada. Volvió a lo que parecía ser un pasillo central y siguió por instinto una calle en la que la luz parecía ser más brillante, pensando que podía ser la salida. Nada más lejos de la realidad. Acababa de encontrar el centro del laberinto, que encerraba un jardín bañado por el sol y que no podía ser más maravilloso. El espacio tenía forma circular y era bastante amplio. En su centro había una fuente cantarina con un querubín que sujetaba un ánfora de la que manaba el agua. Estaba rodeada por macizos de menta y lavanda, fragantes fresias de color blanco y campanillas amarillas. En uno de los laterales, de un arco de hierro cubierto de madreselva pendía un columpio, y varios bancos de piedra flanqueaban los caminos que partían hacia los cuatro puntos cardinales para internarse en el interior del laberinto. Cientos de mariposas de color blanco y amarillo revoloteaban entre las flores, llenándolo todo de más vida aún, y en ese momento decidió que aquel era el lugar más maravilloso de toda la finca, puede que de toda Inglaterra. Paseó alrededor de la fuente rozando la lavanda con los dedos al pasar y no pudo evitar que su imaginación, y puede que su corazón, la traicionara. Imaginó a niños rubios y traviesos jugando a esconderse entre las intrincadas paredes de cedro, una niña de hermosos ojos azules esperando que su padre empujara su columpio, miradas de devoción, risas infantiles... y amor, mucho amor.

Ojalá no estuviera tan decepcionada, ojalá Sebastian no hubiera roto sus esperanzas, ojalá no hubiera pisado su dignidad de esa manera. Ojalá no tuviera que esforzarse tanto en recordar que no debía amarlo.

Isabelle se sentó en uno de los bancos y se deleitó con los aromas, con la sensación de la brisa que se filtraba entre los muros perfectamente podados y que agitaba la lavanda y con el sonido del agua. Aquel rincón estaba creado para estimular los sentidos y hacer soñar. No sabría decir a ciencia cierta si se había quedado dormida o si se había abstraído tanto que había perdido la noción del tiempo, pero cuando abrió los ojos, el sol estaba bastante más bajo y el aire se había vuelto más fresco. Giró la cabeza hacia uno de los pasillos al escuchar pasos sobre la gravilla y se levantó de golpe al ver aparecer a Sebastian. Durante unos segundos se miraron sin decir nada, hasta que Isabelle se retorció las manos y bajó la vista, nerviosa.

—No hacía falta que vinieras a rescatarme, seguro que hubiera encontrado la salida yo sola.

—No lo dudo. Las mellizas tienen por costumbre hacer esto a todo aquel que no conoce el laberinto. Su madre ha venido a recogerlas y me han dicho que estabas aquí antes de marcharse —le explicó sin una pizca de emoción en la voz.

—En realidad sabía que pretendían que me perdiera, pero accedí encantada con tal de librarme de sus cuchicheos constantes y sus insoportables... —Isabelle se calló y se mordió el labio. No era demasiado amable criticar a la familia del anfitrión—. Lo... lo siento. No pretendía...

—No te preocupes, yo tampoco las soporto durante demasiado rato. —Sebastian avanzó y rodeó la fuente lentamente sin dejar de mirarla—. Así que has descubierto mi jardín secreto. ¿Qué te parece?

De repente la intimidad entre ellos se hizo tan patente que Isabelle no pudo evitar sonrojarse como si la pregunta hubiese sido mucho más personal.

—Es maravilloso. Pero creo que ya es hora de volver.

Sebastian se sentó perezosamente en uno de los bancos con los brazos apoyados en el respaldo y sus enormes piernas estiradas frente a él, cruzadas a la altura de los tobillos.

—Sí, tienes razón. En cuanto contestes a mi pregunta te sacaré de aquí.

—¿Qué pregunta? —inquirió nerviosa, con la urgente necesidad de alejarse de él.

—Quiero que me digas quién es ese hombre del que dices estar enamorada.

Isabelle lo miró sorprendida e incómoda.

—Eso no es relevante. Lo importante es que ese hombre no eres tú.

Sebastian soltó una carcajada sarcástica antes de continuar:

—He estado pensando sobre ello desde ayer. El primero que vino a mi mente fue Hamilton, Nicholas Hamilton. Su prima y tú sois amigas, y parece que entre vosotros hay bastante familiaridad. Pero tiene menos cerebro que un mosquito y dudo bastante que toleraras ese defecto en un compañero.

—Si quieres seguir jugando a las adivinanzas, perfecto, pero yo voy a intentar encontrar la salida —dijo ignorando su suposición y dirigiéndose hacia el pasillo por donde él había llegado.

—Luego pensé en ese medicucho… —Isabelle se detuvo en seco y se giró sobre sus talones lentamente para mirarle a la cara—. ¿Cómo se llama…? ¿Prescott?

Su sonrisa burlona y el brillo malicioso de sus ojos verdes eran tan obvios que Isabelle tuvo claro que sabía de él mucho más que su nombre.

—Preston —le corrigió.

—Eso. El bueno de Jackson Preston. Perdona que no lo recuerde, pero su nombre es tan irrelevante como el resto de su persona.

—No deja de ser curioso que alguien tan irrelevante ocupe tus pensamientos. —Los puños de Isabelle se cerraron a sus costados mientras su boca se apretaba en una fina línea. Sebastian esbozó una sonrisa torcida.

—No es él quien los ocupa, sino las mil y una formas en las que me gustaría torturarle por atreverse siquiera a pensar que puede tenerte —reconoció el duque.

Isabelle bufó indignada y comenzó a andar por el pasillo que se encontraba más cerca rezando por encontrar la salida; sería humillante tener que pedirle ayuda. En solo dos zancadas Sebastian ya caminaba detrás de ella. Isabelle siguió su instinto, giró a la derecha, luego a la izquierda, y se topó de bruces con una espesa masa verde que le impedía continuar.

—¿Necesitas ayuda? —preguntó encantado Sebastian, que con una floritura se apartó y la dejó pasar para que continuara con la ardua labor de salir de allí. De nuevo, tras un par de giros Isabelle se dio de bruces con un callejón sin salida. Volvió a desandar sus pasos ignorando al duque, que la esperaba silbando y con los brazos cruzados, como si aquello fuera un simple juego de niños. Isabelle se situó en uno de los pasillos que parecía el centro de aquella locura al ser un poco más amplio que los demás, y miró a su alrededor intentando encontrar alguna marca que le indicara cómo continuar. Se decidió por el de la derecha, pero Sebastian hizo un chasquido con la lengua para indicarle que la decisión era errónea.

—Estoy empezando a pensar que si no te ayudo, se nos hará de noche aquí dentro. —bromeó sacándola un poco más de quicio. Isabelle continuó caminando con la persistente presencia del duque a sus espaldas y, aunque se negó a darle la razón, decidió seguir sus indicaciones—. Izquierda, izquierda, derecha…, recto.

Isabelle golpeó con fuerza el suelo con el pie, y lo taladró con la mirada al descubrir que la había llevado de vuelta al centro del laberinto.

—Y he aquí una valiosísima lección —dijo Sebastian con el sarcasmo impregnando su voz—. Hay mil maneras de llegar a un lugar, pero a veces nos obstinamos en dar vueltas y vueltas, y escoger los caminos más enrevesados y truculentos para acabar en el mismo sitio.

—Gracias, excelencia —contestó ella intentando no gruñir

en respuesta. Dios, cómo odiaba que usara con ella ese maldito tono irónico—. Desconocía que poseyeras esa faceta tan filosófica; y ahora, si no te importa, ¿podrías decirme cómo salir de aquí?

—Por supuesto, solo tenías que pedirlo. Estaré encantado de enseñarte todo lo que necesites. Absolutamente todo.

A pesar de no tener mucha experiencia a la hora de tratar a hombres como él, a Isabelle no se le escapó el doble sentido de su frase.

—Gracias, pero por ahora solo necesito salir de este sitio antes de volverme loca y escalar estas malditas paredes. Creo que el resto de las cosas las aprenderé por mí misma.

Antes de que pudiera reaccionar, Sebastian la había sujetado por la cintura para apretarla contra su cuerpo.

—Ni lo sueñes, preciosa. Yo seré quien te enseñe todo lo que necesites saber. Tengo mucha paciencia, pero no soy un pusilánime. Te mereces algo mejor que un tipo sin sangre en las venas.

—¿Me merezco a alguien como tú? Pues entonces en otra vida debí de portarme rematadamente mal —contestó con rabia.

Sebastian rio y enredó la mano en su pelo suelto, disfrutando del tacto sedoso de sus rizos salvajes, y se inclinó hacia ella hasta casi rozar sus labios.

—Eres una pequeña deslenguada.

Isabelle intentó contestar, pero el duque ahogó su protesta con un beso, un beso envuelto de furia y deseo a partes iguales. Antes de que Isabelle pudiera reaccionar, la levantó del suelo y se sentó en el banco con ella sobre su regazo. Sabía que debía detenerle, pero cada roce de su boca la hacía anhelar el siguiente con urgencia. No podía dejarse dominar por un sentimiento tan primario ni podía permitir que la desesperación de su cuerpo anulara su voluntad. Pero no tenía fuerzas para luchar contra eso, puede que tampoco quisiera hacerlo, poco importaba en ese momento. Y mientras trataba de aferrarse a alguna razón coherente para separarse de él, su cerebro le devolvía una y otra vez la misma pregunta: ¿por qué debía negarse lo que tanto deseaba? Más tarde llegaría el momento de plantar batalla de nuevo, pero ahora no quería pensar, solo quería sentir. La boca de Sebastian se paseó sobre la suya como si dispusieran de todo el tiempo del mundo para saborearse. Aumentó la intensidad de su caricia instándola a separar los labios, y la invadió con su lengua tentándola, enloqueciéndola, hasta que ella le correspondió de igual manera.

Cuando al fin separó su boca de ella, Isabelle no pudo evitar sentir un pequeño pellizco de desilusión; puede que esta fuera la última vez que la besara y todo había terminado demasiado pronto. Pero Sebastian no tenía intención de dar aquello por finalizado, todo lo contrario, lo que deseaba era no detenerse jamás y la hizo inclinarse hacia atrás para poder besarla como quería. Deslizó la boca por su cuello, lamiendo la piel sensible, mientras su mano acariciaba con delicadeza su pecho, provocándole un estremecimiento que ella procuró disimular a toda costa. Isabelle reprimió el instinto de dar un respingo ante la osada caricia y se incorporó con la respiración agitada. Sebastian le deslizó el dorso de los dedos sobre la mejilla en un roce dulce, dispuesto a contenerse si a ella le resultaba incómodo continuar. Sus dedos siguieron con el lento recorrido hasta su cuello y su nuca, masajeándola despacio, mientras la respiración de ambos se acompasaba, aunque su piel siguiera hirviendo de necesidad.

Isabelle al fin se atrevió a levantar la vista, que mantenía clavada en su regazo, para mirarlo a los ojos. Sebastian suspiró resignado, convencido de que sería mejor dejar las cosas así por el momento. Pero para su sorpresa Isabelle no se levantó para marcharse. Cerró los ojos cuando ella comenzó a acariciar su mejilla despacio, tal y como él había hecho, marcando el contorno de su mandíbula y su mentón para terminar bajando hasta su cuello. Estaba totalmente hechizado por esa mezcla de inocencia y osadía que mostraba, y no se atrevía a moverse por si la magia del momento se esfumaba. Fue ella la que se inclinó sobre él para tomar de nuevo su boca en una caricia lenta, fue ella la que recorrió sus labios con su lengua buscando la suya con una pasión torturadora.

Las manos de Sebastian vagaron por su espalda, por sus caderas, por sus muslos, odiando cada centímetro de tela que se interponía entre ellos. Desabrochó con calma los botones de su sencilla camisa blanca para darle tiempo a negarse, pero ella no lo hizo. Deslizó los dedos por sus hombros arrastrando la tela y dejó su piel expuesta a la luz tenue de la tarde, mientras con la boca rozaba el contorno de su garganta y bajaba hasta sus pechos. Tiró de la tela de su camisola para dejar expuestos sus senos y percibió con claridad que ella se tensaba ligeramente, pero Isabelle no le impidió continuar. Se limitó a enterrar la mano en el pelo de Sebastian mientras él recorría los pezones con la lengua, atormentándola.

Isabelle intentaba no dejar entrever cuánto le estaban afectando aquellas caricias tan atrevidas, que sobrepasaban con creces todo lo que le habían enseñado sobre la decencia. Aquello era totalmente inadmisible en una joven soltera, y mucho más teniendo en cuenta que quien la hacía temblar no era otro que Sebastian Morton. A pesar de que reconocérselo a sí misma la avergonzaba, en su cuerpo despertaban sensaciones desconocidas para ella, su piel ardía en respuesta a cada caricia y su intimidad reaccionaba de una manera que jamás creyó que fuera posible. Y era simplemente fascinante. Se mordió el labio y contuvo los gemidos que pretendían escapar de su boca con total desvergüenza, la mortificación la mataría si Sebastian la escuchara. Seguro que serviría para alimentar su ego y se lo echaría en cara durante siglos. El duque volvió a besarla en la boca, esta vez con la urgencia marcando cada uno de sus movimientos, y la sujetó de las caderas para pegarla a la erección que apretaba sus pantalones. Isabelle le soltó el pañuelo y le desabrochó la camisa hasta que su torso quedó expuesto y se pegó contra él notando el vello rizado y su piel caliente contra sus sensibilizados pechos. La sensación fue tan vibrante que no pudo evitar apretar sus muslos con más fuerza sobre sus caderas. Un gemido ronco escapó de la garganta de Sebastian, ahogado por su beso, pero en ese momento una sensación casi logró imponerse al implacable ardor que hacía que el cuerpo de Isabelle se estremeciera. La venganza.

—Sebastian… —Él contestó con algo parecido a un gruñido mientras le besaba el cuello—. ¿Todavía piensas que no te gustan mis besos?

—Jamás he dicho nada semejante.

—Dijiste que no sabía besar.

Sebastian levantó la cabeza para mirarla, intentando rebajar el torrente de deseo que corría desenfrenado por sus venas o no sería capaz de volver a la mansión en toda la noche. Ella se levantó y, a pesar de que le temblaban las manos y sus piernas parecían de gelatina, procuró mantenerse lo más serena posible mientras se abrochaba la ropa.

—Dije que no tenías experiencia, no que no me gustase cómo lo hacías. Y debo reconocer que aprendes rápido. —Se levantó del banco e intentó atraerla de nuevo hacia él, pero Isabelle lo esquivó con un gesto ágil—. No me importaría pasarme el resto de mi vida besándote sin parar.

—Agradezco que me lo digas. —Isabelle entrelazó las manos a la altura de su cintura con actitud recatada y le dedicó su sonrisa más cortés. No cálida, ni apasionada, ni sentida, solo cortés—. Probablemente la persona de la que estoy enamorada agradezca la mejoría.

El duque sintió que el cielo descargaba sobre él una tormenta de hielo, pero en lugar de apagar su ánimo lo encendió de una manera que no se veía capaz de digerir. A su mente acudieron mil contestaciones, mil maneras de asesinar a Jackson Preston y otras mil formas de tumbar a Isabelle sobre la hierba y hacerle el amor hasta que se olvidara de que en el mundo existía otro hombre más que él. Pero se limitó a girar sobre sus talones y enfilar el camino más corto para salir de aquel endemoniado lugar mientras se abotonaba la camisa. Isabelle trató de mantener su ritmo, pero una zancada de Sebastian equivalía a dos suyas, así que, aunque su dignidad se viera tocada, se encontró dando pequeñas carreras para no perderle de vista. Después de recorrer varios pasillos Sebastian se detuvo, y giró de forma tan abrupta que a ella no le dio tiempo de frenar y se estampó contra su pecho. Con unos reflejos envidiables, o más bien con una buena dosis de previsión, la sujetó con fuerza para evitar que cayera y la pegó de nuevo a su cuerpo. Antes de que ella pudiera recuperar el aliento, la besó de una manera tan feroz que Isabelle pensó que se desmayaría, y sin pensar lo que hacía se aferró a las solapas de su chaqueta. Sebastian interrumpió el beso con la misma brusquedad con la que lo había empezado y la sujetó de las muñecas para deshacerse de su contacto.

—Escúchame bien, Isabelle Taylor. Si aprecias en algo a ese matasanos tuyo, no volverás a dejar que te bese. Lo único que evita que lo mate hoy mismo es que pienso que todo este circo no es más que una de tus estratagemas para sacarme de quicio. Nos vemos en Londres, cariño.

Isabelle abrió la boca para protestar en cuanto salió de su aturdimiento, pero él había reanudado la marcha y tuvo que volver a correr para alcanzarlo. Habían llegado a la salida del laberinto.

—Pero… —intentó argumentar, o quejarse, o decir algo para convencerse a sí misma de que lo que estaba haciendo era justo lo que quería hacer. Aunque en estos momentos no tenía ni idea de lo que era.

—Pero nada. Deberías preguntarte por qué cuando sueñas que tu amante te besa, es mi nombre el que pronuncias y no el suyo —sentenció el duque mientras avanzaba por el camino sin volverse a mirarla.

Isabelle se quedó paralizada mientras las imágenes de un sueño tórrido, de besos y caricias apasionadas y el recuerdo de su irresistible perfume inundaban su mente. Entre maldiciones silenciosas observó cómo ese hombre testarudo, tentador e insoportable se alejaba de ella con sus andares elegantes, como si viniera de tomar el té, mientras ella se sentía como si acabara de vivir un seísmo capaz de volverlo todo del revés.

18

Adam se mordió los nudillos, llevado por la rabia. Puede que Kensington no fuera perfecto, pero no tenía ninguna duda de que era generoso. Nunca le había prestado demasiada atención a ese tipo de cosas y ahora sin duda se arrepentía, pero había visto en numerosas ocasiones como su secretario o alguien de su confianza traía esos lujosos estuches de terciopelo de los mejores joyeros de Londres para Isabelle. Ahora que lo pensaba, su hermana nunca usaba esas ostentosas joyas, pero en una ocasión la vio probarse un fabuloso collar de brillantes que seguro pesaba más que su cabeza y que debía de costar una verdadera fortuna. Revolvió el contenido del enésimo cajón con los nervios crispados, trató de poner las prendas en el mismo orden en el que estaban y lo cerró con bastante brusquedad. Había revisado todos los muebles y recovecos de la estancia. En aquella maldita habitación no había nada de valor. Solo algunos de esos vestidos que el duque había pagado para su hermana, pero por los que no le darían más que una miseria, si es que conseguía venderlos. En su tocador solo había un par de cepillos con el mango de madera y un frasco de aceite con aroma a vainilla. Nada de peines de plata ni piedras incrustadas como los que usaba su madre. Isabelle parecía cómoda viviendo de manera bastante espartana, a pesar de ser una futura duquesa. Ni rastro de peinetas y tiaras elaboradas para el pelo. Ni joyeros de plata, jade y marfil. Pero lo que más le intrigaba era saber dónde guardaba las malditas joyas.

Maldijo cada vez más alterado, sin poder creer que Isabelle hubiese cometido un acto tan ruin como esconder sus cosas de valor. Irónicamente, le dolía su desconfianza, nunca le había dado motivos para pensar que él pudiera robarle por muy mala que fuera su situación. Sin embargo, en ese momento, quería convencerse de que el fin justificaba los medios, y que salvar a Jenn bien merecía cometer un acto deshonesto. ¿Qué tenía de malo aprovechar alguna de esas alhajas, si solo eran cosas materiales a las que Isabelle no parecía tenerles demasiado apego? Golpeó el tocador con los puños resistiendo el deseo de lanzarlo todo por los aires. Avanzó hacia la salida y se detuvo cuando uno de los tablones del suelo crujió bajo el peso de su bota. Volvió a pisarlo probando su resistencia y la madera volvió a crujir. ¿Y si Isabelle había sido más lista que él y había ocultado allí sus pertenencias o, aún mejor, y si las había vendido y había escondido allí el dinero? Sacó la navaja del bolsillo y con ansiedad forzó las tablas, sin demasiado cuidado, hasta que la que parecía estar suelta saltó de su sitio. La desolación estuvo a punto de hacerle llorar al comprobar que allí abajo solo había polvo y telarañas. Jamás imaginaría que su hermana hacía tiempo que, muy acertadamente, había depositado sus valiosas pertenencias en la caja fuerte de lady Balfour.

Bajó a la salita en la que Isabelle pasaba la mayor parte del día con la esperanza de que allí hubiera algo que poder usar. Rebuscó en la alacena, en el cesto de la costura, palpó los cojines, hasta que se dirigió a la mesa que había cerca de la ventana donde ella atendía la correspondencia. Hasta su juego de escritura era tan sobrio como el de cualquier triste contable, en lugar de los abrecartas de carey y materiales nobles que solían usar las jóvenes de su posición. Estaba a punto de marcharse cuando se fijó en el cajón de la pequeña mesa, que al principio le había pasado desapercibido. Estaba cerrado con llave y tuvo que usar la navaja y una buena dosis de pericia para conseguir forzar la cerradura. Cuando escuchó el clic, dejó de respirar durante unos instantes y abrió el cajón muy despacio. El miedo y la desesperación atenazaban sus nervios, sabiendo que si no encontraba nada allí, su esperanza se desvanecería del todo. Tomó aire sintiendo que el sudor le perlaba la frente, y con dedos temblorosos comenzó a buscar en su interior con la intuición, o puede que solo fuese la esperanza, de que su futuro se escondía allí. Cartas abiertas, papel perfumado, alguna invitación… Estaba a punto de abandonar la búsqueda, completamente desolado, cuando algo cayó al suelo de entre los papeles. Se agachó y revisó minuciosamente la ficha de madera de color rojo brillante y bordes dorados con el número diez impreso en una de sus caras y una letra D en la otra. La reconoció al instante. Cuando se trasladó a Londres, uno de sus antiguos amigos del colegio le consiguió una invitación para ser miembro del Dark. Adam estaba realmente fascinado por el ambiente desenfadado del lugar, por la alegría y la desinhibición de cada uno de sus rincones, y sobre todo por la despreocupación con la que la clientela se desprendía de verdaderas fortunas en las mesas de juego. Y ahí estaba él para obrar su magia y ganarlos a todos. Al principio la diosa fortuna estaba de su lado, todo eran sonrisas y palmaditas en la espalda. Hasta que su suerte cambió. De un día para otro, Adam ya no era el chico simpático que desplumaba a los nobles con una sonrisa y se llevaba a hermosas mujeres al lecho para celebrarlo, sino el tipo arisco e irritable que perdía mano tras mano sin remedio. Hasta el fatídico día en el que ya no pudo más. Había ganado dos manos, pero no era suficiente. La avaricia le pudo y siguió jugando hasta que lo perdió todo, incluso lo que no tenía. Desesperado, se atrevió a hacer trampas pensando que nadie lo notaría. Pero en el Dark no puede haber nada oculto. En cuanto se dieron cuenta de que estaba apostando en falso y trampeando con las cartas, el Jefe en persona lo llamó a su despacho. No podía hacerse cargo de la cantidad que debía al resto de los jugadores de la mesa, y en el Dark no había segundas oportunidades. O se hacía cargo de la deuda de inmediato o se le retiraría la invitación para siempre. Por más que Adam dio su palabra de zanjar la deuda y suplicó volver, el Jefe fue implacable, y aunque con el tiempo consiguió pagar lo que debía, sus puertas ya estaban cerradas para él. Desde entonces había soñado con tomarse una pequeña revancha, regresar y arruinarlos a todos, pero era imposible volver a entrar una vez que te tachaban de persona *non grata*. Pero ahora la cuestión era bien distinta.

¿Por qué demonios tendría su hermana en su poder una ficha de diez libras de un club privado y exclusivo? La tímida e insegura Isabelle no se habría atrevido a entrar en un lugar así, pero la única verdad incontestable era que de una u otra forma esa moneda le pertenecía. Y con un poco de suerte podrían conseguir más. Una fuerte carcajada sacudió su cuerpo y se sintió un poco demente en la soledad de aquella habitación, pero no importaba. Aún no sabía muy bien cómo, pero puede que Isabelle fuera la baza que necesitaba para salir de aquel infierno que lo envolvía.

Lady Balfour no había cejado en su empeño de relatarle a Isabelle todos y cada uno de los dolores, pequeñas molestias y malestares varios que la aquejaron durante el viaje de vuelta a Londres. En cambio, ella no podía, por más que lo intentaba, concentrarse en su conversación más de un par de segundos seguidos. Su hermana y su madre habían salido hacia su casa en el campo esa misma mañana, y Philomena aprovechó que Isabelle fue a despedirse de ellas en su habitación para presionarla con la necesidad de celebrar la boda antes de que terminase el verano. Así sería mucho más fácil para ella hacer su entrada triunfal en Londres durante la *little season* en otoño, cuando los salones todavía no estaban atestados de gente y los círculos eran mucho más exclusivos. Cuando Isabelle insinuó que casarse con el duque podía no ser una decisión acertada, su madre se transformó en una especie de gárgola grotesca capaz de escupir fuego por la boca, y aún le dolía la zona del brazo donde le había clavado los dedos llevada por la furia. Intentó recordar cuándo fue la última vez que había recibido un abrazo cariñoso por su parte, pero no lo consiguió. Para Philomena, su hija mayor parecía ser la vaca sagrada que proveería a la familia de riquezas y respetabilidad, y no se le pasaba por la cabeza que Issy pudiera desear otra cosa.

Lady Balfour nombró al duque, pero Isabelle hacía rato que había perdido el hilo de la conversación y no consiguió entender lo que dijo. Pero no importaba. Solo con oír su nombre, su cuerpo se ponía en tensión, se le encogía el estómago del nerviosismo y su cabeza parecía atolondrarse con los recuerdos de los últimos días. No podía creer que hubiera sido capaz de darle tales libertades. Ninguna señorita decente permitiría a un hombre que no era su esposo acariciarla de esa forma, y ella lo había hecho sin pensar en absoluto en las consecuencias. Se mordió el labio en un gesto involuntario y se sonrojó al recordar los besos de Sebastian sobre su boca, sobre sus pechos… Su magnetismo y su atractivo eran innegables. Puede que por eso le resultase tan fácil conquistar a las damas más codiciadas. Recrearse en ese pensamiento era doloroso, pero necesario. Solo de esa manera conseguiría no caer en sus redes como una idiota.

Sebastian quería cumplir su destino, honrar a su padre al emparentarse con la familia del hombre al que le debía tanto. Pero qué sería de ella después de dar el «sí, quiero» frente al altar. En ese momento, se había convertido en un reto para Sebastian, pero cuando al fin la tuviera, cuando se convirtiera en su esposa y se cansara de ella, todo volvería a repetirse: la indiferencia, las esperas interminables, la inevitable decepción…

Desde niña había estado enamorada de un príncipe azul que había idealizado. Sebastian era ese príncipe, pero tenía muchas más cualidades incluso que las que ella había soñado. Y a su pesar, la capacidad de doblegar su voluntad con el simple roce de su boca. Pero no podía confiar en él. Había creído estúpidamente que podría odiarlo con solo proponérselo, pero no era tan sencillo. No cuando la hacía sentir de esa manera, no cuando no daba su brazo a torcer y se empecinaba en no querer salir de su vida. Miró por la ventana del carruaje y le sorprendió encontrarse ya en Londres; había estado tan distraída que no se había dado cuenta de que habían abandonado los polvorientos caminos del sur. Una sensación de pesimismo y hastío la invadió. En la casa de campo de los Kensington el aire era limpio, los campos fértiles, ordenados, perfectos, y uno no podía evitar sentirse lleno de vida y optimismo. En cambio, aquí el aire estaba viciado por la niebla, el humo del carbón, el olor de los caballos, y las miradas de las gentes con las que se cruzaba, con demasiada frecuencia, eran turbias y tristes. Suspiró cuando al cabo de un rato el carruaje se detuvo delante de su casa y se despidió de lady Balfour mientras el lacayo transportaba su equipaje hacia el interior.

Se quitó los guantes despacio en el recibidor, que ya empezaba a estar en penumbra a esas horas de la tarde, mientras escuchaba de fondo el tictac del reloj de pared del pasillo, y de pronto se dio cuenta de lo sola que estaba. Al momento llegó a la conclusión de que más valía estar sola que mal acompañada al girarse y encontrar a su hermano en la puerta de la sala con cara de pocos amigos.

—Al fin has llegado. La reina de la casa, la futura duquesa que vive su vida sin importarle un cuerno lo que les ocurra a los demás —dijo Adam; la sujetó del brazo con brusquedad y la obligó a entrar en la sala antes de cerrar la puerta de un portazo.

—No sé a qué viene esta actitud, hermano, pero no vuelvas a ponerme una mano encima —protestó frotándose el brazo para aliviar el dolor que le había producido su agarre.

—¿Y qué esperas? ¿Una alfombra de pétalos de rosa para recibirte? Pensaba que eras consciente de la situación por la que está pasando nuestra familia.

—Sí, Adam. A menudo pienso que soy la única de la familia que lo entiende. —Isabelle lo miró con insolencia y sin intención de dejarse amilanar.

—Estoy… —Adam respiró profundamente intentando recuperar el control y moderar su tono de voz. Sabía que Isabelle reaccionaría mejor si lograba despertar su sensibilidad, pero estaba demasiado ofuscado, y durante las últimas horas su cabeza no había dejado de hacer cábalas—. Estoy intentando no perder los nervios con esta situación, así que, por favor, intenta guardar tu maldito sarcasmo para otra ocasión.

—No sé qué demonios quieres, Adam. Sabes que he estado alojada con los Kensington, y no precisamente por mi gusto. No he gastado ni un solo penique de más, ni estos días ni durante los últimos meses, si es eso lo que te preocupa.

—No, no es eso lo que me preocupa, hermana. Lo que ocurre es que acabo de descubrir que puede que no seas digna de confianza. —Adam se sacó un objeto del bolsillo y extendió la mano frente a ella. Isabelle alargó los dedos con un rápido movimiento, tratando de quitarle la moneda roja que Sebastian le había regalado a Atenea, como si así pudiera esconder su pecadillo, pero él cerró la mano y la apartó de su alcance.

—Diez libras, Issy. Diez puñeteras libras que resultan inservibles escondidas en un cajón. Pero lo que más me duele no es eso.

—Puedo explicarlo, yo… —Claro que tenía una explicación, pero dudaba que satisficiera a su hermano. Aquella brillante moneda lacada era un recuerdo de aquella pequeña gran transgresión, de su valentía, del primer beso de Sebastian, de la primera vez que se sintió deseada por él, de la única oportunidad que había tenido para hacer algo por sí misma, aunque hubiese tenido que fingir ser otra persona.

—¿Cómo has conseguido esta moneda? Nadie en su sano juicio saldría del Dark sin canjearla. Dime, ¿quién te la ha dado? Dudo que haya sido Kensington. Isabelle, me duele preguntarte esto, pero ¿tienes un amante?

El bombardeo de preguntas la dejó aturdida. Realmente a estas alturas a Adam le importaba poco si su hermana tenía una moral disoluta siempre y cuando eso no afectara a sus planes con el duque de Kensington. Un amante rico dispuesto a aflojar el bolsillo no sería una mala opción, especialmente si se trataba de alguien casado a quien le interesase guardar sus escarceos en secreto.

—¿Cómo te atreves a preguntar algo así, Adam? —dijo al fin, tras salir de su estupor.

—Pues entonces ¡dime cómo tienes esto en tu poder! ¿Has entrado al club? —Isabelle se retorció las manos, nerviosa, sin saber cómo continuar. En ese momento su hermano pareció sufrir una revelación. Recordó las partidas con su padre y la extraordinaria habilidad de Isabelle con los juegos de naipes, su capacidad para llevar la cuenta de las cartas que se repartían y las que quedaban en el mazo—. ¿Has jugado en el Dark?

Ella asintió compungida y clavó la mirada en la alfombra, mientras su hermano abría los ojos como platos sin poder creer que tuviese la solución a todos sus problemas ante sus narices y no la hubiese visto antes.

Adam se sorprendió de lo fácil que le había resultado mentirle a su hermana, y más aún darse cuenta de que no sentía ni el más mínimo remordimiento. Su situación estaba empezando a volverse desesperada, y en eso había sido totalmente sincero. Aunque no había sido honesto en lo referente a la cuantía y la razón de sus deudas. Sabía que Kensington no había tratado el tema abiertamente con Isabelle o ella se lo habría dicho. El duque tomaría la decisión más sensata y menos dañina para todos, y las deudas se saldarían, estaba seguro. Pero después de eso Adam seguiría sin un penique en el bolsillo y en esas circunstancias no podría llevar a cabo su plan para escapar con Jennifer. La única opción posible era conseguir rescatarla de las garras de Dirty Drake de alguna u otra forma y alejarse de la pegajosa tela de araña en la que se habían convertido los bajos fondos de Londres. Todavía no tenía claro a dónde irían, puede que a cualquier pueblo pequeño perdido en el norte, donde poder empezar una nueva vida. Lo que sí tenía claro era que para eso necesitaba dinero, mucho dinero, el suficiente para poder levantar la frente y mirar al futuro con tranquilidad.

Hacía tiempo que la diosa fortuna le había dado de lado, sin contar con el pequeño detalle de que el Jefe solo advertía una vez. Si Adam se atrevía siquiera a acercarse a los alrededores del club, sus hombres se encargarían de darle un escarmiento. Pero ahora la solución estaba al alcance de su mano. Se había sorprendido también de lo osada que había demostrado ser su hermana al colarse con la única protección de un antifaz en un mundo que no era el suyo. Isabelle no se sentía tan segura de sí misma como para querer repetir la experiencia, pero había conseguido convencerla modificando la verdad a su conveniencia. Le había contado que Jennifer era el pago de una deuda contraída por su padre y que Drake le daría la libertad si alguien la saldaba. Pero Drake no solo no le daría la libertad, sino que le arrancaría la cabeza si descubría que estaban confabulando contra él.

Isabelle no había podido conciliar el sueño en toda la noche pensando en la pobre Jenn y su aciago destino, y era consciente de que su conciencia no la dejaría vivir si no hacía lo que estuviese en su mano para ayudarla. Pero para eso se presentaban dos problemas. El primero, conseguir entrar en el club, para lo cual necesitaría de nuevo la ayuda de Nicholas Hamilton, y el segundo disponer del dinero suficiente para la apuesta inicial. Adam había conseguido una pequeña suma tras vender algunas baratijas, y en las últimas semanas había ganado algo de dinero en las carreras de caballos. Por su parte, Isabelle, aunque a regañadientes, decidió coger una parte del fondo que tenía reservado para posibles compras imprevistas, pero aun así no era suficiente. Tendría que tirar de todos los hilos posibles, aunque la verdad era que sus hilos se reducían a Clarice y Vivian.

Esa misma tarde Vivian respondió a su llamada y la citó en su casa. Vivi entró en su salita del té canturreando, como si el mundo no estuviera a punto de desmoronarse en las narices de su mejor amiga, que permanecía derrumbada en el sofá sin rastro de elegancia por ninguna parte.

—¿Aún no han traído los sándwiches? Esta chica nueva es un poco lenta. Y no quiero que protestes, estoy segura de que no has comido nada en todo el día, Issy.

Isabelle la miró con cara de hastío. A veces la energía de Vivi conseguía absorber la suya, especialmente en un día como aquel en que sus problemas parecían de difícil solución.

—No tengo hambre, lo siento.

—Pues tienes que comer. Es imprescindible para que tu cabeza esté despejada y rinda como es debido. —Vivi sonrió a la sirvienta que entró con la merienda, y le hizo un gesto rápido con la mano para que la dejara en la mesa y se marchara. Acto seguido siguió canturreando, mientras le servía un abundante plato a Isabelle—. Vamos, come.

—Vivi, mi vida es un desastre, no puedo pensar en merendar.

—Pero es que si no meriendas, no tendrás fuerzas. Y no te servirá de nada esto que acaba de llegar —dijo fingiendo indiferencia, mientras movía en el aire una invitación al Dark.

Isabelle se incorporó eufórica en el asiento, tratando de quitársela de las manos.

—¿Cómo lo has conseguido?

—En realidad ha sido Clarice. Dios sabe qué habrá tenido que prometerle a su primo para que nos la preste, pero el tontorrón está enamorado de una actriz de segunda categoría y no tiene intención de cambiar una noche con ella por una visita al club en nuestra compañía.

—Qué haría yo sin vosotras. Pero ¿por qué no la ha traído Clarice? —preguntó Isabelle mirando la invitación con devoción.

—Su abuela está delicada de salud, no quiere dejarla sola.

—Oh, lo siento. Mañana iré a visitarlas.

—Iré contigo —convino Vivian mientras se llenaba su platillo con un par de sándwiches y un pastelito.

—Bueno, ahora solo nos falta la segunda parte del plan. Espero que mi hermano haya conseguido el dinero que nos faltaba —se lamentó Isabelle, que no veía demasiado claras sus posibilidades.

Vivian sonrió de manera enigmática y agitó en su mano una bolsita de terciopelo que tintineó, atrayendo la atención de Isabelle.

—Puede que esto te pueda ayudar. Son unos pequeños ahorros que guardo para cuando mi madre no quiere consentirme algún capricho.

—No, no y no. No voy a coger tu dinero, Vivi. Ya estás haciendo demasiado por mí.

—No lo hago por ti, tonta. Esta vez te acompañaré. Tu hermano no puede entrar, y Clarice y Nicholas no vienen, no creerás ni por un instante que te voy a dejar sola en aquel antro.

Aunque Isabelle intentó negarse, por miedo a comprometer a la inocente Vivian en sus planes, su testarudez era más fuerte que sus argumentos. Puede que hubiera sido mucho más sensato esperar e hilar un plan un poco más elaborado, pero Isabelle sabía que cuantas más horas tuvieran para pensar, más dudas le surgirían al respecto.

Al filo de la medianoche ambas bajaron del carruaje en el que Adam esperaría a que volvieran a una distancia prudencial, en el callejón del Dark. Ignoraron los comentarios soeces de un par de tipos a los que se les había denegado la entrada al club, y enseñaron su invitación al enorme guarda de la puerta, que sin mediar palabra las instó a pasar. Ambas se cogieron de la mano con fuerza al entrar en el pasillo en penumbra que conducía al interior. A pesar de las máscaras, se conocían tan bien que podían saber lo que pensaban sin palabras, y la tensión en sus cuerpos era más que elocuente.

—¿Preparada? —preguntó Isabelle al notar que Vivi le apretaba la mano con demasiada fuerza.

—Creo que no lo estaré nunca. Entremos de una vez o vomitaré la cena

19

El ambiente era igual de jubiloso que en la ocasión anterior, aunque esta vez parecía que no había tanta gente, y al menos se podía andar. Un lacayo les ofreció unas copas de champán frío que ambas aceptaron. Se miraron con una sonrisa de complicidad y tras un rápido brindis las apuraron casi de golpe. Vivian parecía estar flotando a varios centímetros del suelo, mirando a su alrededor con una sonrisa extasiada, ajena a las miradas de admiración que le dedicaban los caballeros debido a su exuberante cuerpo. Su vestido de raso de un brillante color cobre no era ni mucho menos tan escotado como el de Isabelle, que había repetido el vestido que Clarice le prestó en la ocasión anterior, pero el escote en V favorecía la forma voluptuosa de sus pechos, y sus generosas curvas llamaban la atención, aunque ella no fuera consciente.

—¿Y ahora qué? —preguntó mientras sufría un pequeño ataque de risa nerviosa cuando uno de los caballeros le dedicó una sonrisa lobuna tras guiñarle un ojo.

—Pues ahora voy a intentar buscar al señor Paltrow. Adam me ha dicho que es un jugador habitual. Además, es un caballero muy amable y respetuoso, y me ofrece más confianza jugar con él que con desconocidos. Y sé que le ganaré con facilidad. Vamos. La ronda debe de estar a punto de empezar.

Vivian miró a su alrededor y le dedicó un mohín de fingido disgusto.

—¿No podemos bailar un poquito antes? Mira qué ambiente nos rodea, todo el mundo parece estar pasándolo bien. Y a mí la verdad es que las cartas me aburren muchísimo. Solo conseguiría ponerte nerviosa allí parada, observándote como un pasmarote.

—Vivi…, no voy a dejarte sola. Me prometiste que harías lo que yo te dijera.

Vivian se cruzó de brazos como si fuese una niña pequeña.

—Hablas como si fueras una habitual en este tipo de sitios y, querida, solo has estado una vez. No es que seas una experta. Vamos, por favooor, prometo no meterme en líos.

—Está bien —concedió Isabelle—. Tú quédate aquí y baila cuanto quieras. Pero dame tu palabra, Vivi. No saldrás de la pista, no harás ninguna tontería y bajo ningún concepto entrarás en ninguna habitación con ningún hombre.

—Pero ¿por quién me tomas? —Vivi se echó a reír sin poder evitarlo—. Jamás haría algo semejante. Solo quiero divertirme un poco, no volverme una descocada.

—Vivian, por muy decente que parezca un hombre, no te fíes de ninguno. Algunos pueden resultar muy convincentes y podrías acabar con la reputación arruinada antes de que te des cuenta.

Vivian parpadeó debajo de su máscara y sujetó las manos de Isabelle para tranquilizarla.

—Prefiero no saber cómo has llegado a esa conclusión. No voy a salir de esta zona, te lo prometo. Y ahora, márchate, y no vuelvas hasta que hayas desplumado a esos tipejos. Nos vemos aquí.

Isabelle cuadró los hombros y se dirigió a la zona de juegos aparentando una serenidad que no sentía.

—Supongo que el señor Paltrow ya estará dentro —preguntó mientras pasaba junto a uno de los lacayos que vigilaba el pasillo que conducía a la sala de juegos, sin intención de detenerse. Aparentar seguridad en sí misma era la clave para salir indemne de aquella situación.

—Sí, señora. Llegó hace un rato. ¿Quiere que la acompañe a su mesa?

—No será necesario, gracias —respondió dando por finalizada la conversación con un elegante movimiento de su mano enguantada. Perfecto. Si había podido franquear la puerta, el resto sería pan comido.

Tomó aire profundamente al llegar a la cortina que comunicaba con el salón, y solo entonces se paralizó al darse cuenta de que su prometido podría estar allí. Pero no permitiría que ese pensamiento le restara confianza ni la alejase de su objetivo. Abrió la cortina y paseó la vista por las diferentes mesas, avanzando con los andares propios de una mujer de mundo, experimentada y dueña de sus actos. Una mujer como Atenea.

—¿Mi vista no me engaña? —Una voz conocida llamó su atención—. La bella Atenea ha acudido a alegrarme lo que prometía ser una tediosa noche plagada de derrotas.

Isabelle se esfumó, y Atenea le dedicó una sonrisa radiante a Paltrow, decidida a bordar su papel. Sus miedos a no ser recordada se disiparon y agradeció haber usado el mismo atuendo que la vez anterior. Le tendió la mano, que él no tardó en besar con un gesto seductor que para su propia sorpresa le salió de forma natural.

—Espero que a pesar de que se alegre de mi presencia, su racha de derrotas no cambie. Estoy decidida a aprovecharla a mi favor. Lo siento, pero detesto perder.

—Puede ganarme cuantas veces quiera, y si eso la hace sonreír, estoy tentado a dejarme ganar.

—No será necesario, me gustan los retos, caballero. —Isabelle no lo podía creer, pero estaba coqueteando por primera vez en su vida, y sus frases huecas y absurdas estaban provocando que tanto Paltrow como los hombres de alrededor soltaran risitas bobaliconas, mientras le miraban el escote—. Sería decepcionante que me lo pusiera demasiado fácil.

Aquello prometía. La mayoría había bebido lo suficiente como para que su cerebro no fuese capaz de pensar en dos cosas a la vez, y ganarles no le resultaría demasiado complicado. Atenea se dejó acompañar hasta la mesa, y con los ademanes más sofisticados que pudo componer se declaró dueña y señora de aquel mundo banal, que en ese momento se reducía a las dimensiones de aquel tapete verde y a aquellos hombres que acababan de caer rendidos a sus pies.

La música seguía sonando y Vivian recibía una invitación para bailar detrás de otra. No podía evitar reír escandalizada y divertida ante los pícaros comentarios de sus compañeros de baile, e incluso había tenido que pararle los pies a un tipo que le había propuesto marcharse a un lugar más privado. No terminaba de entender exactamente el doble sentido de algunas frases, pero intuía que aquellas palabras escondían un trasfondo turbio. No era tan ingenua como para no deducir que el séptimo cielo al que querían llevarla no tenía nada de angelical y que cuando hablaban de arrancarle sonrisas extasiadas, probablemente no pretenderían contarle chascarrillos graciosos para conseguirlo. Aun así estaba bastante orgullosa de cómo estaba capeando esas situaciones.

—Iré a por un par de copas de champán, Electra —sugirió el caballero con el que acababa de bailar una pieza. El salón estaba empezando a llenarse de gente y el calor se estaba volviendo sofocante. Vivian soltó una risita al escuchar de su boca el fabuloso nombre que se le había ocurrido. Hubiese preferido llamarse Atenea, sonaba menos teatral, pero Isabelle se lo había robado y había tenido que improvisar—. Oh, mire, ahí hay un lacayo.

Electra se quedó mirando cómo el atractivo muchacho cruzaba la pista para alcanzar al lacayo y de repente su sonrisa se desvaneció por completo. Alguien muy parecido a su padre, el puritano lord Carpenter, paseaba por uno de los pasillos laterales con una flamante dama colgada del brazo. Y podía asegurar, como que estaba respirando, que esa dama no era su madre. Vivian no era estúpida y sabía perfectamente que el de sus padres no era un matrimonio por amor. Después de que ella naciese y ante la imposibilidad de tener más hijos debido a complicaciones durante el parto, las puertas del dormitorio de lady Carpenter se cerraron para siempre, para gran alivio de su esposo, aunque de cara a la galería seguían fingiendo que todo era armonía, algo bastante común en los matrimonios de los de su clase. Su padre, o ese hombre que tanto se le parecía, miró sin mucho interés hacia los bailarines que atestaban la pista y Vivian se colocó detrás de una pareja para ocultarse girando a la vez que ellos, para no quedar a la vista. Cuando la pareja la miró con cara de pocos amigos, pensando que se estaba burlando de ellos, esgrimió una sonrisa de disculpa, y dio varios pasos para quedar oculta tras otro par de bailarines, hasta que consiguió salir de la pista y esconderse de manera estratégica detrás de una columna.

Carpenter y la llamativa mujer se marcharon por unas escaleras, flanqueadas por un guarda vestido como un caballero, aunque su aspecto rudo se asemejaba más a un matón de los bajos fondos. Vivian sabía que no debía moverse del lugar, y que Isabelle iría a buscarla para marcharse en cualquier momento, pero se había percatado de que varios clientes habían desaparecido por el mismo lugar que su padre. A pesar de que su instinto le decía que probablemente lo que iba a encontrar no le gustase en absoluto, sintió el irremediable instinto de seguirle, sin saber muy bien con qué fin. Subió las escaleras con decisión hasta que llegó a la altura del guarda, que extendió el brazo para impedirle el paso.

—¿Tiene pase para entrar en el Red?

El Red. Nicholas les había hablado brevemente de ese otro club, y aunque no había entrado en demasiados detalles, sí había dejado claro que no era un lugar que una joven inocente debiera visitar. Según él, en su escenario se representaban espectáculos subidos de tono, y los clientes reservaban habitaciones para llevar a cabo sus fantasías eróticas más inconfesables. No tenía ni idea de en qué podían consistir esas fantasías. Hasta donde a ella le habían explicado, las relaciones no tenían demasiado misterio y todo lo que no estuviera destinado a la procreación era un acto depravado y antinatural alejado de los caminos del Señor. De hecho, su padre era un firme defensor de la moralidad y la decencia, así que no podía creer que estuviera en un local semejante. Puede que después de todo se hubiera confundido, ya que el caballero llevaba antifaz, y no lo había podido observar detenidamente. En ese momento de indecisión trató de convencerse, como mecanismo de autodefensa, de que ese hombre era mucho más alto que su padre y más esbelto. A decir verdad, ese caballero lucía un lustroso flequillo negro como el carbón, impropio de un hombre de su edad, y su progenitor estaba bastante calvo. Pero necesitaba cerciorarse o la duda no le permitiría volver a mirarlo a la cara, aunque a saber cómo lidiaría con ello si descubría que su padre se había puesto un bisoñé para flirtear con una señora despampanante.

El guardia carraspeó al ver que Vivian no contestaba.

—Sí, por supuesto que la tengo. De lo contrario no estaría intentando entrar en el Red. ¿No le parece? Pues claro que la tengo. ¿Qué tipo de persona intentaría entrar en un sitio al que no ha sido invitada? ¿Le parezco ese tipo de persona? ¿Eso es lo que está insinuando? —El hombre levantó una ceja y extendió la palma de la mano, con una paciencia admirable, esperando la correspondiente tarjeta. Vivian fingió malinterpretarlo, sorprendida e indignada—. ¿En serio? ¿Me está exigiendo una propina incluso antes de abrir esta maldita cortina? Es increíble. Cobran hasta por respirar en este sitio. Hablaré con el encargado para poner una queja. A dónde vamos a llegar —continuó con su teatrillo intentando vencerle usando su incansable verborrea.

Vivian bufó fingiéndose ofendida y de nuevo intentó cruzar al otro lado, creyendo que la treta le daría resultado, pero el individuo no se tragó su actuación y de nuevo extendió el brazo para impedirlo.

—Señora, necesito ver su invitación.

—Pues en ese caso llame a lord Carpenter, la lleva en su bolsillo y acaba de pasar. Me he retrasado saludando a… Pero, bueno, ¿en serio va a hacer que le dé explicaciones sobre mis actividades? —Vivian imitó el tono prepotente y chillón que usaba su madre cuando quería imponerse sobre alguien usando su estatus—. Esto es inaudito. Carpenter se va a enfadar, y me gustará ver la cara de su jefe cuando se entere de que me ha retenido aquí, a ojos de todo el mundo, por su excesivo e infundado celo.

Algo dentro de la frase pareció alterar el ánimo del hombre, puede que fuera la mención de su jefe, pero a Vivian no le importó. Lo único importante era que la cortina se había abierto para invitarla a pasar y tras elevar la barbilla con una sonrisa de triunfo, comenzó a avanzar. El pasillo estaba poco iluminado y el tapizado rojo sangre de suelo y paredes resultaba un tanto asfixiante. Daba la impresión de que tras la siguiente puerta uno desembocaría en el mismísimo infierno. Caminó tan despacio que tuvo la sensación de que no avanzaba en absoluto, como si estuviera inmersa en un túnel trucado. Unas estridentes carcajadas femeninas a lo lejos la sobresaltaron; varios clientes querían tomar el mismo camino que ella para adentrarse en el mundo de perversión del Red. De pronto se sintió indecisa, ya no tenía tan claro que quisiera entrar allí, y mucho menos ser vista. No era más que una joven dama soltera, inocente y sin experiencia, y ni siquiera sabía en qué clase de mundo se estaba adentrando. La absurdez de su plan se hizo patente ante sus ojos. ¿Qué pasaría si en realidad encontraba a su padre en aquel lugar con algo parecido a un gato negro plantado sobre la cabeza? Se volverían las tornas y sería ella quien tendría que justificar su presencia allí. La encerrarían en un convento de clausura hasta que se convirtiera en una viejecita enjuta, arrugada y sin dientes. Ella sería quien pagara la penitencia por ser testigo de sus pecadillos. Tenía que volver, buscar a Isabelle, salir de allí cuanto antes y fingir que no había visto nada. Otra duda la asaltó, lo que la puso aún más nerviosa. Si ella había reconocido a su padre, ¿quién le decía que alguien no la hubiera reconocido a ella? Se volvieron a escuchar las risas, esta vez más cerca. Miró a su alrededor y vio un pequeño pasillo de casi un metro de largo que se abría a la derecha, en el que apenas cabía una persona y que parecía no llevar a ninguna parte. Puede que si se quedaba allí muy quieta, el grupo pasara de largo sin verla. Pero la discreción no era el fuerte de Vivian, y justo cuando iba a esconderse se pisó el bajo del vestido y se estampó de bruces contra la pared del fondo del pequeño recoveco.

Se agarró a una de las figuras de escayola con forma de cabeza de león que adornaban aquel extraño rincón para poder levantarse lo más rápido posible, pero la figura giró con un clic metálico, y lo que hasta ahora parecía una sólida pared se abrió, dando paso a una habitación. La conversación de los clientes a sus espaldas se acercaba hasta ella y sin pensarlo demasiado y sin perder tiempo en ponerse de pie, se adentró andando de rodillas en la estancia que acababa de descubrir y cerró el panel tras ella. Se sentó en el suelo con las piernas estiradas con un suspiro de alivio, y en ese momento cayó en la cuenta de que posiblemente el remedio sería peor que la enfermedad. Levantó la vista y estuvo a punto de gritar al ver a un hombre que parecía haberse quedado paralizado por su interrupción mientras contaba un fajo de billetes y la miraba desde su impresionante altura. El joven levantó una ceja, visiblemente sorprendido, y tras colocar el dinero en una caja metálica, la cerró con una pequeña llave que se guardó en el bolsillo de la chaqueta.

—Qué curioso, nunca me han gustado las sorpresas, pero he de reconocer que realmente es la primera vez que una dama se echa a mis pies de una manera tan convincente.

Vivian tragó saliva y de pronto recordó que Isabelle le había hablado de un tipo misterioso a quien todos llamaban el Jefe, un hombre alto y moreno, bastante desconcertante. El hombre, que acababa de ponerse en cuclillas delante de ella para observarla de cerca, era sin duda alto, desconcertante y muy muy atractivo. Aunque no sabría decir si era misterioso, ya que su mirada burlona era bastante notoria, y solo había que verlo una vez para saber que era un pícaro o, aún peor, un sinvergüenza. Además, su pelo era castaño claro o más bien pelirrojo, aunque con la escasa luz no pudo estar segura.

—¿Es… es usted… el Jefe?

El hombre se rio con ganas.

—No, por Dios. Yo solo soy el que manda de verdad aquí

—dijo con ironía—. ¿Lo está buscando por alguna razón? —preguntó pasando los ojos de manera descarada por su exuberante cuerpo.

—No. Supongo que me he perdido. Al verlo aquí, pensé que era usted. Pero no se lleve una falsa impresión. No lo conozco. No conozco a nadie aquí, en realidad. Es la primera vez que vengo.

—Pues para ser la primera vez que viene, ha conseguido lo que muchísima gente lleva años deseando hacer sin éxito. Ha descubierto la guarida del león, es toda una valiente.

—Pues no era mi intención, desde luego. Solo pretendía esconderme como una ardilla asustada —admitió Vivian con sinceridad.

—¿De quién huía? ¿Alguien la ha molestado? Aquí somos totalmente intolerantes con ese tipo de comportamientos. —El tono y el semblante del hombre se volvieron serios de repente.

—En realidad, era yo la que perseguía a alguien —reconoció con su incontinencia verbal habitual mientras se encogía de hombros.

—¿A algún amante, a su enamorado tal vez?

—A mi padre. —El hombre enarcó las cejas—. Me pareció reconocerlo y quise asegurarme de que era él, pero luego decidí que si realmente estaba aquí, sería mejor que no lo supiera. ¿Se imagina la tensión mañana en la mesa del desayuno? ¿Cómo podría pedirle que me pasara la sal después de eso? —trató de bromear para quitarle hierro al asunto.

—Supongo que tiene razón. En la vida hay enigmas que es mejor no resolver. Desentrañar otros, en cambio, resulta un verdadero placer. —La miró con picardía y, sin saber muy bien por qué, Vivian se sonrojó. El apuesto joven le dedicó su sonrisa más cautivadora y le cogió la mano para depositar un beso que le hizo cosquillas hasta en la planta de los pies, en lo que pretendía ser un gesto galante, pero que teniendo en cuenta que ella seguía sentada en el suelo, resultó bastante cómico—. Soy Lionel Jones, el dueño del Red. Todos me llaman Lion, el rey de la selva y de estos dominios. Pocos me conocen, ya que me gusta la tranquilidad del anonimato, pero no soy tan propenso a rodearme de un halo de misterio como mi… mi socio, el Jefe.

—¿Y por qué me ha desvelado quién es? —preguntó Vivian con una sonrisa embelesada.

—No lo sé. Parece usted de fiar, alguien sin dobleces. ¿Cómo se llama?

—Electra. —La carcajada de Lion resonó en la habitación y fue tan contagiosa que Vivian acabó riéndose también, mientras él la ayudaba a levantarse—. Está bien, me pareció un buen nombre en mi cabeza. Pero al decirlo en voz alta parece un poco excesivo. Me llamo Vivian.

—Sí, un tanto demasiado excesivo. De lo mejorcito que he escuchado por aquí, la verdad. Vivian es mucho más hermoso, casi tanto como su sonrisa.

—Señor Lion, ¿está usted coqueteando conmigo? —La pregunta salió de forma tan natural que Vivian se tapó la boca en un acto reflejo, sabiendo que había resultado tan descarada como descortés. Pero de verdad le extrañaba que un hombre como ese le dedicara un cumplido sincero. La risa espontánea y contagiosa de Lion sonó de nuevo en la habitación, y Vivian se sintió tan reconfortada que entendió la advertencia de Isabelle de no estar a solas con ningún hombre.

—Adoro que me haya encontrado, creo que es la primera mujer que visita mi oficina. —Vivian se giró y observó por primera vez la estancia decorada en tonos verdes y dorados, y le resultó acogedora por su sencillez—. Me encantaría continuar charlando con usted, Electra. Pero, sintiéndolo mucho, debo atender mis obligaciones.

Lion metió la mano en el bolsillo, sacó una tarjeta roja con letras doradas y se la entregó.

—Esto es un pase especial. Tan especial como usted. Si alguna vez quiere desentrañar algún misterio, entregue esto en la puerta. La conducirán directamente ante mí. Guárdela bien, es un tesoro que muy pocos poseen. Y ahora, acompáñeme.

Salieron de la habitación y Lion la precedió por un estrecho pasillo hasta llegar a una pared en la que, a simple vista, no había ninguna puerta, solo un panel cuyo centro estaba adornado con una filigrana con forma de luna. La miró mientras apoyaba la mano en la figura en relieve y le susurró al oído:

—Espero que sepa guardarnos el secreto sobre nuestra guarida, Electra. O tendremos que encerrarla en una mazmorra y convertirla en nuestra esclava hasta el fin de sus días, y no estoy seguro de si eso sería más placentero para mí o para usted...

Su tono era tan suave que, en lugar de una amenaza, a Vivian le resultó una broma inocente y no pudo evitar sonreír, aunque le intrigó que hablase en plural. Giró la figura de escayola, y el panel se abrió con un clic metálico, lo suficiente para asomarse al interior de la habitación. Desde dentro se escuchó una voz masculina recriminándole que de nuevo hubiese abierto sin llamar.

—Cúbrete, te traigo un regalo.

Tras unos segundos Lion la hizo pasar a una estancia que le resultó intimidante. En contraste con el despacho de Lion, que parecía la salita de una casa campestre, esta habitación parecía la antesala del mismísimo infierno. El lujoso mobiliario era de madera tan oscura como el ébano, del mismo tono que la tapicería del sofá y las sillas. Las paredes estaban pintadas en el mismo tono carmesí que el resto de los pasillos, pero lo que más le impresionó fue la extraordinaria pared de brillante mármol negro, con vetas blancas y grises, que presidía la habitación y delante de la cual se situaba una enorme mesa de escritorio y un sillón de piel.

En una de las esquinas había colocado un biombo con motivos chinos del que salió el hombre más impresionante y misterioso que Vivian jamás había visto, a pesar de que su rostro no estuviese a la vista. Sus movimientos eran elegantes y su vestimenta era completamente negra, incluyendo la camisa. Su cabello ligeramente alborotado era tan brillante como las alas de un cuervo, y la máscara blanca que le cubría la cara, carente de toda expresión, no ayudaba a dulcificar ni un ápice su aspecto peligroso. Así que ese era el Jefe. Vivian tragó saliva al notar que el hombre se quedaba paralizado al verla y apretaba sus manos en puños junto a los costados.

El Jefe maldijo bajo su imperturbable máscara. Era imposible no reconocer la deseable silueta de Vivian Carpenter, al menos para él, y ese ridículo y minúsculo antifaz no desviaba la atención ni por un momento. Más aún cuando llevaba el mismo peinado que solía llevar, el mismo colgante de plata y los brillantes con forma de corazón de siempre, e incluso creía haberla visto ya con ese llamativo vestido de color cobrizo. Por suerte, por deformación profesional, era mucho más observador que la mayoría, y contaba con que el resto de los clientes estuviesen demasiado inmersos en sus propias diversiones para haberla reconocido, o su reputación acabaría por el fango. Y no había fundado el Dark para arruinar reputaciones de jóvenes inocentes.

—¿Qué significa esto?

A pesar de que su voz sonaba amortiguada y pastosa a través de la gruesa máscara, estaba más que claro que aquello no era una bienvenida precisamente cordial.

—Un tierno corderito se ha escapado de tu redil, Jefe. Dile a tu gente que no se deje engatusar tan fácilmente por una sonrisa bonita. —Lion se giró hacia Vivian y besó galantemente su mano—. Ha sido un auténtico placer, Electra. Y algo me dice que esta no será la última vez que nos veamos. Créame, la esperaré ansioso —se despidió, y esta vez se marchó por una enorme puerta de madera oscura en lugar de la entrada secreta.

Vivian soltó una risita nerviosa que se vio interrumpida por algo parecido a un gruñido que se oyó amortiguado por la máscara del otro hombre.

—Siéntese —Le indicó con sequedad un asiento frente a su escritorio, visiblemente más pequeño que el suyo. Todo en aquella habitación estaba diseñado para impresionar a los incautos que se atrevieran a entrar allí; todo era enorme, magnífico y deslumbrante, a la par que siniestro. Por un momento a Vivi se le ocurrió que quizá aquel hombre llevara alzas en los zapatos para parecer más alto y tuvo que morderse el labio para que no se le escapara de nuevo una de sus carcajadas nerviosas, que la dejaban en evidencia en los momentos más inoportunos.

—Prefiero estar de pie si no le importa —dijo al fin.

—He dicho que se siente. —El tono del Jefe fue inflexible y lo enfatizó haciendo una breve parada después de cada palabra.

Vivian se acercó al asiento que, por cierto, además de pequeño era bastante incómodo, y se sentó sin esperar a que él tuviera el gesto caballeroso de acercarle la silla. El Jefe se sentó frente a ella tamborileando con los dedos sobre el escritorio, con una cadencia desesperantemente lenta, y sin dejar de observarla durante lo que a ella se le antojó una eternidad. Quería intimidarla, era más que obvio, y aunque tenía ganas de resoplar y poner los ojos en blanco por lo evidentes que resultaban sus intenciones, Vivian tenía que reconocer que la táctica estaba empezando a dar resultado.

—¿Cómo ha llegado hasta aquí? ¿Quién le ha dicho cómo entrar? Dudo que haya encontrado una fisura en nuestra seguridad usted sola.

—¿Fisura? —Esta vez sí que no pudo evitar poner los ojos en blanco, y dio gracias por tener el antifaz, porque ese hombre no parecía tomarse las bromas demasiado bien—. Por el amor de Dios, he entrado por accidente y sin ninguna pretensión de hacerlo. Supongo que alguien con experiencia y que de verdad quisiera invadir su territorio no tendría mayor problema. ¿Una cabeza de león giratoria? Hasta yo lo hubiera deducido si hubiera pensado un poco. No es que hayan sido muy originales teniendo en cuenta que el dueño se llama Lion.

Durante un momento interminable el Jefe se quedó frente a ella completamente inmóvil. Sus ojos a través de la máscara eran solo dos manchas oscuras y brillantes, y Vivian llegó a temer que en cualquier momento saltara la mesa y la apuñalara con su magnífico abrecartas de oro y ébano.

—¿A dónde se dirigía? ¿Iba al Red? —continuó con su voz ronca y siniestra. Ella se limitó a asentir con gesto vacilante—. ¿Y qué demonios se le ha perdido en un sitio como ese?

Lo que le había relatado con tanta ligereza a Lion Jones

ahora se le antojaba un pesado secreto imposible de confesar. Se sentía juzgada y estudiada como si fuera un insecto insignificante por aquel hombre enorme y de gestos irresistiblemente elegantes, que con toda seguridad se reiría de su situación. Vivian se encogió de hombros.

—Quería descubrir algo nuevo, vivir una aventura, señor... Jefe.

Con los andares lentos de una pantera agazapada entre la vegetación, el Jefe se levantó y rodeó la mesa hasta que se situó detrás de la silla de Vivian. Sentía su proximidad como una lengua de aire caliente sobre la piel descubierta de su espalda, y no tuvo ninguna duda de que, desde donde estaba, debía de tener una vista privilegiada de su escote. Aunque dudaba que tuviese algún tipo de interés en ella, más que el de cortarle la lengua para que no revelara su absurda entrada secreta, se dio un discreto e infructuoso tirón a la tela del vestido, intentando cubrir un poco más su pecho. Cerró los ojos instintivamente al sentir que él se inclinaba hacia su asiento y colocaba las manos sobre los reposabrazos de la silla, enmarcando su cuerpo, pero sin llegar a tocarla. Se sentía como si estuviese perdida en mitad de la noche y un animal salvaje la olfateara calibrando si era lo suficientemente jugosa para tomarse el trabajo de hincarle el diente.

—Una aventura. ¿Una de esas aventuras en las que una joven de buena familia, en edad casadera, ve su reputación hecha añicos por culpa de su propia insensatez? —Vivian tensó la espalda, percibiendo con total claridad el magnetismo que irradiaba de él.

—Discúlpeme, pero eso no es de su incumbencia —se defendió con poca convicción.

—Sí lo es cuando eso ocurre bajo mi techo. Solo hay que verla para saber que atraerá los problemas como la miel a las moscas.

—Usted no me conoce.

La risa del Jefe sonó extrañamente ronca bajo la máscara.

—Yo lo sé todo, Electra. Conozco a todo el mundo, desde la gente más cercana a la Corona, pasando por los nobles de las casas más renombradas, hasta el último estibador del puerto o cualquier maleante de los bajos fondos. Y eso la incluye a usted, Vivian Frances Carpenter.

Vivian se puso de pie para enfrentarlo con la boca abierta de asombro.

—Por favor, no diga nada. Si mi familia se entera, me matará —rogó perdiendo la falsa fachada de insolencia y seguridad que pretendía mantener.

—Sería contraproducente para mí hacer algo así. Supongo que no ha venido sola.

—He venido con una amiga —dijo en un tono de voz casi inaudible. Vivian bajó la cabeza y se retorció las manos, totalmente abatida. Su aventurilla había llegado a su fin demasiado pronto, y lo peor era que sus aspiraciones de volver allí se habían frustrado por completo.

—Ya lo imaginaba. ¿La señorita Taylor o la señorita Hamilton?

—Isabelle Taylor —admitió sabiendo que no tenía sentido intentar guardarse la información. Realmente ese hombre conocía todo lo que pasaba entre las paredes de su club.

—Bien, le diré lo que vamos a hacer. Va a buscar a su amiga y se va a marchar de aquí sin causar ni buscar problemas. Y por supuesto va a olvidar por completo que ha estado aquí y que nos ha conocido a Lion y a mí. ¿Entendido?

Ella asintió con la vista clavada en la alfombra. Su actitud de arrepentimiento era tan convincente que el Jefe debió de enternecerse. Las punteras de sus brillantes zapatos negros entraron en el campo de visión de Vivian cuando acarició su mentón para que levantara la mirada. Vivian apenas podía respirar con normalidad mientras él le deslizaba el dorso de la mano por el cuello y el contorno de su hombro, en una caricia lenta y tan sutil que parecía que solo era producto de su mente.

—No le haga caso a Lion, por favor. No vuelva. En este mundo hay demasiada oscuridad, sería una pena que se apagase la luz de su sonrisa.

Vivian aún estaba intentando asimilar lo que estaba pasando, pero el Jefe ya la arrastraba con suavidad para sacarla de su despacho. Llegaron a un oscuro pasillo, él presionó uno de los paneles y la madera se abrió, dando paso a un nuevo corredor más espacioso hasta donde llegaba, amortiguado por una pesada cortina, el bullicio de las conversaciones y la música.

—Adiós, Vivian.

Cuando al fin se giró hacia él, estaba sola en el pasillo y no había rastro ni del hombre ni del lugar por el que habían llegado hasta allí. Ni leones ni lunas ni hombres misteriosos. Por un momento Vivian pensó que todo aquello bien podía ser un sueño o un delirio de su fértil imaginación, pero al mirarse la mano vio que aún llevaba apretada entre los dedos la invitación de Lion.

En cuanto llegó al salón divisó a Isabelle con el cuello estirado buscándola desesperadamente entre el resto de los bailarines. No le gustaban los secretos y estuvo realmente tentada de contarle los fascinantes encuentros de aquella noche. Con toda probabilidad, si Isabelle le hubiera preguntado, no habría podido contenerse, pero su amiga estaba pletórica con la pequeña fortuna que había conseguido ganar, y Vivian agradeció poder guardar todo aquello solo para ella.

20

Resultaba un poco decepcionante que, a pesar de que Isabelle consideraba que el resultado de la noche anterior había sido brillante, Adam pensara que lo que había conseguido no era más que calderilla. Aquello no era suficiente y con toda seguridad nada lo sería. Isabelle se dejó convencer y, de nuevo, esa noche se arregló meticulosamente para resultar lo más atractiva posible. No podía repetir de nuevo el mismo atuendo y rebuscó entre su nuevo vestuario algo que pudiera servir para la ocasión. Se decantó por un vestido color amarillo pálido con cuello de barco y pidió a la señora White que le hiciera un recogido alto elaborado para que le resaltara el cuello y los hombros. Arrugó la nariz mientras giraba una y otra vez delante del espejo, para verse desde todos los ángulos. Se veía un poco pálida, puede que se hubiese pasado con los polvos de arroz, pero eso la hacía parecer más sofisticada, y sin duda ayudaba a que sus labios pintados de un rojo intenso resaltaran más. Su vestido era sencillo y encantador. Pero Atenea el único interés que tenía en ser encantadora era el de hacer bailar a las serpientes a su son. Examinó la cajita de madera donde guardaba sus baratijas, en busca de algo que pudiera darle un toque diferente a su indumentaria. Encontró un camafeo que había comprado un par de veranos atrás en una de las ferias ambulantes que iban al pueblo. Era de pésima calidad, y los bordes metálicos se habían oscurecido y perdido su capa brillante, pero era muy bonito y esperaba que con la luz tenue del Dark no se notara demasiado.

Frunció hacia abajo la tela en el centro del escote y prendió el broche haciendo que la redondez de sus pechos resaltara de manera más que contundente. Sonrió satisfecha con el resultado, y se apretó los senos para recolocarlos, subiéndolos un poco más por encima del corsé. Se volvió para buscar la opinión de la señora White, que no le quitaba ojo.

—Parece usted una fresca.

Isabelle abrió los ojos como platos, pero cuando su cocinera y doncella en funciones se disponía a pedirle disculpas por su sinceridad no solicitada, estalló en un ataque de risa.

—Esa era la idea.

—Lo siento, es que no me parece que sea su estilo habitual, señorita. Por cierto, el carruaje de alquiler la espera abajo.

—Perfecto. —Sonrió satisfecha y con una sensación de optimismo caldeándole el estómago.

—Señorita… —La mujer dudó unos instantes—. No debería preguntarle y sé que no es de mi incumbencia a dónde va con esas pintas, pero ¿sabe lo que hace?

Isabelle sonrió mientras se ponía una capa ligera y salió de la habitación para evitar contestar. No estaba segura de si sabía lo que hacía o no. Había decidido no involucrar a Vivian y a Clarice en sus andanzas y usar mientras pudiera la invitación de Nicholas para acceder al Dark. Sabía que cuantas más veces acudiera a esas rondas de naipes, más posibilidades habría de encontrarse con Sebastian o de que alguien descubriera su verdadera identidad. Puede que ya no le resultase tan fácil plantarse delante de su prometido y seguir manteniendo el anonimato. Era curioso, pero a lo que no temía en absoluto era a perder alguna partida. Confiaba plenamente en ella y en su suerte, como otros tantos jugadores empedernidos desde el principio de los tiempos que se creían invencibles hasta que la buena fortuna les sacudía en las narices, demostrándoles que no lo eran.

Esa noche entró al Dark con una actitud mucho más resuelta, sintiéndose una más en aquella marabunta de brillos, excesos y sonrisas ebrias. Paltrow no estaba en su lugar habitual, pero no le importó, ya que algunos de los jugadores de la noche anterior le ofrecieron una cálida bienvenida y la invitaron a sentarse a su mesa. Se preguntó dónde estaría su prometido, ya que no había sabido nada de él desde que había vuelto de Southkent Cottage, pero según las conversaciones que tenían lugar a su alrededor, las últimas sesiones del Parlamento estaban resultando bastante intensas, por lo que dedujo que el duque estaría enfrascado en sus obligaciones.

El Jefe se acercó hasta su mesa y observó durante unos minutos cómo se desarrollaba la partida, e Isabelle, sin saber por qué, se esforzó en realizar una jugada maestra con el fin de impresionarle. Se sentía confiada, segura, y la emoción de ganar y sentirse aceptada le confería una sensación de invulnerabilidad que rayaba la euforia. Estaba pletórica, no podía negarlo. Su padre siempre le había inculcado de manera obsesiva una norma durante sus innumerables partidas. El secreto de un buen jugador era saber cuándo debía plantarse y recoger amarras, o la soberbia podía hacer enfadar a la diosa fortuna, haciendo que perdiera todo lo que había conseguido. Atenea recogió sus fichas con gracia y sonrió seductoramente a todos los de la mesa, antes de dárselas a un lacayo para que las transformara en dinero contante y sonante.

—Caballeros, ha sido un placer, pero tengo otros compromisos esta noche. —Todos se quejaron e intentaron convencerla para que se quedara un poco más, como si estuviesen encantados de que les vaciara los bolsillos. Pero Atenea ya se había tenido que plantar en dos manos y no quería seguir tentando a la suerte.

—¿Ya se marcha, lady Atenea? Es una lástima, es un verdadero espectáculo ver jugar a alguien con tanta destreza. —La sonrisa de Isabelle tembló unos instantes al levantarse y encontrarse al mismísimo dueño del Dark justo a su lado.

—Sí, al menos por esta noche. Pero prometo volver pronto.

El Jefe se rio y el sonido sonó algo siniestro dentro de su máscara, que esta vez le cubría la cara por completo.

—En ese caso, la volveremos a recibir con los brazos abiertos. Permítame que la acompañe, entonces. —Le ofreció su brazo galantemente y ella lo aceptó con una sonrisa, aunque no podía evitar que su cercanía la pusiera nerviosa. Llegaron al bullicio incesante de clientes que rodeaban la pista de baile y, con una galante reverencia, el Jefe se despidió de ella, perdiéndose entre la gente.

—El tono tostado de tu piel te favorece. El aire del campo siempre te ha sentado bien, Seb. —La voz sensual de Amanda sonó mucho más cerca de lo que Sebastian habría deseado, y tuvo que hacer un esfuerzo para no apartarse.

—¿Me estás siguiendo, Amanda? —preguntó con un tono perezoso sin apartar la vista del frente, donde los bailarines atestaban la pista.

Ella se rio pretendiendo sonar cautivadora, y aunque esas argucias habían conseguido meter a Kensington en su cama una vez, ahora resultaban totalmente inocuas.

—No es necesario, tengo buenos informadores. —Sebastian dio un largo trago a su copa para evitar contestar. Sabía que se refería a su hermano y aquello hizo que la bebida le supiera muy amarga.

—Me refería a esta noche. Ya es la segunda vez que te plantas frente a mis narices, y, sinceramente, me está empezando a resultar algo muy molesto.

El duque había acudido a cenar a la casa de un conocido. Las próximas sesiones del Parlamento se preveían bastante complicadas y todo el mundo intentaba recabar los máximos apoyos posibles o, al menos, tentar al resto de parlamentarios para saber qué esperar de cada uno. Se había sorprendido bastante al encontrar entre los escasos invitados a la baronesa Howard, sin la compañía de Neil, y se había excusado en cuanto había podido para marcharse a tomar una copa en el Dark y tomar distancia de sus problemas. Pero por lo visto Amanda no tenía intención de dejarlo tranquilo y, conocedora de sus hábitos, había probado suerte buscándolo allí. La viuda paseó la vista a su alrededor con soberbia, queriendo demostrarles a todos los que se atrevieran a mirar que ella era la reina del lugar, la dueña del duque, y que nadie se atrevería a arrebatárselo. Por eso había prescindido del antifaz que la mayoría de las mujeres solían usar allí. Ella quería ser vista y marcar un territorio que en realidad nunca había sido suyo.

—Vamos, querido. Sé que estás algo molesto y que te encanta hacerte de rogar. Pero reconoce que tú también me echas de menos.

Se volvió al fin a mirarla y soltó una carcajada que a Amanda no le hizo ninguna gracia. Sus hermosos rasgos se endurecieron y eso no era un buen presagio. Cuando Amanda se sentía herida, perdía completamente los escrúpulos, como un escorpión deseoso de clavar su aguijón donde más daño pudiese causar.

—¿Dónde has dejado al perrito faldero de mi hermano? No me digas que ya se ha cansado de ti —preguntó con la esperanza de que fuera así y Neil hubiera abierto los ojos.

—Así que estás celoso. Hoy he preferido salir sola. Quería verte a ti —repuso apoyándose en su brazo y acercándose para poder susurrarle al oído—: Quería saber si ya has recapacitado sobre lo nuestro, es absurdo que niegues que me deseas.

Sebastian trató de mantenerse impasible hasta que la baronesa deslizó la mano por su mejilla intentando que girase el rostro hacia ella. Dejó la copa con un fuerte golpe sobre una mesa y, sujetándola por el antebrazo, la arrastró hacia uno de los pasillos menos concurridos. Amanda lo miró con una sonrisa de triunfo creyendo que su exabrupto se debía a una reacción de deseo incontenible, pero el único deseo que sentía Sebastian era el de poder viajar al momento en que la conoció y borrarla de su vida.

—No me gusta ser brusco, pero creo que fui bastante claro contigo. No te deseo, no te quiero cerca de mí ni de los míos. Me arrepiento profundamente de haber sido tan estúpido como para tener algo contigo, pero así es, y por desgracia no lo puedo cambiar. Pero tus trucos no van a funcionar.

—Trucos, dices. Sé que el único motivo para que no estés

conmigo es tu excesivo celo con tu título y tus obligaciones. Pero también sé que podemos ser felices, nadie te dará nunca tanto placer como yo. Nadie te entenderá como yo. Solo estoy con Neil para que abras los ojos. Te quiero a ti. Tenemos una oportunidad para ser felices. Olvídate de esa insulsa palurda sin clase y toma lo que deseas de verdad.

Amanda comenzó a pasear las manos por el pecho de Kensington intentando despertar su deseo, pero él las apartó de manera brusca.

—No te atrevas a ponerme una mano encima. Debes de haber perdido el juicio si crees que voy a volver contigo. No vuelvas a hablar de Isabelle, y no se te ocurra hacerle daño a mi hermano, o te juro que puedo hacer que tu vida se vuelva muy difícil, Amanda. —El tono de Sebastian era ronco y amenazador, pero ella se envalentonó, tratando de aparentar que no le intimidaba lo más mínimo.

—¿Qué piensas hacer? ¿Arrojarme al río con una piedra atada a los tobillos?

—Nada tan prosaico, Amanda. Pero puedo conseguir que todas las puertas de Londres se cierren para ti. No más salones, ni bailes, ni cenas, ni tampoco eventos. ¿Dónde conseguirías tus víctimas, entonces?

—¡Eres un hijo de puta! —gritó mientras él se giraba y se alejaba hacia el salón tirando de los puños de su camisa con total indiferencia.

—Me alegro de que al fin lo hayas entendido —sentenció el duque tras detenerse unos instantes—. Un hijo de puta despiadado cuando juegan con la gente a la que quiero. Aléjate de mi hermano, Amanda. Y de mí.

Amanda cerró los puños con fuerza y reprimió las ganas de golpear la pared con ellos, sintiéndose totalmente humillada y furiosa. De nuevo, su sueño de conseguir al hombre que deseaba se esfumaba delante de sus narices. El duque de Kensington dirigió sus pasos hacia la sala de juegos, tan enojado que no prestó atención a la gente con la que se cruzaba, ajeno totalmente a que una Atenea atónita había sido testigo de cómo la baronesa viuda acariciaba su cara y él la arrastraba hacia un corredor oscuro.

A pesar de que lo único que le apetecía a Isabelle era quedarse en la cama hasta la hora de comer, decidió no dejarse vencer por la pereza y levantarse a la misma hora de siempre para ayudar a la señora White en las tareas de la casa. Durante el desayuno había llegado un muchacho con una nota de Jackson en la que la invitaba a dar un paseo y le envió inmediatamente la contestación aceptando, sintiéndose reconfortada al disponer de algunos peniques en el bolsillo para poder darle una propina. Subió a su habitación para cambiarse. No pudo vencer la tentación de ponerse un vestido color azul cielo de manga corta, que aún no había estrenado, y se trenzó el pelo recogiéndolo con un lazo del mismo tono. Se acercó al espejo y sintió un ligero alivio al comprobar que sus ojeras no eran tan graves como había temido. Hacía tiempo que no lloraba, y por más que había intentado centrarse en la rabia para no dejarse arrastrar por el dolor, no lo había conseguido. Se había quedado paralizada al encontrar a Sebastian en el Dark la noche anterior, y ver a Amanda Howard acercarse y manosearlo delante de todos había sido devastador. Seguía teniendo una relación con ella, y le había mentido descaradamente al prometerle que no volvería a repetir sus errores. Y tenía que reconocer que había querido creerle. Se culpó a sí misma por ser tan inocente y estúpida, por haber flaqueado durante esos breves momentos en los que Sebastian había desplegado con ella sus encantos. No debió permitir que la besara. Las lágrimas acudieron a ella, de nuevo furiosas y ardientes, y se las limpió bruscamente. Quizá fuera el destino que esa mañana Preston hubiese decidido invitarla a salir. Bajó a la sala para revisar los pagos que tenían que hacer esa semana mientras le esperaba. La noche anterior había engañado a Adam con la cantidad que había ganado para poder hacer frente a las compras de la semana. Se sintió un poco culpable al pensar en la difícil situación de su hermano y esa tal Jenn, pero al fin y al cabo era ella la que se exponía al jugar en el club.

Alguien llamó a la puerta principal, y escuchó las voces del mayordomo y otro hombre. Miró el reloj de la repisa de la chimenea y le extrañó que Preston llegase tan temprano. Se levantó, se pasó las manos por la falda para quitar las arrugas y compuso su mejor sonrisa para ir a recibir al doctor. Cuando llegó al recibidor, se quedó de piedra. No era Jackson Preston quien la esperaba, sino el mismísimo duque de Kensington. Sebastian le indicó al mayordomo con un discreto movimiento de la cabeza que se retirase, pero Isabelle estaba tan impactada por la inesperada visita que no se percató del gesto.

—No esperaba tu visita, excelencia. ¿Por qué has venido?

Sebastian la miró con las cejas arqueadas ante el tenso recibimiento, pero lo pasó por alto para devorarla con la vista. Estaba tan sencilla y hermosa como siempre.

—He venido para invitarte a dar un paseo.

—Lo siento, pero no va a poder ser. —Se cruzó de brazos con altanería. Ojalá pudiera espetarle en la cara que era un ser falso y rastrero, pero eso implicaría delatarse y reconocer que lo había visto con Amanda.

—¿Tienes algo importante que hacer? —Frunció el ceño y dio un paso hacia ella.

—Un millón de cosas que hacer.

—Bien, pues te acompañaré mientras las haces. Puede que te resulte de ayuda —contestó sin darse por vencido.

—No será necesario, Sebastian.

—Isabelle, ¿en serio estás siendo tan descortés como para despachar a una visita de esta forma? —preguntó burlón mientras acariciaba la gruesa trenza que descansaba en su hombro—. Y para colmo estás plantando a un duque, que encima es tu prometido.

—No por mucho tiempo, espero.

—Yo también lo espero. Estoy empezando a volverme de la misma opinión que nuestras madres. La verdad es que algunos aspectos del matrimonio me están empezando a resultar muy apetecibles.

Isabelle bufó y tras arrancarle la trenza de los dedos, se apartó unos pasos de él.

—En lugar de venir a sacarme de mis casillas deberías estar tratando con tus abogados la manera de disolver esta locura.

—Eres la persona más testaruda que conozco. Venga, vamos a dar un paseo, y puede que consiga hacerte cambiar de opinión. O quién sabe, puede que seas tú quien consiga hacerme cambiar de parecer a mí. ¿Lo intentamos?

Deshacerse del duque sin más no resultaba sencillo, y ella lo sabía. Dar un paseo con él en público no era tan malo después de todo, y podría intentar hablar de lo que realmente le preocupaba. Como bien había dicho, podría intentar razonar con él. Saldrían un rato y volvería con tiempo de encontrarse con Jackson.

Isabelle miró a Sebastian con disimulo mientras conducía la calesa. La expresión de su cara era relajada, casi sonriente, mientras se dirigían a Hyde Park por las atestadas calles del centro de la ciudad. La gente se cruzaba por delante de los carruajes que avanzaban lentamente, los vendedores de periódicos coreaban las noticias en voz alta buscando compradores, y un par de limpiabotas se disputaban la clientela paseando arriba y abajo de la acera con sus utensilios. El mercado de Covent Garden bullía de actividad y toda la ciudad parecía latir llena de vida. Sebastian detuvo el carruaje a un lado de la calle, provocando que uno de los cocheros que iba detrás vociferara indignado, sin saber que le gritaba a un duque que podría aplastarlo con un simple pestañeo. Sebastian lo ignoró por completo, no estaba dispuesto a que el malhumor de otros empañara su estado de ánimo.

—¿Tienes hambre? Espera un segundo. No te vayas sin mí —bromeó, y con un guiño saltó del vehículo y se perdió en una de las tiendas.

A los pocos minutos volvió con varios paquetes envueltos en papel que depositó en su regazo y que desprendían una mezcla de olores maravillosos.

—Cuidado, no te manches.

Durante el trayecto hasta el parque su conversación fue tan casual y entretenida que Isabelle no encontró ni un solo resquicio para poder espetarle que era un verdadero sinvergüenza, así que decidió disfrutar del paseo. Ya lo echaría a los leones más tarde. Sebastian detuvo el carruaje en una parte poco transitada de Hyde Park y la ayudó a bajar. Sacó una manta de debajo del asiento para extenderla a la sombra de un grupo de árboles y, con un gesto galante, la ayudó a sentarse.

—¿Qué has comprado? —preguntó intrigada abriendo los envoltorios.

—Tartaletas de ciruela y de pera. Son las mejores de la ciudad. Espero que sepas agradecerme que te he traído un postre que puedes comer con las manos.

—Muy gracioso. —Se quejó, chupándose los dedos que se le habían pringado de crema. Tenía que reconocer que hacía un día maravilloso para celebrar ese improvisado pícnic, y que tenía razón en lo de las tartaletas. Sebastian sonrió mientras le tendía un pañuelo a Isabelle, que había elegido una tartaleta de ciruelas para hincarle el diente—. ¿Por qué me has traído aquí?

—No sabía que tenía que encontrar una justificación para que me apeteciera ver a mi prometida.

—Lo extraño es que te apetezca tal cosa —dijo con un tono tan suave que no sonó como un reproche.

—Pues me apetece —reconoció sacudiéndose una mancha inexistente en la manga de su chaqueta, un poco incómodo al reconocer lo que sentía—. Quiero saber más cosas de ti, y que dejes de verme como a un enemigo al que tienes que batir. Me apetece que me conozcas antes de decidir.

—Ya te conozco, Sebastian. He dedicado toda mi vida a saberlo todo sobre ti. —Él negó con la cabeza con la vista perdida en un lugar indeterminado.

—No. Conoces lo que otros te han contado de mí. El espejismo brillante que tus tutores se empeñaron en mostrarte, y ahora, el hombre pérfido que cuentan las malas lenguas y las revistas de chismes.

—Pero supongo que en uno u otro caso hay una gran parte de verdad.

—Yo no he dicho que sea un santo. No voy a mentirte ni a tratar de regalarte los oídos dándote excusas edulcoradas que justifiquen mi actitud. No tiene justificación. Realmente me he negado a pensar en ti todo este tiempo. No te he considerado parte de mi realidad hasta ahora. Y me he dado cuenta de que he sido un auténtico necio.

—Has sido algo mucho peor que eso.

—Lo sé. Estoy siendo sincero. Quiero que entiendas que yo me he sentido durante toda mi vida exactamente igual que tú te sientes ahora. Solo que yo nunca he sido tan osado como para revelarme ante mi futuro.

—Pues ahora tienes una oportunidad perfecta para resarcirte —dijo desviando la mirada. Isabelle no estaba segura de estar preparada para escuchar unas nuevas disculpas vacuas e intentó levantarse, pero Sebastian sujetó su brazo para impedírselo.

—Mi padre era el hombre más honesto y justo que he conocido jamás. Nunca he cuestionado ninguna de sus decisiones, a pesar de que no he estado de acuerdo con muchas de ellas. Era estricto e intransigente y jamás daba su brazo a torcer, como Philippa. —Isabelle no pudo evitar sonreír y bajó la mirada, mientras seguía los cuadritos de colores de la tela con el dedo.

—¿A ti tampoco te compraron un poni?

—No, por supuesto que no. Mi padre me crio como si fuera un soldado en lugar de un niño. Yo era muy maduro para mi edad, pero la verdad es que tampoco tuve otra opción. —Hizo una breve pausa y a Isabelle le pareció que, por un momento, se había trasladado a su niñez—. Me compró directamente un caballo. —Ella levantó la vista para descubrir si estaba bromeando o no—. Yo era pequeño, creo que tendría unos ocho años, y necesitaba un banco para subir a aquel impresionante semental. Me aterrorizaba. Pero no era capaz de admitirlo, no quería defraudarle. Día tras día, montaba el animal con el cuerpo totalmente tenso, mientras él me miraba orgulloso. Hasta que un día me caí y me partí el brazo. Mi padre dio orden de que no volviera a montar hasta que él lo dispusiera. Pasó días sin mirarme a la cara, y yo me sentía mal porque creía haberle decepcionado. Me juré que nunca más lo decepcionaría. Cuando fui mayor, me reconoció que no había podido mirarme por puro remordimiento; no se habría perdonado que me hubiera ocurrido algo más grave. Lo que quiero que entiendas es que nunca le desobedecí. Siempre asumí que sus elecciones eran por mi bien. Pero eso no quiere decir que estuviese de acuerdo con lo que él o los demás decidían por mí.

—Ahora eres tú quien tomas las decisiones. Puedes cambiar tu futuro, el de los dos.

—Isabelle, escúchame. —Sebastian se pasó las manos por el pelo, sin ocultar su frustración. No pretendía que ella lo aceptara sin más, pero al menos esperaba encontrar las palabras para que entendiera su punto de vista—. Siempre he visto en ti una imposición, aunque haya aceptado mi destino sin rechistar. No podía dejar de sentirme frustrado por no tener elección, por tener que dedicarle a una niña el tiempo que quería para mí mismo. Y en cambio, tú siempre parecías tan encandilada conmigo que me sacabas de mis casillas. Te culpabilicé por la situación, sin querer ver que tú estabas en la misma tesitura que yo. Sé que era ilógico y egoísta, pero es la pura verdad. Ahora es diferente. Contigo ya no soy el duque, solo soy Sebastian. —Cogió la mano de Isabelle y se la llevó a los labios para besarla en un gesto tierno, pero ella la retiró.

—¿Y ya está? ¿Así de sencillo? ¿No ves que sigue siendo el duque quien habla? —Isabelle se puso de pie y se dirigió hasta la calesa, y él la siguió—. Crees que tienes el poder de cambiar el devenir del universo, que puedes borrar de un plumazo todo lo pasado y empezar de cero simplemente porque has cambiado de opinión. Y francamente, tus disculpas son bastante pobres.

Decir que no me soportabas porque me culpabas de tu destino no es que sea muy halagador.

—No quiero borrar lo que ha pasado. Ni siquiera quiero que lo olvides. Solo pretendo que me perdones. —Sebastian apoyó las manos en el carruaje y hundió la cabeza entre sus hombros como si el peso de lo que quería decir fuera demasiado grande—. Solo pretendo que me juzgues por ti misma, no por la imagen que tenías de mí ni por lo que otros te digan. Isabelle, quiero casarme contigo. No porque esté estipulado en un contrato, sino porque quiero hacerlo. Yo...

Isabelle interrumpió su declaración levantando la mano.

—Quieres que te juzgue por lo que yo misma veo. Pero... ¿qué hay de todo lo demás? ¿Vas a fingir que todo es mentira? —La imagen de Amanda deslizando la mano por la mejilla de Sebastian en el Dark volvió a su mente para martirizarla y aumentó sin remedio la brecha que los separaba.

—Lo que cuentan solo encierra una mínima parte de verdad.

—¿Qué parte concretamente es verdad? Llevo escuchando historias sobre tus conquistas y excesos desde que tengo uso de razón.

—La mayoría no son ciertas. Además, ya me has devuelto la traición con ese médico. —La atacó sin poder evitar el rencor al recordar a ese tipo.

—Háblame de Amanda.

—Háblame tú de Preston.

Isabelle entrecerró los ojos y carraspeó para ganar tiempo y encontrar una descripción que reflejara a un Preston idílico y digno de su amor.

—Es un hombre de honor que me ha apoyado en los momentos difíciles, y ni de lejos hemos llegado a los niveles de intimidad que con toda probabilidad has alcanzado tú con esa mujer.

—Estuve con ella un tiempo, no demasiado —confesó dispuesto a poner todo de su parte para aclararlo todo—. Y te puedo asegurar que me arrepiento de ello. Y no solo porque es una

233

mujer a la que es mejor no acercarse, sino porque te he hecho daño y no puedo perdonármelo. —Sebastian negó con la cabeza, frustrado, al ver que la conversación se le iba de las manos.

—Quieres decir que ya no estás con ella —afirmó apretando la tela de su falda entre los dedos en un gesto involuntario.

—Por supuesto que no. Ni con ella ni con nadie.

Isabelle soltó el aire que retenía sin darse cuenta y no dijo nada más. Era increíble cómo podía mentirle con tanta desfachatez cuando tan solo unas horas antes los había visto juntos. Aunque sus palabras parecían sinceras, era más que evidente que no podía fiarse de él. Volvieron a casa prácticamente sin hablar, y los sentimientos mucho más enfrentados que nunca. Por un lado, Isabelle quería creerle y entendía lo que él había sentido toda su vida, y por más que le pesara, no podía dejar de sentirse cómoda cuando él se relajaba y le mostraba su parte más humana. Pero por otro no quería engañarse y sabía que Sebastian al final volvería a comportarse como siempre había hecho.

Después de que Kensington la ayudara a bajar de la calesa, Isabelle se despidió de manera rápida, ansiosa por entrar en la casa y quedarse a solas con sus pensamientos. Ni siquiera recordaba que había hecho planes para salir con otro hombre. No se percató del carruaje apostado junto a su casa, pero a Sebastian no le pasó desapercibido y su semblante se ensombreció.

—Te acompañaré dentro. —Antes de que Isabelle pudiese decirle que no era necesario, el duque ya había entrado junto a ella.

El mayordomo carraspeó incómodo y anunció a Isabelle que el doctor Preston la esperaba en la sala. La mirada de Sebastian sobre ella duró apenas unos segundos, pero lo que vio en sus ojos la conmocionó. Siempre lo había imaginado como un hombre sereno, frío e inalterable, pero en ese momento parecía a punto de perder el control. Le hizo un gesto con la mano instándola a pasar, aunque estaba bastante claro que no iba a dejarla a solas con el doctor. Preston se puso de pie con una sonrisa al ver entrar a Isabelle en la habitación, pero su gesto se petrificó cuando el duque apareció detrás de ella con una expresión tan dura que le hizo sentirse como un insecto insignificante.

—Señorita Taylor, excelencia… —titubeó con un parco saludo y una torpe reverencia.

—Doctor Preston, no sabía que había alguien enfermo. El aspecto de mi prometida es muy saludable, así que supongo que no vendrá a visitarla a ella —le espetó con sarcasmo.

—En realidad no era una visita de trabajo —se atrevió a decir.

—Oh, ¿en serio? —contestó Sebastian con una fingida expresión inocente—. Perdone la confusión, pero entiéndame. No es demasiado habitual que un soltero visite a una joven a solas en la intimidad de su domicilio. Especialmente cuando es la prometida de otro hombre. Especialmente cuando es *mi* prometida.

—Sebastian, yo le invité a venir —mintió Isabelle, en parte para defender a un Preston que parecía estar encogiéndose por momentos, y en parte por darle en las narices al duque.

—¿Cómo has dicho? —Se giró hacia ella sintiendo que la sangre comenzaba a hervir en su interior.

—Lo que has oído —le retó con insolencia.

—Excelencia, no se preocupe, volveré en otro momento cuando haya alguien más en casa —aceptó Preston ansioso por salir de allí cuanto antes.

—¡No vas a volver aquí mientras yo pueda evitarlo! —le increpó el duque fuera de sí, dando un paso en su dirección dispuesto a echarlo a patadas de allí.

—Esta es mi casa, Sebastian. ¡No puedes decidir quién entra y quién no!

—Será mejor que me vaya, Isabelle. No quiero causarte problemas —intervino Jackson con actitud digna disimulando lo mejor que pudo el temblor en su voz.

—¡El único que va a tener problemas eres tú, maldito imbécil! Si vuelves a acercarte a ella… —gritó Sebastian sujetándolo de las solapas de la chaqueta.

—¡Basta! ¡Tú no eres mi dueño ni puedes venir a mi casa a

dictar tus normas! Es mi invitado y no puedes echarlo porque te venga en gana —le plantó cara Isabelle.

Sebastian apretó la mandíbula sin apartar los ojos de Preston, que se esforzaba por parecer valiente.

—¿Tu casa? ¿Sabes acaso quién paga el alquiler y los gastos? —le espetó sin poder contener más su indignación. No soportaba que lo tratara como a un pelele, y se viera con otro hombre bajo un techo que él pagaba. Se estaba esforzando en intentar arreglar el desastre en que estaban sumidos los Taylor, y, mientras tanto, Isabelle se burlaba de él citándose con ese hombre con una total falta de decoro. Puede que estuviera tratando de enmendar las cosas, pero desde luego no iba a consentir que se rieran de él.

—Márchate, Sebastian —le pidió Isabelle tratando de dominar sus emociones con nulo éxito y él la miró con los ojos desencajados sin poder creerlo—. Vete, por favor.

El duque soltó con brusquedad a Preston y se marchó dando un portazo que hizo temblar los cimientos de la casa, maldiciendo la hora en que había perdido por completo las riendas de su vida.

Después del momento de tensión, Isabelle sintió que los músculos se le quedaban laxos, como si toda su fuerza se hubiese esfumado con la partida de Sebastian. Suspiró y apoyó las manos en la mesa intentando recomponerse, sintiéndose como una desalmada por haberlo echado de su casa. No era solo su prometido, era el duque de Kensington, la gente no le faltaba al respeto a un duque a la ligera. Se sobresaltó al notar las manos de Jackson sobre los hombros. Su presencia no era como la de Sebastian, imponente e imposible de obviar, y casi había olvidado que seguía en la habitación.

—Isabelle, lo siento. No quería causarte problemas. Pero no voy a dejar que ese hombre te trate mal.

Pero ella sabía que Sebastian nunca la trataría mal, no le haría daño, su instinto se lo decía.

—Estoy atada a él —susurró para sí misma con la vista perdida en la claridad que entraba por la ventana. Aunque en esos momentos no estaba pensando en contratos ni papeles. No sabía exactamente cómo definirlo, pero se negaba a darle forma a lo que la atormentaba. Lo había ofendido al darle prioridad a otro hombre, él no se lo perdonaría y lo peor era que le importaba. Le importaba más de lo que estaba dispuesta a reconocer.

Preston aproximó a Isabelle a su pecho para besarla en la coronilla. Ella se dejó consolar, sintiendo que necesitaba alejarse de todo aquello. Pero no necesitaba escapar de Sebastian, necesitaba huir de ella misma, y eso era mucho más difícil de lograr.

21

Sebastian se sentó en el mullido sillón de su despacho y maldijo para sus adentros al ver que la doncella había movido sus cosas de sitio al limpiar el escritorio. Colocó el tintero perfectamente alineado con el portaplumas y con un pisapapeles de bronce con forma de león, un objeto horrible que conservaba con cariño por haber pertenecido a su padre. Se apretó con los dedos el puente de la nariz intentando aliviar el persistente dolor de cabeza que le aquejaba desde hacía varios días, concretamente desde que había estado a punto de borrarle esa estúpida expresión de estupor a Preston de un puñetazo.

Abrió el cajón de su mesa para revisar los papeles que tenía que tratar con Milton para ir ganando tiempo, y un pequeño objeto brillante llamó su atención: el pendiente de rubí que había perdido Atenea tras vaciarle la ponchera en la cabeza. Últimamente su vida se estaba convirtiendo en una sucesión imparable de situaciones que escapaban totalmente de su control. Pensó en esa dama misteriosa y audaz. Era curioso, pero había estado tan abstraído con Isabelle que no se había parado a reflexionar en la identidad de esa mujer que tanto le había atraído en un primer momento. Sonrió mientras giraba la joya en la palma de la mano; sin duda era una pieza de gran calidad. La colocó sobre el escritorio y se concentró en los documentos que tenía entre manos. Una hora después, Milton entró en la habitación cargado de papeles, como siempre. Apartó el pisapapeles y el tintero con poca delicadeza, para hacerse hueco en el escritorio, sin percatarse de la mirada asesina de Sebastian, que odiaba el desorden que su administrador llevaba por bandera.

—Ya tengo la respuesta del tasador, excelencia. Es más o menos el resultado que esperábamos… —Milton se fijó en el pendiente que lanzaba destellos rojizos sobre el papel donde estaba colocado—. Oh, ¿necesita llevarlo a reparar? —El administrador cogió la joya y la observó con detenimiento—. Puedo pasarme por la joyería donde lo compré de camino a casa.

Sebastian parpadeó sin entender.

—¿Cómo dice?

—Son de su prometida, ¿verdad? Son los que usted «encargó» para ella la Navidad pasada. Los elegí yo mismo, por eso los he reconocido.

Sebastian se puso de pie y comenzó a pasearse por la habitación ante la mirada extrañada de Milton mientras intentaba encajar todas las piezas del rompecabezas. El tema de los regalos solo era un punto más que añadir a la lista de innumerables cosas que había hecho mal. Durante años, otros habían elegido los regalos que le enviaba a Isabelle en su lugar, durante años había olvidado que Isabelle existía, durante años se había centrado en atrapar entre sus manos cada retazo de libertad que tenía a su alcance y como consecuencia la había humillado e ignorado. No le extrañaba que ella quisiera huir de él.

Sin duda, esto daba un giro inesperado a la situación. Intentó rescatar de su mente cualquier minúsculo detalle de Atenea, pero solo la había visto una vez y estaba bastante bebido. En su cabeza solo recordaba la fuerza de su carácter y una idea vaga de su físico. El pelo del color del bronce, su cuerpo rotundo y seductor, su boca. La imagen de dos mujeres se solapaba una y otra vez en su mente. Un persistente zumbido taladraba sus oídos mientras intentaba aceptar que había tenido la verdad delante de sus narices todo este tiempo sin darse cuenta. Esa mujer misteriosa se había mostrado esquiva, a la defensiva, y no porque él fuera un duque, sino porque era Sebastian. Se pasó los dedos por la boca en un gesto instintivo intentando traer el recuerdo del rápido beso que habían compartido antes de recibir una lluvia de ponche, el beso de alguien inexperto, un beso que le había intrigado casi tanto como el primer beso que le había dado a su prometida. No podía ser cierto, pero no había otra opción. Isabelle y Atenea eran la misma persona. Y él un estúpido que había estado ciego y sordo a las evidencias.

La idea de ir a interrogar a Isabelle era tentadora, pero algo le decía que se cerraría en su caparazón y no obtendría de ella ni una sola respuesta. Aunque había otra persona que podría ofrecérselas, y no tendría ningún remordimiento si tenía que sacárselas a golpes.

Sebastian sorteó al estirado y huesudo mayordomo que pretendía anunciar su presencia y pasó al comedor, saltándose cualquier norma de protocolo propia de una casa decente. El Jefe, con los ojos aún entrecerrados por el sueño, detuvo el tenedor a medio camino entre el plato y la boca al ver la fulgurante entrada de su amigo.

—¿Ha ocurrido algo? —preguntó extrañado al ver su cara entre furiosa y preocupada.

—Dímelo tú. Has debido de divertirte de lo lindo ocultándome la verdadera identidad de Atenea.

El Jefe se metió en la boca el trozo de jamón asado intentando no sonreír y ganando tiempo para contestar. Había terminado muy tarde en el club y apenas había dormido unas horas, por lo que su cerebro no estaba al cien por cien de su capacidad de respuesta.

—Siéntate, Kensington. ¿Un té? ¿Te apetece comer algo? —le preguntó con voz calmada y consiguió su propósito, que el ánimo de Sebastian se desinflara. El duque se sentó a regañadientes y aceptó la taza humeante, aunque declinó comer nada.

—Así que has abierto los ojos, al fin.

—Puede decirse que sí. Pero no gracias a ti, maldito bastardo. —La risita de su amigo escudado tras su taza de té terminó de ponerle los nervios de punta—. ¡Maldición! No es necesario que me recuerdes lo estúpido que he sido. Había bebido bastante y jamás hubiera imaginado que esa mujer tan sugerente pudiera ser mi tímida prometida. A esas horas debería haber estado metida en su cama soñando con los angelitos, en lugar de en un club atrevido jugando a las cartas.

—Sí, claro. La futura esposa discreta y sin sangre en las venas, destinada a servir para un único propósito: ser tu duquesa perfecta y no darte demasiado que hacer para que tú puedas seguir con tus hábitos de siempre —lo provocó mirándolo de reojo mientras cortaba otro trozo de jamón y lo masticaba muy despacio.

Sebastian se abstuvo de hacerle notar que esos eran justo los criterios que él había seguido a la hora de elegir a su posible futura esposa.

—Puede que si me hubieses dicho esto aquella noche te hubiera dado la razón. Pero ahora… —El duque giró su taza lentamente, con los ojos fijos en el movimiento ondulante del líquido oscuro como si pretendiera encontrar en él las respuestas que necesitaba.

—¿Ahora…? —inquirió el Jefe, aunque sabía la respuesta. Había visto los sutiles pero significativos cambios en la actitud de Sebastian durante las últimas semanas y lo conocía demasiado bien para pensar que era algo casual.

Sebastian suspiró y dejó la taza sobre el platillo.

—No lo sé. Isabelle no quiere casarse conmigo. Y yo he descubierto que no hay nada que desee más que casarme con ella. Puede que sea porque supone un reto.

—O puede que sea porque, ahora que la conoces de verdad, te has enamorado como un bobo de ella.

Kensington se abstuvo de responder, pero su silencio fue la respuesta más contundente.

—He metido la pata de tantas maneras diferentes y en tantas ocasiones que no me extraña que no tenga ninguna fe en mí. No tengo ni idea de cómo reparar esto, si es que eso es posible —reflexionó mientras colocaba con movimientos lentos los cubiertos perfectamente alineados sobre el pulcro mantel blanco.

Su amigo se pasó la servilleta por los labios y, tras dejarla sobre la mesa, le hizo una señal al lacayo para que se llevara los platos y se retirase.

—Resumiendo, el principal problema es que has actuado como te ha venido en gana, has sido el protagonista de los cotilleos durante varias temporadas sin pensar en cómo podía sobrellevar semejante chaparrón ella sola y la has ignorado durante demasiado tiempo. Creo que no ha tenido que ser fácil para Isabelle.

—Lo sé. Me siento como si la hubiese arrojado a un circo romano para enfrentarse a las fieras con un simple tenedor como arma. Aunque ambos sabemos que la mayoría de esos chismes no eran verdaderos.

—Es un buen símil. —Sonrió cruzando las manos sobre la mesa—. Al menos aún tienes la sartén por el mango. Existe un contrato que la compromete contigo, por lo que no puede alejarse sin más.

—Me gustaría no tener que arrastrarla hasta el altar, sinceramente.

—Sí, sería lo más conveniente. Al clérigo no le haría ninguna gracia que llegara hasta él gritando y arañando el suelo con las uñas. Pero si hasta el hijo pródigo tuvo una segunda oportunidad para redimirse, no veo por qué debes perder la esperanza. ¿Crees que ella siente algo por ti?

—Antes, cuando era más joven, sí. Ahora se empeña en decir que no siente nada, pero cuando estoy cerca, ella… Oh, Dios mío. —Sebastian enterró la cabeza entre las manos con gesto derrotado, al tomar conciencia de algo en lo que no había reparado—. La noche que conocí a Atenea la besé.

—Lo imaginé, por eso te tiró el ponche a la cara.

—Es mucho peor que eso. Era la primera vez que Isabelle y yo nos besábamos, y yo pensaba que estaba besando a otra mujer. Jamás me perdonará.

—Deja de autocompadecerte, hombre. No voy a decir que lo tengas fácil, pero entiendo que si dices que esa fue la primera vez que la besaste es que ha habido alguna más.

Sebastian asintió, pero no conseguía apartar de su mente los pensamientos negativos.

—¿Y? —insistió el Jefe entrecerrando los ojos oscuros para captar la más mínima reacción en su amigo.

—No voy a darte detalles, idiota.

El Jefe soltó una carcajada al ver que el mismísimo duque de Kensington comenzaba a sonrojarse como si fuera un adolescente inexperto.

—O sea, que ha ido bastante bien. ¿Y qué piensas hacer con ella, entonces?

—Dirás qué va a hacer ella conmigo. Ahora mismo me siento totalmente a su merced, y la sensación es bastante desconcertante. —Se guardó para sí mismo que la situación resultaba aterradora, ya que no se había sentido así nunca en su vida.

—Esto depende de ti también, Seb. Y de que sepas demostrarle que puedes comportarte de manera distinta a como lo has hecho hasta ahora. Solo puedo decirte que esta noche se celebra un baile en casa de los Armstrong. Es una oportunidad tan buena como cualquier otra para intentar enmendarlo. Además, te recuerdo que Jackson Preston está emparentado con ellos y probablemente estará allí también.

—¿Preston? ¿Qué demonios sabes tú de...? —Sebastian puso los ojos en blanco al recordar que, después del incidente, había acudido al club y tras beberse medio bar se había desahogado con él.

—Sé que de vez en cuando salen a dar un paseo juntos y poco más. Pero ándate con ojo, ese tipo no me gusta —le advirtió el dueño y señor del Dark, que siempre estaba al tanto de las amistades y enemistades de todo el mundo.

—Pues imagínate a mí. De todas formas, ya está advertido. Si se acerca a Isabelle, puede que esa vez no sea tan comprensivo con él.

—Te recomiendo que estés atento a tu prometida y no a ese Preston. Atenea ha estado en más de una ocasión en el club y tiene intención de volver. No siempre puedo dedicarme por entero a vigilarla y procurar que no le pase nada. Por supuesto, el

Dark es un sitio seguro, pero más vale prevenir. Ya sabes que de vez en cuando las jarras de ponche salen volando.

—Entiendo. Procuraré solucionar ese asunto cuanto antes. —Sebastian se quedó pensativo unos instantes ignorando la pulla final de su amigo—. Aún no puedo creer que no la reconociera.

—A veces los árboles no nos dejan ver el bosque. Y hay que reconocer que yo contaba con la ventaja de años de experiencia descifrando identidades y que la había visto llegar acompañada por Hamilton. No te tortures, solo intenta hacer las cosas bien a partir de ahora.

—Eso haré.

Sebastian abandonó la casa de su amigo sabiendo que esa era la solución, hacer las cosas bien. Pero no tenía ni idea de cómo actuar para lograrlo.

—Señorita, el carruaje la espera fuera.

—Gracias, señora White. ¿Qué tal me veo? —preguntó mientras acariciaba el collar de brillantes que había rescatado de la caja fuerte de lady Balfour.

La cocinera la miró con el ceño fruncido, escrutando el escote en forma de corazón de su vestido color vino que dejaba los hombros seductoramente al descubierto, y los delicados guantes de raso rosa claro. Su peinado, un sencillo moño recogido con unas pequeñas peinetas de plata y del que escapaban algunos rizos del color del oro bruñido, dejaba expuesto su cuello, lo estilizaba y resultaba muy favorecedor.

—Parece usted una duquesa —dijo con una pizca de maldad.

—Supongo que es mejor que parecer una fresca. —Isabelle suspiró y cogió su chal, y la señora White soltó una risotada.

—Está hermosa y soflistic… sorfis… elegante. —Se rindió al ser incapaz de pronunciar la palabra sin trabarse—. Y a pesar de que va enseñando más trozo de carne de lo que cualquiera aceptaría como decente, no parece una fresca.

Isabelle bajó las escaleras canturreando y sonrió al mayordomo, que le abrió la puerta con una reverencia.

—No hace falta que me esperéis levantados, podéis retiraros —ordenó al sirviente al pasar por su lado, a modo de despedida. El hombre abrió la boca para quejarse; lo honesto sería insistir y velar por que la señora de la casa llegara sana y salva, pero guardó silencio. La realidad era que estaba deseando meterse en la cama junto al cálido cuerpo de la viuda señora White, que, a pesar de su carácter irascible y gruñón, había resultado ser una amante bastante entregada.

Isabelle frenó en seco antes de bajar los escalones al ver que el carruaje que aguardaba para llevarla al baile de los Armstrong no era el de lady Balfour, sino el del duque de Kensington. Sebastian, impecable y arrebatador en su traje de gala, la esperaba dando pequeños paseos nerviosos mientras se daba golpecitos con los guantes en la palma de la mano. Se detuvo al oír la puerta abrirse y se giró para contemplar a Isabelle. Extendió la mano hacia su prometida para ayudarla a bajar los tres escalones de piedra que los separaban, y se sorprendió al descubrirse nervioso e inseguro ante ella.

—Estás tan hermosa que no sé si podría explicarlo con palabras.

Isabelle tragó saliva mientras se paraba frente a él, temerosa de levantar la vista y enfrentarse a sus inquisitivos ojos verdes, que siempre la desarmaban, a su pesar. Después del incidente con Preston, lo que menos esperaba era que viniese a recogerla como si tal cosa.

—Pensé que acompañaría a tu tía esta noche —confesó sin pensar.

—Mi tía se encontraba cansada y me dijo que no podría venir. ¿Lamentas que sea yo quien te acompañe?

—Cuando termine la noche, te lo diré —respondió con insolencia encogiéndose de hombros, haciendo que la vista del duque se desplazara hasta su piel expuesta.

Sebastian sonrió y besó su mano, que no había soltado en ningún momento. A pesar de los guantes de raso, la fría tela no fue barrera suficiente para frenar la corriente que parecía nacer en el punto donde se tocaban.

Aquella noche se presentaba difícil para ambos, y la tensión se podía palpar en el interior del carruaje. Sebastian había intentado disculparse por el enfrentamiento con Preston, aunque no lo lamentase en absoluto, pero ella le había cortado alegando que tampoco había estado acertada. No le apetecía escuchar nada más sobre aquel asunto, ni adoptar la tediosa costumbre de que alguno de los dos tuviese que disculparse cada vez que se encontraban. Hablar de Jackson solo conseguiría que la noche comenzara con mal pie, y ya había suficientes tensiones entre ellos sin necesidad de que él entrara a la palestra. Isabelle se mantuvo con la espalda tensa durante todo el trayecto, con la vista fija en la ventana, aunque fuese incapaz de percibir otra cosa que no fuera cada mínimo movimiento de Sebastian en el asiento de enfrente, su perfume fresco y masculino, sus manos deslizándose continuamente por la tela oscura que cubría sus muslos musculosos, los suspiros involuntarios que dejaba escapar de vez en cuando, probablemente sin ser consciente de ello.

Mientras tanto, el duque se había recostado contra el asiento de piel intentando no fijarse en ella. Pero sus ojos, traicioneros y desobedientes, se deslizaban como una caricia invisible sobre la piel de su garganta, la zona tan delicada que unía la clavícula con el hombro, la porción de carne dorada expuesta entre la manga y el guante de raso, y los dedos enguantados, que retorcían los flecos del chal en un gesto que denotaba un nerviosismo que se empeñaba en disimular. Sin duda, el atractivo de Atenea jamás sería equiparable a la serena y sencilla belleza natural de Isabelle Taylor.

Isabelle estaba tan ansiosa que tuvo que reprimir las ganas de saltar del vehículo en cuanto se detuvo frente a la mansión. El duque la ayudó a bajar y le ofreció su brazo sin saber muy bien qué decir para llenar el silencio, no precisamente cómodo, que se había cernido sobre ellos. La luz ambarina que se filtraba a través de los ventanales y los ecos de las voces de los invitados que ya se congregaban en el interior la hicieron mirar la mansión con un poco de aprensión. Sin ser consciente de ello, apretó su agarre sobre el brazo de Sebastian, tratando de obtener de él una estabilidad y una confianza en sí misma que a menudo no encontraba. Saludaron a los anfitriones, y Sebastian continuó a su lado mientras se adentraban en el salón, acompañándola con la mano apoyada en su brazo o en la curva de su cintura mientras saludaban a los asistentes que se arremolinaban a su alrededor. Pero no era un gesto posesivo. Era una especie de complicidad tácita que había surgido como por arte de magia entre ellos, que hacía que se movieran entre la gente como si fueran uno solo, o más bien como si fuesen un equipo perfectamente ensamblado. Levantó la vista hacia su prometido y él le devolvió una mirada tranquila y cálida, llena de algo que se asemejaba bastante a la admiración. Isabelle se sorprendió cuando, al entrar en el grandioso comedor donde se serviría la cena, descubrió que le habían asignado un lugar preferente en la mesa, junto al duque. Lo habitual era que ocupase un lugar alejado de la cabecera debido a su rango, algo que parecía que no cambiaría hasta que se convirtiera en duquesa. No tuvo ninguna duda de que esa noche era distinto a petición de él. El sentimiento agridulce era inevitable, como cada vez que Sebastian pretendía avanzar de alguna manera en su relación con ella. Por un lado, sentía que había empezado a valorarla y a apreciar su compañía y su personalidad, pero el contraste con lo que había sido su relación hasta ese momento era demasiado hiriente. En el transcurso de la cena confirmó que el duque era un verdadero maestro en el arte de poner a todos a sus pies, y ni siquiera parecía que tuviera que hacer el más mínimo esfuerzo para conseguirlo. Todos los presentes le adulaban descaradamente, pero Sebastian, lejos de sentirse halagado o simular que le agradaba aquella actitud sumisa, les demostraba que estaba muy por encima de eso con un finísimo cinismo y una velada indiferencia. Con ella, en cambio, todo era diferente. Permanecía atento a ella, sin ser excesivamente empalagoso, y le daba conversación, pero sin monopolizarla. Resultaba tan encantador e inalcanzable a la vez que uno no podía evitar caer sin remisión en sus redes.

—Como ya sabe, excelencia, hoy voy a anunciar el compromiso de mi única hija —habló el anfitrión con tono de confidencia, a pesar de que todo el mundo estaba informado de ello. Kensington hizo una pequeña reverencia con la cabeza y levantó su copa en señal de brindis—. Sería maravilloso poner un broche de oro a esta velada si nos diera una primicia. Su tía, lady Balfour, nos comentó que ya estaban pensando la fecha para su próxima boda con la señorita Taylor.

Lord Armstrong era un hombre con apariencia de bonachón y sus rechonchas mejillas, que ya estaban sonrojadas por el vino, temblaron al reír por su propia osadía.

—Aún no hemos decidido la fecha exacta, pero estamos barajando varias posibilidades —contestó llevándose la copa a los labios, esperando que alguien derivara la conversación por otros derroteros. Pero la presa era muy jugosa y nadie estaba dispuesto a dejarla pasar.

—¿Al menos será antes de que acabe el año? —insistió la anciana lady Vere, cuya sordera selectiva no le permitía escuchar la mayoría de las conversaciones, pero en esta ocasión parecía no perder el hilo.

—Ese privilegio no está en mis manos. Hemos decidido que sea la señorita Taylor quien elija el día y el lugar para la ceremonia, y si está tardando tanto es porque quiere que todo sea perfecto.

Sebastian sujetó la mano de Isabelle, que descansaba sobre el mantel, y se la llevó a los labios para darle un tierno beso, sin dejar de mirarla a los ojos. Puede que todo aquello solo fuera un paripé destinado a impresionar a aquella panda de cotillas, pero el calor que se extendió por el pecho de Isabelle y el brillo de sus ojos era totalmente real.

—Las bodas en verano son siempre muy hermosas, si me permite el consejo —opinó la anciana.

—Sí, excelencia. Nuestro círculo está falto de grandes celebraciones últimamente. La boda de un duque sería un evento memorable que nos daría juego durante semanas — bromeó el anfitrión.

—Créame, si dependiera de mí, esta misma noche tomaría la carretera del norte con mi hermosa novia en dirección a Gretna Green, pero supongo que mi posición me obliga a seguir cargándome de paciencia y hacer las cosas a la manera tradicional.

Isabelle no pudo evitar soltar una pequeña carcajada al recordar cómo había bromeado con su hermana sobre esa posibilidad.

—Supongo que nuestras madres no verían con muy buenos ojos que las privásemos del martirio que conlleva organizar una gran boda —se atrevió a decir al fin.

—Apuesto a que nos perseguirían con ahínco para impedirlo. Semejante alianza debe de ser terrible —le siguió la broma el duque, mientras la miraba con la sonrisa más sincera que había visto jamás en sus ojos verdosos.

Y entonces lo entendió. Antes incluso del comentario de lord Armstrong lo vio todo con claridad.

—Kensington, amigo. Los síntomas son bastante claros. Todo apunta a que está usted terriblemente enamorado.

—¿Quién podría culparme? —Fue su única respuesta antes de que, afortunadamente, el tema virase al futuro enlace de la hija de los Armstrong y los invitados que los rodeaban los olvidaran durante unos instantes.

Pero los ojos de Sebastian siguieron clavados en los suyos, y el mundo que los rodeaba dejó de ser importante. Nadie podía adentrarse en la burbuja de intimidad que ellos mismos habían creado sin saber ni cómo, acompasada por sus respiraciones, que apagaban los sonidos que los rodeaban. Sebastian le estaba dando el sitio que por torpeza o desidia nunca antes le había dado. Al día siguiente, puede que esa misma noche, nadie hablaría de la emoción en los ojos de Armstrong mientras entregaba la mano de su hija, ni de las lágrimas de alegría que derramó la virtuosa novia al ver que su futuro esposo era aceptado por su familia y por su exclusivo círculo de amistades. No. Isabelle sería de nuevo la protagonista. Todos hablarían de las ardientes miradas del duque de Kensington, que desfallecía de amor por su novia, su novia eterna. Ni una sola alma en todo Londres obviaría el hecho de que era la pequeña e insignificante Isabelle Taylor quien torturaba al atractivo caballero, prolongando una espera agónica para tenerla en su vida, y sobre todo en su cama. Cuando pensó que Sebastian podía dirigir las mareas con un movimiento de sus dedos, tenía razón: había revertido en unos pocos minutos el efecto de años de indiferencia. Le había dado su lugar aun a riesgo de convertirse en el foco de cotilleos y comentarios malintencionados.

Pero a él no le importaba en absoluto lo que dijeran. Solo quería ver de nuevo en los ojos de Isabelle el brillo que había visto cientos de veces sin darle importancia, y que ahora que había desaparecido le resultaba tan valioso. Ese brillo le había pertenecido siempre y lo quería de vuelta. Pero ella se resistía a aceptar que aquella pantomima fuera suficiente para curar su alma. Aunque resultase muy tentador ignorar los consejos de su cabeza y dejarse guiar por los latidos incontrolables de su corazón.

22

El tintineo de una cucharilla chocando insistentemente contra una copa de cristal atrajo la atención de los invitados hacia la tarima de los músicos. Ansioso por celebrar la noticia, lord Armstrong había aprovechado el primer descanso del baile para anunciar el feliz compromiso de su hija. Isabelle, que hacía rato que se había escabullido de las tediosas conversaciones, se había colocado al final del salón en una zona poco iluminada junto a una columna, desde donde podía observarlo todo y pasar desapercibida. Todos los ojos y las atenciones estaban concentradas en el a ratos lacrimógeno y a ratos bromista discurso del anfitrión. Consiguió resistirse al deseo de apoyar el hombro de manera perezosa en la columna para descansar, a pesar de que nadie la miraba, y permaneció con una postura perfecta y las manos entrelazadas a la altura del regazo, como la dama recatada que la habían enseñado a ser, hasta que una presencia a su espalda la hizo tensarse de manera instintiva. No necesitaba volver la cabeza para saber que el cuerpo cálido que se acercaba hasta casi rozarla era el de Sebastian. Su olor, su magnetismo eran imposibles de ignorar y nadie más conseguía que el vello de su piel se erizara de esa forma antes siquiera de llegar a tocarla.

—Tu piel me vuelve loco —le oyó susurrar en un tono tan íntimo que parecía estar destinado para sí mismo.

El duque deslizó el dorso de los dedos por su espalda marcando su columna vertebral en un recorrido lento sobre la tela del vestido, para subir de nuevo en una caricia más atrevida, deslizando la yema de los dedos desnudos por la piel de sus hombros y su nuca. Ella se lamentó de no ser lo bastante fuerte para detenerlo, para repudiar ese contacto y gritarle a la cara que lo detestaba. Pero no podía hacer eso porque no era lo que sentía, y tendría que conformarse con encontrar en sí misma la fuerza de voluntad suficiente para no sucumbir y seguir aferrándose a su orgullo herido. Isabelle venció la tentación de dejar que su cabeza cayera hacia atrás para apoyarse en su pecho, cuando el aliento de Sebastian le caldeó la piel de la garganta y su mano continuó la caricia rodeándola por la cintura, hasta pararse sobre su estómago para retenerla contra él. Sentía una tensión extraña y casi dolorosa en la carne expuesta de sus hombros por el anhelo vibrante que solo se calmaría si él se atrevía a premiarla con un toque de su boca y su lengua. Pero ni siquiera Sebastian sería tan atrevido.

Al otro lado del salón, Armstrong culminó su anuncio dándole un abrazo paternal al muchacho al que su familia acogía en su seno con gran emoción y los presentes prorrumpieron en un aplauso que rompió el aturdimiento en el que Isabelle y Sebastian estaban inmersos. Con algo parecido a un gruñido, el duque la soltó y se colocó a su lado, mientras los invitados se dispersaban por el salón.

Isabelle necesitaba alejarse de la influencia de Sebastian, de la inflamación que le oprimía los pulmones dentro del pecho, de la necesidad que pugnaba por arrastrarla hacia él sin remisión, del calor que se concentraba en partes de su cuerpo de las que normalmente no tenía conciencia. Giró para salir de allí, aunque en el fondo sabía que el duque la seguiría y que por muchas millas de distancia que quisiera poner entre ellos no podría alejarse de lo que le hacía sentir. Estaba tan ofuscada que estuvo a punto de arrollar a la anfitriona y a su acompañante, que se dirigían hacia la zona donde se disponían los refrigerios para conseguir unas copas de champán con las que brindar por la buena nueva. Isabelle levantó la cabeza para ofrecer unas rápidas disculpas y seguir su camino hacia una zona menos concurrida, pero al levantar la vista, las palabras se atascaron en su garganta al encontrarse con lady Armstrong acompañada por Jackson Preston.

—Señorita Taylor, qué placer verla.

—Señor Preston, no sabía que estaría aquí esta noche —contestó con un hilo de voz.

—Tenía un compromiso previo y he llegado después de la cena, pero no quería perderme el anuncio de una noticia tan especial.

El joven parpadeó, gratamente sorprendido, mirando a la joven con la admiración reflejada en su rostro, repasando cómo el vestido se ajustaba a su cuerpo y le marcaba la cintura y los pechos de manera enloquecedora. Llevado por un impulso, le cogió la mano para besarla con galantería, reteniéndola más tiempo de lo que la prudencia aconsejaba. Preston abrió la boca para halagarla, pero una presencia oscura y alta a su lado le hizo tomar conciencia de que Isabelle no estaba sola. Kensington se situó al lado de su prometida y colocó la mano de forma posesiva en su cintura, taladrando al doctor desde su altura con una fría mirada. La anfitriona, atolondrada por la alegría de la noche, comenzó a parlotear sin percatarse de que ninguno de sus interlocutores le contestaba ni le prestaba la más mínima atención. La tensión se podía cortar con un cuchillo, en un reto silencioso que ninguno de los dos hombres estaba dispuesto a perder.

—Lord Kensington, sería un placer que le echara un vistazo. Si le parece bien, podemos verlo ahora.

—¿Perdone? —preguntó Sebastian a lady Armstrong al no haber escuchado ni una palabra del discurso de la dama.

—El cuadro que le comentaba. Hay varios compradores interesados, pero mi esposo me dijo que usted es un admirador del pintor y sería un honor vendérselo a usted, excelencia. Es una obra excepcional.

Esta vez fue Sebastian quien parpadeó.

—Lady Armstrong, si fuese mal pensado, me inclinaría a creer que quiere financiar la boda con mi dinero —bromeó con cinismo. Pero le hiciera gracia el comentario o no, la dama rio la broma con un sonido gutural y un tanto exagerado. Básicamente porque uno no podía dejar de sentirse afortunado cuando era el blanco del fino humor del mismísimo duque de Kensington, a pesar de que hubiera captado sus intenciones al vuelo.

—Venga, acompáñeme, está expuesto en la galería. Tardaremos solo un momento. —Lady Armstrong se negaba a soltar a su presa, sabiendo que no tendría otra oportunidad de arrastrarlo a ver la obra, y su necesidad de liquidez se hacía imperiosa. Enlazó su brazo con el de Sebastian, que, a pesar de todo, seguía con los pies anclados firmemente en su lugar—. No se preocupe por su prometida, mi primo cuidará de ella mientras hablamos de negocios.

Isabelle estuvo a punto de reír al ver la cara resignada y furibunda de Sebastian, que no tuvo más remedio que seguir a la dama a ver un maldito cuadro que no le interesaba lo más mínimo, dejando a Isabelle en las manos del último hombre que quería cerca de ella.

—Estás preciosa —dijo Preston con una súbita timidez.

—Gracias. —Isabelle le sonrió en respuesta sin poder apartar la vista de la tensa espalda de su prometido, que se alejaba entre los invitados—. Creo que no es buena idea que hablemos aquí, ya sabes lo que pasó la última vez.

—Me encantaría poder hablar contigo en cualquier otra parte, sin tener que estar midiendo los centímetros que nos separan. Dime, ¿te ha tratado bien o se ha sobrepasado de alguna manera?

Isabelle abrió los ojos como platos, sorprendida por su insinuación.

—Kensington es muchas cosas, pero también es un caballero. —Se vio obligada a defenderle sin poder ocultar cuánto le molestaba el comentario. Era curioso, pero defender al uno en presencia del otro se estaba empezando a convertir en algo habitual—. Puede que sea testarudo e intransigente en algunas cuestiones, pero no me haría daño jamás, estoy segura de ello.

—Aun así, te impone su presencia. ¿O vas a decirme que estás aquí con él por decisión propia? Espero que no te imponga nada más o yo… —La mano enguantada de Isabelle le apretó el antebrazo con suavidad tratando de tranquilizarle. Le dolía que hablase así del duque y le atribuyera comportamientos tan indignos—. Tenemos que buscar una solución a esto, Isabelle. No soporto la idea de que tengas que someterte a ese bastardo.

—Jackson apenas se reconocía a sí mismo cuando la furia ponía esas afirmaciones en su boca, pero el encuentro con Kensington en casa de Isabelle lo había aguijoneado en su orgullo. Lo había zarandeado como si no fuera más que un niñato imberbe, y él, poco acostumbrado a esas situaciones e impresionado por el carisma y el poder del duque, no había podido reaccionar. Pero las imágenes de cómo debería haber actuado lo habían torturado desde entonces, y solo aspiraba a que llegara el momento de devolverle la humillación. Aunque intentara camuflarlo en un heroico intento de salvar a Isabelle de sus garras.

—Ya basta, Jackson. No es el lugar para hablar de esto —le cortó incómoda, intentando dirigir la conversación a temas más cotidianos e inocuos que aliviaran la tensión reinante. Pronto ambos comenzaron a conversar como siempre hacían, a contarse sus pequeñas aventuras cotidianas. Isabelle no podía dejar de sonreír al notar la chispa de los ojos de Jackson cuando le relataba las vicisitudes a las que se enfrentaba a diario, la forma en la que había resuelto tal o cual problema, y llegó a la conclusión de que la mujer que se casara con él tendría en su profesión a la más poderosa rival. Curiosamente fue un pensamiento totalmente impersonal, y ni por un momento visualizó en su cabeza que esa mujer pudiera ser ella.

Sebastian volvió al salón a grandes zancadas tras prometerle a la anfitriona que valoraría la posibilidad de comprar la obra, aunque no valía ni de lejos lo que ella pretendía conseguir. Maldijo por lo bajo cuando, al traspasar la puerta, un anciano caballero lo interceptó para hablarle de su amistad con su padre, entreteniéndolo con sus anécdotas de juventud durante varios minutos. Al fin el caballero se despidió para buscar un sitio donde sentarse. Pero Sebastian permaneció donde estaba, observando los gestos de la mujer que, sin saber ni cómo, había empezado a volverlo loco. No podía dejar de mirar la forma en la que paseaba los dedos enguantados por su cuello en un gesto nervioso. Sintió la ira asentándose en su estómago al ver las sonrisas que le regalaba a Preston y que deberían ser solo para él. Pero a pesar de eso, la tensión de su espalda y la rigidez de sus movimientos denotaban que no estaba cómoda, aunque no sabía si era por culpa de Preston o porque sabía que él estaba cerca, y aquello estaba convirtiéndose en un polvorín a punto de estallar.

Pero Sebastian era demasiado listo y sutil para dar un espectáculo de celos en las narices de medio Londres. Tomó un largo trago de su copa de champán, que ya había empezado a calentarse, y buscó con la mirada a algún lacayo al que pedirle algo más fuerte. En una de las esquinas un muchacho soportaba encogido sobre sí mismo el rapapolvo que uno de los lacayos de mayor rango le dedicaba, creyendo que nadie se percataba de la escena. El chico asintió con la cara roja como la grana y la mirada clavada en el suelo hasta que su jefe se marchó airado por el pasillo. Se acercó a una de las mesas que se habían dispuesto discretamente en un lateral y cogió una bandeja para continuar con su trabajo, con unos guantes demasiado grandes para sus pequeñas manos y una postura desgarbada. Al levantar la vista, se encontró con la mirada del duque y se sonrojó todavía más al comprender que había sido testigo de la regañina. Sebastian se dirigió hacia él con pasos lentos y una medio sonrisa destinada a transmitir comprensión. Dejó la copa vacía en la mesa y se apoyó perezosamente en ella con las manos en los bolsillos, tratando de pasar desapercibido para el resto de los invitados.

—¿Una mala noche?

El chico asintió con timidez y llenó las copas de champán para colocarlas ordenadamente en la bandeja.

—Lo normal, señor. Digo, milord. —Sebastian sonrió. El muchacho no lo conocía, no tenía por qué saber cuál era su rango, y para lo que tenía en mente eso era simplemente perfecto.

—Es un trabajo duro —dijo en tono comprensivo, poniéndose en el lugar del muchacho—. Toda la noche de aquí para allá, no solo satisfaciendo los caprichos de todos estos aristócratas caprichosos, sino soportando las ínfulas de grandeza de un lacayo que no sabe ni atarse los cordones solo. ¿Cómo te llamas?

—Chester —dijo devolviéndole la sonrisa, aunque no sabía lo que significaba la palabra «ínfula». Pero tenía que ser algo muy malo y seguro que el idiota de Brad se lo merecía.

—Bien, Chester. Pareces un chico listo, y los chicos listos saben aprovechar una buena oportunidad cuando la tienen delante.

Al principio Chester se mostró un poco reticente cuando Sebastian le contó brevemente lo que necesitaba de él, pero la vanidad pudo con su reticencia, y sentir que un gran señor como aquel confiaba en él y en su discreción para llevar a cabo un asunto tan delicado disolvió cualquier mínima duda. Y, por qué no decirlo, que le ofreciera por el pequeño trabajo que le acababa de encargar una compensación equiparable a un mes de trabajo le ayudó a inclinar la balanza. Se acercó a su presa, que no era otra que el doctor Preston, para entregarle una nota en una bandejita de plata que Sebastian había escrito con rapidez. Por suerte para él, su físico menudo siempre le ayudaba a pasar desapercibido y nadie le solía echar una segunda mirada. Esta vez no iba a ser diferente. El hombre aceptó la nota y la leyó rápidamente, para luego meterla en el bolsillo interior de su chaqueta.

Isabelle percibió el súbito cambio de actitud de Jackson, pero no quiso ser imprudente y no se lo hizo notar. A los pocos minutos el joven se excusó alegando que tenía que hablar con uno de sus pacientes presente en la fiesta y salió del salón. Ella dejó escapar un suspiro de alivio y se dio cuenta de que había estado totalmente tensa mientras hablaba con él.

—Dime que este baile lo has reservado para mí. —La voz de Sebastian cerca de su oído provocó que un cálido cosquilleo la recorriera, y le tendió la mano a modo de respuesta con una sonrisa espontánea.

No era la primera vez que Jackson recibía una propuesta para una cita clandestina en alguno de los eventos a los que asistía. Con frecuencia sus pacientes femeninas, y algún que otro paciente masculino también, le lanzaban indirectas poco disimuladas para conseguir otro tipo de atenciones que nada tenían que ver con la medicina. No eran muchas las ocasiones en las que recibía notas anónimas y no tenía ni idea de a quién podía pertenecer. Desde luego, debía ser alguien bastante cercano a la familia, ya que el sitio elegido para el encuentro era bastante rebuscado. Jackson subió las escaleras hasta el primer piso y transitó por varios corredores oscuros acompañado solo por el sonido de sus pasos, alejándose del murmullo de las conversaciones y la música del salón. Al final del pasillo encontró la pequeña sala de lectura que casi nunca usaba la familia, con la puerta invitadoramente abierta. Entró con sigilo y observó una solitaria vela encendida sobre la repisa de la chimenea, pero ni rastro de la supuesta dama que le sugería un encuentro para conocerse más íntimamente y resolver asuntos pendientes. Un sonido a su espalda le hizo darse la vuelta, pero antes de que pudiera impedirlo la puerta se cerró en sus narices y el ruido de una llave al girar en la cerradura le informó que aquello era una trampa o una broma de mal gusto. Maldijo sin entender absolutamente nada. Aporreó la madera y gritó para pedir ayuda hasta que asumió que el bullicio de la música haría imposible que alguien lo escuchara. Barajó la posibilidad de derribar la puerta, pero la cerradura era nueva y la madera, gruesa. Con un poco de suerte, podría pedir ayuda cuando la familia se retirase a descansar a las habitaciones ubicadas en ese pasillo, y con un poco de menos fortuna lo encontraría el servicio por la mañana cuando fueran a realizar las tareas de limpieza, si es que pasaban por allí. O puede que nadie reparase en su presencia y lo encontraran al cabo de los años momificado dentro de su traje de noche, sentado en la butaca junto a la ventana. Se le escapó una carcajada ante su propia ocurrencia y el sonido resultó ridículo y un tanto tétrico en la soledad de la estancia. Comenzó a pasear de un lado a otro de la habitación, consultando su reloj de cuando en cuando, atento a cualquier ruido que pudiera indicar que había alguien en el pasillo. La cabeza le daba vueltas de manera incesante intentando averiguar quién podría haber ideado aquella jugada y solo un nombre venía de manera recurrente a su mente. El aborrecible duque de Kensington y su soberbia. No había nadie más que le guardase la suficiente inquina como para traicionarlo de esa manera tan cobarde, y mientras él desperdiciaba la noche allí encerrado, el duque disfrutaba de la velada con Isabelle. Ese hombre, que presumía de honor y clase, no era más que un ser rastrero que no jugaba limpio. Si bien al principio no tenía claro si Isabelle merecía que él arriesgara sus sueños y sus opciones de ascender en la escala social, y de labrarse un buen futuro profesional, ahora sentía la necesidad imperiosa de conquistarla y restregarle su triunfo a Kensington por la cara. Y para ello necesitaba salir de allí. Abrió la ventana y calibró qué posibilidades tenía de partirse la crisma si decidía bajar por la pared. Aunque estaba en un primer piso, la altura era suficiente para que una mala caída tuviera consecuencias nefastas. Tanteó un enrejado de madera por el que trepaba una tupida enredadera y que parecía estar anclado con firmeza a la piedra. Si conseguía llegar hasta él, podría descolgarse hasta una de las gruesas ramas del árbol más cercano que rozaba la fachada, y después llegar al suelo con relativa facilidad. Respiró con fuerza varias veces y se sentó en el alféizar para comenzar con su escapada. Pensar en la cara de idiota que se le quedaría al duque cuando lo viera aparecer le dio fuerza para separar las manos de la ventana y aferrarse como una ardilla a la madera anclada en la pared. El aire frío movió los faldones de su chaqueta y la idea dejó de parecerle tan brillante como minutos antes, pero volver a la ventana era casi tan arriesgado como llegar a las ramas del árbol, además de contraproducente. Estiró la pierna izquierda para posarla en la rama, mientras con la puntera de la bota derecha mantenía el contacto con la pared. La inseguridad le jugó una mala pasada y el miedo lo paralizó durante unos instantes, quedándose en una postura imposible, con las piernas abiertas y los brazos en cruz. Su cuerpo se balanceó peligrosamente mientras trataba de aferrarse a la enredadera y se quedó con un puñado de hojas en la mano como único resultado. En un acto reflejo, y cuando su cuerpo estaba a punto de caer, saltó para encaramarse al árbol, aterrizando en una rama doblado sobre el estómago. Agradeció al cielo su suerte por no precipitarse contra el suelo mientras recuperaba el resuello tras el aparatoso golpe, pero la gratitud no le duró demasiado. Un crujido le puso los vellos de punta y la madera comenzó a ceder peligrosamente bajo su peso.

Era obvio que estaban bailando demasiado cerca, pero Sebastian se estaba comportando de manera tan impecable que Isabelle fue incapaz de apartarse. Tenía que reconocer que era un bailarín excelente, y había corregido con maestría sus traspiés al principio de la pieza. Había olvidado lo mal que se le daba bailar, especialmente cuando docenas de ojos vigilaban sus movimientos. La temperatura del salón se estaba volviendo un tanto agobiante y cuando Sebastian sugirió dar un paseo por el jardín, Isabelle aceptó encantada, pese a que no se fiaba demasiado de su propia reacción cuando estaba a solas con él. Pasearon en un cómodo silencio hasta que llegaron al final de la terraza, alejados del bullicio que salía de los ventanales, pero a la vista de los invitados en aras de mantener el decoro. Sebastian se apoyó en la barandilla de piedra y acarició entre sus dedos un mechón de pelo que descansaba sobre el hombro de Isabelle.

—Isabelle, yo… —Un ruido entre los matorrales llamó la atención de ambos arruinando el momento íntimo.

Isabelle jadeó sorprendida y se tapó la boca con las manos al ver aparecer a Jackson frente a ellos, con el mismo aspecto de haber sido atacado por una jauría de lobos.

—Maldito seas, duque. Te prometo que pagarás por esto —siseó furioso apretando los dientes.

23

Sebastian permaneció apoyado en la barandilla con gesto indolente, aunque Isabelle pudo percibir perfectamente la tensión
de su cuerpo.

—Vigila tu lengua, Preston. No ando muy sobrado de paciencia.

—¿Qué te ha ocurrido, Jackson? ¿Estás bien?

Isabelle se acercó hasta él totalmente confundida y preocupada al ver su estado. Tenía arañazos en la cara, el pelo y la ropa
estaban desordenados y llenos de hojas, ramitas y barro, y la
pernera del pantalón se había desgarrado desde la parte baja de
la rodilla hasta el muslo.

—Pregúntaselo a él, ese dechado de virtudes y honradez.
Me ha tendido una trampa como un vil reptil.

Sebastian movió la cabeza con un deseo cada vez más incontrolable de rematar la faena y darle un puñetazo, pero no
podía negar que verlo de aquella guisa y temblando de frustración le estaba divirtiendo, y estaba ansioso por saber cómo había acabado así. Dudaba que Chester se hubiese extralimitado
en su encargo.

—Sebastian no se ha separado de mí en ningún momento,
no sé a qué te refieres.

—Claro, el gran duque no se ensucia las manos. Habrá
mandado a uno de sus secuaces a que me golpee y me encierre
en una habitación para tener así el camino libre. He tenido que
descolgarme desde una ventana del primer piso para escapar. Se

está tomando demasiadas molestias, puedo oler su miedo desde aquí —le provocó más allá de lo que él mismo creía posible, sin importarle exagerar o mentir, con tal de ganarse el favor de Isabelle.

Ella parpadeó y miró a Sebastian sin poder creer que hubiera hecho tal cosa. El duque se adelantó dos pasos en actitud amenazante y el doctor apretó de manera inconsciente los faldones de su chaqueta entre las manos con nerviosismo, intentando controlar el impulso de salir corriendo.

—Si estás tan seguro de que yo he organizado un atentado tan cobarde contra tu persona, no entiendo por qué no defiendes tu honor en este mismo instante. Mis pistolas de duelo están ansiosas por servir a su propósito. —Su voz era tan cortante que una fría sensación recorrió la espalda de Isabelle.

—No permitiría que Isabelle sufriera por nuestro enfrentamiento —replicó con la voz más aguda de lo que hubiera deseado.

—Qué gentil —replicó Sebastian, irónico, y soltó una carcajada sin pizca de humor. Se inclinó hacia él aprovechando su altura para intimidarle—. Pues lo que yo huelo es que eres tú el que está asustado como un gatito, como una comadreja, como una rata. No eres de fiar, no eres limpio y no te quiero cerca de ella. Y no me va a temblar el pulso para conseguirlo. ¿Me he expresado con claridad?

Isabelle no podía permitir aquella situación de la que se sentía responsable. Se interpuso entre ambos hombres y empujó levemente a su prometido apoyando su mano en su pecho, e intentó que la mirase a los ojos.

—Déjalo, por favor. No quiero esto, no quiero enfrentamientos. —Le dedicó una mirada rápida a Preston, que bufaba como un toro bravo, enrojecido de ira—. Jackson, deberías ir a curarte esas heridas.

Sebastian clavó en ella la mirada esperando una señal, esperando que se decidiera por él.

—Sebastian, ¿puedes llevarme a casa, por favor?

El duque asintió. No podía considerarlo un triunfo, especialmente cuando los ojos de Isabelle llameaban con un sentimiento indefinible. Se marchaba con él, pero había creído a Preston, y no sabía si eso suponía un atisbo de esperanza o un desastre de dimensiones bíblicas. Se despidieron de los anfitriones sin muchas ceremonias y se dirigieron al vestíbulo sin cruzar una sola palabra, mientras un lacayo les traía sus pertenencias. Sebastian casi le arrancó la capa al hombre de las manos y se dispuso a colocársela a Isabelle para marcharse de allí cuanto antes.

Pero la noche aún no había terminado. Isabelle sintió que las manos de Sebastian se paralizaban mientras le ponían la capa y su cuerpo se ponía súbitamente en tensión, y levantó la vista para ver qué nuevo desastre se les avecinaba. Neil Morton, con una bella mujer colgada del brazo, avanzaba por el vestíbulo directamente hacia ellos. La amplia sonrisa de Amanda Howard, por muy hermosa que fuera, transmitía algo muy diferente a la alegría o a cualquier otro tipo de sentimiento positivo.

—Vaya, vaya, hermanito. No me digas que hemos llegado tarde a la fiesta —dijo Neil a modo de saludo. Su voz sonaba pastosa y al avanzar se tambaleó ligeramente, por si su olor a alcohol no fuera suficiente para delatar su estado de ebriedad.

—Neil, ¿puede saberse qué estás haciendo aquí? —preguntó Sebastian con los dientes apretados, ignorando por completo a Amanda—. Será mejor que vuelvas a casa antes de quedar en evidencia.

—¿Por qué iba a hacer tal cosa? La noche es joven y yo también. —Se rio con una sonrisa bobalicona—. Además, fue Amanda quien sugirió venir aquí; sabía que esto estaría lleno de traseros ilustres como el tuyo.

—No lo había dudado ni un momento —susurró Isabelle más para sí misma que para ser oída, pero la fulminante mirada de Amanda, que se clavó en ella como la de un halcón, le indicó que había hablado demasiado alto.

—Señorita Taylor, qué placer verla —mintió mientras se acercaba con movimientos lentos y afectados y la repasaba de pies a cabeza. Isabelle se mantuvo tensa e inmóvil, con la sensación de que la estaba olisqueando un animal salvaje a punto de atacar—. Es curioso, pero a pesar de tener intereses comunes no solemos coincidir, ¿verdad?

—Lo cual sin duda es un acierto. Si nos disculpa, ya nos íbamos. —Isabelle comenzó a andar hacia la salida sin importarle si el duque la acompañaba o no, con la escandalosa carcajada de Neil de fondo. Dio un respingo al sentir la mano de Sebastian firme y cálida entrelazándose con la suya, y ambos continuaron su camino hacia el carruaje sin decir ni una palabra.

Durante el trayecto Sebastian tuvo la impresión de que podía escuchar como le rechinaban los dientes a Isabelle, que no apartó ni un instante la vista de la ventana, lo que a él le proporcionaba una deliciosa vista de su perfil. No cesó de dar pequeños golpecitos nerviosos con el pie sobre la madera del suelo, crispando los nervios del duque, que no se atrevió a quejarse.

—Isabelle, mírame —se atrevió a decir al fin—. No me gusta que esa mujer esté cerca de mi hermano, aunque no puedo hacer nada para evitarlo. Pero te aseguro que no voy a permitir… —Isabelle le interrumpió levantando la mano; se sorprendió de lo eficaz que era ese gesto y entendió por qué el duque lo usaba tan a menudo.

—Déjalo, Sebastian. Lo sé. Ni siquiera tú puedes evitar la estupidez de la gente. Dios, esta noche ha sido un maldito desastre.

El duque se bajó de un salto del carruaje en cuanto este llegó frente a la casa de Isabelle para ayudarla a bajar, y percibió con claridad que ella aceptaba su mano a regañadientes.

—¿Por qué están todas las luces apagadas? —preguntó con sequedad al ver la vivienda completamente a oscuras.

—Le pedí al servicio que no me esperase levantado —contestó sin mirarlo mientras rebuscaba en su ridículo la llave de la puerta. La indignación estaba a punto de desestabilizarla y hacía que le temblaran las manos, volviéndola torpe y anulando su capacidad para pensar y actuar.

Cada vez que daba un paso en favor de Sebastian, cada vez que se atrevía a pensar que estaba siendo demasiado dura con él y que quizá mereciese una segunda oportunidad, él hacía algo para arruinarlo todo. Puede que no fuera el culpable de que Amanda hubiera ido a buscarlo a esa fiesta para pavonearse en sus narices, pero tenía claro que la discusión que había escuchado entre los hermanos en su visita al campo era por su causa.

Sebastian soltó el aire con fuerza y le quitó de las manos la llave para abrir él mismo, ante su incapacidad para realizar un acto tan sencillo como girarla en la cerradura. Le hizo una discreta señal al cochero para que no esperara en la puerta principal y siguió a Isabelle al vestíbulo en un tenso silencio. Casi a tientas buscó una vela y tras encenderla se volvió hacia ella para enfrentar su mirada furiosa.

—Si vas a decirme la verdad sobre lo que ha pasado con Preston, te escucho. Si no, ya sabes dónde está la puerta, Kensington. —Isabelle tenía un centenar de preguntas y otros tantos reproches, pero no quería pensar en Amanda, en la mirada burlona de Neil, ni en lo pequeña que la habían hecho sentir hasta que Kensington había estrechado su mano entre la suya.

—La verdad. ¿Qué verdad? Solo hay que mirarte, con los brazos cruzados sobre el pecho y tu mirada furibunda para saber que tú ya has decidido cuál es la verdad.

—Te he visto hablando con un lacayo y marcharte con él del salón unos minutos. Y por arte de magia atacan a Preston y aparece como si le hubiese pisoteado un oso salvaje.

Kensington cogió la vela y se dirigió a la sala contigua y ella no tuvo más remedio que seguirle, como si fuese una polilla tras una luz.

—No me parece bien que una dama llegue a su casa de madrugada y no haya nadie levantado para esperarla y asegurarse de que está bien —se quejó malhumorado mientras colocaba el candelabro sobre una mesita—. O simplemente atenderte en lo que puedas necesitar. Ese es su trabajo, por eso cobran un suplemento en su salario.

—Sé apañármelas sola. Y no cambies de tema —alegó

mientras comenzaba a luchar torpemente con la hilera de botoncitos de sus guantes sin ningún éxito.

—Ya lo veo. —Sebastian apartó sus dedos entorpecidos por el enfado y comenzó a desabotonar el primer guante con extrema lentitud, recreándose en cada pedazo de piel que quedaba expuesto.

—¿Eres consciente de que podía haberse matado?

—Nadie lo ha obligado a saltar, Isabelle. Si hubiese sido un poco más sensato, el bueno de Chester, el lacayo, hubiese ido a abrirle la puerta al cabo de un rato, una hora a lo sumo. Merecía un escarmiento por descarado y baboso. Había pensado en lanzarle un par de vasos de ponche por encima, pero le habría arruinado el traje. Te puedo asegurar que la mancha es imposible de quitar. —Sebastian notó perfectamente cómo los nervios de Isabelle se crispaban ante la alusión a su primera noche en el club, pero el efecto duró apenas unos segundos—. Y, por cierto, nadie le golpeó. Es un mentiroso y un cobarde que pretendía darte pena para que te pusieras de su parte.

—¿Y qué pretendías tú con un comportamiento tan infantil? —inquirió con la voz entrecortada mientras él deslizaba el pulgar entre la tela que acababa de desabotonar, marcando el pulso de las venas de su muñeca con un suave movimiento que le provocó una oleada de calor por todo el cuerpo.

—Alejarlo de ti —admitió el duque sin titubear.

—¿Crees que él es el único obstáculo que se interpone para que no quiera estar contigo?

—No, pero es el más vistoso, sin duda. El principal obstáculo es tu testarudez. Siempre empleo todas las armas que tengo en mis manos para conseguir mi objetivo y desde luego no voy a permitir que ese imbécil me impida seguir mi camino —afirmó, quitándole el segundo guante.

Isabelle se frotó los brazos, sintiéndose desnuda de repente.

—Pues si tu objetivo es que te odie, te aseguro que vas por muy buen camino —se rebeló ante su despotismo. No podía consentir que le impusiera sus deseos como si ella no tuviera capacidad de decisión sin al menos luchar un poco. Solo que cada vez tenía menos armas para pelear contra un monstruo que amenazaba con devorarla. Un monstruo que ella había alimentado durante años a base de inocente devoción y que ahora se aferraba a su corazón con uñas y dientes, negándose a desaparecer sin más.

—¿Intentas convencerte a ti misma o pretendes que sea yo el que huya cabizbajo con una mentira tan absurda? ¿Me odias? ¿Por eso te estremeces cuando me acerco a ti? ¿Por eso se eriza tu piel cuando te toco?

—Eres un desgraciado, Sebastian —maldijo entre dientes y retrocedió un paso para alejarse de él.

—Si tanto te gusta la verdad, no te espantes cuando te la digan a la cara. Sé que quieres que te bese. Sé que tiemblas de deseo porque yo me siento igual. Pero al menos soy sincero conmigo mismo. Odio, dices, curiosa forma de demostrarlo.

—Márchate —le ordenó empujándolo al verse incapaz de resistir ni un minuto más su lucha contra él y contra ella misma.

—Claro que me iré, pero no sin antes darte un par de motivos más para que sigas odiándome.

El beso la cogió totalmente desprevenida, y, aunque en un primer momento trató de zafarse, los labios de Sebastian, que le exigían la verdad, consiguieron doblegarla. Incapaz de defenderse de un impulso que la dominaba por completo, la única posibilidad digna era atacar con igual vehemencia, aunque el juego resultara peligroso. Le devolvió el beso con la misma voracidad, aferrándose a su cuello con fuerza, recibiéndolo ansiosa con la boca entreabierta.

Sebastian le atrapó el labio inferior con los dientes y gimió contra su boca cuando calmó la sensación al deslizar la lengua sobre ese punto. Enterró los dedos en su pelo desordenándolo, provocando que las horquillas se desprendieran de su lugar y el peinado se deshiciera en una lluvia de bucles alocados.

Isabelle estaba tan pendiente de las partes de su cuerpo que él rozaba para volverla loca que no se dio cuenta de que se movían hasta que chocó con la mesa que había a su espalda. Las

manos de Sebastian recorrían su cuerpo de manera desesperada, casi frenética, tratando de demostrarle que podía llevarla al
mismo estado febril en el que se encontraba él, mientras sus
labios seguían devorándose, mordiéndose, lamiéndose en una
danza feroz que les encendía la sangre y hacía que su piel que-
mara. Pero nada parecía suficiente para calmarla. Las palmas
de sus manos ansiaban tocar la piel de Sebastian con la misma
intensidad que su cuerpo necesitaba sentir sus manos bajo la
ropa.

Con la torpeza propia del estado de excitación, Sebastian
tiró de los botones de la espalda de su vestido hasta que consiguió aflojar la prenda lo suficiente para bajarla de un tirón.
Abandonó su boca para continuar maravillándose con el sabor
de su piel, descendiendo por sus pechos, prodigándole besos ardientes, roces de su lengua y sus dientes, hasta que ella no pudo
contener un gemido de deseo. Su inocencia era más que evidente por la efímera tensión que paralizaba su respiración cada vez
que Sebastian avanzaba un pequeño paso en aquella intimidad que los envolvía. Pero estaba deseosa de deshacerse de esa
candidez en sus manos, aunque una vez saciada su curiosidad y
su necesidad, llegaran los arrepentimientos. No le importaba,
solo quería perderse en él, descubrir todos sus secretos. Su cerebro parecía haber dejado de funcionar y le había cedido el pro-
tagonismo a su cuerpo y a su corazón, que latía totalmente fuera de sí.

Sebastian deslizó las manos por sus caderas hasta apretarle
las nalgas, acercándola al abultamiento de su erección, y esta
vez fue él quien no pudo contener un gemido ronco cuando ella
correspondió al roce arqueando las caderas y enterrando los dedos en sus mechones rubios y lacios para obligarlo a besarla
de nuevo en la boca. Con un movimiento rápido la cogió en vilo
para sentarla sobre la mesa. Sus dedos se perdieron bajo las faldas y tiraron a tientas de las cintas de la ropa interior hasta que
consiguió deshacerse de la prenda con movimientos urgentes
que hicieron crujir las costuras.

Isabelle se separó un instante de él para tomar aire y conciencia de lo que estaba pasando. Los movimientos de sus labios dejaron de ser furiosos, para convertirse en un roce apasionado a la vez que tierno, y sus respiraciones se entrelazaron en una sucesión de jadeos entrecortados mientras sus manos seguían buscando un retazo de piel que aprenderse de memoria. Aunque sabía que lo que estaba ocurriendo solo serviría para confundirla y para que Sebastian tratara de ejercer su poder sobre ella, se vio incapaz de detenerle. Lo deseaba, y ni de lejos estaba tan segura de que alejarse de él fuera lo que necesitaba, por mucho que su parte racional quisiera imponérselo. Ni siquiera pudo quejarse cuando las enormes y fuertes manos masculinas ascendieron por sus piernas en una caricia interminable, ni cuando él le separó los muslos un poco más para colocarse entre ellos. Solo pudo aceptar el roce de sus dedos, cada vez más osados, más peligrosos, aproximándose a su intimidad, una intimidad que nadie más había tocado antes. Sin dejar de besarla, deslizando la lengua por su boca en una desvergonzada letanía, Sebastian se aventuró un poco más con cada toque hasta que sus dedos alcanzaron su humedad, trazando círculos lentos y perfectos que la despertaban a algo nuevo y desconocido. Algo fascinante. Isabelle enterró la cara en su cuello con un gemido ahogado cuando acarició su zona más sensible, y él sonrió encantado, consciente de que ella se deshacía en sus manos.

Aumentó el ritmo de sus caricias, tratando de controlar su propia necesidad, sin importarle que su cuerpo pidiera a gritos una caricia urgente, pero no era su momento, era el de ella y quería descubrirle sin interrupciones lo que podía hacerle sentir. Introdujo un dedo en su interior con suavidad, y se sintió enloquecer al notar sus paredes apretadas y cálidas mientras lo recibía y cómo cedían a sus movimientos. Isabelle le premió con un dulce jadeo mitad sorpresa mitad satisfacción y se aferró con fuerza a sus hombros. Indecisa, se atrevió al fin a devolverle las atrevidas caricias, a pesar de que estaba perdiendo el control de su propio cuerpo. Tiró de la camisa de Sebastian hasta que coló las manos debajo de la tela para acariciar la piel de su espalda y su pecho, que parecía quemar bajo sus dedos. Los músculos temblaron bajo su contacto, tensándose por la necesidad de mantenerse firme y no ceder a su propia complacencia. Isabelle se atrevió a pasar la mano sobre la tela que ocultaba su erección, sintiendo el miembro duro y caliente, lo cual hizo que durante unos instantes la sangre de Sebastian se inflamara hasta lo indecible. Continuó apretando su longitud, marcando su forma y sintiéndose poderosa al proporcionarle el mismo placer que ella estaba recibiendo, y que la desarmaba más y más a cada momento. Pero Sebastian no había iniciado aquella tortura para caer vencido por su propio deseo y no sabía cuánto tiempo más podría continuar manteniendo el dominio de sí mismo. Echó mano a toda su fuerza de voluntad para sujetarle las muñecas a Isabelle y le retuvo las manos sobre la mesa para evitar que pudiera volver a tocarle. Isabelle dejó escapar un gemido de frustración cuando dejó de acariciarla y él sonrió con malicia. Sebastian apoyó la frente contra la suya, igual de excitado que ella, igual de desesperado por continuar, con la respiración agitada y el sudor resbalando por su espalda.

—Me muero por tenerte en mi cama sin otra cosa que no sea ese collar de brillantes.

Los labios de Isabelle musitaron un «por favor» que le removió por dentro, y él tomó de nuevo su boca con lentitud, saboreando cada rincón, volviendo a avivar el fuego que los consumía. Se pegó a su cuerpo rozando la erección contra su centro, de manera rítmica, implacable, enterrando las manos en su pelo y saqueando su boca cada vez con más vehemencia. Isabelle sintió que toda su energía se concentraba en un solo punto, que su universo se reducía a aquel pequeño pedazo de sí misma que vibraba lleno de vida y la conducía a algún lugar desconocido y que estaba desesperada por alcanzar. Jadeó dejándose llevar por aquel calor insoportable, aferrándose al cuerpo de Sebastian con la misma tensión que él, como si fuera un reflejo de sí misma. Pero justo cuando todo parecía desencadenarse hacia una explosión de placer cegador, Sebastian se separó bruscamente y la dejó desangelada, incompleta e insatisfecha. Le dedicó una mirada sombría pero ardiente, con la respiración alterada como si acabara de subir una montaña y las manos temblando por la excitación. Ella simplemente lo miró, sin saber si había hecho algo mal o si era el resto del mundo el que se había vuelto del revés.

—Puedo darte tanto placer que te olvides de comer, de respirar, de tu propio nombre. Pero para eso debes elegirme a mí.

Isabelle se quedó inmóvil mientras trataba de digerir lo que acababa de ocurrir, queriendo perdonarse a sí misma por haberse permitido llegar hasta ese punto con un hombre al que se suponía que quería alejar de su vida. Sebastian se marchó sin decir nada más. Durante unos minutos ella fue incapaz de moverse, perdida en el hueco que la ausencia de Sebastian había dejado en la habitación. Cuando consiguió salir de su estado de estupor, sintió un peso desagradable en el estómago, una mezcla de sentimientos amargos que amenazaban con hacerla estallar. Necesitaba golpear algo, o más bien a alguien, y gritar tan fuerte que los cristales de la habitación estallaran en mil pedazos. Se dejó caer en el sofá y golpeó el cojín de punto de cruz con rabia, maldiciendo el momento en que se dejó besar por aquel hombre, el momento en que ella misma se había permitido jugar con fuego y olvidarse de sus propósitos en pos de un placer y un deseo que no sabía controlar.

El ruido de la puerta de la mansión al cerrarse con fuerza despertó a Isabelle, que estuvo a punto de caerse del sofá, sobresaltada. Miró a su alrededor desconcertada hasta que se dio cuenta de que no estaba en su cómoda cama, sino en el sofá de la salita, y a juzgar por el cabo de vela que estaba a punto de extinguirse y el entumecimiento de sus músculos debía de llevar varias horas allí. Se frotó los brazos, que se habían quedado helados, y emitió un pequeño gruñido de dolor al notar el cuello dolorido por haber dormido en una posición imposible. Unas fuertes pisadas en el pasillo le informaron de que su hermano Adam acababa de llegar. El joven se dirigió a la sala para servirse una última copa antes de meterse en la cama. Había sido una noche difícil y un tanto agridulce. Había conseguido arañarle unos minutos al tiempo y abrazar a Jenn en aquel oscuro callejón. Se sentía morir de deseo por ella, y los breves momentos en los que la besaba y apretaba aquel cuerpo asustado contra el suyo inflamaban aún más su imaginación y sus prisas por tenerla en su cama para siempre. Jennifer lo amaba y quería marcharse con él, pero el miedo a Drake era demasiado fuerte. Aunque tras cada encuentro, era inevitable alimentar la pequeña llama de la esperanza y soñar con esa vida que se merecían, lejos de todo el dolor y la podredumbre que los rodeaba. Adam no podía seguir viendo los días pasar sin hacer nada para cambiar su destino, quería coger la vida por los cuernos y darle a Jenn el futuro que le había prometido, pero aún no tenía bastante dinero para comprar su seguridad y su felicidad.

Se sorprendió al encontrar a su hermana en la sala a esas horas con su arrugado vestido de noche, pero al ver sus ojos empequeñecidos por el sueño, dedujo que ya llevaba allí bastante rato.

—¿Qué haces aquí, Issy? —preguntó por puro formalismo mientras se dirigía a servirse una copa de brandy. La idea de pedirle que volviera a apostar en el Dark llevaba días rondándole la cabeza, pero esa noche había decidido que era imperativo que lo hiciera.

—Me quedé dormida. Me voy arriba —dijo girando los hombros, intentando destensar los músculos agarrotados de la espalda.

Adam decidió que sería mejor abordar el tema por la mañana, pero se quedó paralizado con el vaso a punto de tocar los labios, cuando el brillo del collar reflejando la luz de la vela lo hechizó, como una urraca que queda encandilada con el reflejo del sol sobre un metal.

—No puedo creer que seas tan… tan rastrera, hermana.

—¿Qué demonios estás diciendo? —Isabelle parpadeó totalmente desorientada, saliendo de golpe de la nebulosa pegajosa del sueño.

—Mírate. Hay una mujer, la mujer que amo, viviendo un

verdadero infierno por un cruel destino que no merece. Solo necesito un poco más de dinero para poder ayudarla a escapar de la injusticia. Y mientras tanto, mi propia hermana se pasea por los salones luciendo una joya que podría salvarnos a todos, regodeándose en mis narices de la opulencia en la que vivirá en el futuro. ¿Y sabes qué? Cuando ese futuro llegue, Jenn podría estar muerta y tú no habrías hecho nada para ayudarla.

—Adam, yo… Este collar es un regalo de Sebastian. No le tengo especial aprecio a esto. Pero si algo sale mal, si el compromiso no llegara a buen puerto, quiero devolverle todo lo que me regaló.

—Eres ridícula. ¿Crees que él lo necesita, que lo echará en falta o tan siquiera que te lo agradecerá? Además, vas a casarte con él, eso puedo asegurártelo. —Adam se bebió la copa de un trago y volvió a llenar el vaso de manera compulsiva, sin ser muy consciente del líquido que le quemaba la garganta—. Nunca pensé que pudieses ser tan egoísta. Necesito dinero, Isabelle. Y tú me tratas como si fuera un vulgar ratero al esconderme las joyas que luces delante de esos sacos de mierda de la aristocracia.

Una gruesa lágrima rodó por la mejilla de Isabelle, aunque era consciente de que las duras palabras de su hermano solo eran la chispa que había prendido la pólvora que se había acumulado en su interior durante toda la noche. Todo ese cúmulo de frustración y tensión era demasiado fuerte para seguir adelante como si no pasara nada. Se sentía mal por estar dándole esperanzas a Preston cuando en realidad no sentía nada por él. Y se sentía todavía peor ante su total incapacidad para resistirse a Sebastian. Cada vez que la besaba, cada vez que la tocaba, lo que sentía por él se hacía más evidente. La lucha que se libraba en su interior entre su corazón y su orgullo estaba inclinándose peligrosamente del lado de los sentimientos. Pero el miedo a volver a sufrir la hacía equilibrar la balanza con rapidez, aunque para ello su cordura se resintiera. A todos sus sentimientos encontrados había que sumarle toda la maraña de problemas en los que Adam estaba inmerso, especialmente la seguridad de

Jenn. Isabelle se sentía como un muñeco de trapo del que tiraban en todas las direcciones.

—No puedo darte el collar —susurró con un nudo apretándole la garganta. Adam dio un puñetazo sobre la mesa con rabia y ella no pudo evitar soltar un respingo. Por más que su cabeza se empeñara en no pensar en nada que no fuese Sebastian, tenía que ayudar a Adam o no se lo perdonaría jamás. Suspiró, sabiendo que solo había una solución—. Volveré al Dark.

24

Isabelle observó su reflejo en uno de los enormes espejos que adornaban las paredes del Dark y tuvo que mirar una segunda vez para reconocerse en la dama atractiva y segura de sí misma que el cristal le devolvía. Había temido que la señora White acabara achicharrándole el pelo con las tenacillas, pero los bucles apretados y perfectos recogidos sobre la coronilla le daban un aspecto sofisticado y elegante. Su cabello se veía más oscuro por la loción perfumada que le había aplicado para que sus mechones rebeldes no se escaparan de su lugar y su tez parecía de porcelana por los polvos de arroz. Había entendido al fin que Atenea era algo más que un burdo disfraz. Isabelle se transformaba en otra persona, superponiéndose como dos caras de la misma moneda, como si cada una fuera la sombra de la otra. Hasta su postura al caminar era mucho más recta, con una cadencia seductora y diferente, aunque puede que el corsé, apretado hasta rozar el límite del dolor, también tuviera parte de culpa.

Aceptó una copa de champán que le ofreció un lacayo y se entretuvo junto a la pista de baile mientras observaba a la gente que pululaba de un lado a otro del local, antes de adentrarse en la sala de juegos. Las damas lucían exquisitamente ataviadas, sin miedo al exceso, abusaban de plumas y colores chillones y con antifaces igualmente llamativos. En cambio, la mayoría de los caballeros caminaban a cara descubierta despreocupados e incluso altaneros, se pavoneaban mientras bebían, dedicaban miradas cargadas de descarada lascivia y se erigían como los reyes de aquel submundo. Pensó en la podrida hipocresía de aquella sociedad tan puritana y recatada de puertas para afuera, que escondía secretos, vicios y excesos detrás de cada cortina. No veía con malos ojos que la gente diera rienda suelta a sus pulsiones en privado; lo que estaba empezando a detestar era el doble rasero con el que se medía todo.

Ella no quería cohibirse, quería ser libre para decidir, para dar su opinión, reír o mostrar desagrado cuando quisiera y permitirse sentir, sin mostrarse culpable por estar viva. Se preguntó qué pensaría de ella si la viera ahora aquella institutriz de su infancia que la azotó severamente tras encontrarla observando sus incipientes pechos en el espejo tras salir del baño, cuando apenas era una niña. Había tenido suerte de que el pudor hubiera evitado que se lo contara a sus padres; probablemente el castigo hubiese sido mucho más duro y habría sido muy complicado superar esa vergüenza. Isabelle había dejado atrás a esa chiquilla sumisa, que se callaba sus dudas e inquietudes, que aceptaba que los demás se creyeran en el derecho de decirle lo que estaba bien y lo que estaba mal. El problema era que ahora no estaba segura de estar escogiendo el camino correcto o, en honor a la verdad, no quería aceptar que deseaba lo que tanto se había esforzado en rechazar. Por más que tratara de luchar contra su destino, después de lo que había sentido en los brazos de Sebastian era más que evidente que no había conseguido desenamorarse de él. No odiaba a su prometido, como se había empeñado en repetirse cada uno de sus días durante los últimos años. Pero sí le guardaba rencor, y su comportamiento pasado hacía que un muro de contención se levantase alrededor de su corazón. Aunque tenía que reconocer que Sebastian, no el duque, sino el hombre, era muy distinto a la imagen fría que se había formado en su cabeza, y no solo en lo referente a lo carnal.

Se pasó la mano por el estómago intentando controlar el espasmo nervioso que la asaltaba desde la noche anterior cada vez que recordaba la tórrida escena que había vivido con él en el salón, e intentó concentrarse en el objetivo de esa noche. Su hermano le había dado una cantidad de dinero bastante respetable y debía doblarla para poder rescatar a la mujer que amaba. Dejó la copa vacía sobre una mesa y se dirigió hacia el pasillo que conducía a aquel lugar donde la suerte igualaba el rango de los hombres, al tratar con el mismo rasero a nobles y plebeyos. La diosa fortuna no hacía distinciones entre clases a la hora de premiar o fustigar con su mano el destino de cualquiera.

La rutina se repitió como en noches anteriores, aunque esta vez los jugadores eran completos desconocidos para ella. Pero Atenea ya no se dejaba impresionar, concentrada en lo que se había convertido en algo parecido a un trabajo, sin permitirse distracciones que la apartaran de su objetivo. A pesar de que ganó la primera partida tenía una sensación extraña en el estómago, algo parecido a un mal presentimiento que le impedía disfrutar del todo de aquel pequeño momento de gloria. Sentir la intensa mirada del Jefe sobre ella no la ayudó en absoluto. El dueño hizo una breve inclinación de cabeza hacia ella y, aunque su cara estaba oculta por la máscara blanca de costumbre, imaginó una sonrisa pérfida debajo. Estaba segura de que lo conocía y, como siempre, notó aquella desconcertante familiaridad en sus andares elegantes y su cuerpo alto y esbelto.

—¿Has visto a Kensington por aquí? —preguntó el Jefe al salir del salón a uno de sus guardias.

—No, Jefe —contestó el hombre, parco en palabras.

—Envía a uno de los chicos a buscarlo a su casa.

El hombre, un tipo enorme de piel oscura y cabeza rapada, era realmente intimidante, y sus interminables silencios lo hacían aún más inquietante. Lo miró sin decir nada hasta que el Jefe se rindió y añadió el resto de las instrucciones.

—Que le diga que su diosa ha venido.

Atenea recogió las fichas que había ganado en esa mano y le dedicó una sonrisa seductora al caballero al que acababa de desplumar, aunque la alegría no llegaba a invadirla del todo. Se sentía inquieta, y lo achacó a la tensa situación que había vivido con Adam y a lo imperioso que resultaba ganar aquella noche.

No podía permitirse el lujo de perder. Solo quería conseguir el dinero suficiente para librarse de la presión de Adam y volver a concentrarse en ella misma y en la manera correcta en la que encauzar su vida a partir de entonces. Un lacayo se acercó al jugador situado frente a ella y le dijo algo al oído. El hombre se tensó, y acto seguido se sonrojó con una sonrisa de regocijo que surcó su cara de oreja a oreja y empezó a recoger sus fichas apresuradamente.

—Discúlpenme, señores, señora… Pero el Jefe me invita a una partida privada con algunos de sus invitados más especiales. —Antes de que nadie pudiese contestar, el caballero se marchó tras el lacayo tan feliz como un niño con zapatos nuevos.

Para todos los mortales, sobre todo los que carecían de un estatus privilegiado o unas arcas rebosantes, era un verdadero honor ser elegido para participar en esas partidas privadas por el mismísimo Jefe y nadie se atrevía a rehusar. Los compañeros de mesa iban a comentar lo fastidioso de tener que buscar un nuevo jugador, pero antes de que pudiesen abrir la boca, otro lacayo colocó una bandejita de plata repleta de fichas rojas y doradas, y el nuevo contrincante ocupó su lugar. Isabelle estuvo a punto de colapsar al ver a Sebastian sentarse frente a ella con su aire sofisticado y elegante, y una seguridad en sí mismo apabullante. La estancia pareció quedarse sin aire y los contornos alrededor de la mesa se difuminaron, mientras el corazón de Isabelle le retumbaba en los oídos con la fuerza de un tambor de guerra. El duque saludó a los presentes y le dedicó una rápida reverencia para concentrarse inmediatamente en las cartas que se empezaron a repartir.

Atenea se acababa de esfumar y solo quedaba la peor versión de Isabelle, la de la chica tímida e insegura que no soportaba que la mirasen dos veces seguidas y que se veía incapaz de luchar contra las críticas o las opiniones adversas. Miró a su alrededor para comprobar que el mundo dentro de aquella habitación seguía girando a la misma velocidad, ajeno al impacto que acababa de recibir, ajeno a ella, a sus problemas y sus mentiras.

Sebastian no se atrevía a mirarla abiertamente, y eso sería lo mejor si quería que ella no notase que la había descubierto. En su cabeza se libraba una lucha interna. Por un lado, su mente racional le gritaba que había sido un estúpido por no haber reconocido la primera vez sus labios seductores, las formas tentadoras de su cuerpo, la manera en la que inclinaba la cabeza cuando se concentraba en algo. Pero, por otra parte, realmente la mujer que tenía delante era muy diferente a Isabelle. La piel de su cuello y la pequeña porción de su cara que quedaba expuesta bajo el antifaz eran del color de la porcelana y no del precioso tono dorado que solía lucir, y su cabello estaba peinado en un intrincado recogido, que restaba brillo a su pelo natural. Su postura y sus movimientos eran lentos y estudiados, diseñados para resultar encantadora, pero Isabelle no necesitaba ese artificio para serlo. Lo único que quería era sacarla de allí y quitarle la pintura roja de los labios a besos. Pero sabía que ella volvería a escurrirse entre sus dedos, como siempre, retrocediendo dos pasos cada vez que él avanzaba uno. Tomó un largo trago de la bebida que le habían servido y agradeció el calor del líquido ambarino que arañó su garganta, ansiando que templara el temblor de sus manos. Se concentró en los naipes que acababan de entregarle, con la intención de acabar con aquella partida cuanto antes sin piedad.

Isabelle se dio cuenta de que era su turno cuando el jugador de su derecha carraspeó sutilmente, y soltó una carta sin pensar demasiado con una trémula sonrisa. Había perdido totalmente el ritmo de la partida, ya no llevaba la cuenta mental de las cartas que se habían repartido a los jugadores ni las que habían caído a la mesa, y tenía la certeza de que la suerte la había abandonado para posarse en el hombro de Sebastian. Suspiró tratando de serenarse y recuperar la concentración, pero cometió el error que su padre siempre le advertía que debía evitar. Había dejado de jugar con la cabeza para dejarse llevar por la impulsividad. Peter Taylor siempre repetía que en los negocios y los naipes había que jugar con el cerebro y no con las tripas, pero el cerebro de Isabelle estaba totalmente bloqueado. Miró la columna de fichas rojas junto a su mano, que mermaba a medida que Sebastian, con una actitud fría y calculadora, ganaba mano tras mano de manera implacable. Los otros dos jugadores se retiraron incapaces de llevar el ritmo y el duque levantó al fin la vista del tapete para clavar sus inquisitivos ojos verdes en ella.

—Dígame, lady Atenea. ¿Usted también se retira? —preguntó Sebastian con la voz impregnada de desafío.

Si hubiese pensado con la cabeza, hubiera preservado las últimas fichas que le quedaban, pero de nuevo un impulso la hizo rebelarse contra sí misma y su sensatez, y se limitó a negar con la cabeza y a susurrar un «nunca» casi inaudible. Sebastian sonrió, desarmándola por completo, sabiendo en ese preciso instante que la tenía justo donde la quería.

—En ese caso, doblo la apuesta.

Isabelle apretó los dientes indignada ante lo poco cortés de su actitud, ya que ella no tenía dinero suficiente para igualarla. El duque chasqueó la lengua con condescendencia al ver que ella apretaba los labios en una fina línea y levantaba la barbilla en actitud altiva.

—Si gana, se lleva el doble de lo que tiene; si pierde, se queda sin nada. No es una mala perspectiva. Si confía en su suerte, claro está.

Ella empujó despacio sus fichas hacia el centro de la mesa aceptando el reto y la sonrisa desapareció del rostro del duque, quedando sustituida por una expresión de dura determinación. El lacayo repartió las cartas bajo la atenta mirada de los curiosos que se habían congregado alrededor para observar el desenlace de aquel duelo. Isabelle calibró sus opciones, y observó durante unos instantes el rostro pétreo de Sebastian intentando encontrar alguna señal que le dijera si los naipes eran de su agrado, pero no la encontró. Descubrió sus cartas, ante la mirada indescifrable de su prometido, que sin variar ni un ápice su expresión procedió a hacer lo mismo. El murmullo generalizado y el golpecito que uno de los caballeros le dio a Sebastian en el hombro a modo de felicitación le indicaron el resultado sin necesidad de bajar la vista al tapete. No podía dejar de mirar los ojos de

Sebastian al igual que él no podía dejar de mirar los suyos, a pesar de estar oscurecidos tras las aberturas de su antifaz. Tras unos segundos, inclinó la cabeza. Se quedó completamente inmóvil, con la vista desenfocada sobre la mesa, mientras el lacayo le entregaba a Kensington sus ganancias y la gente se alejaba hacia otro lugar donde hubiera algo más emocionante que ver. Su alta figura se puso de pie y dominó por completo el campo de visión que se extendía al otro lado de la mesa, pero ella fue incapaz de levantar la mirada. En su mente solo había espacio para el completo desastre que acababa de ocurrir, y cómo su propio prometido se había apropiado de un dinero que ni apreciaba ni necesitaba. Para el duque esa cantidad no era más que calderilla, pero para ella, para Adam, lo era todo. Cuando el lacayo se acercó hasta ella de manera discreta, parpadeó confundida, como si acabase de despertar de un mal sueño, y se percató de que Sebastian había abandonado el salón.

—Milady, el duque la invita a una partida privada.

—¿Cómo dice? —preguntó sorprendida e indignada por su desfachatez.

Puede que la primera noche hubiese coqueteado con Atenea con total libertad, puesto que la relación entre ellos era casi inexistente. Pero que volviera a tropezar con la misma piedra, después de lo que había ocurrido entre ellos la noche anterior, era intolerable.

—Le ofrece la posibilidad de una revancha, señora. Es lo habitual. ¿Me acompaña?

Isabelle sabía que lo razonable era escapar de allí antes de que la situación empeorase todavía más. Por su bien debería marcharse a casa, olvidarse del Dark y de aquella alocada ocurrencia de fingir ser alguien que no era. Pero la idea de enfrentarse a su hermano con las manos vacías era desoladora. Adam nunca había sido un hombre violento, pero la noche anterior había visto algo muy oscuro en su mirada empañada por el alcohol. No sabía cómo podía reaccionar si descubría que había perdido su dinero, y con ello la posibilidad de pagar la libertad de Jennifer.

La otra opción era igual de preocupante. Enfrentarse a Sebastian. Si él intentaba conquistar de nuevo a Atenea tendría una prueba más que suficiente para saber si podía o no fiarse de él. Y, aunque liberador, también resultaba aterrador. Además, tendría que arriesgarse a ser descubierta, sin saber las consecuencias que aquello pudiera causar. Pasase lo que pasase, aceptaría su destino, pero no lo haría como una cobarde. Se levantó y siguió al lacayo, como una autómata que se acercaba inexorablemente al borde de un precipicio y, sin embargo, era incapaz de detenerse.

La atracción que la impulsaba a reunirse con el duque no tenía nada que ver con el dinero ni con lo que había pasado esa noche. Solo quedaba por saber si su amor propio y su fuerza de voluntad serían suficientes para resistirse a lo que sentía por él desde hacía tanto tiempo, o si se vería arrastrada sin remedio como una polilla hacia la luz temblorosa de una vela.

La sala privada estaba muy poco iluminada, apenas un par de velas en uno de los candelabros, lo cual jugaba a su favor. No pudo evitar dar un respingo cuando la puerta se cerró tras ella en cuanto sus pies pisaron la lujosa alfombra que tapizaba el suelo de la habitación. Isabelle permaneció sin moverse, indecisa y temerosa de revelar su identidad. Kensington, de pie junto a una pequeña mesa, llenaba dos copas de champán, y no se molestó en mirarla cuando entró. Le sorprendió encontrarlo en mangas de camisa y con una actitud relajada, como si estuviese en su propia casa.

—Nada de ponche esta vez —dijo clavando al fin la vista en ella, y extendió el brazo en su dirección para ofrecerle una de las copas, obligándola a acercarse.

Isabelle acortó la distancia que los separaba sin prisa, fingiendo una seguridad que estaba muy lejos de sentir, y aceptó la bebida.

—Creí que usted no jugaba por dinero, ¿qué ha cambiado? —Ella se encogió de hombros a modo de respuesta silenciosa y le dio un trago a su copa pretendiendo parecer interesante.

—Parece que le ha comido la lengua el gato —se burló. Le

pasó una mano detrás de la nuca con suavidad para evitar que se alejara, y le rozó la boca en una caricia lenta. En un acto reflejo, Isabelle entreabrió los labios y suspiró ante su efímero contacto, haciéndolo sonreír—. Gracias a Dios, sigue ahí.

Sebastian tenía claro que sería él quien tendría que llevar todo el peso de la situación, y era consciente de que la actitud y el silencio de Isabelle estaban destinados a no dejarse descubrir. Dejó la copa y barajó las cartas con destreza bajo la atenta mirada de su tensa prometida.

—Corte la baraja. —Ella le obedeció marcando con un dedo una posición al azar entre las cartas que le mostraba bocabajo—. El juego es muy sencillo. Si su carta es mayor que la mía, recupera todo su dinero.

—¿Y si gana usted? —se atrevió a preguntar con un susurro ronco.

—Improvisaremos. ¿Acepta?

A Isabelle no se le escapó la tensión contenida que escondía la voz de Sebastian, a pesar de que su actitud pretendía ser distendida. Pero era imposible que hubiera ninguna trampa oculta en aquello. Únicamente la suerte podía decidir quién ganaba; ni la destreza ni la rapidez podían influir. Aunque a esas alturas ella ya no confiaba demasiado en su buena fortuna. Asintió con la cabeza intentando rebuscar en su interior la fuerza latente de Atenea, su seguridad y su aplomo. Cogió la carta y la miró antes de mostrársela al duque. Un seis de corazones. Sebastian la imitó y escogió su carta, taladrándola con una mirada indefinible, mientras ella dejaba de respirar y el ambiente parecía cargarse de energía, como el momento que precede al estallido de un rayo. No sonrió ni varió su expresión, simplemente le mostró el naipe extendido sobre la palma de su mano.

Siete de diamantes.

25

El pecho de Isabelle subía y bajaba de manera frenética mientras intentaba controlar sin éxito las reacciones de su propio cuerpo. Se sentía confusa y dudaba que fuera por el champán. Ella sola se había metido en la boca del lobo y ahora no sabía cómo salir indemne de allí. Su aturdimiento tampoco se debía a la considerable fortuna que acababa de perder, ni siquiera a la posibilidad de ser descubierta en su pequeña mentirijilla. El mareo sofocante que le subía por el pecho se debía a la intimidad que reinaba en aquella habitación y que la estaba volviendo loca y la impulsaba a cometer alguna temeridad.

Sebastian la miró, mientras evaluaba en silencio hasta dónde sería capaz de llegar para seguir manteniendo su personaje, disimulando el nudo que sentía en el estómago, y dio gracias a Dios por haber sacado la carta más alta. Pero no podía dejar que ella notara que no dominaba la situación como quería aparentar.

—A veces se gana y a veces se aprende, Atenea. —Ella soltó el aire con fuerza intentando dominar su nerviosismo—. Pero no voy a ser yo quien decida el precio a pagar. Serás tú quien lo haga.

Isabelle se irguió aún más al ver que él se aproximaba y se situaba tan cerca que podía notar su aroma masculino como una caricia a sus sentidos, y los ojos se le cerraron instintivamente para disfrutar de la sensación. Era su momento de actuar, de marcar sus propios límites antes de que fuese el duque quien tomara la delantera en aquella extraña lucha de voluntades.

—De acuerdo —contestó con voz queda. Si no hubiese estado tan nerviosa, habría percibido la tensión en él, la forma en la que tragó saliva para intentar aliviar el súbito nudo que se le había formado en la garganta y cómo sus manos se cerraron en puños.

Sebastian siempre había sido el fuerte, el que decidía, el que poseía la capacidad de dirigir el devenir de su relación. Pero ahora se sentía como un junco que el viento mece a su antojo, muriendo de deseo por recibir una mirada de aprobación o algún síntoma de enamoramiento por nimio que fuera.

Un beso, puede que un beso fuese suficiente para calmar el orgullo del duque y escapar de allí, o puede que fuese solo la chispa que hiciera estallar todo por los aires. Ese sería el precio que estaba dispuesta a pagar. Las manos de Isabelle se deslizaron con lentitud por las solapas de su chaleco hasta llegar a sus hombros, pero Sebastian no estaba dispuesto a ponérselo fácil y no movió ni un solo músculo, a pesar de estar desesperado por abrazarla contra su cuerpo. Ella se puso de puntillas para salvar la diferencia de altura y presionó sus labios contra los de Sebastian. A pesar de su nula respuesta inicial, Isabelle sabía que la deseaba, que deseaba a Atenea. Movió sus labios con suavidad sobre los suyos, hasta que fue más que evidente que él no podía mantenerse indiferente a su contacto.

Sebastian suspiró, al fin, sin apartarse de su boca y entreabrió los labios mientras ella continuaba su caricia lenta y sensual, deslizando su lengua contra la de él de una manera cada vez más provocadora.

—Como adelanto está bien, realmente ha sido un beso perfecto. Pero no es suficiente —dijo separándose de ella con una media sonrisa. Isabelle abrió la boca para protestar, pero él levantó una mano para impedírselo—. Has perdido una cantidad enorme esta noche y el juego tiene sus riesgos. Pero, como he dicho, tú decidirás. Puedes deshacerte de tu anonimato o de tu ropa. O puedes marcharte y quedar en deuda conmigo y dejar que sea el destino quien decida por nosotros.

Isabelle apretó la mandíbula a sabiendas de que no dominaba la situación. Podría deshacerse de su antifaz y todo habría terminado, incluyendo el más mínimo rastro de confianza que Sebastian pudiera tener en ella. Pero si en lugar de eso le seguía el juego y le permitía llegar más lejos, sería ella la que no podría perdonarle. Y a pesar de que ahora tendría el argumento perfecto para mandar el maldito contrato matrimonial al infierno, la idea ya no le parecía tan deseable. Se maldijo por no ser más que una chiquilla que jugaba a ser una diosa, sabiendo que el papel le quedaba demasiado grande. Ojalá fuera Atenea, ojalá pudiera ser realmente libre para decidir. Atenea no dudaría en dejarse llevar y poner al duque a sus pies. Atenea no amaba a Sebastian y podría usarlo sin remordimientos.

Pero Isabelle sí que lo amaba. La verdad de ese pensamiento estuvo a punto de desestabilizarla, pero consiguió camuflarlo manteniendo una actitud altanera. No sabía en qué momento su enamoramiento infantil se había transformado en un sentimiento tan fuerte que la hacía plantearse las decisiones más alocadas, pero esa era la verdad. Lo amaba. Puede que fuera esta nueva arista en el carácter de Sebastian que había descubierto desde que habían vuelto a encontrarse, el hombre comprometido que luchaba por unos valores justos, el que cuidaba a su familia y se desvivía por sus sobrinos, el que conseguía derretir su corazón con sus besos y era capaz de reconocer sus sentimientos. Y también amaba al hombre mandón y testarudo, cínico y prepotente que la sacaba de quicio y se creía en el derecho de manejar su vida. Lo amaba a pesar de que había hecho las cosas mal, y lo amaba porque había prometido no volver a hacerlo. Lo amaba, y no podía destrozar su corazón para sacarlo de ahí. Tenía la oportunidad de irse sin más y olvidar aquella sinrazón. Pero Isabelle no quería alejarse de él. Su cuerpo, su espíritu, ansiaban seguir descubriendo todas esas cosas que estaban despertando en ella, el deseo, la pasión, esas sensaciones que sabía por instinto que solo podrían hacerla vibrar si venían de Sebastian. Negándose a pensar en nada más que en lo que su interior le pedía a gritos, por segunda vez esa noche se guio por sus entrañas en lugar de por su cabeza. Isabelle se quitó los guantes, los dejó caer al suelo y se giró para darle la espalda a Sebastian. Inclinó el cuello y con un gesto lento, apartó los tirabuzones que caían por su espalda para darle libre acceso a la hilera de botones de nácar que cerraban su vestido. No sabía hasta dónde sería capaz de llegar ni qué ocurriría después, nada de eso parecía importante ahora.

Sebastian tragó saliva y comenzó a desabotonar la prenda despacio. En la habitación solo se podía escuchar el sonido de sus respiraciones y el latir acelerado de sus corazones. Pasó las manos dentro de la tela del vestido y lo bajó mientras acariciaba la piel que quedaba al descubierto y que se erizaba de manera perceptible bajo su contacto. Isabelle se fijó por primera vez en el reflejo difuso que les devolvía el cristal de la ventana y les daba el aspecto de dos fantasmas etéreos. Cerró los ojos y suspiró cuando Sebastian le mordió con suavidad el hombro mientras le bajaba el vestido hasta la cintura. Su boca se entretuvo saboreando su piel, paseando la lengua en un recorrido ardiente hasta la curva del cuello.

Le deslizó las manos por los costados y maldijo para sus adentros al notar las ballenas del corsé que castigaban su cuerpo de manera innecesaria, y de un tirón soltó las cintas para aflojar la presión. La oyó suspirar de alivio mientras le soltaba la prenda hasta que esta acabó sobre la alfombra.

—Mucho mejor así —susurró el duque cerca de su oído mientras le acariciaba la piel por encima de la camisola, calmándola. Inconscientemente Isabelle apoyó la espalda contra su pecho instándolo a continuar, sin querer pensar en el momento en que uno de los dos tuviera que poner freno a aquella locura. Pero aún no, todavía podía permitirse seguir soñando un poco más.

La tentación de dejarse querer, de permitirle cuidarla y recibir su cariño, aunque fuese irreal, era irresistible. Lo había añorado demasiado tiempo como para luchar contra eso. Las manos de Sebastian continuaron su ascenso desde su cintura hasta atrapar sus senos, elevándolos, acariciando los pezones con las palmas para jugar después con ellos entre las yemas de sus dedos. Ella giró la cara buscando su boca, y se enredaron en un beso salvaje mientras apretaba las manos de Sebastian contra sus pechos para que no se detuviera.

Sebastian sabía que lo más sensato era detenerse, admitir que ya no había ningún secreto que ocultar, pero ella lo estaba arrastrando a un abismo en el que solo existía su piel y su respiración agitada. La llevó hasta el sofá y la hizo tumbarse. Isabelle no se quejó, solo permaneció allí mirándolo a través de las aberturas de aquel antifaz absurdo mientras él le quitaba el vestido y los zapatos. Allí tumbada, con la camisola y las medias, parecía rendida a su suerte, aunque en realidad ella era la única que tenía algún poder en aquella habitación.

Sebastian se quitó el chaleco y el pañuelo y los dejó caer sobre el resto de la ropa, antes de tenderse sobre ella. Volvió a besarla en la boca temiendo que no le correspondiera, que quisiera poner límite a sus caricias, pero Isabelle se aferró a él casi con desesperación. Las manos de Sebastian iniciaron un atrevido ascenso por los muslos erizándole la carne, mientras ella, con manos temblorosas, le desabrochaba la camisa y la deslizaba con premura sobre sus hombros. Necesitaba tocar su piel, sentirlo cerca, y no entendía qué la estaba llevando a despojarse de aquella manera de todos sus prejuicios, de sus principios y su sensatez. Atenea era libre para pedir lo que deseaba, para experimentar, para vivir, pero en ese sofá, bajo las caricias del duque de Kensington, solo estaba una Isabelle abrumada por lo que estaba sintiendo, que se deshacía ante cada toque del hombre que amaba. Ni siquiera se sonrojó cuando se dio cuenta de que estaba totalmente desnuda ante él con la camisola arrugada a la altura de su cintura, y los pechos y el sexo expuestos a sus ojos y sus manos. No le importaba, porque algo le decía que después de aquella noche todo cambiaría. Para bien o para mal.

—Si no quieres que continúe… —susurró Sebastian con la cara enterrada en su cuello, sin saber cuál de las dos opciones lo destruiría antes, si parar en ese momento o que lo dejara sumergirse en su cuerpo.

—No —gimió, al notar los dedos de Sebastian adentrándose entre sus muslos—. No quiero que te detengas.

Escuchar esas palabras hizo que se paralizase durante una décima de segundo, pero la fuerza del deseo lo golpeó y le hizo continuar con sus caricias. Su boca siguió devorando sus pechos, mordisqueándolos con suavidad, lamiéndolos con devoción, mientras sus dedos se perdían en ella buscando su humedad. Las manos de Isabelle se deslizaron por la espalda masculina, notando como sus músculos se endurecían y vibraban bajo su contacto hasta llegar a su trasero, que apretó para pegarlo más a su cuerpo.

—Desde que te besé por primera vez no he podido dejar de pensar en ti —confesó Sebastian contra su boca con la voz entrecortada.

Isabelle negó con la cabeza, mientras ahogaba un jadeo provocado por las osadas caricias de su prometido. Esos cumplidos no eran para ella, quien le volvía loco en estos momentos era Atenea, no Isabelle, y esa verdad resultaba demasiado dolorosa. Sebastian introdujo un dedo en su sexo y lo movió con suavidad, haciendo que el placer comenzara a acumularse en su interior y a crecer de manera vertiginosa, mientras ella se arqueaba contra su mano en busca del final que le había negado la noche anterior.

—Tu olor me vuelve loco —susurró contra su cuello mientras trazaba círculos cada vez más intensos con los dedos sobre su centro multiplicando las sensaciones.

—Cállate. No más halagos, por favor —se esforzó en responder a pesar de la desesperada cadencia de sus caderas contra él.

Sebastian se incorporó un poco para poder observarla, deseando arrancarle la máscara y poder ver sus ojos cuando alcanzara el orgasmo. Su propio deseo era tan fuerte que estaba a punto de perder la capacidad de contenerse, y el roce de la cadera de Isabelle contra su erección cada vez que se pegaba a él estaba desmoronando su fuerza de voluntad.

—No te halago, es la verdad. Eres perfecta.

Isabelle no quería pensar en sus palabras ni en lo que significaban, solo quería entregarse a él, que no se detuviera, dar y recibir todo el placer que fuera posible, sin consecuencias ni justificaciones. Y después, lo odiaría hasta el fin de sus días. Se atrevió a acariciar la erección de Sebastian, que se presionaba contra ella, y él cerró los ojos intentando no dejarse arrastrar por la necesidad. Tiró del pantalón hasta que consiguió desabrocharlo y liberar su miembro y la sensación de la piel caliente y suave contra su mano la sorprendió. Pero no se dejó amedrentar por su propia inseguridad y continuó acariciándole, descubriendo cómo complacerlo guiada por el instinto, hasta que rodeó su erección con los dedos y le arrancó un gemido entrecortado.

Sebastian la sujetó por las muñecas para impedirle continuar y le colocó las manos por encima de su cabeza apoyándolas contra el almohadón. Ella gruñó frustrada y se retorció debajo de su cuerpo para que la liberara, y él maldijo al notar su cuerpo caliente contra su miembro.

—No, fierecilla. No puedes continuar o será una verdadera tortura tener que detenerme.

Pero ella no estaba dispuesta a dejarse manejar. Tenía claro lo que quería y no le importaban las consecuencias. Puede que hubiera perdido la razón, pero estaba harta de actuar como se esperaba de ella y no como ella quería. Se arqueó de nuevo contra él haciendo que su sexo húmedo se rozara contra la dureza de su erección, y Sebastian se olvidó de respirar.

—¿Me has mentido cuando me has dicho que te vuelvo loco? —preguntó con voz sugerente e inocente a la vez.

—Por supuesto que no.

—¿Tus halagos eran sinceros? —continuó, olvidándose de la premisa de hablar lo menos posible para no ser descubierta.

—Sí. Pero he de reconocer que te prefiero con el pelo suelto y alocado. Y con tu ropa sencilla. Excepto ese horrible vestido marrón, que espero hayas quemado. —Isabelle jadeó por la sorpresa y porque en ese momento fue Sebastian quien rozó su erección contra ella con un sugerente movimiento de caderas—. Y desde luego que estoy deseando quitarte esta horrible máscara para poder ver tus hermosos ojos azules.

Ahora fue a ella a quien se le cortó la respiración. Debería sentirse indignada porque él hubiera jugado con ella, o frustrada por no haber podido engañarle, o simplemente indecisa. Pero la verdad era que solo sentía alivio. Con un movimiento lento Sebastian deslizó la mano hasta soltar el lazo que sujetaba el antifaz y se lo quitó despacio, temiendo que ella se rebelara contra él como un animal herido en cualquier momento. Pasó la yema de sus dedos por la fina marca roja que la máscara había dejado en sus mejillas y la resiguió con un camino de besos dulces. La miró esperando que ella lo rechazara, pero ese temido momento no llegó. Isabelle enredó los dedos en su pelo rubio para atraerlo hacia su boca, y lo besó con más pasión aún que antes. Él no deseaba a Atenea, la deseaba a ella. La excitación volvió a crecer entre ellos, ardiente, cruda y real, sin lugar para los malentendidos ni las dobleces. No había nada que Sebastian desease más en el mundo que sumergirse en su cuerpo y fundirse con ella, pero ¿qué pasaría si ella se arrepentía después?

—Isabelle, por favor —jadeó mientras ella le besaba el cuello y deslizaba la lengua de manera atrevida por su piel, al tiempo que paseaba las manos por su cuerpo, tratando de acercarse a él tanto como fuese posible.

Su erección rozó la entrada húmeda y acogedora de su cuerpo, tentándola, dándole tiempo a impedírselo, pero ella elevó las caderas hacia él en respuesta. Sin dejar de besarla, incapaz de contener más el deseo que se había apoderado de su voluntad, comenzó a entrar en ella hasta que la única barrera que los separaba cedió y se sumergió completamente en su interior. La queja de dolor de Isabelle quedó ahogada por los besos de Sebastian y pronto la molestia desapareció dando paso a una extraña sensación de plenitud y a un placer que no paraba de crecer. Isabelle se sentía como si su cuerpo se hubiese transformado en una marea que se encaminaba inevitablemente a chocar contra la firme presencia de Sebastian, una marea ardiente y espesa que no tenía voluntad, una marea que solo podía dejarse llevar por su magnetismo.

Los movimientos de Sebastian se volvieron cada vez más urgentes, arrastrado por el cuerpo flexible y acogedor de Isabelle, que le exigía sin palabras, solo con sus movimientos, que la llevara a la cima de aquella pasión desordenada. Cualquier rastro de control sobre sí mismo desapareció cuando sintió que ella se aproximaba al clímax y por un momento perdió la conciencia de su propio cuerpo. Solo podía estar pendiente de la respiración de Isabelle, de los nervios que se crispaban bajo su contacto, de la tensión que se acumulaba en su interior, de la manera en la que sus gemidos se volvieron incontrolables cuando el orgasmo la dejó exhausta y maravillada por lo que acababa de suceder. Estaba tan concentrado en hacerla sentir que su propio clímax le sorprendió por su intensidad y por la fuerza con la que lo sacudió alejándolo del mundo y de todo lo que no fuera Isabelle.

26

Isabelle desistió de intentar abrocharse el corsé por sí misma y se volvió hacia Sebastian, que la observaba con una sonrisa condescendiente, repantingado en el sofá con las manos cruzadas detrás de la nuca.

—¿Podrías ayudarme? Debe de ser bastante tarde.

—No te preocupes, hay gente que no se marcha de aquí hasta el amanecer.

Isabelle lo miró con la ceja arqueada y los brazos en jarras.

—Supongo que lo sabes de primera mano.

—Alguna que otra vez he prolongado alguna fiesta de madrugada con... con mi amigo el Jefe. Pero no suelo hacerlo; aunque te cueste creerlo, trabajo bastante.

Sebastian tiró de su mano y la hizo sentarse sobre su regazo, ahogando cualquier posible protesta con un intenso beso que ella no dudó en corresponder.

—Si crees que con esto me vas a convencer para que me quede más tiempo, te equivocas —le amonestó tratando de contener una sonrisa y se levantó para seguir vistiéndose.

Él la siguió con movimientos perezosos y comenzó a ayudarla a recomponer su ropa. Isabelle se estremeció cuando él aprovechó para besarla en el cuello y comenzó a quitarle las pocas horquillas que aún quedaban en su sitio, masajeando su cuero cabelludo en el proceso.

—No tengas tanta prisa, tenemos que hablar de muchas

cosas antes de que te marches a casa. Por ejemplo, de la necesidad de adelantar la fecha de la boda. Navidad ya no es una opción.

Isabelle se tensó de manera evidente y se apartó de él.

—Sebastian, lo que ha pasado… —dijo sin demasiado convencimiento, intentando mantenerse firme en su decisión a pesar de todo, queriendo salvaguardar un orgullo que no servía para nada—. Esto no implica que vaya a cambiar de idea.

El rostro del duque se petrificó de inmediato y su actitud cambió de manera rotunda.

—¿Quieres decir que después de acostarte conmigo vas a darme una patada sin más? ¿Que no te importo, que esto no significa nada?

—No he dicho eso. —La determinación de Isabelle comenzó a resquebrajarse a marchas forzadas. De repente, lo que había sonado perfecto en su cabeza ahora resultaba carente de toda lógica. Especialmente porque en realidad no deseaba alejarse de él, por mucho que quisiera aferrarse a un rencor cada vez más lejano—. Me he dejado llevar y no me arrepiento, pero necesito tiempo para asimilar todo esto.

—¿Tiempo para qué? Te has entregado a mí, Isabelle. Y no me refiero solo a tu cuerpo. ¿Vas a seguir fingiendo que no sientes nada por mí?

—No hemos hecho nada que no hayas hecho antes con otras. No veo la diferencia, Sebastian —contestó altanera. La intransigencia de Sebastian solo conseguía que Isabelle deseara enrocarse más en su postura.

—¡No he hecho nada así en mi vida! Es completamente diferente —alzó la voz, frustrado.

—¿Pretendes que me crea eso? ¿Que esta era tu primera vez? —preguntó ella con sorna.

—Estoy hablando de sentimientos, maldición. —La sacudió sujetándola de los hombros como si ese gesto pudiese hacerla entrar en razón—. Te quiero, Isabelle. ¿Es que no lo ves?

Isabelle parpadeó sobrecogida, mientras la capa de indiferencia que estaba creando sobre sí misma para protegerse de sus propios sentimientos se desmenuzaba como el azúcar en el agua. Que fuera capaz de reconocer que la amaba era más de lo que ella se había atrevido a soñar jamás, pero aún tenía miedo de abrir completamente su corazón y perderlo en el intento.

—Isabelle. —Sebastian encerró sus mejillas entre sus manos obligándola a mirarlo a los ojos—. No he hecho las cosas bien hasta ahora, solo te pido que confíes en mí. Ese contrato matrimonial existe. Pero si no existiera, seguiría queriendo casarme contigo.

—Si vuelves a fallarme, no podré soportarlo —confesó y odió el tono acongojado de su voz y las lágrimas que habían acudido rápidamente a sus ojos—. ¿No lo entiendes? No podré perdonarte otra vez. Y tampoco podré perdonarme a mí misma por haber confiado en ti.

Sebastian la abrazó contra su pecho y la besó en la frente con ternura, y ella hizo lo único que su espíritu le permitía hacer en ese momento: dejarse querer.

—No voy a fallarte. Te doy mi palabra. No quiero que haya más secretos o malentendidos entre nosotros. Quiero que lo aclaremos absolutamente todo, que nuestra relación empiece de nuevo a partir de este momento.

Sebastian sintió que ella suspiraba entrecortadamente entre sus brazos.

—¿Desde cuándo…? —Isabelle titubeó insegura; no tenía tan claro que deseara saber la respuesta, pero no podía hacer como si no hubiera pasado nada.

—¿Desde cuándo sé que eres Atenea? Me gustaría decirte que desde el primer momento en que te vi. Pero tengo el firme propósito de ser completamente sincero contigo. La primera noche no sabía que eras tú. —Isabelle apretó la mandíbula a pesar de que aquello no era ninguna sorpresa—. Atenea consiguió intrigarme. Pero en cuanto te vi a ti, a la verdadera Isabelle, respondona y con carácter, ansiosa por restregarme en mis narices su verdadero valor, la olvidé. Descubrí que erais la misma persona por casualidad, la verdad. —Sebastian sacó del bolsillo de su chaleco el pendiente de rubí que brilló a la luz de las velas. Isabelle lo sujetó entre sus dedos y lo observó unos instantes con una emoción contradictoria—. Lo que voy a decirte me va a dejar en muy mal lugar, Isabelle. Pero debo reconocerlo. Solo así podré enmendar todos estos desastres que he cometido por culpa de mi idiotez. Mi administrador lo vio en mi despacho y me dijo que pertenecía a un juego que se te envió. —Isabelle torció el gesto, esa era tan solo una de tantas decepciones que había vivido—. Pero eso no volverá a pasar jamás, lo sabes, ¿verdad?

—Han pasado tantas cosas —musitó en un susurro.

—Lo sé. Pero podemos superarlas, eso también lo sé, y voy a poner todo de mi mano para que así sea. Solo tenemos que ser sinceros. Y eso incluye que me cuentes qué demonios haces arriesgando tu reputación y, lo que es más importante, tu seguridad, viniendo sola a un sitio como este.

—Es por Adam —confesó mientras se abrazaba a su cintura con la mejilla apoyada en su pecho.

Necesitaba confiar en él, quería creer que era posible. ¿Por qué no podría serlo? Entre ellos había surgido un amor que, a pesar de estar destinado a suceder, no las tenía todas consigo. Sebastian se había desnudado ante ella, mostrando abiertamente sus errores y su firme propósito de no volver a caer en ellos, no porque fuera su obligación, sino porque quería hacerlo. Lo justo sería que ella fuese igual de sincera. Le relató con un nudo en la garganta el problema de la desafortunada Jennifer y la urgente necesidad de conseguir fondos para su rescate. Sebastian la sujetó de los hombros y la apartó para mirarla a los ojos.

—¿Tu hermano te ha obligado a jugar para que Drake deje que se lleve a su mujer? —preguntó con tono sombrío. La mandíbula del duque se había endurecido, igual que todos los músculos de su cuerpo, y sus ojos parecían llamear de ira, aunque se esforzó en parecer controlado.

—La primera vez solo vine con mi amiga por curiosidad. Pero después Adam me dijo que… ¿Ocurre algo? —preguntó extrañada al ver su cambio de actitud—. Es la única opción que se nos ocurrió para poder ayudar a esa pobre muchacha. Él la ama.

Sebastian apenas podía contener su indignación y el deseo de estrangular a su futuro cuñado. A pesar de sus esfuerzos por encontrar una solución que salvara a los Taylor, el propio causante del problema parecía haberse desentendido de todo, delegando la responsabilidad en el duque. En lugar de preocuparse por resolver la situación desastrosa de su familia, había enviado a su propia hermana a exponerse para conseguir una cantidad de dinero considerable con una excusa que claramente era una vulgar mentira.

—La tal Jennifer no es su problema más acuciante. La situación de tu familia es peor de lo que piensas. No sé qué está tramando Adam, pero te puedo asegurar que lo que te ha contado no es cierto.

—¿Estás diciendo que mi hermano me está engañando? ¿Que se está aprovechando de mí? No puedo creer hasta dónde estás dispuesto a llegar para ponerme de tu parte, Sebastian —le espetó cada vez más confusa.

El duque se pasó las manos por el pelo desordenándolo.

—Está bien. Debería haber sido franco contigo sobre este asunto desde el principio, tienes derecho a saberlo todo. Pero he estado tan concentrado en intentar que cambiaras de idea sobre mí que pensé que esto podría esperar hasta que todo estuviese resuelto.

Sebastian le colocó en su sitio varios mechones con un gesto de familiaridad que a ella la conmovió, aunque no quisiese reconocerlo, y le puso el chal sobre los hombros.

—¿A qué te refieres con todo? —preguntó cada vez más preocupada, mientras observaba cómo Sebastian se ponía la chaqueta, maravillada de que cualquier pequeño gesto resultara elegante y seductor en él. Hasta el hecho de abrocharse un simple botón o anudarse el pañuelo del cuello.

—Ahora lo verás. Vamos a mi casa. Voy a mostrarte todo lo que necesitas saber, y tú misma podrás sacar tus propias conclusiones.

—¿A estas horas?

—¿Tienes algo mejor que hacer? —contestó burlón, dándole un beso en la nariz antes de colocarle el antifaz.

Sebastian la condujo por los pasillos en penumbra hacia la salida sin soltarla de la mano, y tenía que reconocer que esa sensación de intimidad creciente entre ellos era como una oleada cálida que le recorría todo el cuerpo y contra la que no podía luchar. Llegaron a una cortina que daba a la puerta de salida, donde el Jefe despedía a unos caballeros. A pesar de la máscara completa que lucía en esa ocasión, su momentánea parálisis al verlos fue bastante reveladora, y era inevitable imaginar una sonrisa sardónica en su cara. Isabelle sabía que se había ruborizado, pero levantó la barbilla sin dejarse intimidar. Su pelo, anteriormente peinado en un primoroso recogido, ahora lucía suelto y bastante desordenado, sus ropas y las de Sebastian estaban arrugadas, y su prometido no le soltó la mano en ningún momento.

—Espero que hayáis disfrutado de la velada —dijo en tono neutro con voz ronca mientras apartaba la cortina para dejarlos salir. Sebastian se limitó a sonreír y apoyó una mano en la cintura de su prometida instándola a pasar. De pronto, el brillo de un anillo en la mano que apretaba la cortina llamó la atención de Isabelle. El sello de oro en el dedo meñique, una joya cuadrada con una intrincada inicial en el centro, rodeada de pequeñas esmeraldas, pareció aclararle las imágenes confusas en la cabeza, que vio cómo la cara del hombre que se escondía bajo la máscara se fundía con el resto del cuerpo. Sebastian y el Jefe siguieron la dirección de su mirada cuando ella jadeó y abrió la boca sorprendida, señalándolo con el dedo.

—Sé quién e… —La mano de Sebastian tapó su boca impidiéndole continuar y la hizo avanzar, mientras la amonestaba con tono de broma.

—Él también sabe quién eres, cariño. Mejor lo dejamos en tablas y guardamos este pequeño secretillo, ¿de acuerdo? —Ella asintió, con un millón de preguntas bombardeándola, pero esa noche tenía asuntos más importantes que resolver.

Isabelle deseó que el trayecto hacia Kensington House no terminase nunca. Envueltos en la calidez de aquel reducido espacio, ajenos al resto del mundo, resultaba muy fácil pensar que todo podía salir bien. El brazo de Sebastian la rodeaba de manera protectora y la pegaba a su cuerpo, y de cuando en cuando depositaba un beso sobre su pelo. Cerró los ojos deseando que aquello no fuera un espejismo, pero la incertidumbre de lo que Sebastian iba a contarle sobre Adam pesaba sobre su ánimo como una losa.

Si al mayordomo le extrañó que su patrón llegara a casa a esas horas acompañado de su prometida estaba lo bastante bien adiestrado como para no mover ni un músculo de la cara. Isabelle se sentó obedientemente en la silla que Sebastian le ofreció y guardó silencio mientras él ocupaba el sillón de su despacho. El duque abrió un cajón de su escritorio y suspiró como si hacerlo fuera algo muy duro para él. En realidad, lo era. Sabía que desenmascarar a Adam sería doloroso para Isabelle, y si había algo que quería evitar a toda costa era su sufrimiento. Pero mantenerla al margen no era una opción y a la larga la haría sufrir aún más. Sacó un abultado paquete de papeles atados con un cordel de color rojo y se lo tendió a su prometida, que lo miró como si fuese un animal extraño a punto de atacar. Los papeles eran de distinto tamaño, distinto color y las caligrafías eran diferentes en cada uno de ellos.

—Estas son las «pequeñas» deudas que Adam ha ido acumulando por toda la ciudad durante los últimos años y que pagué para evitar que su nombre siguiera arrastrándose por el fango. Sastres, licorerías, tabernas, tiendas de comida y un largo etcétera. Casi quinientas libras. —Isabelle tragó saliva en respuesta y deshizo el nudo para echar un vistazo a las facturas que le había entregado. Sebastian sacó un nuevo legajo mucho más pequeño escrito con letra pulcra y ordenada y que parecía simplemente una relación de gastos—. Estos son los pagos de los gastos de vuestra casa. Varios meses de alquiler y los jornales de los empleados, los de los que se fueron y los que quedan. Supongo que no sabes que Adam llevaba meses sin pagar nada de esto.

Ella negó con la cabeza con un nudo apretándole la garganta, aunque ya suponía que algo así estaba pasando.

—Todo esto es un gasto asumible —añadió él con un gesto de su mano—. Siempre y cuando la situación pueda encauzarse. Nadie está prestando demasiada atención a la gestión de vuestras tierras, y apenas dan para mantener a los trabajadores y los gastos mínimos. Pero con un poco de esfuerzo esto se puede revertir.

—Isabelle tomó aire, quería aferrarse a esa esperanza. Pero la mirada sombría de Sebastian le indicó que la cosa podía empeorar todavía más. El duque se reclinó en su sillón y se aflojó el nudo del pañuelo. Necesitaba aire para continuar—. Sin embargo…

—No me digas que hay algo peor que esto.

—Me gustaría decirte que no hay nada más. Pero por desgracia no es así. Tu hermano usó el dinero familiar para una inversión no demasiado honorable en una mina que resultó ser una estafa. Para intentar remediarlo, pidió dinero a un prestamista de los bajos fondos, a Dirty Drake. Al no poder pagar a tiempo, esa deuda ha acabado siendo de una cuantía desorbitada. Ha puesto como aval vuestra casa y vuestras tierras. —Isabelle apretó los labios conteniendo un sollozo, y Sebastian alargó la mano a través de la mesa para posarla sobre la suya.

—No puedo creer que haya sido tan egoísta y… tan estúpido. ¿Quieres decir que mi familia se va a quedar en la calle?

—No. No voy a permitir que eso suceda. Y no me malinterpretes, no pretendo que me veas como el héroe de esta nefasta situación. Mi economía es buena, pero no poseo una riqueza ilimitada. La solución que propuso mi contable es vender una parte de las tierras y con eso pagar a Drake.

—Pero si vendemos la tierra, ¿de qué vivirá mi familia a partir de entonces? —preguntó Isabelle para sí misma intentando encontrar en su cabeza alguna salida, alguna esperanza.

—Solo una parte, las tierras del este. Las que hay al otro lado de la colina —la tranquilizó Sebastian.

—Pero esas tierras no son productivas. ¿Quién podría comprar algo así y para qué?

—Las compraré yo. En su mayoría es zona de bosque y hay buena caza. A los nobles les gusta cazar. Estoy seguro de que no necesitaré mucho tiempo para revendérsela por un buen precio a alguno de mis conocidos. —Le restó importancia encogiéndose de hombros. Isabelle se puso de pie y le dio la espalda a Sebastian, intentando digerir todo aquel torrente de información, y se llevó las manos a los labios para ahogar un nuevo sollozo—. No sé para qué necesita el dinero Adam. Pero te puedo asegurar que no es para arreglar la situación en la que os ha metido, y si no fuera tu hermano te juro que lo estrangularía con mis propias manos por inconsciente. Lo que sé de Drake y de esa mujer es que ella fue el pago de una deuda, pero dudo bastante que piense dejarla libre así como así. Tu hermano se está sumergiendo en un terreno cada vez más pantanoso.

La sangre comenzó a zumbar en los oídos de Isabelle y las lágrimas comenzaron a resbalar dejando un reguero caliente por sus mejillas. Su hermano, su propia sangre, la había utilizado y le había mentido. Y sin embargo el hombre en quien se negaba a confiar estaba haciendo todo lo que estaba en su mano para salvar a su familia, sin hacer ruido. Sebastian había hecho todo aquello con la máxima discreción, a pesar de que ella se empecinaba en romper el compromiso, sin saber si su esfuerzo sería valorado o sería solo una pérdida de tiempo y dinero para él. Hubiera podido esgrimir la deuda como un motivo ineludible para cumplir con el contrato matrimonial, obligándola a casarse a cambio de salvar la situación tan desastrosa en la que estaba sumida. Y sin embargo no lo había hecho. Se había esforzado para ganarse su confianza por sí mismo, por sus valores, le había rogado que lo eligiera a él, que lo conociera.

Y ella en cambio se había negado a confiar en él, no había querido plantearse la posibilidad de perdonarle y ahora se daba cuenta de lo equivocada que había estado. Notó una mano en su hombro y lo único que pudo hacer fue darse la vuelta y permitirle que la abrazara. Aspiró su perfume reconfortante, dejó que su calidez la curara y se permitió llorar libremente. No se había dado cuenta, hasta que notó sus fuertes brazos apretándola y su cuerpo firme como un faro sosteniéndola, de cuánto necesitaba que la quisiera. Y por primera vez en mucho tiempo se sintió en paz. La lucha entre su cerebro, su orgullo y su corazón había terminado.

—Lo siento —susurró Sebastian posando los labios sobre su sien.

Isabelle no pudo contestar. Se limitó a apretar con más fuerza los brazos alrededor de su cintura como respuesta.

27

Sebastian la condujo a su habitación y ella simplemente se dejó hacer, como si fuera una marioneta a la que mueven de aquí para allá. Permitió que Sebastian le quitara la ropa, le cepillara el pelo y la metiera en su enorme cama. En el fondo de su mente pensaba que iba a volver a hacerle el amor, pero cuando estuvo cómodamente instalada, se limitó a besarla en la frente y a decirle que dormiría en otra habitación para dejarla descansar. Tenía que asimilar muchas cosas, todas igual de intensas, cosas que iban a cambiar con seguridad el devenir de su vida a partir de ahora. Giró la cabeza sobre la almohada y el suave aroma de la colonia de Sebastian invadió sus sentidos y la despertó del trance en el que parecía haber estado sumida hasta ese momento. Se incorporó de golpe en la cama en el momento en el que la puerta que daba al pasillo se cerraba con un suave chasquido. Se levantó y corrió para abrirla y salir al corredor.

Sebastian, que apenas había avanzado unos pasos en dirección a una habitación lo bastante alejada para evitar tentaciones, se volvió para desandar el camino rápidamente al escucharla.

—¿Estás bien? —preguntó acunándole las mejillas entre las manos y trazando suaves círculos con los pulgares sobre su piel—. ¿Necesitas algo más?

—Necesito que te quedes conmigo —susurró con la voz temblorosa; dudaba que tuviera el derecho de pedirle que cambiara sus decisiones por ella.

Sebastian posó los labios con dulzura sobre los de ella en un beso breve y asintió.

—Debo advertirte que duermo desnudo —bromeó el duque haciendo que se ruborizara de la cabeza a los pies.

—Creo que podré resistirlo. —Se rio, aunque sin mucha convicción. Realmente no sabía cómo reaccionaría al vivir algo tan íntimo.

Pero todo fue más fácil de lo que ella había pensado, en realidad Sebastian estaba poniendo todo de su parte para que así fuera. Se limitó a acostarse junto a ella, ofreciéndole un consuelo y una comprensión que no necesitaba de palabras ni explicaciones. Su abrazo era tan puro y tan dulce que era capaz de obviar la carnalidad más que evidente del momento, para convertirse en un gesto cómplice en el que solo había un sentimiento compartido que bien podía ser amor verdadero.

A pesar de que los problemas familiares no le permitían sumirse en un sueño tranquilo, Isabelle estaba en el séptimo cielo. Puede que fuera egoísta por su parte recrearse en la confortable sensación que recorría su cuerpo en esos momentos, pero el resto del mundo parecía un borrón muy lejano y ajeno a ella. Se movió un poco para apartar la sábana que la cubría, ya que el cuerpo de Sebastian le aportaba más calor del que se veía capaz de soportar. Él respiró hondo aún sumido en el sueño, y apretó un poco más el brazo con el que la rodeaba por la cintura, negándose a separarse. Al principio se había sorprendido de que aquella mole musculosa y dura pudiera ser confortable, pero en cuanto se acurrucó contra él, descubrió que nunca había sentido nada tan reconfortante como aquello, a pesar de que su abultada erección se apretaba contra ella desvergonzadamente, haciendo que se sonrojase cada vez que lo pensaba. Debería estar mortificada o incómoda por su cercanía, pero nada más lejos de la realidad. Se sentía protegida, comprendida y a salvo por primera vez en mucho tiempo. Isabelle se mordió el labio para contener una sonrisa de la que nadie sería testigo, puede que por pudor. Una sonrisa de pura felicidad. No supo en qué momento el cansancio la venció, pero el sonido de la puerta al cerrarse con suavidad y el tintineo de la porcelana sobre una bandeja la trajeron de vuelta poco a poco a la realidad. Parpadeó varias veces para acostumbrarse a la claridad de la mañana y sonrió al ver la silueta de Sebastian, recortada contra la luz que entraba por la ventana, en mangas de camisa y con el pelo desordenado cayéndole sobre la frente, depositar una bandeja sobre una mesita.

—No sabía que te implicabas tanto en las tareas de la casa —dijo Isabelle con la voz enronquecida aún por el sueño mientras se desperezaba.

Sebastian se volvió para mirarla con una sonrisa y se dirigió hacia la cama. Se sentó junto a ella con un aspecto relajado muy alejado de su porte habitual y le dio un beso en la frente.

—Ya deberías saber que me implico en todo lo que hago, cielo.

—¿Incluido darles los buenos días a las mujeres que metes en tu cama? —lo retó sin pensar en que la respuesta podría no gustarle demasiado, pero el semblante de Sebastian se mantuvo sereno y con la misma expresión risueña.

—Sí, al menos prometo intentarlo. Eres la primera mujer con la que paso la noche, y eres la primera que entra en mi casa. Y serás la única. Es una promesa un poco pobre, pero esto y una bandeja con un desayuno exquisito es lo único que tengo en mi mano para conquistarte ahora mismo. Pero no quiero hablar más de ninguna otra mujer, solo quiero hablar de ti. —Sebastian se inclinó y besó sus labios con suavidad—. Pensar en ti, besarte a ti y amarte a ti. ¿Aceptas?

—¿Que me traigas el desayuno todos los días? —preguntó fingiendo ingenuidad.

Sebastian soltó una carcajada y se tumbó sobre ella.

—Si eso te hace feliz, te traeré el desayuno todos los días de mi vida, aunque me convierta en la comidilla del servicio. Pero se me ocurren un par de formas más edificantes de empezar el día que traerte el té.

—Todos los días es mucho tiempo —afirmó, pensativa.

—No tengo nada mejor que hacer.

Isabelle fingió meditar su proposición mordiéndose el labio

con la vista clavada en el dosel de la cama, aunque todos sus sentidos estaban puestos en la cálida sensación que el cuerpo de Sebastian anclado sobre el suyo le proporcionaba.

—¿Y cuáles son esas otras formas que se te ocurren para empezar el día? Porque la señora White ya me prepara el desayuno y se le da bastante bien —le provocó aguantándose la risa al ver que él arqueaba una ceja, divertido.

—Así que eres dura en las negociaciones. Está bien, puede que el té y unos bollos no sean suficientes, añadiré un par de cosas. Puede que unos cuantos besos —susurró mientras atrapaba su boca en un intercambio sensual que la dejó sin aliento—. Y si eso no es suficiente, podría escribir una oda completa a tus bondades cada día. Podría describir a la perfección tus pechos comparándolos con una media luna perfecta, que me atrae irremediablemente como el astro atrae a las mareas. —Sebastian soltó el lazo del camisón, deslizó el tirante para exponer su seno y se inclinó para besarlo con dulzura—. O podría detallar cómo adoro cada centímetro de tu piel, cómo pasaría horas contemplándola, saboreándola, repasándola con los dientes y la lengua. Podría vivir a base de tus besos, alimentarme de tu saliva y tu calor, del sudor salado que salpica tu piel después de hacerte el amor.

Isabelle lo miró unos segundos, afectada por la cálida y desconocida reacción que sus palabras y la forma arrebatada en que sus ojos la miraban provocaba en sus entrañas. Sin controlar su ímpetu se abalanzó sobre él intercambiando las posiciones, besándolo con una pasión que a ella misma le sorprendió. Las manos de Sebastian apretaron el cuerpo de ella contra el suyo, devolviéndole el beso con desesperación, casi violentamente, sorprendido por la fuerza con la que la deseaba.

—Voy a tener que aficionarme a la poesía, fierecilla —se rio interrumpiendo el beso y sacándole el camisón para tenerla completamente desnuda sobre él.

—Me alegro de estar aquí contigo —susurró Isabelle con una súbita timidez y bajó la cabeza, permitiendo que el pelo ocultara parcialmente su rostro, mientras continuaba paseando un dedo de manera casual sobre los músculos que surcaban el torso de su prometido.

Sebastian deslizó los dedos debajo de su pelo acariciando la piel de su cuello, hasta llegar a su nuca, y la acercó para besarla.

—Siempre estaré contigo. Es nuestro destino.

Recorrió los muslos de Isabelle con las manos mientras ella, guiada por la intuición y la necesidad primaria de satisfacer sus instintos, se apretaba contra sus caderas. Su manera inocente y vital de entregarse al deseo lo desarmaba. Un ramalazo de lucidez le hizo refrenar sus ansias y la sujetó por los hombros para tomar un poco de distancia y de coherencia. Rio al ver la pregunta escrita en la cara de su prometida.

—Muero por continuar, pero creo que aún es pronto, cielo. No me perdonaría hacerte daño.

—Me encuentro bien —se quejó Isabelle volviendo a besarlo, mientras él trataba de resistirse entre risas. Giró con ella para tenderla sobre su espalda y se colocó entre sus piernas.

—¿Qué he hecho yo para merecerme esta tortura? —gruñó mientras hundía la cara en su cuello y le arrancaba una carcajada.

—A decir verdad, has hecho muchas cosas, lord Kensington. Y desde luego merecerías un castigo mucho peor que tener que complacer a tu novia. —Ahogó un gritito cuando él le mordió el lóbulo de la oreja.

—Creo que tienes razón —reconoció con expresión seria—. Y no puedo cambiar eso. Así que debería empezar a compensarte cuanto antes. Pero prométeme que si sientes alguna molestia…

Isabelle silenció sus protestas atrapando de nuevo su boca en un beso más lento que los anteriores, pero cargado de una sensualidad que ni ella misma sabía dónde nacía. Su cuerpo parecía a punto de calcinarse bajo las manos de Sebastian, que apretaban su carne justo donde ella más lo necesitaba, deslizándose de manera cada vez más apremiante sobre ella. Notaba la erección anclada entre sus muslos, fuerte y sedosa, y sentir que él la deseaba de manera tan obvia la incitaba todavía más, convirtiéndola en un volcán y ahuyentando cualquier rastro de inhibición o timidez. La boca del duque trazó el camino que habían recorrido sus manos, vagando perezosamente por sus pechos, su vientre y la fina piel que le cubría las costillas, enardeciéndola con cada roce. Isabelle no podía pensar con claridad, solo podía dejarse arrastrar por aquel fuego líquido que la quemaba desde dentro y la volvía del revés. La implacable caricia de su boca continuó imparable hasta que sus dientes rozaron los huesos que se marcaban ligeramente en sus caderas y la suave piel debajo de su ombligo, y ella se retorció en respuesta, pensando que el lascivo recorrido acababa ahí. Se quedó rígida cuando sus besos continuaron junto a su ingle, temerosa de moverse y que él se acercara demasiado a su intimidad, pero completamente hechizada por su atrevimiento. Hizo un esfuerzo para no incorporarse cuando con total desvergüenza Sebastian deslizó los pulgares a lo largo de su hendidura, estimulándola, disfrutando perversamente al ver cómo los pliegues de su sexo reaccionaban a sus caricias. Trató de cerrar las piernas y rogó para impedir que continuara, al notar abochornada la respiración de Sebastian tan cerca de su sexo. Pero él ignoró sus reticencias y deslizó la lengua por sus pliegues hinchados arrancándole un gemido de placer completamente incontrolable. Si se hubiera atrevido a bajar la vista, se habría encontrado una mirada de perversa satisfacción al sentir su cuerpo responder de manera salvaje a cada envite de su lengua, a la íntima caricia de sus dedos explorando su interior, a la succión de sus labios sobre su centro. Sebastian le sujetó las nalgas, elevándola para poder acceder con total libertad a cada rincón de su sexo, disfrutando de la satisfacción de ella más que de la suya propia. El placer se iba acumulando en las entrañas de Isabelle como una nube cargada de energía a punto de estallar, y ella estaba indefensa ante la fuerza de aquella corriente que la recorría. Sus caderas se elevaron y su cuerpo se arqueó contra la boca de Sebastian cuando sus músculos internos se tensaron en una explosión de placer que la aturdió durante unos instantes. Los últimos vestigios del clímax aún no se habían extinguido cuando

Sebastian entró en ella, sorprendiéndola por la intensidad con la que lo sentía en su interior.

Al principio, él no se movió, sintiendo como sus paredes estrechas y calientes lo atrapaban. Besó su cuello perlado de sudor, con dulzura, y lamió el canal que se hundía entre sus pechos mientras ella recuperaba el ritmo de su respiración. Incapaz de contenerse más comenzó a salir de ella con suavidad para volver a entrar con movimientos lentos y profundos, calibrando la reacción de Isabelle.

—¿Estás bien? —preguntó con la voz entrecortada conteniendo la necesidad de tomarla sin rodeos.

—Mejor que nunca —gimió ella al notar que las caderas de Sebastian volvían a empujar contra ella.

Tomó su boca de manera salvaje, invadiéndola con la lengua, como si pudiera robarle el alma con aquel beso. Ella le correspondió aferrándose a su cuerpo, rodeándolo con brazos y piernas, negándose a que aquella sensación de pertenecerle se extinguiera jamás mientras el placer crecía entre ellos de nuevo.

La siguiente vez que Isabelle abrió los ojos, un par de horas después, el sol ya estaba bastante alto, y su prometido ya no se encontraba a su lado. Se envolvió en la bata de Sebastian que encontró a los pies de la cama y paseó por la habitación observando sus cosas. Los muebles eran robustos, sencillos y elegantes. Como él. Absolutamente todo, desde sus utensilios personales hasta el mobiliario, estaba colocado de una manera completamente simétrica y ordenada. Se preguntó cómo sobrellevaría el duque que ella fuera más bien relajada con respecto al orden y, sobre todo, con su propio aspecto. Aunque según le había dicho, le gustaba su manera de vestir sencilla y su pelo alocado. Sonrió al ver su reflejo en un espejo de cuerpo entero situado junto al armario. Su pelo estaba hecho un auténtico desastre, la bata le arrastraba y sus labios se veían enrojecidos y algo hinchados por los besos. Su aspecto era el de una vividora totalmente lujuriosa y desvergonzada. Sus músculos parecían

dolerle a cada paso que daba. Absolutamente todos los músculos, incluyendo aquellos que ignoraba que tenía. En una silla
cerca de la ventana encontró sus ropas extendidas, su chal y su
ridículo, que parecía mucho más lleno de lo que había estado
jamás. Lo sostuvo en la mano y no le hizo falta abrirlo para deducir que Sebastian le había devuelto el dinero que había perdido en el Dark. Pensar en eso le trajo de golpe toda la preocupación que se había esforzado en ignorar durante la noche.
Tendría que hablar con Adam y darle ese dinero que ahora ella
consideraba tan sucio.

Unos golpes en la puerta la sobresaltaron y estuvo a punto
de dejar caer el bolsito. La puerta se abrió y una joven sirvienta
entró portando una bandeja que olía deliciosamente bien. La
primera bandeja que había traído Sebastian había desaparecido,
y supuso que se la había llevado después de que ella volviera a
quedarse dormida.

—Buenos días, señorita Taylor. Su excelencia me envía para
ayudarla. Él está reunido y ha creído que estaría más cómoda
desayunando aquí.

Isabelle se cuadró y sonrió con aplomo, como si no tuviera
importancia que la encontraran por la mañana con solo una ligera bata de hombre en la habitación del duque, con el que, por
cierto, aún no se había casado. O el servicio de Sebastian era de
lo mejorcito que había visto o no tenían sangre en las venas, a
juzgar por la nula reacción ante cualquier eventualidad por es-
cabrosa que fuera. Se imaginó el escándalo que formaría la señora White si descubriera que Sebastian había retozado con
ella bajo su techo. Habría sido épico y las palabras malsonantes
que habría gritado hubiesen hecho sonrojarse al más curtido
vividor. Se arregló con rapidez y saboreó el copioso desayuno en
soledad, disfrutando del sol que entraba por la ventana. No había sido consciente del hambre que tenía hasta que destapó las
olorosas bandejas.

Bajó las escaleras de la mansión con un optimismo que no
debería permitirse hasta que toda la situación de su familia se
hubiese arreglado, pero de verdad se sentía maravillosamente

bien. Y, aunque sonase egoísta, confiaba en que Sebastian lo arreglaría todo, no por ella, al menos no del todo, sino por su sentido del honor y la justicia. Por primera vez desde hacía mucho tiempo creía que un futuro feliz junto al duque era posible, y esta vez no se trataba de una idea fraguada por su imaginación, sino de una posibilidad tangible.

Justo cuando llegaba al recibidor, alguien golpeó la aldaba de la entrada principal. El mayordomo se dirigió diligente hacia la puerta para abrir al visitante. Isabelle parpadeó incrédula al ver la luz del sol reflejarse en la tela azul brillante del vestido de una mujer, que parecía haber invadido todo el espacio y haber robado todo el aire disponible.

—Vengo a hablar con su excelencia. —La baronesa Howard miró con desdén al viejo mayordomo, que se disponía a informarle de que no iba a ser posible.

Pero antes de que el hombre pudiera decir ni una palabra, Amanda se percató de la presencia de Isabelle, que parecía una pequeña muñeca rota y olvidada en la inmensidad de aquel espacio diáfano y rodeado de lujo. La sonrisa sibilina en el rostro de la baronesa hubiera causado escalofríos a cualquiera, e Isabelle no iba a ser menos, convirtiéndose de nuevo en la antigua novia eterna, tímida e insegura.

—Retírese. Yo misma anunciaré mi presencia al duque. Pero antes deseo tener unas palabras con la señorita Taylor.

Si no hubieran estado tan impactados por su carácter despótico, probablemente se hubiesen reído por su desfachatez al atreverse a dar órdenes como si estuviera en su propia casa. Pero el ambiente parecía haberse espesado, cargado de algo negativo y turbio. El mayordomo le dirigió una mirada bastante elocuente a Isabelle, pero ella no captó que ese pequeño gesto albergaba un respeto que la otra mujer jamás tendría. Por inercia, asintió levemente con la cabeza y el hombre, con una reverencia, las dejó solas. Isabelle no tenía idea de lo que aquella mujer quería decirle, pero a pesar de que el día había amanecido radiante, la amenaza de unos espesos nubarrones cargados de ceniza y dolor parecían acercarse a toda velocidad.

28

La postura de Isabelle se volvió rígida y su semblante ceniciento, mientras aquella arpía paseaba a su alrededor calibrándola, buscando el punto débil donde clavarle los colmillos y causarle el máximo dolor posible.

—Vaya, vaya. Así que la mosquita muerta se está volviendo una desvergonzada. —Chasqueó la lengua, haciendo un ruidito que a Isabelle le crispó los nervios, destinado a transmitirle su desprecio—. Visitando a un hombre soltero tan de mañana, eso no está nada bien.

—Entiendo su confusión, lady Howard. Usted ha venido de visita a la casa de un soltero y es de dominio público que es una desvergonzada. Es lógico que llegue a la conclusión errónea de que usted y yo somos iguales, pero nada más lejos de la realidad —le espetó manteniendo la compostura lo mejor que pudo, a pesar de que la furia comenzaba a hervirle en el estómago.

La viuda le contestó con una risa escandalosa que resonó en los techos altos, una risa que sin duda hacía postrarse a los hombres más incautos a sus pies.

—Por supuesto que no somos iguales, querida. Yo estoy en un nivel muy diferente del suyo —contestó Amanda.

La miró con los ojos entrecerrados sin poder creer la deliciosa casualidad de encontrarse con aquella chiquilla palurda e inexperta en casa del duque. Había decidido hacer un último intento para convencerle de retomar su relación, esgrimiendo su reciente ruptura con Neil como una prueba inequívoca de su amor por él. Y no era que en realidad lo amara, ni muchísimo menos. El corazón de Amanda hacía mucho tiempo que no sentía nada remotamente parecido por nadie, y a veces incluso dudaba de que siguiese latiendo. Pero lo deseaba como hacía tiempo que no deseaba a nadie, con el mismo afán que podía codiciar un buen vestido o un deslumbrante collar de esmeraldas. Sebastian Morton era un ejemplar admirable, con un físico fuera de lo común, que emanaba poder y seguridad en sí mismo. Lo quería para ella, y quería que se arrastrase y le pidiera volver a meterse en su cama. Confiaba en sus propias capacidades y sabía que si volvía a caer, aunque solo fuese una vez, podría tejer una tela de araña de la que no lo dejaría escapar más. Su hermano, en cambio, era un inmaduro incapaz de satisfacerla, y mucho menos costear su elevado nivel de vida, pero había sido bastante entretenido verlo suplicar sus atenciones. Pero lo que Amanda más valoraba de Neil, sin duda, era toda la jugosa información que había obtenido durante sus ensoñaciones etílicas, que le soltaban la lengua de manera muy fructífera. Le había relatado que Isabelle no estaba predispuesta a aceptar el compromiso, hastiada de la indiferencia del duque, y que las familias, al igual que el propio Sebastian, estaban más que impacientes por que esa boda se celebrase cuanto antes. Todo parecía indicar que las reticencias de la novia eterna habían provocado que el interés de Sebastian creciera, hasta estar realmente encaprichado y ansioso por conquistar a la joven. Amanda sabía que cabía la posibilidad de que Sebastian la rechazara de nuevo, era consciente de que este era un último intento desesperado por conseguir conquistarlo. Pero aprovecharía la situación que el destino le brindaba, y si no podía tener al duque, al menos moriría matando. Aunque solo consiguiera que los tortolitos tuvieran una crisis y que la insulsa novia pataleara muerta de celos y rabia, habría merecido la pena. Y con un poco de suerte, quién sabe, puede que su relación no fuese tan fuerte como para poder soportar las dudas sobre una nueva traición. Y Dios sabía cuánto disfrutaría intentándolo.

—Entiendo que Sebastian está haciendo todo lo que está en

su mano para que aceptes llevar a cabo esa maldita ceremonia de una vez. —Isabelle parpadeó sorprendida por su desfachatez y su falta de modales—. Yo misma estoy ansiosa por que lo hagas, la verdad. Así esta maldita farsa acabará al fin.

—Mi matrimonio no es ninguna farsa. Sebastian y yo…

—Sebastian y tú, ¿qué? ¿Estáis enamorados? —Su risa ácida volvió a resonar en los oídos de Isabelle—. Si crees eso, es que está haciendo bien su papel. Es realmente encantador, ¿verdad? Besa tan bien… Y cuando pruebes el resto, mi niña. Lástima que no lo saborearás el tiempo suficiente. En cuanto vuestro matrimonio sea un hecho, su deuda con tu apestosa familia quedará saldada.

—No voy a permitir que nos insulte, señora. Usted no sabe nada de nuestra vida.

—Sé que él te detesta. ¿En serio crees que ha pasado de ignorarte a amarte en unas cuantas semanas? Además de palurda, eres una ilusa. Todo está planificado minuciosamente. —Amanda escupía cada frase con desprecio y sin perder la sonrisa, mientras Isabelle, a su pesar, se iba encogiendo sobre sí misma, como si en lugar de palabras estuviera recibiendo golpes—. Sabes que él es un hombre de honor, y no faltaría a la promesa hecha a su padre. Pero un matrimonio por obligación no te va a dar la felicidad, ya te lo garantizo.

Isabelle dio un par de pasos atrás de manera inconsciente, queriendo poner distancia entre ella y la crueldad descarnada que emanaba de aquella mujer. Pero por más que detestara creerla, nada de lo que decía carecía de lógica.

—Sebastian quiere casarse conmigo y yo con él, no nos importa el contrato matrimonial. Solo está despechada porque él la dejó —trató de defenderse, aunque sabía que carecía de armas para luchar contra aquella víbora.

—Pero qué delicioso debe de ser conservar esa ingenuidad infantil. Puede que te conviertas en la duquesa, pero yo seré su mujer. Yo dormiré con él cada noche, yo seré quien le dará todo el placer del mundo. Te relegará a alguna propiedad olvidada en cuanto tenga la oportunidad y disfrutaremos de la vida sin obstáculos.

Los mayores miedos de Isabelle se estaban materializando delante de sus ojos adoptando la forma de aquella bella y malvada mujer. Las lágrimas no derramadas ardían en sus ojos, pero se negaba a darle rienda suelta al llanto y humillarse aún más. Negó débilmente con la cabeza sintiendo que el suelo estaba empezando a temblar bajo sus pies y que acabaría engulléndola en cualquier momento.

—Bien, por tu expresión parece que ya lo vas entendiendo. Solo pondrá un anillo en tu dedo por una mera cuestión contractual. Él me ama. Y me ha prometido que cuidará siempre de mí. De ambos, en realidad. —Sonrió, deslizando la mano de manera significativa sobre su vientre.

La garganta de Isabelle se cerró impidiéndole respirar y durante un instante creyó que iba a desmayarse.

—No es posible. —Se le quebró la voz—. Sebastian no permitiría que su... que su... hijo se criara sin la protección de su apellido. Si eso fuera cierto, él no se casaría conmigo.

—Eso es lo mejor de todo, pequeña idiota. Será un Morton. ¿O acaso crees que el duque permitiría que yo estuviese con Neil así sin más? No hemos dejado nada al azar. Neil será mi esposo, y a cambio de unas rentas mensuales que le permitan disfrutar de su díscola vida, le dará su nombre al bebé. Seremos felices y tú solo serás un vago borrón en nuestras vidas. Es gracioso, tú y yo tendremos algo en común. Nuestros respectivos matrimonios serán igual de falsos. Pero yo tendré al hombre que quiero entre mis piernas cada noche.

Isabelle no pudo retener más las gruesas lágrimas que se deslizaron por sus mejillas mientras el aire que entraba en sus pulmones ardía como si fuera fuego. El futuro, que tan solo unas horas antes se desplegaba esperanzador y brillante delante de sus ojos, se había convertido en un terreno embarrado lleno de zarzas espinosas y arenas movedizas. Todos sus miedos, sus peores pesadillas se cernían sobre ella, exprimiendo su corazón y convirtiéndolo en una cáscara seca y sin vida. No podía creer que el hombre que amaba la hubiera destrozado de esa manera, pero, al fin y al cabo, Amanda tenía razón. La había ignorado durante toda su vida, ¿qué motivos tendría ahora para que fuera diferente? ¿Por qué ese súbito cambio de actitud? Había sido tan estúpida que sentía ganas de abofetearse a sí misma, pero sobre todas las cosas, deseaba destrozar a Sebastian. Amanda se miró en uno de los espejos del recibidor y se colocó el sombrero en un ángulo perfecto, para acto seguido dedicarle una última mirada de desdén a Isabelle.

—Detesto las muestras de dramatismo. Son propias del populacho. Creo que volveré más tarde para ver a Sebastian, cuando el aire se haya purificado y no queden restos de tu presencia por aquí.

La baronesa giró sobre los talones y, contoneando las caderas con sus andares seductores, se marchó. Incluso después de haber abandonado la casa, el aire parecía mantener la horrenda corriente oscura que la acompañaba. Isabelle siempre había pensado que cuando a uno le rompían el corazón, el dolor era algo emocional, una sensación o un pesar intangible. Pero realmente sentía que un dolor físico se aferraba a su pecho, como si una mano invisible la estuviese arañando por dentro. Se apoyó en la barandilla de madera unos instantes para no desfallecer. Un sentimiento igual de potente que el amor, que el dolor, que la decepción, comenzó a resurgir con fuerza en sus entrañas. Algo igual de oscuro que la presencia de la baronesa Howard, algo que no había experimentado antes. El deseo de hacer daño.

Se cubrió la cabeza con el chal para evitar miradas indiscretas y tomó varias bocanadas de aire antes de salir de la mansión del duque de Kensington, con el presentimiento de que esa era la última vez que pisaría esos lustrosos suelos de mármol. Avanzó por la acera con paso rápido sin prestar atención a la gente con la que se cruzaba, ni los carruajes que traqueteaban por los adoquines, sin saber muy bien hacia dónde encaminar sus pasos. No le apetecía que nadie fuese testigo de su desolación, de su estupidez, de su ingenuidad, al menos no todavía, cuando la herida era aún una puñalada sangrante. Dirigirse a su propia casa para enfrentar a Adam no era una opción. Cómo podría mantener una conversación con él, cómo podía reclamarle por haberla engañado o defender su postura si en esos momentos se sentía tan valiosa como el insecto más insignificante de la tierra. Todos a los que amaba acababan fallándole, todos los que alguna vez le habían dicho «Confía en mí» habían resultado igual de traidores, todos y cada uno de ellos habían machacado un pequeño trozo de su corazón hasta dejarla sin nada. Pero ahora la ira sería su mejor aliada para mantenerse fuerte y altiva. Nadie volvería a pisarla jamás, aunque para ello tuviese que convertirse en una nueva Isabelle.

Apretó el bolso de mano en un gesto inconsciente, sintiendo el peso del dinero que contenía, y se paró en seco antes de doblar la esquina. Cambió de dirección para dirigirse a la zona más comercial de la ciudad. No disminuyó el paso hasta llegar al edificio donde se encontraban las oficinas del periódico de mayor tirada de Londres, que por cierto también tenía la página de chismes más despiadada y popular. A pesar de que las damas no solían tener fácil acceso a determinados lugares, le costó menos esfuerzo del que suponía poder hablar con un responsable de la sección de anuncios. Llevar el bolsillo lleno y la mano dispuesta a pagar lo que le pidieran, por disparatado que fuera, siempre ayudaba. Aquel mundo donde había que pedir perdón y permiso solo por ser una mujer era despreciable, pero ahora no tenía tiempo de malgastar su odio en eso. Su objetivo era el duque. Abonó el doble de la tarifa estipulada para que se publicara a página completa el anuncio de que el compromiso entre la señorita Taylor y el duque de Kensington se había anulado de mutuo acuerdo. La trataron tan bien que no dudó en compartir con quien quiso escucharla, a modo de confidencia, sus propias conclusiones sobre la ruptura. No le importó que aquella gente pudiera reconocerla, aunque ella no los había visto en la vida. En realidad, no le importaba nada. Dejó bien claro que sabía de primera mano que la pareja se había roto por diferencias irreconciliables entre ellos. Las constantes salidas de tono del duque habían hastiado a la novia eterna, que había encontrado consuelo a sus noches de soledad acudiendo a ciertos clubes de dudosa reputación, donde bailaba y flirteaba con total desvergüenza hasta el amanecer. Y mientras tanto el duque desfallecía de amor, llorando como un bebé y con el corazón roto por haber perdido a la mejor mujer que podría encontrar jamás. No hizo falta añadir mucho más, salvo la insinuación velada de que el periódico se vendería como rosquillas si semejante información se publicara en la página de cotilleos. No le importaba inmolarse, no le importaba destrozar su propia reputación, si con ello conseguía devolverle a Sebastian una parte de la humillación que la consumía. Se imaginaba su furia cuando se enterase a la vez que el resto de Londres de que ella lo había abandonado, y que la mujer que supuestamente amaba se había convertido en una perdida y una frívola. Todos sus esfuerzos para conquistarla, todo ese tiempo empleado en urdir esa mentira no habían servido para nada, y la promesa hecha a su padre jamás se cumpliría. Encontraba una perversa satisfacción en autocastigarse por haber sido tan ingenua, en infligirse a sí misma una penitencia por haberse dejado engatusar con unos cuantos besos, por haber creído que un hombre como Sebastian podría desearla y adorarla. En esos momentos no le importaba su reputación, ni la de su familia, ni tan siquiera su situación económica. En esos momentos la rabia la cegaba de una manera desconocida para ella, y el resto del mundo podía irse al infierno. Puede que en el fondo de su alma sintiera un resquicio de remordimiento por la situación en la que quedarían sus hermanos pequeños, pero lo desechó de un plumazo. Eran jóvenes y sabrían salir adelante sin que ella fuese su sostén.

Salió a la calle con paso decidido. El cálido sol que anunciaba la proximidad del verano brillaba en un inusual cielo carente de nubes, las damas paseaban con sus vestidos brillantes y sus sombrillas a juego del brazo de sus acompañantes, y todo invitaba a disfrutar de aquel maravilloso día. Isabelle se arrebujó bajo su chal intentando pasar desapercibida entre el bullicio, sintiendo que el intenso frío que se había afincado en sus huesos no desaparecería jamás.

29

Sebastian estaba a punto de perder el juicio y ya no sabía dónde demonios buscar, así que decidió que lo mejor sería volver a casa a esperar noticias. Desde que el mayordomo le dijo que Amanda Howard había estado en Kensington House no le cabía duda de que ella era la responsable de que a Isabelle se la hubiese tragado la tierra. No estaba en su casa ni en casa de sus amigas. Al menos eso le habían dicho ellas cuando había ido a preguntar. Y su orgullo le impedía derribar la puerta de Preston a patadas para averiguar si estaba allí, al menos de momento, aunque su intuición y un mal presentimiento hicieran saltar todas las alarmas en su cabeza. Se había resignado a apostar varios hombres alrededor de su casa por si acudiera a verlo. Odiaba recurrir a esos extremos, pero estaba empezando a preocuparse, y por lo que conocía a Preston estaba seguro de que ese buitre aprovecharía cualquier oportunidad para sacar provecho.

El mayordomo le abrió la puerta con la cara circunspecta. Él no tenía por qué conocer las intenciones y mucho menos la catadura moral de la baronesa, pero sabía que debería haber avisado al duque cuando escuchó a las mujeres discutir, aunque su discreción le impidió inmiscuirse en los asuntos de los señores. También era consciente de que debió impedir que la señorita Taylor saliese de la casa en un evidente estado de alteración. Pero al duque no le gustaba que le molestaran cuando estaba reunido con su contable y decidió esperar para ponerlo al tanto de todo eso.

—Tiene una visita, excelencia. —Sebastian lo miró esperanzado, pensando que quizá Isabelle hubiese vuelto. Pero el mayordomo desvió la mirada hacia el suelo de manera casi imperceptible—. Es el señor Pearce. Me dijo que era de vital importancia hablar con usted.

—¿Jacob Pearce, el dueño de la editorial Hermanos Pearce? El mayordomo asintió con rigidez.

—Le he acomodado en la sala de las visitas hasta que usted llegara, excelencia.

—Está bien. Acompáñalo a mi despacho.

No era un buen día para mantener una visita cortés con nadie, menos aún con alguien con quien no tenía tanta confianza como para mostrarse tal cual se sentía. Una conversación formal y diplomática era lo que menos necesitaba, pero siempre había tenido aprecio a Pearce y, aunque no fueran amigos íntimos, Jacob y él se respetaban y admiraban mutuamente, ya que congeniaban bastante bien en las ocasiones en las que coincidían. Jacob entró en el despacho con su amable sonrisa habitual.

—Me alegro de verte, Pearce. ¿A qué debo el honor de tu visita? —saludó tendiéndole la mano, con el gesto más amable y distendido que fue capaz de componer.

—Como siempre, directo al grano, Kensington. Yo también me alegro de verte.

—Discúlpame, hoy no se puede decir que esté teniendo un buen día.

—He venido porque tengo que hablarte de algo importante. —Jacob suspiró, sabiendo que iba a contribuir a que su día empeorase considerablemente—. Como sabes, siempre me he encargado de la editorial Pearce. El diario ha sido el negocio de mi padre, se podría decir que el periódico ha sido su hijo favorito, pero últimamente no está muy bien de salud y me estoy ocupando también de supervisar el trabajo.

—Siento que no esté bien, espero que no sea nada grave —contestó, conteniendo el impulso de tamborilear con los dedos sobre la mesa con impaciencia.

—Me temo que es el peso de los años. —Sebastian asintió con la cabeza tratando de disimular la desazón que le producía aquella inesperada visita. Con toda probabilidad, Pearce vendría buscando algún patrocinador que pudiera desembolsar una buena cantidad a cambio de acciones o cualquier otra cosa. Pero había elegido un día totalmente inapropiado para exponer sus intenciones mercantiles—. Me conoces, Kensington. Intento implementar la honestidad a todo lo que hago.

—Sí, no tengo ninguna duda sobre eso. Pero sinceramente estoy un poco perdido en estos momentos. No sé a dónde quieres llegar.

—Supongo que no me equivoco si te digo que el motivo de que no tengas un buen día es tu prometida. —La cara de Sebastian se convirtió en piedra y se tensó en su sillón esperando a que Pearce continuara—. Tranquilo, he venido a ayudarte. Como te he dicho, superviso las publicaciones. Uno de mis empleados ha venido a consultarme una extraña petición. Una dama quería publicar un anuncio y estaba dispuesta a pagar una cantidad absurdamente elevada para que se incluyera en el diario de mañana. No he visto demasiadas veces a la señorita Taylor, pero estoy seguro de que era ella.

—¿Qué quería publicar? —preguntó Sebastian con la voz congestionada por la tensión.

Jacob sacó un papel del bolsillo y lo desdobló antes de depositarlo en la mesa frente a Sebastian, que no lo tocó, como si estuviera cargado de veneno. La vista se le nubló durante unos segundos desdibujando las letras oscuras que resaltaban insultantes sobre el fondo blanco.

—No puedo publicar algo así sin contrastarlo contigo. No he querido salir a hablar con ella para no espantarla, eso podría hacer que se dirigiese a pedir el encargo a otra editorial.

—Puede que lo haya hecho.

—Lo dudo. Pero de todas formas, mandaré a alguien para que lo consulte y lo impida. Nadie querría tenerte en su contra, Kensington, y no publicarán algo así sin tu consentimiento.

—Gracias —musitó tratando de digerir la bilis que subía

hasta su garganta—. Te lo agradezco sinceramente, no sé cómo…

Sebastian no estaba acostumbrado a flaquear, pero no pudo evitar enterrar la cabeza entre las manos y cerrar los ojos, completamente descolocado. Isabelle había decidido acabar con todo, dinamitar los cimientos de lo que prometía ser un futuro perfecto, sin ni siquiera decírselo. Después de lo que habían compartido esa noche, esa misma mañana. Después de haberle confesado sus sentimientos, ella le daba una puñalada por la espalda. Jacob guardó un prudente silencio para darle tiempo a reconstruir los pedazos. Pero el duque merecía saber el resto.

—Me temo que hay algo aún peor, Kensington.

—Siempre hay algo aún peor, ¿verdad? —sonrió el duque con tristeza, recostándose derrotado en el sillón.

— Como sabrás, mi padre decidió incluir una página de cotilleos bastante ácida.

—Lo sé, a menudo soy el protagonista de ellos.

—Sí, y desde luego que no cuenta con mi aprobación. La señorita Taylor, creyendo que desconocíamos su identidad, ha soltado una serie de informaciones con la intención de que fueran publicadas en la página de chismes. Y la verdad es que ella es la peor parada en todo eso, parece que pretende arruinar su propia reputación y arrastrarte con ella, de paso.

—¿Se van a publicar?

—No, he prohibido terminantemente que se hable al respecto.

—No sé cómo podré agradecerte esto, Pearce. ¿Dijo algo más, algo que pueda servir para…? —Sebastian se detuvo, avergonzado de reconocer que no sabía dónde estaba y que la desesperación estaba acabando con su ánimo.

—No ha dicho nada más. Por cierto, te he traído el dinero que ha abonado para devolvéroslo.

—Dónalo a la beneficencia. Ese maldito dinero solo me trae mala suerte —reconoció Sebastian, sin molestarse en ocultar que toda esta situación lo había dejado desolado.

—No desesperes, Kensington. —Jacob se puso de pie para

marcharse—. No sé qué ha pasado entre vosotros, pero estos son los actos de alguien muy dolido. Espero sinceramente que podáis reconducirlo.

—¿Reconducir? Quería que me enterase por el periódico de que me ha dado una patada en el trasero. Agradezco tu optimismo, pero es un tanto exagerado.

—Hace poco viví de cerca cómo a mi mejor amigo lo plantaba en el altar una mujer que lo amaba hasta la médula. Y ahora, en cambio, están felizmente casados y esperan su primer hijo. Ten fe.

Isabelle había acudido a casa de Preston nada más salir del periódico de los Pearce. No sabía muy bien por qué sus pasos se habían encaminado hasta allí, pero lo agradeció cuando él se limitó a escucharla tras servirle una reconfortante taza de té. Ella había llorado, había maldecido, había expresado libremente todo lo que se le pasaba por la cabeza, sin guardarse nada hasta que acabó exhausta, arrasada por las lágrimas, lamentándose por haber permitido que Sebastian entrara en su corazón. No le contó el hecho de que se había entregado a él, pero en el pozo de dolor en el que estaba sumida eso era lo menos relevante en aquellos momentos. Jackson no la interrumpió, no la contradijo, no la juzgó. Simplemente sujetó su mano con complicidad. Cuando los hipos y los estremecimientos fruto del llanto fueron remitiendo, el doctor sacó un pañuelo del bolsillo y se lo pasó por las mejillas borrando todo rastro de lágrimas. Preston se acercó con cautela, sabiendo por intuición que ella no se lo impediría, y la besó con dulzura en los labios. No se planteó lo inmoral que resultaba asaltarla en ese momento de debilidad, cuando Isabelle tenía la guardia baja.

—Todo lo que nos ocurre en la vida nos conduce al camino por el que debemos transitar. Puede que esta decepción sea el empujón que necesitabas para tomar la decisión correcta.

—¿Y cuál es esa decisión? —preguntó confundida, con los sentidos embotados por el dolor y la desolación.

—Esa decisión soy yo. Estaré a tu lado. Ya sabes que el duque no es de fiar. Pero yo estoy dispuesto a casarme contigo mañana mismo.

—Jackson, yo… —Isabelle se esforzó en buscar una respuesta coherente, una justificación aceptable de por qué aquello era un error abismal. Puede que la mejor respuesta era que no lo amaba, que estaba enamorada de otra persona. Pero su cerebro aturdido no la dejaba pensar con claridad. Estaba destrozada y se sentía como si no tuviera voluntad para continuar lo que había planeado de manera tan impulsiva, y mucho menos para dirigir el timón de su propia vida. Quizá dejarse llevar por la determinación de otros, sin tener que cargar el peso de sus propias decisiones, eso que había detestado durante toda su existencia, fuese en realidad un regalo del cielo.

—Podemos marcharnos hoy. Iremos a Escocia o sobornaremos a algún párroco rural que quiera casarnos por unas monedas y una botella de aguardiente —bromeó arrancándole una sonrisa llorosa—. Todo va a salir bien. No permitiré que ese tipo te vuelva a humillar, ya lo ha hecho demasiadas veces durante estos últimos años.

Ella asintió, aunque no sabía muy bien a qué. Jackson hablaba y hablaba de manera incesante, hacía planes y le pintaba un futuro cargado de optimismo y felicidad. Un futuro sin Sebastian, un futuro con un hombre sencillo que siempre la había escuchado y tendido la mano cuando lo necesitaba. Un hombre al que no amaba.

Jackson tenía que atender a sus obligaciones y organizarlo todo, e Isabelle, que se estaba dejando arrastrar como una tabla que flota a la deriva en el mar, decidió dejarlo solo y refugiarse en casa de alguna de sus amigas, donde lo esperaría. Decidió ir a casa de Clarice, ya que su abuela pasaba la mayor parte del tiempo en su habitación por sus múltiples dolencias y podrían hablar con tranquilidad. Además, del trío de amigas Clarice era la más sensata, cerebral y fría en sus juicios, una cualidad que le vendría muy bien en ese momento.

La conversación con Clarice había sido como un bálsamo que la había ayudado a ver las cosas con menos dramatismo, e hizo que se cuestionase si las palabras de la baronesa estaban llenas de mentiras venenosas, medias verdades o certezas completas. La realidad era que hasta que no hablase con Sebastian no podría saber si aquello era cierto o no. Pero aún no estaba preparada para enfrentarlo. Las heridas antiguas que creía que ya estaban cicatrizadas todavía escocían demasiado. Si de algo le había servido aquello era para averiguar que, por mucho que le quisiera, aún no había superado el dolor que le había producido ser la novia eterna, y eso era algo que dependía de ella misma y que tendría que enfrentar. La posibilidad de una vida sin Sebastian se le antojaba insoportable, pero solo con que una mínima parte de lo que le había contado la baronesa fuese verdad, sería incapaz de perdonarle.

Pensó en la mirada esperanzada de Preston y en sus cálidos ojos color avellana. Le apreciaba, pero no estaba enamorada de él, y dudaba que él lo estuviera de ella. Huir hacia delante al tomar una decisión alocada y encadenarse a un hombre al que no amaba solo traería dolor a todos. Ya había tenido su cupo de decisiones estúpidas por ese día, y cada vez que recordaba la noticia que publicaría el periódico al día siguiente se sentía desfallecer. Pero de nada servía lamentarse por lo que ya no tenía solución. Clarice había estado a punto de estrangularla cuando le contó lo que había hecho, y le enumeró un sinfín de razones por las que aquello era una idea atroz. Le hizo prometer que, antes de volver a cometer alguna chaladura semejante, iría a buscarla. Si le hubiese contado sus intenciones esa mañana, la habría encadenado a cualquier parte antes de que se destrozase a sí misma y su propio futuro.

La noche estaba cayendo, no había tenido noticias de Preston en todo el día y en el fondo de su corazón tenía la esperanza de que hubiera recapacitado y cambiado de opinión. Pero antes de la cena, un mensajero le trajo una nota de Jackson informándola de que pasaría a recogerla.

—Issy, creo que no es buena idea.

—Pero tengo que hablar con él, Clarice. Siempre me ha apoyado desde que nos conocemos. No puedo dejarlo plantado sin darle una explicación.

—Pues mándale una nota. Ya has visto las consecuencias de hacer las cosas sin pensar —le pidió su amiga, temiendo que se desencadenara un nuevo desastre.

—Con seguridad ya estará de camino. El carruaje estará a punto de llegar —alegó, consultando el reloj que llevaba en el ridículo—. Espero que no se lo tome demasiado mal. Cuando me propuso irme con él, ni siquiera pensé en lo que me estaba pidiendo. Estaba aturdida. He sido demasiado impulsiva y me he dejado arrastrar por el dolor, actuando de una manera totalmente impropia en mí. Pero Jackson tiene que entenderme, ahora mismo mi cabeza está en otra parte.

—Y tu corazón pertenece a otra persona. —Isabelle suspiró ante sus palabras y sintió que se le humedecían los ojos—. Lo amas. Y la única prueba de esta nueva traición es la palabra de esa víbora arrastrada. No es que Kensington sea santo de mi devoción, y Dios sabe que en más de una ocasión he deseado que lo plantaras. Pero deberías aclarar las cosas en lugar de destrozarlo a él y destrozarte a ti. Si lo que dice Amanda es cierto, no vuelvas a mirarlo a la cara, pero ¿y si no lo es? Habrás aniquilado cualquier posibilidad de ser felices.

—Puede que ya lo haya hecho —admitió resignada con la voz entrecortada.

—Yo nunca he amado a nadie, Issy. —Clarice la abrazó, apretándola bien fuerte, para tratar de transmitirle consuelo—. Pero si él te quiere, te dará la oportunidad de explicarte.

Apenas unos minutos más tarde un carruaje se detuvo junto a la casa de los Hamilton. Clarice volvió a abrazar a su amiga, le deseó suerte y la instó a mantenerse serena. Isabelle prefirió rechazar el ofrecimiento de su amiga de acompañarla y se dirigió hacia el carruaje que la esperaba, cobijándose bajo su chal para protegerse de la fría brisa que había traído la noche.

30

Isabelle trató de mantener la templanza mientras abría la verja de hierro y salía al exterior, donde Jackson ya la esperaba junto al carruaje. La casa de los Hamilton estaba al final de la calle y la luz allí a esas horas era escasa, por lo que él no pudo ver la expresión de su cara hasta que estuvo cerca. La esperanza del doctor se esfumó al ver la sonrisa triste de Isabelle, y suspiró dejando caer un poco los hombros.

—Por lo que veo, no traes tu equipaje.

—Lo siento, Jackson. —Negó con la cabeza y cogió las manos de él entre las suyas mientras una lágrima resbalaba rápida y solitaria por su mejilla.

—Por favor, piénsalo bien, Isabelle.

—No hay nada que pensar. No puedo marcharme contigo y empezar una nueva vida. Te mentiría a ti y me mentiría a mí misma si lo hiciera.

—¿Crees que él te va a hacer feliz? —preguntó Preston sin ocultar su desilusión.

—No lo sé. Probablemente a partir de mañana me odiará demasiado como para dignarse a mirarme. Pero lo que sí sé es que tú mereces encontrar a una mujer que te ame, en lugar de alguien que no pueda entregarse a ti. Y yo no puedo amarte.

—Pero ¿y si la mujer a la que quiero eres tú? —Desde la visita de Isabelle había dudado sobre la sensatez de su plan y si realmente merecía la pena unirse a una mujer que acabaría con la reputación destrozada en cuestión de horas, cuando todo el mundo supiese que había roto el compromiso con el duque para fugarse con él. Preston contaba con la protección del apellido de su familia, pero nadie le aseguraba que su carrera profesional y su buen nombre como médico no se viesen resentidos por ello. La pregunta le había bombardeado durante horas y aun en ese momento, allí de pie con las manos unidas y rogándole para que huyera con él, seguía resonando en su cabeza. ¿Estaba enamorado de Isabelle Taylor? ¿Lo estaría algún día? Probablemente no. Pero su orgullo herido y su competitividad le hacían continuar insistiendo. Además, de todos era sabido que un enamoramiento desmedido no era garantía de felicidad, pero puede que se pudiera suplir con compañerismo y una buena dosis de deseo carnal.

—Isabelle, por favor. Piénsalo. —En un acto desesperado la abrazó contra su cuerpo e intentó besarla. Ella giró la cara para esquivarlo, intentando no ser brusca, pero no pudo evitar ponerse rígida mientras Preston continuaba su avance—. Si no estás segura, no tenemos por qué casarnos todavía. Podemos marcharnos, pasar unos días juntos, lejos del bullicio de Londres, de ese soberbio de Kensington y de las mentiras que te ha contado. Nos conoceremos mejor y te demostraré todo lo que puedo darte. Tú y yo solos. Y luego decidiremos si queremos empezar una vida juntos.

La incomodidad de Isabelle estaba empezando a resultar evidente, pero al ver que Preston volvía a buscar su boca, lo empujó intentando liberarse de su agobiante abrazo. Si su intención era conquistarla, estaba errando con la estrategia estrepitosamente, ya que lo único que estaba despertando era su rechazo.

—Por favor, la decisión ya está tomada. Suéltame.

Ninguno de los dos fue consciente del hombre que surgió de entre las sombras, como tampoco se habían percatado del carruaje que había permanecido discretamente apostado al otro lado de la calle a una prudente distancia. Preston no tuvo tiempo de reaccionar. La enorme mano de Sebastian lo apartó de un tirón del cuerpo de Isabelle, que se tambaleó ligeramente por la sorpresa. Antes de que pudiera defenderse, Sebastian le clavó el puño en el estómago, doblándolo de dolor. Jackson no sabía pelear, le faltaba destreza, fuerza y sobre todo coraje para ello. Sin contar con que Kensington le sacaba dos cabezas y podría machacarlo con una mano atada a la espalda, en especial en ese instante, en el que su exquisita educación había quedado relegada para dar paso a sus instintos más básicos.

—¿Esa es la proposición más honorable que puedes hacerle, maldito hijo de puta? —vociferó asestándole un nuevo puñetazo en la mandíbula que lo dejó aturdido y tambaleándose hacia atrás, mientras Isabelle, completamente impactada por la escena que se representaba ante sus ojos, rogaba a Sebastian que se detuviera.

Pero el duque estaba completamente fuera de sí, y la cobardía de Preston estaba revolviéndole el estómago. Casi tanto como el hecho de verlo con las manos sobre la mujer que amaba, cuando ella claramente no quería sus atenciones. Preston solo podía pensar en huir. Apenas rozó la manivela de la puerta de su carruaje cuando la mano del duque lo sujetó con fuerza y lo estampó contra el vehículo. Cerró los dedos sobre el pañuelo de un acobardado Preston, retorciendo la tela y dificultándole la respiración. Incapaz de defenderse ante la ira ciega de Sebastian, el doctor se aferró a las manos que le apretaban la garganta y comenzó a sollozar, temiendo que aquella ola de violencia fuera incontrolable, que aquellos fueran sus últimos míseros segundos de vida, víctima de un pecado que ni siquiera había consumado.

—Eres tan despreciable que ni siquiera mereces que me tome el trabajo de matarte —le espetó con los dientes apretados, dándole un nuevo empujón contra el carruaje. Lo soltó tras dedicarle una última mirada de asco y Preston cayó hecho un guiñapo en el suelo, protegiéndose la cabeza con los brazos en posición fetal, temiendo recibir más golpes.

Isabelle, sin poder contener el temblor de las manos, se quedó paralizada hasta que Sebastian la sujetó de la muñeca y la arrastró hacia el otro extremo de la calle, donde estaba estacionado su carruaje. Con pocas ceremonias, la instó a subir y se sentó en el asiento frente a ella. En cuanto la puerta del vehículo se cerró, los caballos iniciaron su marcha por las calles de Londres como si lo que acababa de ocurrir no fuera más que el producto de un mal sueño. En la oscuridad del interior, las respiraciones agitadas de ambos resonaban fuertes y entrecortadas. Isabelle tragó saliva, creyendo que enloquecería si él no hablaba o hacía algún gesto que indicara que seguía ahí, inmerso en la negrura. La débil luz anaranjada se filtraba por la ventana al pasar cerca de las farolas, y la silueta de Sebastian apenas se intuía, fundida con el cuero negro del asiento. Resultaba tétrico e intimidante, y el maldito silencio, solo roto por el sonido de los cascos de los caballos sobre los adoquines, resultaba paradójicamente ensordecedor.

—¿Por qué? —La voz de Sebastian resonó dura y sin expresión, y ella no pudo evitar dar un respingo.

—Yo… no iba a marcharme con él. —Fue lo único que se le ocurrió contestar a la desconcertante figura que tenía enfrente. Aunque no pudiera verle la cara, sentía la electrizante energía que emanaba de él, su furia, la fuerza latente y animal que le ponía el vello de punta.

—¿Por qué has huido de mí? —preguntó con la voz cortante como un cuchillo.

—Te dije que no podría superar que me traicionaras otra vez.

—¿Y, según tú, en qué momento desde que te dejé durmiendo en mi cama, después de decirte que te quería, lo he hecho?

—Amanda me contó que seguíais juntos y que no pensabais dejar vuestra relación a pesar de nuestro matrimonio. Nuestro maldito matrimonio de mentira. —El silencio que siguió a su respuesta fue mucho peor que cualquier grito. Él no lo había negado, ni siquiera había intentado defenderse. Ella decidió continuar, sintiendo que el nudo en su pecho se convertía en una ira que desataba su lengua—: ¿Cuándo pensabas decirme que vais a ser padres? ¿Después de nuestra noche de bodas, durante la luna de miel?

El coche disminuyó un poco la velocidad para girar en una esquina y durante unos segundos la luz mortecina iluminó las facciones duras e impasibles de Sebastian, dándole un aspecto tan extraño que, por un momento, Isabelle dudó que fuera el mismo hombre con el que había hecho el amor esa misma mañana. Su indignación fue creciendo al no obtener ninguna respuesta, sintiéndose como una estúpida que se había tragado la actuación de aquel cínico que había jugado a conquistarla. Continuó sacando todo el dolor que tenía dentro, intentando que aquel ser de piedra reconociera su traición o reaccionara de alguna manera.

—No entiendo cómo has convencido a tu hermano Neil para que acceda a casarse con ella y le dé el apellido a tu hijo a cambio de dinero. Supongo que la depravación y la falta de escrúpulos es cosa de familia. Pero si piensas que voy a ser una marioneta en tus manos, si se ha cruzado alguna vez por tu podrida imaginación que me quedaré esperándote mientras tú te acuestas con ella…

—¡Basta! —gritó sujetándola por los hombros, haciéndola enmudecer de inmediato. Isabelle ni siquiera se había dado cuenta de que había alzado la voz y que se había inclinado amenazadoramente hacia él hasta que la detuvo—. Ya basta. No puedo tolerar más tonterías por hoy.

—¿Tonterías? Tu cinismo es encomiable.

—Casi tanto como tu estupidez. —Ella jadeó indignada, pero él la ignoró—. Es de dominio público que Amanda Howard no puede tener hijos. Cuando se casó tuvo varios abortos, y en el último, el médico que la atendió tuvo que tomar una decisión drástica para salvarle la vida. He reconocido todos mis errores, he sido sincero, sin ocultarte nada, y te he pedido perdón. Te dije que no había vuelto a estar con ella ni con ninguna otra y esa es la pura verdad. —La sangre, que hasta ese momento bullía desenfrenada por las venas de Isabelle enervando su ánimo y coloreando sus mejillas, se detuvo, se congeló, al igual que su corazón—. Pero eso qué importa. Una mujer que te detesta y a la que no conoces te ha soltado una sarta de mentiras, me ha denigrado, y tú simplemente has creído que soy el hombre que ella te ha descrito. Un hombre capaz de dejar embarazada a una mujer y casarse con otra. Un hombre capaz de arruinar la reputación de una joven para arrastrarla al altar mientras urde un plan para mantener una amante y un hijo secreto, involucrando al resto de su familia. Dime, Isabelle, ¿ese es el hombre que ves en mí?

—Sebastian... —Solo pudo decir eso, pero él ni siquiera lo oyó. No podía oírla, solo podía repetir en su cabeza que posiblemente se lo merecía, que durante toda su vida sus actos la habían llevado a tener ese concepto tan denigrante sobre él. Pero ahora todo era diferente. Él era diferente, y lo que le había cambiado era el amor que sentía por ella y que ahora valía tanto como una moneda falsa.

—¿Cuántas veces tengo que pedirte perdón por lo que hice? ¿Qué necesito para expiar mis putos pecados?

—Ella me dijo que os amabais..., todo cuadraba de manera perfecta. Ella lo sabía todo de nosotros. Me dijo que solo te casarías conmigo por cumplir el deseo de tu padre —sollozó tratando de coger su mano, comenzando a ser consciente de lo que había hecho. Pero él la retiró con un gesto brusco.

No podía permitirle que lo volviera a tocar. No ahora, cuando lo único que ansiaba es que todo aquello fuese un mal sueño. No cuando su cuerpo le pedía a gritos que la estrechara entre sus brazos y la besara para demostrarle cuánto de verdad había en lo que había pasado entre ellos. No cuando su corazón le rogaba que lo olvidara todo y la secuestrara para llevarla a un mundo en el que solo estuvieran ellos dos y la fuerza de lo que sentían cuando estaban a solas. Pero eso no serviría de nada, porque cada vez que la sombra de la duda sobrevolara sus cabezas ella volvería a desconfiar de él. Ninguno de los dos se merecía una vida así.

La realidad de lo que esa maldita arpía había urdido para separarlos cayó sobre Isabelle como una losa. Con un par de frases la había manejado a su antojo, aprovechándose de sus inseguridades y sus miedos, y ella había caído como una ingenua y se había comportado con Sebastian de la manera más indigna y cruel.

—He sido muy impulsiva, no he pensado de manera racional. Simplemente quería escapar de lo que me hacía daño. No podía volver a mirarte, pensando que la amabas a ella. Perdóname —rogó desesperada. Pero el momento de hablar ya había quedado atrás y en el fondo lo sabía—. Me dejé llevar por el dolor y no calibré la enormidad de lo que estaba haciendo. Solo quería que sintieras el mismo dolor que yo había sentido. Me avergüenza reconocerlo, pero es la verdad.

—Pues enhorabuena, Isabelle. Lo has conseguido con creces. Solo que esta vez, al menos esta vez, no me lo merecía. Por cierto, lo del periódico ha sido una idea sublime. Lástima que aún quede gente íntegra en esta ciudad que haya preferido contrastar la información antes de publicarla.

El sonoro suspiro de alivio de Isabelle mientras se llevaba la mano al pecho resonó en la oscuridad del carruaje y durante varios segundos solo hubo un denso silencio.

—Lo siento. Sé que mi error ha sido terrible. Pero tienes que escucharme y… —Isabelle hizo un último intento de recuperar su confianza, pero en ese momento el carruaje se detuvo y una sensación de fría desesperación atenazó su estómago. Sentía que estaba a punto de perder un tren que probablemente no volvería a pasar jamás y que, por más que corriera, ya no estaba a su alcance.

—Hemos llegado. —La voz de Sebastian sonó con un eco extraño. Fue poco más que un susurro, pero era la única forma de que ella no notase que estaba temblando.

Bajó del carruaje y la ayudó a descender, e Isabelle no se dio cuenta de que estaba frente a la fachada de su casa hasta que levantó la vista aturdida y desolada. Todo había pasado demasiado rápido, todo era demasiado doloroso como para asimilarlo sin más. Él se había equivocado docenas de veces y ahora era su turno de errar, solo que aquello no era una partida de cartas en la que poder tomarse la revancha. Aquello era la vida real, y había errores que se pagaban de la manera más dolorosa e irreversible.

—Si he actuado así es porque tenía miedo de sufrir de nuevo. Te amo, Sebastian. Te amo desde que tengo uso de razón, por más que haya tratado de engañarme a mí misma. Lo que era un sentimiento platónico, una ilusión, ahora es tan real que me aterroriza. Exponer mi corazón ante ti es lo más difícil que he hecho nunca —confesó tratando de hacerse entender, sintiendo que su alma no podría aguantar aquel cúmulo de sentimientos enfrentados que luchaban entre sí.

Sebastian le acunó las mejillas entre sus manos y borró el rastro de una lágrima furtiva con una caricia del pulgar. Estaba tan extasiada, tan esperanzada con aquel efímero contacto que no se había dado cuenta de que estaba llorando.

—Yo también a ti. Te amo como jamás pensé que podría hacerlo, y al creer que te había perdido lo he entendido todo. No sabía que querer a alguien de esa forma podía hacerte sentir más vivo que nunca y, a la vez, matarte por dentro. Te amo, sí. Y por eso te ofrezco el mejor regalo que puedo hacerte.

Los labios de Sebastian se posaron sobre los suyos en una caricia tan sutil que, cuando se retiró, ella no estuvo segura de si el beso había sido real o solo una caricia del aire. El duque sacó un sobre de su bolsillo y lo colocó en la mano de Isabelle, que observó desorientada el lacre rojo que resaltaba insolente sobre el papel de color crema. Antes de que ella pudiera entender lo que estaba sucediendo, la puerta de su casa se abrió de golpe y su hermano Adam apareció en el umbral con la cara demudada por el disgusto.

—Issy, gracias a Dios. Estaba a punto de volverme loco de preocupación.

Isabelle apretó el sobre en la mano y volvió la atención a Sebastian, pero la puerta del carruaje ya se había cerrado, y el vehículo comenzó a alejarse con rapidez perdiéndose en las calles desiertas.

31

—¿Estás bien? ¿Dónde has estado todo el día? Kensington ha venido a preguntar por ti y yo no sabía si… Issy, ¿quieres esperar un momento? —Adam la bombardeó a preguntas mientras ella lo esquivaba y se dirigía a su habitación a toda velocidad en busca de un poco de intimidad—. Isabelle, quiero una explicación. En serio, me has tenido muy preocupado, no puedes desaparecer así y…

—Ahora no, Adam—zanjó Isabelle, y le cerró la puerta en las narices.

Apoyó la espalda contra la madera y apretó la carta contra su pecho, mientras el corazón le zumbaba en las sienes y su respiración se volvía cada vez más superficial.

«El mejor regalo que puedo hacerte…».

El pánico estaba empezando a aturdirla. Abrió el lacre con manos temblorosas sin poder evitar que el papel se arrugara. Se trataba de un documento redactado por los abogados de Kensington. En él se informaba de que a partir de ese momento se rescindía el contrato matrimonial acordado por sus familias. Dado que ellos eran demasiado jóvenes en el momento en el que se formalizó para ser conscientes de su relevancia, se consideraba que el acuerdo estaba obsoleto y se anulaba de mutuo acuerdo de las partes. También indicaba que la ruptura de dicho contrato no tendría ninguna consecuencia negativa para los Taylor, dándose por extinta la deuda que Peter Taylor había contraído con el anterior duque de Kensington. En un epígrafe aparte se especificaba que lord Sebastian Morton adquiría una parte de las tierras de los Taylor y el importe que abonaría por ellas, con la condición de que ese dinero se emplease para saldar las deudas que se habían contraído con terceros. Sebastian había pensado en todo, ni siquiera en un momento como ese había dejado que su rabia tomara la delantera, y había continuado con lo que él consideraba un comportamiento honorable y justo en lugar de dejarlos en la estacada. La carta, además, contenía una nota más pequeña y escueta, escrita de puño y letra de Sebastian. Isabelle la sostuvo entre los dedos y su visión se cegó momentáneamente por las lágrimas que arrasaban su rostro. Se pasó la mano por la cara con brusquedad borrando su rastro y leyó el contenido sintiendo que el corazón se le rompía en mil pedazos imposibles de recomponer.

Te entrego lo que más anhelas. Eres libre de los designios de otros y tu destino solo te pertenece a ti. Anda tus propios pasos, traza tu propio camino como tú desees y ojalá algún día me encuentres en él. Sé feliz.

Siempre tuyo,

SEBASTIAN

Las piernas dejaron de sostenerla, se le doblaron las rodillas y se dejó caer sobre la alfombra de su habitación, dejando que las lágrimas corrieran libremente en un vano intento de limpiar toda la amargura de su alma. Se abrazó a sí misma intentando contener el frío que se extendía desde su interior hasta cada extremidad de su cuerpo, un frío que duraría para siempre. Isabelle descubrió en ese momento que a veces no hay mayor maldición que conseguir lo que se desea.

—El contable de Kensington ya se ha ido. —Isabelle se mantuvo tal y como estaba, sentada en los escalones de piedra que daban al pequeño jardín trasero, rodeándose las piernas con los brazos. Solo la leve tensión de su espalda indicó que había escuchado la voz de su hermano—. Ya se ha formalizado la venta. En los próximos días me acompañarán para saldar la deuda con Drake. —Adam debería sentirse humillado por que lo custodiasen como un colegial que no es capaz de ir a comprar caramelos sin carabina por si le robaban las monedas. Pero era consciente de cuánto dolor había estado a punto de ocasionarle a su familia por sus malas decisiones y entendía perfectamente que el duque de Kensington no se fiase de él y que su hermana no le hubiese vuelto a dirigir la palabra desde hacía tres días—. Issy, lo siento. De veras que lo siento.

—Estoy harta de que hagáis las cosas guiándoos por vuestra maldita arrogancia masculina, que cometáis las mayores mezquindades posibles y creáis que con un simple lo siento lo solucionareis todo.

—Pero esa es la verdad, lo siento —repitió sintiéndose estúpido y se dio la vuelta para marcharse.

—¿Qué pasa con Jennifer? —Isabelle soltó la pregunta que llevaba varios días rondándole la cabeza.

Su hermano la había engañado haciéndole creer que necesitaba dinero para pagar una deuda y rescatar a Jenn. La realidad era que, aunque necesitara que la rescatasen de aquel submundo lleno de perversión, no sería tan fácil de lograr.

—Yo... quiero conseguir el dinero suficiente para poder escapar con ella lejos de Drake y de la vida de abusos a los que la está sometiendo. Pero por desgracia no es tan fácil como pagar por su libertad. Él no se la concedería, antes preferiría verla muerta que permitir que se fuera conmigo. Por eso esta situación me nubla el juicio. No he pensado con claridad y os he puesto en riesgo a todos. Aunque sé que no supone una defensa, confiaba en que el duque lo solucionaría todo. Es demasiado honorable para permitir que nuestra familia se quede en la calle. Fui un irresponsable al dejar en sus manos un problema que había creado yo.

—La amas. —afirmó sin expresión en su voz ni demasiadas ganas de seguir escuchando alabanzas sobre Sebastian.

—Mucho.

—Debe ser de familia. El amor nos nubla el juicio —admitió Issy con una sonrisa triste. Adam se rio por primera vez en mucho tiempo, aunque su ánimo estaba por los suelos—. Si la quieres, lucha por ella.

Las palabras de su hermana, aunque impregnadas de tristeza, en cierto modo le insuflaron algo de moral. Eso era lo que quería, desde luego, luchar por ella, y no le importaba arriesgar su propia vida para sacar a la mujer que amaba de aquel averno que la destruía un poco más cada día.

La última noche que consiguió hablar a solas con Jenn sintió un puñal en el corazón al ver la decepción en sus ojos cuando le dijo que no podría conseguir más dinero. Fue poco más que una sombra que cruzó sus claros ojos azules, apenas visibles bajo la escasa luz de aquel callejón, pero el sentimiento duró lo suficiente para que él lo notara.

—No importa, cariño —había dicho ella apretando sus manos al fin—. Creo que puedo conseguir que mi contacto nos encuentre un transporte con la cantidad que tienes, aunque no sea mucho. Un pequeño barco con el que poder escapar durante la noche sin ser vistos.

—¡Oh, mi amor! Siento que debas arriesgarte de esa forma. Si te pasa algo, no me lo perdonaré —susurró Adam, compungido. Solo le quedaba una parte de las ganancias que Isabelle había conseguido en el Dark, pero tendría que bastarles.

—Si me quedo aquí, tendré más posibilidades de que me ocurra algo malo, lo tengo decidido. El único problema es que ese hombre cobra por adelantado. ¿Podrás traerme el dinero?

Adam asintió con vehemencia besando sus manos con fervor, agradeciendo al cielo que ella tuviera la resolución que a él le faltaba.

—Ya conoces a esa chica que siempre me ayuda, Dolly.

—La joven mulata —asintió Adam. Jennifer torció el gesto unos instantes, pero inmediatamente volvió a adoptar una expresión serena.

—Sí. Entrégale el dinero a ella con discreción. Dolly es

quien me pondrá en contacto con el dueño de la barcaza. Drake controla todas las calles de Londres, pero seguro que no espera que huyamos por el río. Cuando todo esté listo, nos alejaremos de este infierno y comenzaremos una nueva vida. Juntos para siempre.

—Juntos para siempre —repitió él permitiéndose un instante de esperanza.

Adam no había querido pararse a pensar en por qué su beso de despedida había sido menos apasionado que otras veces. Puede que solo fuera la tensión de aquella situación infernal que se estaba prolongando demasiado en el tiempo. Pero por suerte todo parecía estar encauzándose y muy pronto Jennifer estaría en la seguridad de sus brazos, juntos para siempre.

—Vaya, tu aspecto es aún peor de lo que me habían dicho.

Sebastian levantó la vista de los papeles, agradeciendo la interrupción, ya que había perdido la noción de cuánto tiempo llevaba anclado en el mismo párrafo sin entender ni una sola palabra. Guardó los papeles en el cajón de la mesa de su despacho para prestarle atención al conde de Rutherford, que se sentó en la silla frente a él sin esperar a ser invitado.

—¿Quién es tan idiota como para ir cotilleando sobre mí? —preguntó; pretendía bromear, pero la expresión de su cara era demasiado cenicienta para resultar graciosa.

—Hardwick. Se preocupó cuando vino a verte. Me ha pedido que pruebe suerte, por si mi encanto personal te borra esa expresión deprimente de la cara —dijo Marcus con tono sarcástico.

Kensington bufó, pero sonrió por primera vez en los últimos días. No le gustaba que se metieran en sus asuntos, pero agradecía que sus amigos intentaran ayudarle.

—¿Quieres tomar algo?

Marcus frunció el ceño al ver las profundas ojeras y las mejillas hundidas que denotaban la falta de descanso del duque.

—Sí, quiero tomar un poco de aire y de sol, creo que es justo lo que necesitas. Y apuesto a que tampoco estás comiendo de forma decente. Vamos a dar un paseo a caballo, y después nos pararemos en el club a tomar un buen desayuno.

—¿Desde cuándo eres mi niñera? —preguntó el duque cruzando las manos detrás de la nuca en una postura perezosa.

—Desde que te orinas en los pantalones ante la menor eventualidad. Mueve el culo, Kensington, eres un tipo afortunado y voy a regalarte el placer de mi compañía durante toda la mañana.

A esa hora del día aún no se había congregado en Hyde Park la multitud de paseantes que disfrutaban más de ver y ser vistos que de la actividad en sí, lo que les permitió dar rienda suelta a las monturas y cabalgar a todo galope por los caminos más alejados. El aire azotándole la cara y el nervio del caballo habían conseguido mejorar un poco el ánimo de Sebastian, que notaba un poco más de vida corriendo por sus venas, a pesar de que su corazón seguía igual de destrozado. Tras el paseo se dirigieron al club de caballeros que solían frecuentar para tomar un copioso desayuno, y el estómago de Sebastian, que no había sido tratado como se merecía desde hacía días, lo agradeció.

Marcus tomó un largo sorbo de té y dejó la servilleta sobre la mesa, dedicándole una inquisitiva mirada a su amigo.

—Y ahora que he reconfortado tu espíritu y llenado tu estómago, dime, ¿qué demonios has hecho?

Sebastian suspiró y se reclinó en el asiento mientras colocaba los cubiertos perfectamente alineados sobre el mantel con los dedos.

—He hecho lo que debí haber hecho desde el principio. He roto ese infernal contrato que nos ataba.

—Pero ¿por qué ahora? Y perdona que sea indiscreto, pero os he visto juntos y no parecía que fuera algo forzoso, precisamente. Y que me fulmine un rayo si me equivoco, pero creo que estás enamorado hasta las trancas.

—Precisamente por eso.

Las cejas del conde de Rutherford se arquearon mientras lo examinaba con incredulidad.

—¿Has amado alguna vez a alguien, Marcus? —El conde negó con la cabeza y Sebastian continuó—: Nunca me molesté en conocerla, me limité a esperar que llegara el día en que tuviera que llevarla al altar y convertirla en mi mujer. No aspiraba a nada que no fuera una unión formal y fría con ella, tener hijos y llevar una existencia en la que ninguno de los dos interfiriera demasiado en la vida del otro.

—Como la mayoría de los matrimonios de nuestro círculo —contestó Rutherford con un tono entre resignado y triste, y Sebastian asintió.

—No sé decir en qué momento eso cambió, solo sé que no puedo conformarme con que Isabelle esté a mi lado porque no le quede más remedio. Quiero compartir mi vida con ella, quiero protegerla, quiero cuidarla, quiero que los dos podamos educar a nuestros hijos juntos…

—Pero ¿por qué dinamitarlo todo? No era necesario romper el compromiso para eso. Podrías haber sido sincero con ella, declararle lo que sientes.

—No fue suficiente. La he menospreciado tantas veces que ella ya no confía en mí. Podría haber seguido adelante con el compromiso, podría haberla arrastrado al altar. Pero no sabría si realmente su corazón me pertenece o no. Prefiero perderla a retenerla en una vida que no la hará feliz. Prefiero amarla desde la distancia, aunque muera un poco cada día por no tenerla. Pero prefiero amarla. Obligarla no es amarla.

—Supongo que tienes razón. Si realmente siente lo mismo que tú, volverá a ti.

—Eso espero, amigo. Eso espero.

32

Dolly se paseaba por el oscuro corredor mientras se apretaba las manos con nerviosismo, a la espera de que Jennifer volviera de su cita clandestina con Adam Taylor, rezando para que nadie notara su ausencia. El toque en la puerta que daba al callejón fue tan leve que estuvo a punto de quedar eclipsado por el ruido de sus propios pasos. Descorrió el cerrojo con nerviosismo y la sonrisa deslumbrante de Jennifer apareció en el umbral, borrando cualquier mal presagio que cruzara por su cabeza, como siempre ocurría. Dolly dejó que la cogiera de la mano y la arrastrara escaleras arriba a toda velocidad hasta llegar a su habitación. Una vez protegidas en el oscuro y desvencijado cuartucho silenció la protesta que sabía saldría de sus voluptuosos labios con un beso cargado de pasión y promesas. Dolly sonrió complacida por ese amor irracional y prohibido que Jennifer le regalaba a escondidas.

—¿Ha traído el dinero? —preguntó impaciente.

Jennifer sonrió y sacó una cartera de piel de la chaqueta. Ambas se abrazaron y giraron entre risas.

—Pero no es suficiente, Dolly. Lo siento, pero debemos seguir con el plan. Lo haremos mañana por la noche.

—¿Estás segura, Jenn? Con esto tenemos bastante para salir de Londres, y después Dios proveerá.

—Disculpa si no tengo tanta fe como tú en el Todopoderoso. Hasta ahora no me ha hecho mucho caso. Mira a tu alrededor, Dolly. Si esto es todo lo que Dios puede ofrecernos, se puede ir al infierno.

Dolly se estremeció ante la blasfemia. Ella siempre confiaba en Dios y trataba de ver la parte buena de las cosas, por negro que fuese su día a día. Su vida no había sido sencilla desde sus inicios, desde luego que no. Había tenido que limpiar orinales, fregar y lavar la ropa de otros hasta que sus manos se agrietaban, antes incluso de perder los dientes de leche, pero nunca le faltó un plato de comida. Cuando su madre murió y sus señores decidieron que su pelo anillado, su tentador cuerpo que despertaba a la adolescencia y sus labios voluptuosos eran demasiado pecaminosos para mantenerla bajo su techo, tuvo que emprender un nuevo camino con una pequeña maleta y sus escasas pertenencias. El poco dinero que tenía se agotó demasiado pronto; durmió en la calle, mendigó, robó y, al final, tuvo que vender su cuerpo para no morir de hambre y frío. Aun así, por dura que fuera cada jornada, daba gracias a Dios por poder pagarse un techo y alimento que llevarse a la boca. Cuando uno de los hombres de Drake la rescató en un callejón para llevarla al burdel, congelada y medio muerta después de que le dieran una paliza para robarle, consideró que tener la protección de un proxeneta podría ser un cambio a mejor. Y cuando la desafortunada y desvalida Jennifer llegó a aquel antro que se había convertido en su hogar, decidió que su vida de penurias había merecido la pena solo por ser la destinataria de una de sus sonrisas. La dulce Jennifer, con su piel de porcelana, su sonrisa de muñeca y sus mejillas sonrosadas. La perfecta Jenn, con su expresión esperanzada y su corazón tan tan frío. Dolly era una fervorosa creyente y repetía hasta la saciedad que los caminos de Dios a veces eran difíciles de entender, pero él siempre tenía un plan mucho más elevado de lo que nosotros podíamos ver.

Jenn, en cambio, veía la vida de manera diferente y los golpes recibidos solo le habían enseñado que ella era la única que podría mejorar su existencia. Había aprendido a contentar a Drake, soportando sus prácticas violentas en la cama con fingida entrega y la mayoría de las veces con sumisión, aunque por dentro solo pensara en matarle. Ese mundo sórdido había conseguido que se convirtiera en una piedra inerte incapaz de sentir nada por nadie. Solo Dolly despertaba la poca ternura que le quedaba en su interior. La quería, pero se amaba más a sí misma, y no dudaría en deshacerse de ella si llegaba a desconfiar de su lealtad o ponía en peligro su plan. Y en cuanto a Adam, su desbordante admiración por ella solo le despertaba náuseas. Al principio le había resultado agradable que alguien se preocupase por ella, pero con el tiempo había llegado a odiarlo casi más que a Drake. Odiaba su mirada de cordero degollado, despreciaba que se creyera con la capacidad de convertirse en su héroe y salvarla de aquel pozo de inmundicia en el que estaba sumida. En realidad, él no conocía a la verdadera Jennifer, igual que el resto. Solo quería su cuerpo, tenderse sobre ella y tomarla, usarla como un recipiente en el que saciar sus deseos e instintos más bajos. Y el muy idiota se creía que era especial y único. Era igual de mezquino que Drake, y ambos la deseaban para el mismo fin. Los planes de Jenn iban mucho más allá de conseguir unas míseras libras, pero hacerse con el dinero de Adam, además de satisfactorio, suponía tener un plan B por si el plan principal fracasaba. Jennifer era ambiciosa y vengativa, y no quería dejar nada al azar. Y Adam solo era un peón al que habría que sacrificar para conseguir lo que quería. Dolly, en cambio, poseía un espíritu débil y poca capacidad estratégica, por eso su parte del plan era mucho más sencilla, aunque igual de importante.

Había llegado el momento de huir del infierno. Con total sangre fría, la noche siguiente Jennifer esperó a que Drake bajara, como hacía siempre, a tomar posesión de sus dominios y esperar en su mesa a que el salón se llenase de jugadores, bebedores y furcias. A esa hora solía comer con sus hombres de confianza y repasar las cuentas, una bonita metáfora para lo que se hacía allí, que no era otra cosa que decidir a quién habría que intimidar, darle una paliza o secuestrar, para que se decidiera a aflojar el dinero adeudado.

Mientras Dolly vigilaba disimulando con torpeza su nerviosismo, Jennifer abrió y vació la caja fuerte que Drake tenía en su habitación. El pobre iluso se creía tan poderoso, tan temible, que pensaba que nadie se atrevería jamás a rebelarse contra él. Por eso, con el tiempo, se volvió descuidado y ya no miraba con tanto celo que la dulce Jenn estuviera en la habitación cuando guardaba las ganancias. Ella aparentaba que no prestaba atención cuando él giraba la ruleta para marcar la clave y escondía la llave debajo de un libro que nadie tocaba. Fingía temerle, respetarle y adorarle a partes iguales, aparentando sumisión, y el muy idiota se lo creía. Solo alguien como Jenn sería capaz de actuar con tanta sangre fría como para vaciar la caja y quedarse en el edificio el tiempo suficiente para que el plan fuera perfecto en lugar de huir despavorida. Sabía que intentar escapar con los hombres de Drake allí era una temeridad. En la planta de abajo, junto a la puerta olvidada que daba al callejón, hacía años que habían sellado un recoveco bajo la escalera que había servido para ocultar objetos de dudosa procedencia tiempo atrás, un espacio que había dejado de usarse porque la humedad acababa pudriendo todo lo que se guardaba allí. Ella poseía la suficiente determinación para ser capaz de esconderse en ese zulo pestilente y lleno de ratas en el que ni siquiera podía ponerse de pie mientras el mundo discurría a su alrededor a punto de desencadenarse el caos.

Había perdido la noción del tiempo cuando los gritos llegaron amortiguados por la distancia y el tablón de madera que la ocultaba. El ruido de botellas rompiéndose llegó desde el salón y unas fuertes pisadas resonaron al acercarse por el pasillo, subir las escaleras y recorrer el piso superior. Jenn se mantuvo firme en la oscuridad y continuó masajeándose las piernas para que la sangre circulara y el desagradable hormigueo por la falta de movimiento cesara. Un lloriqueo de mujer y varias palabras soeces se escucharon cada vez más cerca. No necesitó ver para saber la escena que se estaba desencadenando justo delante de su escondite.

Drake arrastró a Dolly clavándole los dedos en el brazo y la lanzó contra el suelo mientras ella sollozaba pidiendo clemencia.

—Dime, ¿dónde coño han ido, maldita zorra estúpida? —bramó Dirty Drake a punto de perder la paciencia.

—No lo sé, te juro que no lo sé. La he visto salir a hurtadillas hacia el callejón y la he seguido para ver hacia dónde se dirigía. Ese hombre, Taylor, la estaba esperando. Se han cogido de la mano y han echado a correr hacia aquel lado de la calle. He ido a avisarte inmediatamente, eso es todo lo que sé.

El bofetón sonó fuerte y claro en el reducido pasillo y lo siguió una nueva tanda de sollozos. Que Drake podría querer matar al mensajero de su traición era algo muy obvio para Jenn, pero era un riesgo que debían asumir y Dolly lo había hecho encantada. De nuevo, los pasos resonaron en el piso superior y bajaron las escaleras apresuradamente.

—No hay nada, Drake. La caja fuerte está vacía —dijo el hombre con la voz entrecortada por la carrera.

Drake sujetó de nuevo a Dolly por el pelo y la puso de pie de un tirón. La joven chilló mientras las lágrimas de dolor corrían por su cara.

—Si me entero de que sabes algo más y no me lo has dicho, te arrancaré la lengua y dejaré que las ratas te roan las tripas mientras aún respiras.

Jenn lo escuchaba todo atentamente, pero sin pizca de preocupación. Nadie había querido nunca a Dolly y ella la quería, aunque fuese a su manera, y eso era mucho más de lo que había recibido en toda su vida. Por eso estaba segura de que ella no la traicionaría jamás.

—Jennifer era muy callada. Nunca hablamos demasiado. Solo la he visto huir, eso es todo, Drake. Lo juro.

Drake la lanzó contra la pared gruñendo de frustración y miró a sus hombres, que guardaban silencio, felices de que fuera otra persona la elegida para pagar su ira.

—No perdamos más tiempo. Barry, organiza a todos los hombres disponibles. Hay que encontrar a esa puta.

Dolly se atrevió a apartar las manos de la cara, que cubría temiendo que él siguiera golpeándola. Era más seguro mantener silencio y rezar hasta que Drake se marchara, pero tenía que cumplir su plan fielmente o algo podría salir mal.

—Mi señor... —se atrevió a susurrar y todos los ojos se

volvieron hacia ella—. Ese hombre… hablaba mucho cuando bebía.

Drake la miró inclinando la cabeza como si estuviera observando a un animalito curioso.

—No sé si se dirigirán hasta allí. Te he dicho todo lo que sabía sobre ellos. Pero a veces, cuando se emborrachaba, hablaba de un balandro que tenía amarrado en los muelles. El Bluewind, creo recordar. Fantaseaba con dejar Londres, pero nunca dijo nada que pudiera hacerme pensar que no se iría solo.

La mano de Drake volvió a dirigirse hacia la mata de pelo rizado de color oscuro de la chica, y ella se encogió aterrorizada a la espera de un nuevo golpe. Pero en lugar de golpearla, la acarició como acariciaría a un perro fiel.

—Bien hecho, tesoro. Eres leal y se te recompensará. Espero que no me estés mintiendo. —Drake enfiló el pasillo dando órdenes a sus hombres, que lo seguían en un silencio sepulcral.

Mucho tiempo después, Dolly seguía allí encogida sin atreverse a moverse, pensando en la mala suerte del pobre Adam, cuyo único pecado había sido enamorarse, y que dentro de poco se dirigiría al puerto para esperar a su amada. Tras asegurarse de que la mayoría de los hombres se habían marchado y que los pocos que quedaban estaban ocupados atendiendo el local, Dolly se dirigió hacia el escondite de Jenn. Con una ganzúa desclavó las tablas que sellaban el pestilente agujero y sujetó la mano de Jennifer para ayudarla a salir, ya que sus músculos estaban entumecidos después de tanto tiempo sentada en la misma posición. Se abrazaron, tratando de darse la fuerza que necesitaban para culminar su plan de huida.

—¿Has traído la ropa? —preguntó Jenn en un tono controlado, pero sin disimular su ansiedad.

—Sí, aquí está. —Dolly sacó de una bolsa de tela el vestido negro, lo sacudió para quitarle las arrugas y se lo mostró.

Jenn rebuscó en la bolsa el resto del disfraz. Durante días habían tejido una especie de relleno de tela para disfrazar a Dolly como una oronda viuda que viajaría acompañada de su joven doncella. Dolly había sido reticente a desempeñar ese papel, pero cuanto más pudieran distorsionar su apariencia, mucho mejor. Una joven hermosa como Jenn y una bella mulata llamarían excesivamente la atención. El disfraz de viuda, con su velo, su cofia y sus guantes, y ni un centímetro de piel al descubierto, les permitirían viajar de incógnito y abandonar Londres sin problemas. Jenn introdujo el dinero robado dentro del relleno que acabaría ajustado al cuerpo de Dolly y solo se quedó con unas pocas monedas para el viaje. Minutos después, convertidas en otras mujeres, con otras vidas muy diferentes a las suyas, se montaron en un carruaje de alquiler, camino a algún lugar lejano donde vivir su existencia como ellas querían, una nueva vida llena de una esperanza que hasta ahora se les había negado, un futuro sin dueños, ni imposiciones, ni atenciones forzadas.

Ambas se relajaron conforme los caballos que tiraban del vehículo abandonaban las calles adoquinadas de la ciudad para encaminarse por sendas de tierra, alejándolas de aquella ciudad brillante de día y podrida de noche. Se cogieron de las manos, ahora sí, lejos del peligro, dispuestas a permitirse algo con lo que hacía mucho tiempo que ni siquiera podían soñar: un futuro feliz. Dolly apoyó la cabeza en el hombro de la mujer de la que se había enamorado y suspiró sintiéndose flotar de pura dicha, aunque en el fondo no podía dejar de rezar para que el pequeño y mugriento niño al que había pagado una moneda por llevarle un mensaje a Adam Taylor llegara a tiempo de avisarle de que una trampa le esperaba.

33

Isabelle miró el reloj de la chimenea para comprobar la hora al escuchar como unos golpes urgentes llamaban a la puerta principal. Salió del salón con expresión preocupada en el momento en el que el mayordomo abría la hoja de madera. Al principio la figura del señor Pilks ocupó casi todo el espacio, impidiéndole ver el pequeño cuerpo del asustado muchacho que hablaba atropelladamente mientras retorcía una gorra de lana entre las manos. El niño se asustó cuando la vio aparecer, y dio un paso hacia atrás, pero el mayordomo lo sujetó por los hombros antes de que se marchara.

—Repite lo que has dicho, muchacho. Más despacio, ¿de acuerdo? No vamos a hacerte daño, no tienes nada que temer.

El crío miró hacia ambos lados temiendo que alguien lo viese allí parado y se encogió un poco de hombros como si así pudiera volverse invisible.

—Tiene que decirle al señor Taylor que no vaya al Bluewind. Es una trampa. Tiene que alejarse del puerto.

El mayordomo miró a Isabelle, que había palidecido, y el pequeño pilluelo aprovechó para zafarse y echar a correr perdiéndose en las calles oscuras.

—¿Qué es el Bluewind? —preguntó clavando los dedos en el antebrazo del sirviente.

—No lo sé, señorita. Ha dicho algo del puerto. Puede que sea una taberna. O un barco, tal vez.

—¿Dónde está mi hermano? —preguntó mientras un estremecimiento le recorría la columna vertebral al pensar en las palabras del niño.

—Se marchó hace un rato, y ahora que lo pienso me dio la impresión de que estaba algo nervioso.

La vida de su hermano se movía por los ambientes más turbios, y no pudo evitar pensar que fuese lo que fuese lo que lo inquietaba, tanto Jenn como Drake estarían implicados.

—Tengo que avisarle, por favor, busque un carruaje inmediatamente, señor Pilks.

—Señorita Taylor, creo que eso no es una buena idea. Quizá debería pedirle ayuda a alguien.

—¡¿A quién?! —La pregunta no fue retórica, realmente quería una respuesta, necesitaba saber que había alguien que le tendería una mano para ayudarla, pero en los últimos días había descubierto que Preston era un cobarde y difícilmente movería un dedo por Adam, por muy amigo suyo que fuera. Y buscar a Sebastian después de haber roto el compromiso era demasiado egoísta. Ya había hecho bastante por ellos. Estaba sola, y esa era la única verdad—. No hay tiempo para eso.

El mayordomo resopló perdiendo su aplomo y se pasó los dedos por el pelo, que empezaba a clarear en la coronilla. No era un hombre heroico, pero el duque le pagaba de forma generosa para que lo mantuviese informado y velara por la seguridad de Isabelle en la medida de lo posible, y ella tenía razón, no había tiempo que perder o puede que fuera tarde para Adam Taylor. Y aunque fuese una temeridad, no podía dejar a la señorita sola en aquella empresa ni cargar en su conciencia con la posibilidad de que el señor Adam sufriese algún daño.

—Está bien, espere aquí. Pero yo iré con usted.

Isabelle abrió la boca para protestar; lo último que deseaba era poner en peligro a alguien más, pero tenía que reconocer que le daba miedo dirigirse al puerto sola, y que ya había tomado suficientes decisiones insensatas en los últimos días como para cometer otra locura.

Miró de soslayo al mayordomo y a la tenue luz que entraba por la ventanilla del carruaje pudo observar que su rostro estaba tenso, y que casi no reconocía al hombre carente de expresión que se cruzaba cada día en el pasillo de su casa.

—Lo siento, señor Pilks. No quería involucrarle. Buscaremos a Adam y nos marcharemos cuanto antes.

El hombre la miró con una tensa sonrisa.

—Puede que solo sea un sirviente, pero no soy tan mezquino como para dejar a una dama sola en un momento así. —El hombre giró el cuello para mirar los barcos que se balanceaban con suavidad sobre la superficie oscura del río, mientras el carruaje aminoraba la velocidad en la parte menos próspera del puerto—. Debe de estar por aquí, el cochero me ha dicho que el Bluewind es un viejo barco que lleva tiempo amarrado en el mismo lugar.

Se alejaron del carruaje y avanzaron con lentitud por la pasarela de madera tratando de leer en la oscuridad los gastados nombres pintados en las embarcaciones. Solo se escuchaba el ruido del agua chapoteando contra los cascos de madera, algún perro que aullaba a lo lejos y una música desentonada que llegaba hasta ellos, amortiguada por la distancia, desde algún lugar indeterminado. Pilks agarró con fuerza la porra que llevaba guardada bajo la chaqueta al escuchar la madera crujir a su espalda, pero no fue lo bastante rápido. Isabelle apenas pudo ahogar un grito cuando se volvió al escuchar que el cuerpo del mayordomo caía al suelo con un golpe seco. Vio la herida en la cabeza de la que empezaba a manar sangre y una mano grande y áspera le tapó la boca dificultándole la respiración.

El enorme puño volvió a impactar sobre las costillas desnudas de Adam, y esta vez sí tuvo la certeza de que una de ellas se había fracturado, o al menos poco debía de faltar, a juzgar por el dolor agudo que lo dejó sin respiración lo que le pareció una eternidad. Cayó al suelo de rodillas cuando el hombre que lo sujetaba soltó su agarre, y se mantuvo allí mientras el aire le quemaba al entrar en el pecho dolorido, viendo cómo la sangre que manaba de su nariz fracturada comenzaba a empapar el suelo.

—¡Dios mío, Adam!

Levantó la cabeza con esfuerzo, aturdido, creyendo que el sollozo desesperado de su hermana era solo producto del delirio, pero alguien se encargó de refrescarle la sesera y el entendimiento al echarle un cubo de agua helada por encima, que sobre su carne magullada tuvo el mismo efecto que un puñado de piedras.

—No, no…, por favor. Ella… no —suplicó con la voz ahogada. Eso era mucho más de lo que podía soportar.

Desde que lo habían asaltado al poner un pie en el barco, había sospechado que todo giraba en torno a Jenn. Había recibido una nota suya avisándole de que el dueño del Bluewind lo esperaba para planearlo todo, y aunque su instinto le decía que había algo extraño, no había dudado en acudir. Con seguridad alguien lo habría descubierto y Drake había mandado a sus hombres para evitar que se fugaran. Había soportado estoicamente la lluvia de golpes que había recibido sin mediar palabra, sin una queja, con la esperanza de que Jennifer hubiese tenido tiempo de escapar. Solo pensar que Drake la hubiera encontrado y pudiera hacerle daño era mucho más doloroso que cualquier paliza. Pero en ese momento, con Isabelle en escena, todo era diferente. No podía consentir que su hermana sufriera ni un solo rasguño por su culpa y preferiría morir antes de que eso llegara a suceder. Escuchó a través del molesto zumbido de los oídos cómo la valiente e insensata Issy insultaba a sus captores, increpándoles por lo que le habían hecho mientras forcejeaba para que la soltaran. El hombre que la sujetaba debió de cansarse de sus gritos y la empujó violentamente contra el suelo haciendo que cayera junto a Adam. Pero Isabelle no se preocupó de las magulladuras de sus rodillas ni del dolor que le produjo su caída, y se acercó a su hermano para intentar ayudarle.

—Lo siento, Adam. No he llegado a tiempo —dijo sollozando al ver su rostro ensangrentado y la nariz deformada, que se hinchaba por momentos.

Él la miró confundido, pero antes de que pudiese entender nada más la voz de Drake, que bajaba por las escaleras que conducían al camarote, les heló la sangre a ambos.

—Vaya, vaya. Qué curioso es el destino. He perdido una puta, pero ahora tengo otra nueva. Y qué putita, sí, señor —dijo sujetando el pelo de Isabelle y tirando con fuerza para que se levantase.

Isabelle lo miró con cara de asco y él soltó una carcajada.

—Tiene carácter la duquesa. Aunque dudo que, cuando termine contigo, ese majadero de Kensington te quiera de nuevo.

Ella se había hecho una idea en la cabeza de cómo sería Dirty Drake, le había adjudicado rasgos grotescos y malvados apropiados para su carácter repugnante, nada que ver con su rostro atractivo, a pesar de las marcas de viruela en su piel. Aun así, no se había equivocado en algo: su expresión, sus gestos y el tono soez de su voz resultaban tan desagradables que le despertaban un sentimiento de repulsión incontrolable.

—Déjala, ella no tiene nada que ver con esto —repitió Adam tosiendo mientras se esforzaba por respirar.

—Así que el bueno de Adam no tiene dinero para pagarme, pero sí para comprarse un barco. —Drake miró a su alrededor y se sentó a horcajadas en una de las viejas sillas de madera. Adam guardó silencio, controlando el más mínimo movimiento involuntario de su cuerpo para recuperar algo de resuello y sin entender lo que estaba diciendo—. Y bien, ¿dónde está esa zorra de Jenn?

—No la insultes —masculló entre dientes.

—Verás, Taylor. No me importa que te la quedes. —Drake sonrió de manera lasciva mientras recorría a Isabelle con la mirada—. Eso sí, me quedaré con tu hermanita a cambio. Me la follaré de todas las maneras posibles, sin descanso, hasta que me harte de ella. Después se la prestaré a mis hombres, y cuando ellos se cansen, pondré a hacer fila a todos los borrachos del burdel para que también se la tiren. Vas a morir muy satisfecha, criatura.

—Me encantará ver lo que hace contigo el duque de Kensington si te atreves siquiera a rozarme —contestó ella con soberbia y evitó dar un paso atrás cuando él se levantó de la silla para encararla.

—Tienes agallas. —Drake se acercó, la sujetó del mentón con fuerza y le deslizó la lengua por su mejilla, mientras ella apretaba los ojos intentando aguantar la repugnancia que le causó el gesto—. Guárdalas, las vas a necesitar cuando llegue tu turno. Pero aún no he terminado con tu hermano.

Drake la soltó con brusquedad haciendo que se tambaleara y se puso en cuclillas frente a Adam. Le acarició el pelo empapado de sangre y sudor como si fuera un gatito mientras sonreía con una expresión desconcertante.

—Cuéntame, Adam, ¿dónde se esconde la dulce Jenn? Dime, ¿cuál era vuestro plan? ¿Por qué no ha venido contigo hasta aquí? Según Dolly, habéis escapado juntos cogidos de la mano. ¿No es bonito, chicos? —preguntó a sus hombres, que observaban la escena en silencio, y se escucharon un par de risas socarronas—. Me hubiera gustado ver ese gesto tan romántico, ¿sabes? Jenn no era romántica conmigo. Le encantaba arañarme la espalda cuando me la follaba. Y morderme hasta hacerme sangrar. Cuando le arranque los dientes uno a uno, no podrá volver a morder. —Adam gruñó y se revolvió ignorando el dolor para intentar golpearle, pero Drake lo esquivó y Adam acabó de nuevo tendido en el suelo sin resuello—. Ya me estoy cansando de toda esta mierda. Dime dónde se ha metido esa zorra con mi dinero o tu hermana no verá un nuevo amanecer. Así de sencillo.

Adam parpadeó confuso. Su dinero. Ya habían mandado a un mensajero diciéndole que esa semana se abonaría la deuda que le debía más los intereses.

—El duque te pagará en unos días. —Tosió de nuevo, escupiendo un poco de sangre.

—No agotes mi paciencia, imbécil. Sabes que no me refiero

a esa miseria que me debes. Dónde está el dinero de mi caja fuerte, joder. ¡Dime dónde lo ha escondido esa maldita puta! —masculló con los dientes apretados.

—No sé de qué me hablas —susurró sin apenas fuerzas. El dolor de las costillas era cada vez más fuerte y sentía que se iba a desmayar en cualquier momento.

Drake comenzó a ponerse nervioso y su actitud, hasta ahora cínica y controlada, se transformó de manera visible. Sus ojos estaban inyectados en sangre por la ira que a duras penas podía contener y su mirada reflejaba algo muy parecido a la demencia.

—Traedlo aquí —le indicó a uno de sus hombres con gesto nervioso y señaló una robusta mesa que estaba anclada al suelo.

Adam gritó de dolor cuando lo levantaron con brusquedad y jadeó intentando respirar, mientras lo colocaban con el pecho apoyado contra la madera. Uno de los hombres sujetó a Isabelle y tiró con fuerza de sus brazos hacia atrás, hasta que sintió que sus hombros estaban a punto de dislocarse. Nadie volvió a dar ninguna orden, pero los tres esbirros sabían perfectamente lo que tenían que hacer, por lo que fue evidente que no era la primera vez que actuaban de esa forma.

—¡No, no! ¡Soltadlo! ¿Qué estáis haciendo? Adam, si sabes algo, dilo, por favor —suplicó Isabelle desesperada, perdiendo la entereza que intentaba fingir.

Uno de los hombres de Drake sujetó la cabeza de Adam con fuerza contra la mesa, haciendo que se le aplastara el pecho y la costilla le torturase con un dolor lacerante, mientras que el otro apretaba su brazo izquierdo en una posición antinatural. Drake comenzó a pasearse de un lado a otro con una contundente barra de madera en la mano.

—Todos mis hombres están pateando la ciudad buscando a tu puta, y lo que es más importante, mi dinero. Todo mi dinero. ¿Pensabais que podríais robarme con un plan tan burdo como ese y que no me iba a enterar? No se juega conmigo, Taylor.

—No sé nada… —sollozó con un hilo de voz a punto de

echarse a llorar. Drake golpeó la mesa con la barra cerca de la cabeza de Adam, provocando que Isabelle diera un grito.

—Tienes una oportunidad de salir con vida de esto, muchacho, y tu hermana también. No ilesos, pero vivos. Si no me dices qué habéis hecho con mi dinero, voy a matarte, y no será rápido. Pero antes de morir, vas a ver cómo nos lo pasamos bien con la duquesita y cómo la destripamos para dársela de comer a los peces. ¿Entiendes lo que te digo, Taylor? Los muertos no pueden disfrutar del dinero. Así que habla de una vez.

Un hombre bajó las escaleras con estrépito y frenó en seco al ver la escena.

—¿La habéis encontrado? —preguntó Drake bruscamente. El hombre negó con la cabeza—. ¡Pues entonces no me molestes!

—Es que… He enviado a uno de los hombres de vuelta al burdel por si alguien había visto algo más. —Drake se volvió hacia él empuñando el palo con fuerza—. Dolly… también ha desaparecido. Una de las chicas le ha dicho que Jenn y ella eran muy amigas, y que a veces, cuando tú no estabas… Quiero decir… que eran muy amigas —concluyó, sin atreverse a utilizar las palabras específicas que la prostituta había empleado para describir la relación entre ellas.

Si Drake se sentía humillado, no quería ser el blanco de su ira. Un espeso silencio cayó sobre los presentes, hasta que una risa ahogada seguida de un gemido de dolor sacudieron el cuerpo de Adam, que continuaba reclinado sobre la mesa. Todos se volvieron hacia él como si hubiera perdido el juicio.

—Nos ha engañado, Drake. La dulce Jenn me ha utilizado para distraerte mientras ella se escapaba con su amiga y con tu dinero. No eres tan listo como crees —consiguió decir con la voz ahogada.

Antes de que nadie pudiera reaccionar, Drake levantó la barra sobre su cabeza y la bajó con todas sus fuerzas hasta impactar sobre el brazo de Adam, que continuaba sujeto por el esbirro contra la mesa. El alarido de dolor de Adam al sentir sus huesos quebrarse amortiguó el grito desesperado de Isabelle, que comenzó a forcejear para intentar liberarse, hasta que Drake se dirigió hacia ella con dos zancadas para propinarle un bofetón tan fuerte que la dejó aturdida unos instantes. Sus hombres, perfectamente entrenados, guardaban un tenso silencio, y el que todavía estaba en los escalones dio un respingo y giró la cabeza hacia la cubierta sobresaltado.

—¿Qué ocurre? —gruñó Drake con la respiración agitada.

—Creo que he oído algo, como si alguien cayera al agua.

—¿Cuántos hombres hay en el barco? —preguntó frunciendo el ceño mientras dejaba caer la barra con la que había golpeado a Adam.

—Uno en el puerto, dos arriba y ellos tres —contestó señalando a los que sujetaban a los hermanos Taylor.

Drake les hizo una señal a los dos hombres que mantenían a Adam contra la mesa y al que sujetaba a Isabelle.

—Vamos arriba. Comprobad que todo esté en orden. Dos de vosotros quedaos en el barco y el resto que vaya a buscar a esa arpía. Que no quede un solo ladrillo en Londres por levantar; si nos han enviado al puerto es porque pensaban huir de otra manera. Que registren los coches de punto, los trenes, todo. —Su tono era tan sombrío y la expresión de su cara tan despiadada que Isabelle no tuvo duda de que sus hombres le temían tanto como ella—. Tú —dijo señalando a uno de ellos, el que parecía más nervioso con la situación—. Quédate con ellos y que no se atrevan ni a pestañear. ¿Podrás hacerlo?

El tipo asintió hinchando el pecho y sonrió maliciosamente, aunque las mellas de los dientes le restaron efectividad al gesto. A Isabelle no le quedó ninguna duda de que su sesera estaba tan vacía como sus encías. Aprovechó que Drake y sus hombres salieron de la habitación viciada para acercarse a su hermano con rapidez, ignorando el dolor de sus propias articulaciones y el de la mejilla, que palpitaba por el golpe recibido. Evitó mirar el brazo deformado por la fractura y le acarició la frente sin poder contener las lágrimas que comenzaron a resbalar por su rostro. Ignorando por completo al guardia que los vigilaba, ayudó a Adam, que estaba a punto de desmayarse de dolor, y lo tumbó con cuidado sobre el sucio suelo, mientras él empezaba a sufrir violentos temblores que hacían que el sufrimiento resultase agónico. Miró a su alrededor hasta que localizó algunas de las ropas arrugadas de Adam.

—¿Qué crees que estás haciendo? —gritó el tipo mientras ella registraba los bolsillos de la chaqueta de su hermano en busca de la petaca que siempre llevaba.

Volvió junto a Adam y le colocó la mano detrás de la nuca para ayudarle a beber. El sufrimiento que estaba padeciendo tenía que ser inhumano y al menos el alcohol podría adormecer un poco sus sentidos.

—Adam, cariño. Ten, bebe esto. Te ayudará a soportar el dolor.

Adam bebió, atragantándose un poco mientras el líquido le quemaba la garganta, y cerró los ojos, agradecido. Un golpe sordo resonó sobre sus cabezas, en cubierta; el hombre de Drake se puso alerta y se sacó un enorme cuchillo de la bota. Se acercó con sigilo a la escalera que conducía arriba, la única salida posible para escapar de aquella ratonera. Subió un par de escalones y estiró el cuello en un vano intento de descubrir lo que estaba ocurriendo afuera. Escuchó pisadas rápidas, algo parecido a un susurro y después el crujido de las velas amarradas en los mástiles, mecidas por el viento. Decidió que sería mejor obedecer a Drake y mantenerse allí abajo al cargo de los dos prisioneros que, previsiblemente, no le darían problemas. Un hombre apaleado y una mujer llorosa y asustada eran pan comido. Ya habría tiempo de impresionar a Drake en otro momento. Musitó un par de palabras para sí mismo dándose la razón y se giró para descender los escalones y echarle un vistazo a la mujer, que estaría esperándole ahí abajo como un ratoncito asustado. Puede que pudiera manosearla un poco antes de que Drake bajara y los demás reclamaran su turno. Apenas tuvo tiempo de girar la dirección de sus botas, cuando la contundente barra de madera se estampó contra su cara, haciéndole caer como un peso muerto sobre el suelo.

Adam se sentía sin fuerzas, agotado por el dolor y consumido por la impotencia de no poder ayudar a su hermana, pero si hubiera podido, habría prorrumpido en vítores y aplausos. Isabelle soltó la barra con la que había noqueado al esbirro de Drake y, tras comprobar que aún seguía respirando, lo amordazó con rapidez usando el pañuelo del cuello de su hermano. Le ató las manos a la espalda con su propio cinturón mugriento, reprimiendo el asco, pero no era el momento para tener remilgos. Lo arrastró con esfuerzo, hasta colocarlo en un rincón del camarote, y buscó con la vista algo con lo que atarle los tobillos. En ese momento unos pasos resonaron en la escalera y con los ojos abiertos de horror buscó la barra con la que le había golpeado. La encontró junto a la escalera y corrió hacia ella, alcanzándola justo en el momento en que uno de los individuos que había golpeado a su hermano llegaba hasta ella. El hombre miró a su alrededor, perplejo, y abrió la boca para dar la voz de alarma. Pero antes de que llegara a entender del todo la situación, la barra de madera se clavó en su estómago dejándolo sin aire, para después estamparse contra su cara haciéndolo caer de espaldas con un golpe seco sobre los escalones. Isabelle giró los hombros doloridos sin atreverse a soltar el arma, sintiendo que los brazos le temblaban por el esfuerzo mientras le daba una patadita al hombre en la pierna para ver si reaccionaba.

—A ese… a ese no hace falta que lo ates —jadeó Adam con una risa ahogada al ver la expresión de estupor de Isabelle. Probablemente ninguno había vivido una situación menos apropiada para un ataque de risa nerviosa que esa, pero no pudo evitarlo—. Está muerto.

Isabelle dio un saltito hacia atrás para alejarse, pero, al menos en ese momento, no podía sentirse culpable. Esos tipos no iban a titubear a la hora de violarla y matarlos a ambos. Torció la cabeza y se agachó un poco para observar la posición imposible del cuello de ese hombre.

—Si, definitivamente creo que lo está. Pero técnicamente no lo he matado yo, se ha matado con la escalera —reconoció con calma. En esos momentos se sentía totalmente ajena a la escena que se representaba a su alrededor, como si estuviese contemplando una obra de teatro. Echando mano de una fuerza que desconocía tener, lo arrastró hasta colocarlo junto a su compañero, que seguía inconsciente. Miró a su hermano, que cada vez estaba más pálido y respiraba con mayor dificultad, sentado en el suelo y con la espalda apoyada contra la pared.

—Adam, no nos podemos quedar aquí esperando a que vengan a matarnos —dijo con determinación, y él se limitó a mover la cabeza. El dolor se le hacía más insoportable por momentos y dudaba que pudiera caminar; pensar siquiera en ponerse de pie le restaba energía.

Isabelle se puso en cuclillas junto a él y le pasó la mano por la frente. Estaba helado y respiraba trabajosamente, dudaba que en ese estado pudiera dar más de un par de pasos.

—Vete —ordenó con la voz rasposa. Isabelle miró a su alrededor, pero no había ni rastro de agua o cualquier otra cosa por allí, así que le colocó la petaca sobre los labios para que se bebiera el resto del contenido—. No te preocupes por mí, tienes que irte, Issy.

Ella soltó el aire con fuerza sabiendo que no tenía demasiadas opciones. Se acercó hasta los cuerpos de los hombres de Drake, y con aprensión registró los bolsillos del muerto, hasta que encontró una pequeña pistola. Recogió del suelo el puñal del que estaba inconsciente y se acercó de nuevo hasta donde estaba Adam, que se mantenía consciente a duras penas.

—Escúchame, voy a buscar ayuda. No voy a abandonarte aquí. —Adam consiguió abrir los ojos, pero cada vez le costaba más trabajo enfocar la vista. Isabelle colocó la pistola en su mano derecha y cerró los dedos de Adam sobre el arma—. Si viene alguien, úsala. ¿Entendido?

Adam asintió con dificultad y su hermana dudó que, llegado el momento, fuera capaz de levantar el arma y apretar el gatillo. Le dio un rápido beso en la frente y aferró con fuerza el enorme cuchillo antes de comenzar a subir con sigilo las escaleras que llevaban a cubierta. Esperó inmóvil varios segundos hasta que estuvo segura de que no se escuchaba ningún sonido. Avanzó despacio y agradeció la ráfaga de aire frío que la recibió al llegar a cubierta, le despejó los sentidos y le refrescó las mejillas empapadas por las lágrimas, que no era consciente de estar derramando. Había matado a un hombre y herido a otro, su hermano estaba malherido y ella tenía que enfrentarse sola a aquella situación pavorosa. La enormidad de lo que estaba pasando cayó sobre ella de golpe y toda la valentía, o puede que la inconsciencia, que la había impulsado se esfumó. Titubeó, sin saber qué dirección tomar, y antes de que fuera consciente de la presencia de una sombra junto a ella, un puñetazo en el estómago la dejó sin aire y doblada sobre sí misma. El cuchillo cayó con un tintineo sobre la cubierta mientras ella jadeaba luchando por recuperar el aliento. Drake se agachó para recogerlo y con un movimiento brusco la sujetó del brazo para obligarla a incorporarse, parapetándola a modo de escudo frente a él.

—Eres un puto incordio, duquesa —susurró cerca de su oído. Isabelle fue consciente de que tenía la respiración alterada y el cuerpo, en tensión, por lo que resultaba más peligroso aún—. Vamos a salir de aquí, así que no hagas ninguna tontería o te hago picadillo.

Uno de los mástiles crujió sobre sus cabezas y Drake, completamente alerta a cualquier mínimo ruido, apretó su agarre colocando el cuchillo en su garganta, mientras miraba a los lados para asegurarse de que no había peligro. No había nadie a la vista, pero estaba seguro de que no estaban solos. Drake giró sobre sí mismo con todos los sentidos vigilantes, arrastrando a Isabelle.

—Suéltala, Drake, y prometo ser clemente contigo. —La voz profunda del duque de Kensington sonó cortante y autoritaria proveniente de la oscuridad y, en un acto reflejo, el cuchillo presionó un poco más la carne de Isabelle.

34

Sebastian se adelantó un par de pasos con lentitud, sin perder de vista el cuchillo que podía sesgar en cuestión de segundos la vida de la mujer que amaba. Se detuvo a una distancia prudencial, como una pantera oscura a punto de asestar el golpe de gracia, mostrándole a Drake la pistola que portaba en un fingido gesto de buena voluntad que el otro no creyó en absoluto.

—No te muevas, Kensington. Te has equivocado al venir aquí, deberías aprender a meterte en tus asuntos —dijo sin poder disimular la tensión en la voz.

El duque de Kensington no era como el resto de los aristócratas blandengues y carentes de espíritu, y Drake lo sabía. La única garantía que tenía en esos momentos de que el duque no le volaría la cabeza era la mujer que apretaba contra su cuerpo a modo de escudo, y no pensaba soltarla.

—Estás amenazando a mi mujer con un cuchillo. Si eso no es asunto mío, no sé qué más podría serlo.

Isabelle estaba a punto de gritar desesperada. Lo último que esperaba era que Sebastian apareciese allí, y no podría soportar que le ocurriese algo. De pronto se dio cuenta de que no tenía miedo por ella, que lo único que le importaba en ese momento era que Sebastian estaba en peligro y que los hombres de Drake podían aparecer en cualquier momento y pillarlo desaprevenido. Abrió la boca para hablar, pero no fue capaz de emitir sonido alguno, el pánico era demasiado fuerte como para permitírselo. Cerró los ojos con impotencia y unas lágrimas gruesas resbalaron por sus mejillas. Se maldijo a sí misma, sintiéndose inútil e indefensa, y deseó recuperar la valentía que había tenido minutos antes mientras protegía a su hermano. Pero poco se podía decir para cambiar el rumbo de los acontecimientos cuando, con un ligero movimiento, su vida podía apagarse para siempre. Ser imprudente no ayudaría a Sebastian, y mantenerse firme y con entereza era la única forma de resultar de utilidad. Abrió los ojos y clavó la mirada clara en los ojos de Sebastian, tratando de hablar sin palabras.

Drake, que se vanagloriaba de ser un hombre de negocios, sabía detectar las oportunidades y vio la posibilidad de acabar la noche recuperando algo de lo que había perdido, al aprovechar la ventaja que suponía tener a Isabelle atrapada. Ella era su mejor baza, puede que la única, y la inesperada aparición del duque podía resultar una bendición para sus intereses y sus bolsillos vacíos.

—Verás, duque. Creo que podemos llegar a un trato.

—Suéltala y hablaremos.

Drake se rio al percibir la tensión controlada en su voz, y supo con certeza que por el momento dominaba la situación.

—Esta noche no ha sido muy buena para mí, así que te ruego que seas amable conmigo —se burló, acariciando la garganta de Isabelle con la hoja del cuchillo—. No quiero ponerme nervioso. Pero resulta que he perdido mucho dinero por culpa de ese desgraciado de Taylor. —Isabelle cerró los ojos, intentando no hacer ni el más mínimo movimiento, y tragó saliva en un acto reflejo al notar como la hoja del arma se pegaba peligrosamente a su piel.

—Ella no tiene nada que ver con eso. Suéltala y trataré de compensarte —dijo Sebastian con firmeza, intentando convencerlo por las buenas. Su única prioridad era apartar a Isabelle del peligro y si para ello tenía que arrodillarse y cambiarse por ella, lo haría sin dudar.

—Este es mi territorio y aquí no se hacen las cosas según tus deseos. Pretendo recuperar el dinero que he perdido esta noche. Y si quieres que la linda cabeza de tu amada siga pegada a su cuerpo excitante, ve pensando en ser generoso conmigo —sentenció apretándola contra él con una sonrisa repugnante que hizo que Sebastian tuviese que hacer un esfuerzo sobrehumano para no cometer una locura y saltar sobre él para destrozarlo.

—¿Cuánto? —preguntó Sebastian apretando visiblemente los dedos sobre el arma.

—Pongamos… tres mil libras. Como ves, soy razonable. Cuando me las traigas, te la devolveré, y al despojo de tu cuñado también. —Drake sabía que era una cantidad completamente desorbitada, pero Kensington era rico, y si regateando podía sacarle aunque fuese la mitad de esa cantidad, se daría por satisfecho.

—No dispongo de esa cantidad en estos momentos, pero te doy mi palabra de que…

—No… Sebastian, no se lo permitas. Adam no ha tenido nada que ver con esto. No dejes que te chantajee.

—Cállate, encanto. Deja a los hombres negociar —le ordenó Drake y le dio un beso en la mejilla, sin apartar los ojos de Sebastian, que apretó la mandíbula a punto de perder el control.

—Drake… —le advirtió fulminándolo con la mirada.

La afilada hoja de la navaja se deslizó ligeramente por la garganta de Isabelle y un fino hilo de sangre comenzó a resbalar por su piel clara. Drake sonrió al ver los ojos de espanto del duque y se creyó vencedor de la partida. Sin apartar el arma de su cuello, deslizó la otra mano hasta apretar el pecho de Isabelle con fuerza. Ella se tensó al ver la expresión asesina de Sebastian temiendo que se descontrolara y se pusiera en peligro a sí mismo.

—Vuelve a hacer eso y te mato. —La amenaza del duque fue tan contundente, tan llena de verdad, que Isabelle percibió que, durante un segundo, Drake había dejado de respirar. Pero Drake no permitió que el duque captara su inseguridad, su miedo. Si quería sacar tajada, debía aparentar que era el rey, que controlaba la situación y que no se dejaba amedrentar por una simple amenaza.

—Aunque si no te ves en disposición de pagarme esa cantidad, siempre puedo quedármela, creo que podré sacar bastantes beneficios por ella. Caramba, tiene unas buenas tetas. —Drake soltó una carcajada soez—. Vamos, Kensington, sabes que si yo lo dispongo, ninguno de los dos saldréis vivos de este barco y acabareis convertidos en comida para peces. Solo quiero que todos salgamos beneficiados.

Un hombre salió de entre las sombras portando un cuchillo que brilló a la escasa luz de la cubierta. Isabelle abrió los ojos con espanto, pero antes de que pudiera emitir ningún sonido para avisar a Sebastian del peligro, el esbirro de Drake cayó como un saco informe contra el suelo de madera y el cuchillo rodó por el suelo. Sebastian ni siquiera se inmutó, con la vista clavada en Drake y en cada uno de sus movimientos. Isabelle no entendía nada. Estaba tan concentrada en la figura de Sebastian que no había visto la sombra que los observaba a pocos metros de distancia y que le cubría las espaldas al duque. Con toda seguridad, habría más gente en el barco dispuesta discretamente por todas partes, o de lo contrario los hombres de Drake ya habrían acudido en su ayuda. Drake dio un paso atrás arrastrándola con él hasta casi llegar al borde de la cubierta, sin mostrar ningún tipo de pesar al ver el cuerpo inerte de uno de sus hombres de confianza en el suelo.

—No me intimidas, Kensington. Busca el dinero o despídete de ella. No tengo nada que perder, y la tengo a ella. ¿Qué tienes tú? —dijo con bravuconería, volviendo a apretar el pecho de Isabelle, esta vez con tanta fuerza que ella tuvo que contenerse para no gemir de dolor.

El sonido de la detonación hizo que Isabelle gritara, pero hasta que Sebastian se abalanzó sobre ella para evitar que cayera no salió de su estupor al darse cuenta de lo que había ocurrido. Se dio la vuelta en el momento en que Drake trastabillaba hacia atrás y se precipitaba por la barandilla de madera, y parpadeó sorprendida al ver la huella perfecta del disparo de Sebastian en su frente, del que comenzaba a manar la sangre. Las frías y oscuras aguas se tragaron su cuerpo inerte sin hacer ruido, como si quisieran guardar el secreto de lo que acababa de ocurrir. Sebastian la apretó contra su pecho y solo entonces se atrevió a respirar de nuevo, con las manos aferradas a su cintura y aspirando su olor, tan familiar y reconfortante.

El Jefe, que había salido de su discreta posición en la sombra, se asomó por la barandilla y miró el rastro de burbujas que se intuía en el agua negra.

—No dirás que no te lo advirtió, Drake —dijo sarcástico hacia la nada oscura que se extendía ante ellos—. ¿Está bien? —preguntó a Isabelle mirando la pequeña herida de su cuello. Ella asintió sin separarse de Sebastian ni un milímetro—. Por cierto, deberías cuidar más tus espaldas, Kensington. Ese tipo ha estado a punto de ensartarte.

—Sabía que tú estabas ahí.

Isabelle se revolvió en su abrazo al recordar a Adam.

—Mi hermano... Tenemos que ayudarle. Le han... Él está... —Los sollozos ahogaron su voz y Sebastian la abrazó de nuevo, tratando de tranquilizarla y de detener el temblor de su cuerpo.

—Llévatela. Mis hombres y yo nos encargaremos de todo —ordenó el Jefe cogiendo un farol que se balanceaba ligeramente colgado de una de las maderas—. Cuanto antes borremos todas las huellas, mejor. Habrá que ocuparse también de que Dirty Drake no vuelva a la superficie.

—Hay dos hombres de Drake abajo. —Se esforzó en aclarar Isabelle—. Uno está herido, el otro... muerto.

Los dos hombres la miraron extrañados.

—No quería matarle, solo quería dejarle inconsciente, pero...

El Jefe la miró con una expresión extraña, bastante parecida a la admiración.

—Caray, Seb. Yo que tú no la enfadaría demasiado. Esta mujer tiene más agallas que el más curtido de mis hombres. Puede que la reclute para el Dark.

Isabelle se asomó a la ventanilla del carruaje mientras se alejaban del puerto y miró a Sebastian con la pregunta escrita en la cara, mientras un resplandor rojizo y una espesa columna de humo iluminaban la noche, justo en el lugar que acababan de abandonar. Cuando el sol se levantase sobre el Támesis, no quedaría rastro del Bluewind, de Dirty Drake ni de todos los hechos escabrosos que habían tenido lugar allí.

Después de darse un baño caliente, Isabelle se enfundó su cómodo camisón y se sentó en la cama abrazándose las piernas, incapaz de relajarse después de todo lo que había vivido esa noche. Al llegar a casa, había respirado tranquila al encontrar al mayordomo con gesto preocupado y con una venda cubriendo la herida que había recibido en la cabeza. Había sido un verdadero milagro que no hubiesen sufrido más daños y que Sebastian y el Jefe hubieran aparecido antes de que se fraguara un desastre mayor. Desde hacía semanas uno de los hombres del Jefe, infiltrado en la organización de Drake, le había advertido de los extraños movimientos de Jenn, y en cuanto se enteró de la trampa que le habían tendido a Adam, le avisó, temiendo que cuando llegaran los refuerzos, ya fuera demasiado tarde. El Jefe y Kensington acudieron al puerto en cuanto les llegó la información, y Sebastian estuvo a punto de perder el juicio al enterarse de que Isabelle también estaba retenida en el barco. No pudieron impedir la brutal paliza que Adam había recibido y de la que le costaría recuperarse, y no solo en el aspecto físico. También le costaría olvidar la traición de la mujer a la que creía amar y su propia necedad al anteponer ese falso amor al bienestar de su familia. Ni tampoco resultaría fácil para ninguno asimilar los límites que había tenido que traspasar Isabelle para ayudarle.

A pesar de la decepción y el dolor que lo habían dejado completamente muerto por dentro, Adam no podía guardarle rencor a Jenn. Su vida había sido muy difícil; había sido usada, humillada y menospreciada con demasiada crueldad, y entendía que no pudiera confiar en los hombres, que tanto daño le habían ocasionado. Al menos Drake ya no era una amenaza para la familia Taylor, aunque al Jefe le preocupaba que ese vacío de poder en los bajos fondos lo llenase alguien peor aún que él.

Isabelle cerró los ojos con fuerza para intentar deshacerse de la imagen de los dos hombres a los que había golpeado, pero el sonido de la barra al impactar contra ellos se repetía una y otra vez en su cabeza. Ojalá no hubiera tenido que hacerlo, jamás hubiera pensado tener que vivir un trance semejante. Pero cuando la vida la puso en la tesitura de matar o morir, no le quedó más opción que luchar. Pensó en todos los sucesos de la noche, e inevitablemente pensó en el Jefe. Isabelle sonrió al darse cuenta de que había aceptado su verdadera identidad casi sin ser consciente de ello. A pesar de ir sin máscara, no le había sorprendido en absoluto encontrarlo allí, codo con codo junto a Sebastian, formando un equipo perfecto, en su sórdido papel de Jefe de la oscuridad, que tanto contrastaba con su brillante faceta de aristócrata influyente. No le hacía falta ocultar su rostro para desempeñar ese rol a la perfección, ya que con su actitud conseguía transformarse en otra persona completamente diferente, igual que Atenea. Se preguntó cuál de sus dos facetas, la que lucía de día o la que mostraba en la noche, era la verdadera y cuál el disfraz.

Unos suaves golpes en la puerta la sobresaltaron, sacándola de sus abrumadores pensamientos. Sebastian apareció en el umbral con aspecto cansado.

—Pasa. —El duque entró en la habitación y cerró la puerta, sin importarle lo más mínimo lo inapropiado que resultaba aquello. Pero llegados a este punto, ya habían sobrepasado con creces cualquier absurdo límite que el decoro pudiera establecer, y lo único que ambos necesitaban era ofrecerse un poco de consuelo.

—El médico acaba de marcharse y Adam está dormido por la medicación. La señora White se pasará dentro de unas horas por su habitación para comprobar que esté bien.

—Puedo hacerlo yo.

—Tú tienes que descansar —ordenó tajante. Se sentó junto

a ella en la cama y cuando le apartó un mechón de pelo para pasárselo por detrás de la oreja, ella inclinó la cara hacia su mano, necesitaba sentir su calor. Sebastian deslizó el pulgar sobre su mejilla en una suave caricia—. ¿Estás bien?

—Han pasado demasiadas cosas. —Ella sonrió, pero la tristeza se reflejaba en su cara—. Y no puedo evitar pensar en Drake y en esos hombres.

—No pienses más en ellos, cielo. Esos hombres eran unos asesinos sin escrúpulos y no habrían titubeado a la hora de matarte. A Adam, a mí y a cualquiera que hubiese supuesto un obstáculo en sus intereses. El mundo será un lugar mejor sin ellos, puedes estar segura.

Isabelle clavó la vista en la colcha y se le nublaron los ojos por el llanto que estaba a punto de derramarse. Esa noche había llorado tanto que le sorprendía que aún le quedaran lágrimas. Le dolía el cuerpo, y no solo por los golpes, sino por la necesidad de sentir de nuevo los brazos de Sebastian rodeándola, pero a pesar de estar tan cerca se sentía incapaz de pedírselo. No fue necesario hacerlo, como si le hubiera leído el pensamiento, él la abrazó y la pegó a su pecho. Sus manos le recorrieron la espalda despacio y ella percibió sin necesidad de palabras que siempre estaría ahí, cuidándola, apoyándola, amándola. No pudo retener un sollozo entrecortado mientras él enterraba la cara en su pelo.

Sebastian aspiró su olor, sintiéndose más vivo solo por tenerla cerca. Había sentido verdadero pánico al ver cómo Drake apretaba el cuchillo contra su garganta, y la fragilidad de la línea que separaba la vida de la muerte había estado a punto de hacerlo enloquecer. Sabía que la amaba, pero hasta ese momento no había sido plenamente consciente de cuánto la necesitaba para seguir viviendo. Salvar la vida de Isabelle también implicaba salvar la suya, porque no habría podido soportar continuar sin ella. Isabelle le acarició la cara y con gesto inseguro se atrevió a besarlo en los labios. Por más que él trataba de convencerse de que era inmoral acercarse a ella cuando se sentía tan frágil, no era lo bastante fuerte como para resistirse a besarla.

Necesitaba ese beso tanto como ella. Sus labios le recorrieron la boca despacio, saboreando cada resquicio, en una caricia tierna capaz de curar todo el dolor y la soledad del mundo. Sebastian interrumpió el beso apoyando la frente sobre la suya sin dejar de acariciarle las mejillas, buscando las fuerzas para rechazar lo que tanto anhelaba.

—Será mejor que me marche y te deje descansar —susurró con un hilo de voz intentando convencerse a sí mismo de que eso era lo que quería hacer.

Pero a Isabelle no le importaba lo correcto o lo conveniente, y en lo último que podía pensar era en dormir. Ni siquiera le importaba que entre ellos ya no hubiera nada, que su compromiso ahora no fuera más que papel mojado y que al día siguiente la difícil situación que los separaba fuese de nuevo una realidad. En ese momento solo quería sentir de nuevo su piel y la calidez de sus brazos rodeándola.

—No te vayas —rogó contra su boca—. Quédate conmigo.

—Isabelle, no es una buena idea. Me estaría aprovechando de ti si lo hiciera. Ha sido una noche muy difícil, estás aturdida y…

—Sé lo que quiero, Sebastian, y te necesito conmigo esta noche. —A pesar del temblor de su voz, estaba segura de lo que deseaba. Él tragó saliva y sintió que su determinación se esfumaba—. Por favor… —Volvió a pedirle enterrando la cabeza en su pecho. Su súplica no fue más que un susurro, pero se clavó en el corazón de Sebastian, anclándolo a ella sin posibilidad de escapar.

Sus labios volvieron a unirse, pero esta vez la dulzura se fue transformando en una caricia ansiosa y desesperada, una necesidad urgente de tomar y entregar todo lo que sus almas se guardaban como un secreto. Estaban a salvo, y puede que entregarse el uno al otro no fuera más que una forma de reafirmar que estaban vivos, que seguían sintiendo, y que no importaba la oscuridad que esperaba amenazadora al otro lado de esas cuatro paredes. Ellos le plantarían cara una y otra vez. Sebastian se contuvo para no desnudarla y devorarla, dejando que fuera ella quien marcara cada paso y cada avance. Las manos de Isabelle dejaron de temblar a medida que los besos de Sebastian actuaban como un bálsamo, borrando cualquier sombra de dolor y miedo que pudiera enturbiar el momento. Le desabrochó cada botón del chaleco y la camisa muy despacio, deslizó los labios por su cuello y su torso, disfrutando del tacto de su piel y la dureza de sus músculos, sintiendo como su respiración se detenía con cada atrevida caricia que ella le brindaba.

Sebastian se liberó del resto de la ropa y se tumbó sobre las frías sábanas de lino, mientras arrastraba en su abrazo a Isabelle y la sentaba a horcajadas sobre él. Le deslizó las manos por los muslos y las caderas, arrugando la tela de su camisón en su ascenso, hasta que Isabelle se pasó la prenda por la cabeza y la arrojó al suelo. Bajo la tenue luz de las velas parecía una diosa, inocente y atrevida a la vez, y Sebastian supo que estaba completamente perdido en ella, prendido de cada una de sus caricias y sus besos, de las palabras que no se atrevían a decir pero que crepitaban entre ellos llenas de vida.

Isabelle se inclinó sobre él para unir de nuevo sus bocas en un beso cargado de pasión y de algo más, algo diferente, algo cálido y casi doloroso, algo conmovedor, algo que se parecía demasiado al amor. Sus cuerpos ardían mientras sus manos se tocaban, y los dedos de Sebastian comenzaron a jugar en el hueco entre sus muslos, despertando su carne y arrancándole suaves gemidos que sus besos amortiguaron. La necesidad y el hambre se hicieron más urgentes y ella movió las caderas buscando más contacto. Sebastian se colocó en su entrada y la penetró despacio hasta que ella comenzó a moverse para aceptarlo por completo en su interior. Se meció contra él, arqueándose y apretando los muslos, sorprendida por la intensidad con la que el placer crecía cada vez que sus caderas bajaban para encontrarse con las de Sebastian. La sujetó por las caderas para dirigir sus movimientos, aumentando la intensidad y elevándose para entrar en ella más rápido, más profundo. Clavó los dedos con fuerza en su cintura sujetándola contra él cuando se derramó en su interior con un gemido ronco. Sus paredes se apretaron en respuesta, convulsionando en un placer que estuvo a punto de hacerla gritar, dejándola exhausta y deliciosamente vencida sobre su pecho.

Sebastian abrió los ojos al notar por instinto su ausencia en la cama. No sabía cuánto tiempo habría dormido, pero la oscuridad todavía reinaba en la habitación. La buscó entre las sombras y encontró la silueta de Isabelle, envuelta en su camisa, recortada contra la luz grisácea que entraba por la ventana. Ella debió de percibir su movimiento y se volvió hacia el lecho. Sebastian encendió la vela que había en la mesita, se sentó en la cama y dio un par de golpecitos con la palma de la mano sobre la manta pidiéndole a Isabelle que le acompañara.

—¿No puedes dormir? —preguntó con un susurro.

—No paro de darle vueltas a la cabeza —reconoció negando con una sonrisa cansada, y se sentó junto a él—. No puedo evitar pensar en lo que podía haber ocurrido.

Sebastian le acarició el pelo despeinado, sin poder desprenderse de un sentimiento de culpabilidad que comenzó a aflorar, inoportuno e inevitable, eclipsando a todos los demás.

—Eso es una tortura innecesaria. Lo que podía haber ocurrido es solo eso, una suposición. Estás a salvo y tu familia también.

—Mi familia —dijo pensativa—. A pesar de que no sabías si aceptaría casarme contigo te has desvivido por ayudarnos. Y yo, mientras tanto, me he comportado como una desagradecida y una egoísta.

—He hecho lo que creía correcto —contestó secamente.

—Es mucho más que eso. Volvemos a estar en deuda contigo. Al menos yo me siento así. Nunca podré pagarte todo lo que has hecho por nosotros, por mí, y no me refiero al dinero.

—Será mejor que continuemos hablando mañana —zanjó Sebastian, que se levantó de la cama y comenzó a vestirse, visiblemente incómodo.

Ella parpadeó sorprendida mientras él buscaba su bota que, misteriosamente, había ido a parar debajo de la cama.

—¿Qué ocurre? ¿A qué viene tanta prisa? ¿He dicho algo malo?

—No, la culpa es mía —reconoció pasándose las manos por el pelo—. Me prometí a mí mismo que te daría tiempo para que pensaras en lo que sentías, sin interferir ni intentar convencerte. Por eso no debería haberme quedado esta noche contigo. Estabas en una situación vulnerable y con los sentimientos a flor de piel. No quiero que lo que ha pasado llegue a confundirte y hacerte creer que sientes algo que no es real, ni mucho menos que estás en deuda conmigo.

Isabelle abrió la boca con un jadeo sorprendido.

—¿Crees que no sé distinguir mis sentimientos?

—Sinceramente, no lo sé. Solo espero que no me veas como el héroe de esta historia y que la gratitud te lleve a tomar decisiones precipitadas. No sé si estoy preparado para soportar que vuelvas a cambiar de opinión respecto a lo nuestro.

Isabelle se puso de rodillas en la cama despidiendo fuego por los ojos.

—Sebastian Morton, ¿de verdad estás sugiriendo que me he acostado contigo para agradecerte tu heroica actuación?

—Dicho así suena obsceno. Lo único que pretendo es que medites con calma y aclares tus sentimientos antes de actuar.

—¡Es obsceno! ¡No hay ninguna otra forma de decirlo! Creo que me has dado motivos de sobra en todos estos años para «cambiar de opinión respecto a lo nuestro», a estas alturas ya deberías haber aceptado y reconocido que tenía derecho a odiarte.

—¿Vamos a volver a tener esta conversación? —preguntó exasperado poniéndose la otra bota—. He sido terrible en mi juventud. No sabía lo que quería o, mejor dicho, no sabía que te quería y ojalá pudiera borrar esa etapa de mi vida. En cambio, tú, a pesar de que dices amarme, primero te entregas a mí, me haces sentir el hombre más afortunado del planeta y a la mañana siguiente me destrozas, intentas humillarme públicamente y marcharte con otro.

—Pero ¡no lo hice!

—Que no lo hayas consumado no quiere decir que duela menos. —Sebastian se detuvo en mitad de la habitación y trató de serenarse, tenía que frenar la guerra de reproches que amenazaba con volver a consumirlos—. Esta es la razón por la que no debí quedarme esta noche. No debimos dar un paso más. Las heridas aún están abiertas, Isabelle. No quiero que cada vez que haya un problema volvamos a escupirnos nuestros fallos a la cara. No puedo soportar que me vuelvas a reprochar lo que hice. ¿Cuántas veces he de pedirte perdón? ¿Cien? ¿Mil? Debemos afrontar lo que hemos hecho, perdonarnos con el corazón y continuar hacia delante. De lo contrario, es mejor terminar aquí. No quiero levantarme cada mañana reviviendo los errores del pasado.

Isabelle sintió una sensación horrible que la taladraba y la dejaba paralizada. Era miedo. Aunque sabía que él tenía razón, le aterrorizaba la verdad que encerraban sus palabras, pero no pensaba rogarle para que cambiara de idea.

—Tienes razón, es mejor así. Gracias por tu ayuda, Sebastian. Ahora márchate, por favor —le pidió con un tono tan frío que hubiera sido capaz de congelar el mismísimo infierno. Se había equivocado y tenía que aceptarlo, pero no podía digerir que Sebastian pretendiera equiparar sus errores a los que él había cometido, por mucho que sus méritos superaran sus fallos con creces.

—¿Podrías devolverme la camisa? —preguntó con cinismo.

Isabelle se deshizo de la prenda regalándole una inestimable vista de su cuerpo desnudo, que solo sirvió para retorcer un poco más el nudo que se le estaba formando en el estómago al duque. Hizo una bola apretada con ella y se la lanzó. Sebastian la atrapó al vuelo y la miró con el ceño fruncido al ver la multitud de arrugas que surcaban la prenda, porque después del desorden la segunda cosa que más odiaba en el mundo era la ropa arrugada y ella lo sabía. Cogió la ropa y se dirigió hacia la puerta para terminar de vestirse en otra parte, pero antes de salir se volvió hacia ella.

—Como ya te dije, busca tu camino, y ojalá que si me encuentras en él, esta vez estés preparada para quererme.

Y tras esto se fue, cerrando la puerta quedamente. Isabelle habría deseado terminar la conversación con una frase igual de brillante, igual de definitiva, pero su cerebro parecía haberse licuado y se limitó a gruñir exasperada con la cabeza hundida en la almohada. Por más que le fastidiara reconocerlo, Sebastian estaba en lo cierto. Necesitaba tiempo para asimilar lo que sentía. No tenía ninguna duda de que lo amaba, pero aunque se esforzaba en intentar olvidar sus engaños, siempre volvían a salir a flote para mancharlo todo. Él le había regalado la libertad y la posibilidad de elegir su camino, y tenía claro que en un futuro en el que él no estuviera no podría encontrar la felicidad. Debía sanarse a sí misma, limpiar todo el rencor que había acumulado y que le hacía más daño a ella que al propio Sebastian, y descubrir si era capaz de soltar ese lastre que le impedía entregarse al amor de manera libre.

Y con toda sinceridad, no tenía ni la más mínima idea de cómo hacerlo.

35

La brisa cálida movió los mechones de Isabelle mientras se dirigía a pasos largos y enérgicos hacia la casa. El aire del campo siempre parecía obrar magia en su espíritu y desde que se había trasladado allí con Adam hacía más de dos semanas se sentía mucho mejor, más llena de vida. Al menos en cuanto a lo que a su cuerpo se refería, el espíritu era otra cosa bien distinta. Influía bastante que su madre hubiese decidido darle una nueva oportunidad al amor, llevada, qué duda cabe, por la noticia de que el compromiso con el duque estaba arruinado. Philomena había aceptado la proposición de un primo lejano y, aunque todavía no se habían casado ni formalizado su relación, se había trasladado a la finca de Durham para pasar unas semanas con él y su familia con el fin de conocerse mejor, en el plano espiritual, claro. Aunque sus hijos sabían perfectamente que esa no era la única razón de su viaje; a Philomena Taylor no se le daba demasiado bien empatizar con el dolor ajeno, y mucho menos actuar como la madre comprensiva que se desvelaba para enjugar la frente sudorosa de su retoño enfermo. En cuanto vio el estado casi catatónico de Adam, asignó su cuidado a una doncella y puso pies en polvorosa, dejando la responsabilidad de la casa en manos de Isabelle.

Emily, sentada en la mesa de la terraza trasera, sonrió al ver llegar a su hermana con las mejillas sonrosadas y el sombrero en la mano.

—¿Cómo te ha ido?

—Bien, el administrador de los Kensington es un tipo realmente capacitado. Me ha descrito un montón de mejoras que se pueden acometer para obtener el doble de producción, entre ellas rotar los cultivos y dejar algunas parcelas en barbecho para el pastoreo. También me ha hablado de varias máquinas agrícolas que traerán en las próximas semanas y te juro que no sé para qué demonios sirven, pero seguro que serán fantásticas.

Isabelle, agotada, se sentó y se sirvió un vaso de limonada mientras su hermana la miraba con ojos inquisitivos.

—Es una suerte que ese Drake esté muerto —dijo Emily sin ningún tipo de remordimiento.

—¡Emily! No debes decir algo así. Aunque lo pienses. Esas cosas no se dicen —la amonestó escondiendo una sonrisa tras el vaso de limonada, no porque le hiciera gracia el comentario, sino por el desparpajo con el que su hermana solía hablar.

—Pero es la verdad. Si no hubiera muerto, todo el dinero que Sebastian nos ha pagado por las tierras que nos compró se habría destinado a pagarle a él la deuda en lugar de a las mejoras de la finca. —El suspiro de Isabelle fue más elocuente que cualquier respuesta—. Ya sé que no quieres hablar de él, pero tienes que reconocer que…

—Se ha comportado como un caballero. Lo sé. La deuda de honor de su padre puede considerarse saldada —la cortó intentando zanjar el tema.

Emily sonrió y durante unos segundos guardó silencio con la vista clavada en los árboles centenarios que se extendían al otro lado del patio.

—¿Cómo está Adam hoy? —preguntó Isabelle con tono más tranquilo, arrepentida de haberle hablado con tanta brusquedad.

—Más o menos igual que ayer. Por más que lo he intentado, solo he sido capaz de sacarle un par de gruñidos. Sigue sentado junto a la ventana mirando a ninguna parte.

Isabelle sintió un peso en su pecho, un dolor semejante a la nostalgia, que no parecía querer abandonarla. Adam no había querido permanecer en Londres tras la paliza y, a pesar de tener dos costillas rotas y el brazo destrozado, aguantó estoicamente el dolor que sufrió durante el viaje con tal de alejarse de aquel lugar, donde el hombre que un día fue se había desvanecido por completo. Había llorado como un niño cuando le pidió perdón a Isabelle; reconocía lo mezquino que había sido al delegar la responsabilidad de sus errores sobre otra persona y se arrepentía por haberse dejado cegar por lo que él pensaba que era un amor real. Isabelle no había dudado en perdonar a su hermano, pero sabía que la parte más dura era perdonarse a sí mismo, y puede que él no lo consiguiera jamás. En ese momento, Adam era consciente de que lo mejor que podía haberle ocurrido era que Jenn huyera sin él, porque no quería ser ese hombre capaz de ignorar el amor que le tenía a su familia y olvidar la protección que les debía a sus hermanos. Desde entonces no había vuelto a ser el mismo, no quería ver a nadie y se limitaba a permanecer en su habitación mirando al infinito o leyendo. Sus hermanas le cuidaban y pasaban largas horas con él, hablándole, aunque ya supieran que no iban a obtener respuesta, o simplemente haciéndole compañía en silencio, rogando para que solo fuera cuestión de tiempo que volviera a ser el de siempre.

—Esperemos que con el tiempo acepte lo que ha pasado —dijo Isabelle más para sí misma que para su hermana y suspiró.

—Sí, yo también lo espero. Por cierto, ha llegado la correspondencia.

Isabelle la miró e intentó quitarle los sobres que Emily había dejado en la silla desocupada al otro lado de la mesa.

—¿Y cuándo pensabas decírmelo?

Emily la miró, mientras su hermana revisaba con rapidez los remitentes y su excitación se esfumaba a medida que iba leyendo los nombres: lady Hardwick, Vivian Carpenter y, para su sorpresa, una misiva del doctor Preston.

—Pareces decepcionada —la provocó con tono burlón sabiendo que Isabelle se pondría inmediatamente a la defensiva.

—En absoluto. No estoy esperando nada en especial —bufó Isabelle al ver la expresión de suficiencia en su cara—. Déjate de insinuaciones, suposiciones y tonterías, Emily. No me importa en absoluto que ese idiota, testarudo y prepotente no se preocupe por mí. A mí tampoco me interesa lo que le ocurra.

—Solo que él, con seguridad, recibirá los informes que su administrador le envíe sobre ti después de cada visita.

—Pues espero que le diga que estoy perfectamente bien sin él.

—¿Lo estás? —Emily ignoró la mirada asesina de su hermana—. Por el amor de Dios, Issy. ¿Qué más quieres que haga ese hombre para demostrarte que te quiere? ¿Bajarte la luna? Sois un par de cabezotas y estáis perdiendo un tiempo muy valioso.

—Emily, tú no lo entiendes.

—Eso es cierto. No lo entiendo. Te ha dicho que te quiere. Y te ha dado tiempo para que decidas si eres capaz de perdonarle. Dime, ¿en serio vas a renunciar al hombre que amas por una cuestión de orgullo? No digo que haya actuado bien. Según tú misma me has contado, nunca se ha comportado como tu prometido hasta que os habéis «reencontrado». Paradójicamente, aunque vuestros destinos hayan estado ligados desde siempre, es como si os hubierais conocido de verdad en ese momento. Y desde entonces su comportamiento ha sido irreprochable.

—Desde que vine de Londres ni siquiera se ha molestado en preguntarme cómo estoy —refunfuñó, cruzándose de brazos.

—Y tú tampoco lo has hecho. Sois igual de necios. Alguno de los dos debe dar el primer paso, y después de lo que ha ocurrido, él cree que debes ser tú. Solo quiero que me contestes con sinceridad. ¿Le amas lo suficiente para perdonar y olvidar sus errores? ¿Perdonarlos de verdad?

Isabelle le amaba lo suficiente para dar su vida por él. Y ni ella misma entendía por qué se aferraba a un rencor que cada día tenía menos sentido y a una soberbia totalmente impropia en ella. No se decidía a dar su brazo a torcer, a reconocerle que el sentimiento que la unía a él era mucho más fuerte que una firma en un papel, que cualquier acuerdo. No sabía qué era lo que le impedía ir a buscar a Sebastian y decirle que estaba lista, que el pasado ya no le importaba, siempre y cuando la amara y la respetara en la misma medida que ella lo hacía. Puede que solo fuera el miedo y la inseguridad, pero debía deshacerse de ese lastre y dar un paso adelante si quería ser realmente feliz.

Sebastian no sabía cuánto tiempo llevaba en su sillón mirando por la ventana de su despacho, pero poco a poco la habitación se había teñido de sombras, el cielo se estaba volviendo de color añil mientras las primeras estrellas comenzaban a brillar sobre los árboles oscuros de Southkent Cottage.

—¿Sebastian? —La voz de Neil en la puerta lo devolvió a la realidad.

—¿Qué quieres?

—Venía a ver si estabas bien. —Neil se acercó a la mesa y encendió una vela. Su hermano parpadeó para acostumbrarse a la tenue luz y se levantó para desentumecer las extremidades.

—Estoy bien, gracias por el interés. Pero no te pega demasiado el papel de hermanito preocupado —le provocó el duque con ironía.

En los últimos días Neil se había mostrado bastante conciliador y había intentado enmendar la metedura de pata que había cometido al dejarse llevar por la baronesa Howard. Sebastian estaba física y emocionalmente agotado, y ese gesto de buena voluntad por parte de su hermano fue bien recibido. Al fin y al cabo, ambos habían tropezado con la misma piedra, pero no pudo evitar restregarle a su hermano menor que ya le había advertido que esa mujer no era trigo limpio. A decir verdad, Sebastian no se sentía capacitado en esos momentos para darle lecciones a nadie, cuando no sabía cómo arreglar su propia vida.

Cada mañana, cada noche, y cada momento del día que tenía disponible, comenzaba a escribir una carta para Isabelle en la que le pedía una nueva oportunidad, volvía a disculparse o se limitaba a declararle su amor. Y cada vez acababa rompiéndola en pedazos. No era cuestión de orgullo; a pesar de que no estaba acostumbrado a hacerlo, no tendría reparos en tragárselo y arrastrarse ante ella. Pero estaba seguro de que si Isabelle tenía la más mínima reticencia a volver con él, el fantasma de los errores del pasado volvería para embarrarlo todo tarde o temprano.

—Tus ojeras no dicen lo mismo —dijo Neil, preocupado.

—Neil, en serio…, no estoy de humor para un sermón.

—Está bien, te dejo solo. —Neil se dio la vuelta para marcharse, pero al llegar a la puerta se dio la vuelta haciéndose el interesante—. Por cierto, alguien te ha mandado una nota. Pero si no estás de humor… —Sacó el papel doblado sujetándolo entre el dedo índice y corazón, y la movió en el aire hasta que Sebastian se adelantó para arrebatársela—. No la vuelvas a cagar, hermano —le advirtió dándole una palmada en la espalda y se marchó silbando por el pasillo.

El corazón de Sebastian comenzó a latir desenfrenado. Era una nota, no una carta, con lo cual quien la hubiera entregado lo había hecho en mano. Se acercó a la mesa para leerla a la luz de la única vela que había encendida y tuvo que contenerse para no salir corriendo como un colegial.

Te espero en el jardín secreto. Y esta vez pienso ganar.

ATENEA

Isabelle había tenido mucho tiempo para meditar cómo tocar de nuevo el corazón de Sebastian. Había pensado en hablar con su hermana Philippa, pero su carácter frío y reservado no invitaba a pedirle ayuda para hacer una encerrona romántica. En cambio, Neil parecía mucho más accesible y había mostrado estar bastante arrepentido por su comportamiento. Isabelle se había sorprendido al recibir una carta suya disculpándose por haber aparecido en aquella fiesta con Amanda Howard y transmitiéndole su preocupación por el estado de Sebastian, que parecía no recuperar el ánimo desde que había vuelto de Londres, y su deseo de que entre ellos todo llegase a buen fin. Y tenía que admitir que ese fue el detonante que la hizo tomar las riendas y dar un paso adelante.

Se retorció las manos y siguió paseando nerviosa junto a la fuente que presidía el centro del laberinto, y por enésima vez miró a su alrededor para cerciorarse de que todo estaba en su lugar. Con ayuda de Neil había colocado antorchas iluminando el camino de entrada y el centro del jardín. Sobre uno de los bancos había colocado un tapete verde y una baraja de cartas, y en una pequeña mesita que Neil había traído de la casa, una jarra de ponche con dos vasos de cristal. Se puso en tensión al escuchar pasos acercarse y cerró los ojos, rezando para que fuese Sebastian quien venía a su encuentro.

El duque se quedó sin respiración al verla en medio del jardín, con un vestido blanco escotado y el antifaz decorado con pedrería. La suave brisa movía los mechones de pelo suelto que reflejaban, al igual que sus ropas, el resplandor rojizo de las antorchas.

Isabelle abrió los ojos y su corazón se aceleró al ver a Sebastian en mangas de camisa, con el aspecto desenfadado que solía tener siempre en el campo y que lo hacía aún más atractivo. Durante unos instantes ninguno de los dos dijo nada, atrapados en la corriente invisible que los recorría y los conectaba. Sebastian se adelantó un par de pasos hasta quedar frente a ella y, muy despacio, tiró de la cinta que ataba el antifaz para dejarlo caer al suelo.

—Prefiero a la mujer que a la diosa. —Su tono fue más cortante de lo que habría deseado, pero los nervios le atenazaban el estómago y apenas sabía cómo debía actuar. Ella estaba allí frente a él, tan hermosa y etérea con su vestido claro que casi no parecía real—. Has tardado mucho en venir.

—No estaba preparada para pedirte la revancha —replicó paseando frente al banco, fingiendo ser la mujer seductora que no temía entrar en un club lleno de hombres para desplumarlos—. Pero ya lo estoy.

Isabelle cogió la baraja de cartas tratando de contener el temblor de las manos. Él sonrió y se limitó a guardar silencio mientras la devoraba con los ojos.

—¿A qué quieres que juguemos? Sabes que no me gusta perder. No te lo voy a poner fácil, Isabelle.

—Contaba con ello. A la carta más alta, como la última vez —dijo deteniéndose frente a él.

—Las damas primero.

Isabelle sacó una carta de la baraja y maldijo para sí misma. Un cinco de diamantes. Mostró la carta en la palma de la mano y Sebastian sonrió de nuevo, mientras cogía su naipe. Lo miró sin la más mínima reacción, conteniendo cualquier gesto que pudiese revelar el resultado.

—No me has dicho qué nos jugamos —preguntó el duque sin mostrar la carta.

—Todo. —La voz de Isabelle sonó ronca por la emoción, pero él continuó con el naipe girado hacia él.

Al fin Sebastian suspiró y se guardó la carta en el bolsillo del chaleco.

—Está bien, has ganado. Pero si el premio tiene que ver algo con esa maldita jarra de ponche, ya te aviso que no lo soporto. Y la culpa la tiene la dichosa Atenea.

Isabelle soltó una risita nerviosa y se mordió el labio con un súbito ataque de timidez.

—Entonces tengo que reclamar mi premio —susurró acercándose más a él.

—Pide lo que desees. —Sebastian tragó saliva. Nunca había estado tan nervioso y expectante ante una mujer, pero eso era porque nunca había amado a ninguna.

—Te deseo a ti. Con tus errores, con tu carácter mandón, con tu manera de cuidarme, con tu forma de besarme, con tu desquiciante manía por el orden… Te amo a pesar de tus errores, o precisamente porque los has cometido y no has tratado de negarlo, y has hecho todo lo posible para mostrarme lo mejor de ti.

—¿Estás segura? —El pecho de Sebastian subía y bajaba

con cada bocanada de aire, que parecía espesarse en sus pulmones a medida que Isabelle hablaba—. ¿Eres capaz de perdonarme con el corazón? ¿Eres capaz de olvidar el rencor?

Ella asintió en respuesta con los ojos brillantes por la emoción y las lágrimas, que por primera vez en mucho tiempo no eran de dolor.

—Ya lo he hecho. Sé que el hombre que tengo delante cambiaría lo que hizo mal si pudiera. Nuestra historia empieza hoy. Ahora. Si me aceptas.

—¿Si te acepto? No hay nada en el mundo que desee más que estar a tu lado.

Sebastian la abrazó con fuerza y ella dio un pequeño gritito cuando sus pies se elevaron del suelo y se abrazó a su cuello con una carcajada.

—Pero tengo una duda. —El semblante de Isabelle se volvió serio, y giró la cabeza para esquivar el beso que él intentó darle en los labios. Sebastian la miró preocupado temiendo que aún quedara alguna nube que pudiera empañar su felicidad—. Si resulta que has perdido, ¿qué haces todavía con toda la ropa puesta?

Sebastian no pudo contener una carcajada mientras su corazón volvía a latir de nuevo, y esta vez atrapó sus labios con toda la pasión y la desesperación que lo había estado consumiendo durante los días que habían estado separados. Más que dispuesto a complacerla, se deshizo de la ropa, mientras ella luchaba con los cierres del vestido. Sobre el césped fresco del jardín secreto hicieron el amor, con el cielo de testigo, y como bien había dicho Isabelle, iniciando en ese instante la historia que ambos habían elegido, en lugar de la que los demás habían dictado para ellos. Más allá de la ternura, se entregaron el uno al otro con una apasionada intensidad, con hambre desenfrenada, dándose todo lo que tenían hasta que terminaron exhaustos con la piel empapada de sudor y más felices de lo que jamás esperaron ser.

Sebastian apretó su abrazo mientras recuperaba el ritmo de la respiración, acercándola más a su cuerpo para protegerla de la brisa fresca que corría entre los pasadizos del laberinto.

—Dime una cosa —le dijo Isabelle mientras trazaba pequeños círculos con la yema del dedo sobre el pecho de Sebastian.

—¿Otra duda?

Ella rio en respuesta y asintió.

—¿Cuál era tu carta?

Sebastian sonrió contra su pelo y le dio un beso mientras deslizaba la mano por su espalda.

—¿Importa?

—Tengo curiosidad por saber qué hubieses elegido como premio si hubieras ganado tú —preguntó Isabelle con picardía.

—A ti, amor. Siempre a ti.

36

La leontina de oro del reloj de Sebastian brilló bajo la luz azulada que se filtraba por las vidrieras de la pequeña capilla de Southkent Cottage. Pasaban unos pocos minutos de las doce del mediodía y todos los bancos ya estaban ocupados por los invitados y familiares que se habían congregado para la ocasión. El duque, de pie junto al altar, volvió a darse de manera compulsiva pequeños tirones de los puños que sobresalían del chaqué gris claro y de los faldones del chaleco de brocado. Neil, a su lado, se tapó la boca con el puño, fingiendo una tosecilla para disimular la sonrisa que le provocaba ver a su hermano a punto de perder la compostura.

—Es normal que la novia siempre llegue tarde. Suele pasar. Es normal, ¿verdad? —preguntó Sebastian cada vez más nervioso.

—Claro que sí, hermano. En cualquier momento la puerta se abrirá y…

Neil interrumpió la frase de ánimo cuando una puerta se abrió chirriando sobre sus goznes con un sonido de ultratumba que atrajo las miradas de todos los presentes. Pero en lugar de la entrada principal por la que la bella novia debería aparecer, fue la hoja de madera de una entrada lateral la que crujió en su lugar. Ambos se miraron desconcertados al ver a Vivian Carpenter, con su sofisticado peinado y su vestido rosa fresa, asomar la cabeza discretamente y comenzar a hacer gestos con la mano para intentar llamar la atención del novio. Sebastian, sin pensar en las murmuraciones que su salida provocaría entre los impacientes asistentes a la ceremonia, acudió a su llamada, seguido de su hermano y del conde de Rutherford, que ocupaba uno de los primeros asientos. Ni siquiera el aire cálido del exterior de la capilla ayudó a apaciguar los ánimos alterados del duque. Vivian pareció encogerse sobre sí misma al ver a esos tres hombres enormes rodeándola, esperando a que hablara.

—¿Ocurre algo? ¿Isabelle está bien? —inquirió Sebastian ansioso, sin darse cuenta de que estaba clavando los dedos en los brazos de la muchacha, quizá con demasiada fuerza.

Marcus apoyó la mano en el antebrazo de Sebastian intentando tranquilizarle.

—Sebastian, tranquilo. Suéltala y seguro que nos cuenta qué ocurre.

—Discúlpeme, por favor. Dígame qué pasa, señorita Carpenter —rectificó el alterado novio intentando ser cortés.

—Isabelle no quiere bajar —espetó la joven retorciéndose las manos.

—¡¿Qué?! —preguntaron los tres varones a la vez mientras Sebastian sentía que la sangre se le iba a los pies.

—Oh, no me malinterprete, excelencia —aclaró Vivian, sacudiendo la mano como si estuviera espantando una mosca con una risita fruto de los nervios—. No he querido decir que no quiera casarse.

Sebastian suspiró aliviado y Neil soltó una inoportuna carcajada, mientras Rutherford miraba a Vivian con cara de pocos amigos.

—Hable claro, señorita Carpenter. La situación no está para acertijos, a no ser que quiera que al novio le dé un ataque —la apremió el conde con su tirantez habitual.

Vivian entrecerró los ojos y decidió ignorar su agria presencia para centrarse en el duque, que palidecía por momentos.

—Ella está ansiosa por casarse, eso es obvio, al fin y al cabo, ha soñado con este momento desde que…

—Al grano —la interrumpió el conde, que parecía no soportar su presencia ni su cháchara incontenible.

—Está un poco indispuesta, eso es todo. Supongo que serán los nervios o…

—Podía haber empezado por ahí, ¿no le parece? —la amonestó Marcus mientras el duque se alejaba a grandes zancadas para buscar a su novia.

—Y usted, si no va a aportar nada positivo, podría haberse quedado rezando algo en la capilla en lugar de venir aquí con esos malos humos a cotillear.

—¿Cotillear? ¿Cómo se atreve? El duque es mi amigo, solo he venido por si podía ayudarle en algo.

—Iré a apaciguar los ánimos, al sacerdote le gusta la puntualidad y mi madre debe de estar a punto de arrancarse el pelo —se excusó Neil volviendo a la capilla y dejando a aquellos dos mirándose con el ceño fruncido.

Sebastian estuvo a punto de arrollar a su cuñado, que esperaba pacientemente junto a la puerta de la habitación en la que su hermana Emily y su madre le daban los últimos retoques a la novia, que no terminaba de decidirse a salir de allí.

—Adam, ¿se puede saber qué demonios pasa? —Su cuñado, con el brazo aún en cabestrillo, se encogió de hombros.

—No lo sé, a mí no me han dejado pasar. Creo que Isabelle no se encuentra bien —contestó con la frase más larga que había pronunciado en el último mes.

Sebastian golpeó la puerta con suavidad y la cara preocupada de su suegra apareció tras la pequeña cuña que se abrió.

—En seguida salimos, excelencia —contestó sin mucho convencimiento—. Vuelva a la capilla o los invitados se preocuparán.

—Con todos mis respetos, señora Taylor. Por mí los invitados pueden irse al mismísimo… —Sebastian se interrumpió al ver los ojos de Philomena a punto de salirse de las órbitas—. Solo me preocupa que Isabelle esté bien.

La cabeza de Emily apareció junto a la de su madre con una sonrisa nerviosa en el momento justo.

—Solo necesita un par de minutos.

—Está bien, ya es suficiente. Quiero verla —sentenció con su tono ducal más autoritario.

—Pero ¡da mala suerte ver a la novia antes de la ceremonia! —graznó su futura suegra.

—A este paso no habrá ceremonia, así que dejadlo entrar, por el amor de Dios —bufó Adam, que ya estaba empezando a acusar en su cuerpo, que aún no se había curado del todo, el cansancio por la tensa espera.

—Tengo una idea, madre. Tú y Adam esperadnos abajo, bajaremos en seguida —sugirió Emily.

Philomena, que no tenía demasiadas ganas de contrariar al duque, pasó la mano por el brazo sano de su hijo y se marchó sin objetar nada más, rezando para que su testaruda hija mayor no la dejase en ridículo delante de la flor y nata de la alta sociedad. Tras unos segundos, Emily se reunió con Sebastian, que esperaba ansioso en el pasillo, y le pidió que se agachara un poco para poder vendarle los ojos con un pañuelo de seda.

—¡Listo! Podrás escuchar, pero objetivamente no habrás visto a la novia. —Sonrió satisfecha por su gran idea y abrió la puerta para conducir a su futuro cuñado hasta el centro de la estancia. Sebastian se quedó allí parado con las manos extendidas sintiéndose un poco estúpido—. Toda tuya —dijo la chispeante muchacha antes de salir corriendo de la habitación.

—¿Isabelle? Cielo, ¿estás bien?

—¿Sebastian? —preguntó la novia con voz llorosa mientras salía del vestidor—. ¿Qué haces aquí? Da mala suerte ver a la novia antes de la ceremonia.

—Emily se ha ocupado de eso —aclaró señalando el pañuelo sin saber si ella lo estaba viendo o no—. Cariño, ¿qué te ocurre? —preguntó con el alma encogida. La sola idea de que ella pudiese arrepentirse y hubiese decidido cancelar la boda lo aterrorizaba.

La mano de Isabelle aferró la suya con fuerza y el corazón volvió a latirle de nuevo, alcanzando una velocidad desenfrenada. Su piel estaba tan fría que él se preocupó todavía más. Ella tiró suavemente de su mano para guiarlo y ambos se sentaron sobre la cama.

—Debería haber bajado hace rato, lo sé. Pero no me encuentro bien. Hace días que mi estómago no tolera casi ningún alimento. Hoy he vomitado hasta el agua que he bebido y me encuentro tan cansada… Cada vez que intento salir por esa puerta, tengo que volverme a buscar la palangana —relató sollozando, mortificada.

—Si no te encuentras bien, podemos decirle al sacerdote que espere un poco. — Sebastian la abrazó y buscó su mejilla a ciegas para darle un beso—. Cariño, estás helada. ¿Estás segura de que es solo eso? Quieres hacer esto, ¿verdad?

Isabelle se sobresaltó ante la pregunta. Lo último que quería era que Sebastian pensase que tenía algún tipo de duda. Se abrazó a él con fuerza apoyando la cabeza en su hombro, sin importarle que su vestido se arrugara o el delicado peinado perdiera un poco de su esplendor.

—Por supuesto que sí. No hay nada que desee más que ser tu esposa. Y no sabes lo mal que me siento por estar estropeándolo todo.

—No estás estropeando nada. Te he esperado más de veinte años. Puedo esperar veinte minutos hasta que te sientas mejor. O veinte horas o las que haga falta —dijo con ternura girando la cara para depositar un beso en su sien.

—Te amo. Lo sabes, ¿verdad? —confesó ella, cerrando los ojos y disfrutando de la reconfortante sensación de estar en los brazos de ese hombre. Su sola presencia hacía que se sintiese más fuerte, más segura y llegó a la conclusión de que su malestar probablemente se debiera a los nervios.

—Issy…, ¿has dicho que llevas varios días sintiéndote mal? —preguntó Sebastian, acariciándole la espalda con suavidad. Ella asintió sin separar la cabeza de su hombro, sumida en un agradable sopor. Allí sentados era muy difícil acordarse de que al menos setenta ilustres invitados hacían mil conjeturas a pesar de las explicaciones de Neil y del conde de Rutherford.

—Más de una semana.

—¿Y que estás cansada?

—Sí. Me pasaría el día durmiendo.

—Y por casualidad… —Sebastian tragó saliva, a pesar de la confianza que había entre ellos, había ciertos temas que los hombres no estaban demasiado acostumbrados a tratar—. ¿Tú has… has tenido…? Es decir, las mujeres… Dios, esto no es fácil. ¿Has tenido… el periodo en las últimas semanas?

El duque había vivido el embarazo de su hermana muy de cerca y conocía los síntomas a la perfección, y ese malestar continuado se parecía bastante a los síntomas que había experimentado Philippa. Puede que la indisposición de Isabelle solo se debiera a la ansiedad por la inminente ceremonia, pero Sebastian tenía el presentimiento, o puede que la esperanza, de que la causa fuera otra. Isabelle dio un respingo entre sus brazos y durante lo que pareció un instante interminable no dijo nada, no se movió, y él creyó que era posible que ni siquiera estuviese respirando. Había estado tan preocupada con los preparativos de la boda, con la salud de su hermano y tan abstraída con el propio Sebastian que ni siquiera había caído en la cuenta de que aquello fuese una posibilidad.

—¿Crees que puede ser? ¿Que podemos estar esperando un hijo?

—O puede que incluso dos —bromeó sintiendo que su pecho se caldeaba con una sensación maravillosa. Sebastian elevó las manos para deshacerse de la venda que le cubría los ojos, pero Isabelle posó sus dedos sobre la tela.

—No, no lo gafes, por favor. Creo que este es el momento más bonito de mi vida. —le pidió Isabelle, rodeándole el cuello con los brazos, llorando y riendo a la vez de pura emoción.

—Y de la mía. Supongo que aún es pronto para saberlo con certeza. Pero en cuanto volvamos a Londres, iremos a ver a un médico. —La estrechó con fuerza sin poder evitar que su sonrisa se convirtiera en una carcajada—. Santo Dios, solo quiero que toda esa gente se marche para estar contigo a solas. Debo ser el peor novio de la historia.

—Y yo la peor novia. Me encantaría acurrucarme aquí contigo y no salir en varios días. ¿Podemos decirle al clérigo que suba a casarnos aquí mismo?

Los suaves golpes de Emily en la puerta los sacaron de su maravillosa burbuja de felicidad.

—El deber nos llama —dijeron casi a la vez.

Minutos después, y con más de media hora de retraso, Adam Taylor entregó la mano de su radiante hermana al duque de Kensington, que no podía deshacerse de la sonrisa que le iluminaba la cara. No importaba que el vestido de color azul cielo de Isabelle estuviese un poco arrugado, ni que su cara luciese un poco más pálida de lo que solía estar. Él jamás la había visto tan hermosa como en ese momento, ni su sonrisa había sido más deslumbrante. Sebastian sujetó su mano con fuerza clavando en ella sus ojos verdes, diciéndole sin palabras que ese secreto que solo ambos conocían lo hacía el hombre más feliz de la tierra. En ese momento no importaba nada que no fueran ellos dos, su felicidad y su futuro. Isabelle se sonrojó y en un acto impulsivo se puso de puntillas con un saltito casi infantil y besó a Sebastian en los labios, quien no dudó en abrazarla con fuerza y devolverle el beso. El sacerdote fingió leer con máxima atención el libro de pastas nacaradas que sostenía en las manos mientras murmullos, risitas y toses recorrían la capilla.

—Cariño, me parece que esta parte iba al final de la ceremonia —le susurró Sebastian al oído.

—Qué importa, nosotros no solemos seguir el orden natural de las cosas —bromeó con doble intención.

—En ese caso: sí, quiero —contestó con complicidad, antes de volverse hacia el clérigo y hacerle una señal para que iniciara la ceremonia, antes de que alguna de las sofisticadas damas presentes se desmayara por el poco ceremonioso espectáculo que estaban presenciando.

Por suerte no hubo desmayos, ni náuseas inoportunas durante lo que duró el acto. Pero lo que sí fue palpable para todos los presentes, y así lo reflejarían las páginas de cotilleos durante las siguientes semanas, era que el inusual enlace de los duques de Kensington era un matrimonio por amor, mucho amor.

Epílogo

—Siempre he pensado que los duques no comían por la calle, cariño —bromeó Isabelle con una sonrisa.

—Estos duques sí. —Sebastian le dedicó una mirada pícara mientras le metía en la boca el último trocito de tartaleta de ciruelas y se lamía el pulgar después para saborear el resto de la crema que le había quedado. Isabelle se aguantó la risa mientras masticaba el dulce ante las miradas amonestadoras de la gente con la que se cruzaban—. Y si no te limpias el almíbar de la comisura de los labios, este duque te lo limpiará a besos, aunque nos lapiden por obscenos.

Isabelle volvió a reír mientras aceptaba el pañuelo que él le tendía. Tras unos días de descanso, después de la boda, habían vuelto a Londres para visitar al médico, que les había confirmado la buena noticia del embarazo de Isabelle, y habían aprovechado para hacer unas compras y pasear tranquilamente por la ciudad, que comenzaba a quedarse vacía mientras los nobles se disponían a pasar los meses estivales en sus propiedades en el campo.

Un hombre de mediana edad detuvo a Sebastian para saludarlo y felicitarlos por su reciente enlace. Aunque no estaba bien visto mantener una conversación demasiado larga en la calle, Sebastian parecía haber relajado bastante sus estiradas costumbres de antaño, y no cabía duda de que todo se debía a la presencia de Isabelle en su vida. Era feliz y la vida le sonreía, y lo demás comenzaba a carecer de importancia. Mientras los hombres hablaban entusiasmados de un nuevo semental que el caballero había adquirido, Isabelle miró distraída los escaparates de los comercios que los rodeaban.

Junto a ella, tras el cristal impoluto de una tienda, se exponían sombreros llamativos y guantes de distintos colores y de los materiales más diversos. Isabelle levantó la cabeza cuando una dama abrió la puerta que estaba a pocos metros de ella para entrar en el local. Se quedó paralizada al ver a la baronesa Howard, lady Amanda, con su sofisticada elegancia y su sonrisa de víbora, mirándola con total desprecio antes de perderse en el interior del establecimiento. Isabelle miró a Sebastian, que seguía escuchando atentamente las bondades del lustroso animal que su interlocutor le narraba, ajeno a la presencia de su antigua amante. Sin pensar demasiado en lo que hacía, Isabelle musitó unas disculpas que su marido escuchó a medias y acortó los dos pasos que la separaban de la tienda. Una alegre campanilla la recibió cuando abrió la puerta pintada de color verde musgo. La dependienta levantó la cabeza del mostrador, variando su expresión del asombro a la consternación en cuanto la reconoció. Ella suspiró resignada; a juzgar por la reacción de la mujer, la historia de Amanda y Sebastian era conocida hasta en el último rincón de la ciudad, pero aquello ya era algo perteneciente a un pasado que cada vez dolía menos.

Amanda, junto al mostrador, ojeaba unas muestras de paño de colores para elegir su próxima, y seguramente escandalosa, adquisición, y volvió a sonreírle con esa expresión sibilina de la que parecía que en cualquier momento emergería una lengua bífida y siseante.

—Su excelencia, qué placer verla por aquí. ¿En qué puedo ayudarla? Enseguida saldrá una de mis mejores costureras para… —la saludó la dependienta, deshaciéndose en reverencias y sonrisas aduladoras.

Isabelle levantó una mano y se sorprendió cuando la mujer detuvo la verborrea de inmediato. Estuvo a punto de echarse a reír al descubrir que ese gesto que tanto odiaba en Sebastian era la mar de útil.

—No se preocupe, señora. Otro día que disponga de más tiempo me pasaré por aquí para adquirir alguna de sus magníficas creaciones. Pero en realidad he entrado para darle un recado a la baronesa.

Amanda parpadeó sorprendida, con un gesto encantador que seguro habría hecho caer a más de un hombre a sus pies.

—¿Para mí? Dudo que pueda decirme nada que pueda ser de mi interés, duquesa —contestó desafiante, masticando su título como si fuera a atragantarse con él.

—Se equivoca.

Isabelle acortó la distancia que las separaba y, sin que nadie lo esperase, le propinó un puñetazo en la mandíbula que la hizo trastabillar hasta que cayó sobre sus posaderas con un poco sofisticado cloqueo parecido al de una gallina y un revuelo de enaguas. La observó desde arriba con expresión de satisfacción, sonriendo al ver la poco elegante postura de la mujer, desparramada sobre el suelo de madera.

La duquesa de Kensington giró sobre sus talones, se miró en un enorme espejo situado en la pared junto a la puerta, comprobó que su bonete de paja con florecitas de tela tenía la inclinación perfecta y le dio un pequeño tirón a los guantes de encaje para recolocarlos en su lugar. Aguantó el dolor de los nudillos estoicamente, aunque por dentro estaba deseando gritar y frotárselos con la mano para mitigar el ardor del golpe, y le dirigió una radiante sonrisa a la dueña de la tienda, que se había quedado paralizada y con la boca abierta tras el mostrador con el muestrario de telas apretado entre sus manos.

—Como le he dicho, señora, volveré por aquí y no dudaré en recomendarle sus servicios a mis amistades. Que tenga usted un buen día.

La campanilla de la tienda volvió a sonar chirriante y alegre para despedirla mientras salía a la calle. Sebastian ya se estaba separando del caballero y se dirigía hacia ella con una sonrisa.

—¿Necesitas comprar algo? Si quieres podemos entrar y…

—No, querido. En realidad, solo tenía un pequeño antojo, pero ya se me ha pasado.

Él levantó las cejas sin entenderla, pero ella entrelazó la mano con la suya para reanudar el paseo con una expresión radiante, los nudillos doloridos y la certeza de que en las próximas semanas las páginas de cotilleos tendrían contenido asegurado.

«Para viajar lejos no hay mejor nave que un libro».

EMILY DICKINSON

Gracias por tu lectura de este libro.

En **penguinlibros.club** encontrarás las mejores
recomendaciones de lectura.

Únete a nuestra comunidad y viaja con nosotros.

penguinlibros.club

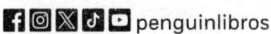 penguinlibros